FISCHERKRIEG AM BODENSEE

Matthias Moor, Jahrgang 1969, ist verheiratet, hat zwei Kinder und arbeitet als Gymnasiallehrer und freier Journalist in Konstanz. Er liebt den See mit seinen vielgestaltigen Landschaften. Wenn mal nichts anliegt, fährt er am liebsten mit seinem Boot zum Angeln raus.
Besuchen Sie den Autor auf www.matthias-moor.de.

MATTHIAS MOOR

FISCHERKRIEG AM BODENSEE

Kriminalroman

emons:

Bibliografische Information der Deutschen Nationalbibliothek
Die Deutsche Nationalbibliothek verzeichnet diese Publikation
in der Deutschen Nationalbibliografie; detaillierte bibliografische
Daten sind im Internet über http://dnb.d-nb.de abrufbar.

© Emons Verlag GmbH
Alle Rechte vorbehalten
Umschlagmotiv: mauritius images/Stefan Arendt/imageBROKER
Umschlaggestaltung: Nina Schäfer, nach einem Konzept
von Leonardo Magrelli und Nina Schäfer
Umsetzung: Tobias Doetsch
Gestaltung Innenteil: DÜDE Satz und Grafik, Odenthal
Lektorat: Carlos Westerkamp
Druck und Bindung: CPI – Clausen & Bosse, Leck
Printed in Germany 2021
ISBN 978-3-7408-1260-7
Originalausgabe

Unser Newsletter informiert Sie
regelmäßig über Neues von emons:
Kostenlos bestellen unter
www.emons-verlag.de

Dieser Roman wurde vermittelt durch die
Literaturagentur Beate Riess, Freiburg.

Für all die Fischer*innen, Forscher*innen,
Angler*innen und Naturschützer*innen,
die den Bodensee lieben,
für ihn streiten und kämpfen

Ein Streit zwischen wahren Freunden,
wahren Liebenden bedeutet gar nichts.
Gefährlich sind nur die Streitigkeiten
zwischen Menschen, die einander nicht ganz verstehen.

Marie von Ebner-Eschenbach

Über Felchen, das Silber des Bodensees

Die Felchen – andernorts heißen sie Renken oder Maränen – gehören wie Forellen zu den lachsartigen Fischen. Im Bodensee und in vielen anderen Seen des Voralpenlandes sind sie die Brotfische der Berufsfischer. Ursprünglich lebten viele Felchen im Meer und zogen wie Lachse nur zum Laichen ins Süßwasser. Im Lauf der Jahrtausende wurden diese Wanderungen immer wieder unterbrochen, zum Beispiel durch die Eiszeiten. Als sich die Gletscher nach der letzten Eiszeit zurückzogen, machten einige Felchen den eisfrei werdenden Bodensee zu ihrer Heimat. Man könnte sagen: Mit den Felchen gelangte etwas Ozeanisches ins Schwäbische Meer.

Felchen fressen winzige Krebstierchen und Insektenlarven, weshalb ihre Mäuler klein und ihre Augen groß sind. Um satt zu werden, müssen sie ständig schwimmen. Sie haben schlanke Körper, und ihr Schuppenkleid sieht aus, als bestünde es aus silbernen Pailletten.

Die Felchen haben sich auf verschiedene Weisen ihrem Lebensraum angepasst. Die Blaufelchen – ihre Flanken haben einen metallisch blauen Schimmer – durchstreifen in Schwärmen die lichten Weiten des Obersees und des Überlinger Sees. Die Sandfelchen und Gangfische ziehen an der Halde entlang, wo die Wysse – das Weiße, so heißt am Bodensee die Flachwasserzone – steil in die opalblauen Tiefen abfällt. Sie kommen auch im Untersee vor. Dann gibt es noch den Kilch, eine Tiefseeform des Felchens, doch er gilt als verschollen.

Das zarte, weiße, nicht allzu magere Fleisch dieser Kaltwasserfische ist äußerst schmackhaft, egal ob geräuchert, gegrillt, gedünstet, gebraten oder nach Matjes-Art.

1

Gerade war ein heftiger Aprilschauer vorübergezogen. Der dunkle Wald roch nach feuchter Erde, Moos und moderndem Laub. Friedhofsgeruch, dachte Alexandra, und vielleicht lag hier wirklich irgendwo ihre Mutter verscharrt, wobei das unwahrscheinlich war. Denn im Konstanzer Lorettowald war zu viel los, um eine Leiche zu vergraben, zumindest tagsüber. Außerdem hatte die Polizei das Waldstück mehrfach durchkämmt. Jetzt, in der Nacht, war es still. Bedrohlich ragten die Schatten der Bäume in den schwarzen Himmel. Aber vielleicht war ihre Mutter an diesem Ort ermordet worden. Zumindest hatte der Täter sie von hier entführt. Möglicherweise. Jedenfalls hatte ein Jogger ihre Mutter an jenem Tag im Lorettowald beim Laufen gesehen. Und ihr Auto wurde später auf einem Parkplatz in der Nähe entdeckt.

Es war ein nebliger Herbstnachmittag gewesen, man hatte kaum zwanzig Meter weit sehen können. Womöglich hatte der Täter sie betäubt, zu seinem Auto gezerrt und irgendwohin gefahren. Das vermutete zumindest die Polizei. Damals waren innerhalb von acht Wochen drei Frauen verschwunden, und keine war zurückgekehrt. Es gab keine Leichen und keinen Täter. Man wusste nicht einmal, ob die Frauen ermordet und ob sie überhaupt tot waren. Alle verschwanden beim Joggen in einem Waldstück, alle hatten die Orte regelmäßig aufgesucht, sodass die Polizei davon ausging, dass der Täter sie über einen gewissen Zeitraum beobachtet hatte. Dass er sie gezielt ausgewählt und auf eine günstige Gelegenheit gewartet hatte.

Alex fischte eine Zigarette aus der Packung. Ihre Hände zitterten vor Kälte und Wut. Die Zigarette war ziemlich feucht, brannte dann aber doch. Das Papier knisterte, und sie sog den Rauch ganz tief in sich hinein, dorthin, wo die große Traurigkeit saß. Tropfen fielen von den nassen Blättern, als würde es immer noch regnen, und ihre Kleider waren nass. Was hatte sie nur geritten, diesen verfluchten Auftrag anzunehmen? Warum wollte sie zurück in diese Scheißstadt? Warum stand sie mitten in der Nacht in diesem Scheißwald?

Damals war sie fünfzehn gewesen und hatte nicht glauben wollen, dass ihre Mutter tot war. Deshalb war sie Tag für Tag nach der Schule hierhergeradelt. Es war wie ein Zwang, immer und immer wieder lief sie die Pfade des Lorettowaldes ab und suchte nach Hinweisen, dem Haargummi ihrer Mutter, dem Hausschlüssel oder der Trinkflasche, die sie beim Laufen in der Hand gehalten hatte. Vielleicht, vielleicht hatte die Polizei ja etwas Entscheidendes übersehen. Und außerdem konnte es einfach nicht sein, dass ihre Mutter so mir nichts, dir nichts verschwand. Mit ihrem Lachen hatte sie die Schatten vertrieben, die sich auf ihr Haus legten, als ihr Vater mit den Jahren immer stiller und trübseliger wurde. Und auch wenn es manchmal Streit zwischen ihnen gab, Alex fühlte sich ihrer jungen Mutter so nah, als wären sie Schwestern, als schlügen ihre Herzen im selben Takt. Sie hatte gehofft, dass ihre Mutter plötzlich hier im Wald vor ihr stehen würde, mit ihrem fröhlichen Lächeln, als wäre nichts gewesen und als gäbe es eine simple Erklärung.

Diese schattigen Pfade verfolgten sie seitdem in ihren Träumen, und manchmal sah sie ihre Mutter, wie sie mit ihren langen hellbraunen Haaren zwischen den Bäumen stand. Sie blickte lächelnd zu ihr und breitete die Arme aus. Aber in diesen Träumen erklärte sie nie, warum sie seit Tagen, Wochen, Monaten, Jahren verschwunden war. Denn wenn Alex die Mutter umarmte, wachte sie plötzlich auf.

Vielleicht, vielleicht war Elisabeth wirklich nicht tot. Damals hatte Alex das fest geglaubt. Nach dem Studium hatte sie nach ihr gesucht, war sogar zu ihren Verwandten nach Russland gereist, hatte aber keine Spuren gefunden. Enttäuscht, niedergeschlagen war sie zurückgekehrt. Hör auf zu suchen, sagten ihre Freunde. Mit der Ungewissheit wirst du leben müssen, überwinde den Schmerz, lass dich nicht von einer trügerischen Hoffnung zerstören. Das war natürlich gut gemeint und leicht gesagt. Es gab Jahre, da war sie spindeldürr gewesen, da hatte sich ihre Gesichtshaut wie dünnes Pergament über ihre Knochen gelegt, und ihre Arme hatten wie vertrocknete Äste ausgesehen, sodass sie Angst bekam, wenn sie in den Spiegel blickte. Nein, sie war nicht magersüchtig gewesen, sie hatte sich furchtbar hässlich und alt gefunden, aber verdammt noch mal keinen Hunger gehabt, jedes Stückchen Apfel musste sie in sich hineinzwingen, und natürlich lag das nicht nur an Elisabeths Verschwinden. Aber doch vor allem, vor allem an den Folgen.

Inzwischen kam sie ganz gut klar. Meistens. Jedenfalls war sie nicht mehr so dürr und konnte essen, ohne sich zu quälen. Doch wenn ihr Handy klingelte und eine unbekannte Nummer anzeigte, dachte sie manchmal, es könnte ihre Mutter sein. Da klopfte ihr Herz dann wie verrückt.

Allmählich ließen die Tropfen nach. Der kleine Wald war wie eine Wildnis, zwischen den hohen Stämmen der alten Buchen und Eichen lag von nassem Moos überwachsenes Totholz, und junge, buschige Bäumchen drängten nach oben.

»Warum fährst du zum Joggen extra in den Lorettowald?«, hatte sie ihre Mutter einmal gefragt. Denn wo sie wohnten, auf der Insel Reichenau, gab es auch schöne Wege direkt am See.

»Ich muss ab und zu einfach was anderes sehen«, hatte sie geantwortet und dabei gelächelt. Und ihr zugezwinkert.

Genau wie an dem Tag, an dem sie für immer verschwand. An jenem Tag hatte Alex nicht nur die Mutter, sondern auch ihre Familie verloren. Ihren Vater, ihre Schwester, ihre Heimat. Oder schlimmer, die geliebte Heimat war zu einem kalten, tückischen Ort geworden. Zu einem zugefrorenen See mit brüchigem Eis, den man besser nicht betrat. Sie hatte sich nie wohlgefühlt, wenn sie während des Studiums nach Konstanz zurückgekehrt war. Wenn sie Schulfreunde traf, die voller Sehnsucht nach Hause kamen und in vertrauten Kneipen verklärte Erinnerungen austauschten, fühlte sie sich fremd und fehl am Platz. Wollte die Geschichten von früher nicht hören, und wie gut es den anderen jetzt ging. Da wurde ihr Herz vor Kälte wie taub, und sie hörte, wie das Eis unter ihr knackte.

Irgendwann war sie dann einfach nicht mehr heimgefahren. Und wenn sie im Fernsehen die Wetterkarte mit dem Bodensee sah, spürte sie manchmal einen Stich und zappte schnell weiter. Auch übers Auswandern hatte sie schon ernsthaft nachgedacht. Und jetzt war sie doch wieder hergekommen.

Da knackte etwas. Nicht das Eis, sondern etwas im Unterholz. Vielleicht ein Fuchs? Nervös blickte sie sich um. Sofort raste ihr Puls. Es ist die Mutter, war ihr erster Gedanke.

Wieder knackte es. Das war kein Fuchs; was auch immer dort lauerte, war viel größer. Was, oder wer.

»Hallo?«, rief sie und schaffte es nicht, die Angst in ihrer Stimme zu verbergen.

Keine Antwort, nichts.

Nur das Fallen der Regentropfen von den Blättern.

Sie ging los, schnell. Der Pfad war schmal. Von beiden Seiten griffen nasse Äste wie kalte Hände nach ihr. Bald schimmerte zwischen den Bäumen das Licht von den Laternen, die einen breiten Waldweg beleuchteten. Niemand schien ihr zu folgen, aber sie rannte trotzdem, als würde der Mörder ihrer Mutter im Unterholz auf sie lauern.

Zehn Minuten später stand sie keuchend am Hörnle. Scheißzigaretten, dachte sie, aber immerhin, jetzt war ihr wieder warm. Das Strandbad lag auf einer breiten Landzunge zwischen Konstanzer Bucht und Überlinger See. Alles war still, und der Blick ging so weit. Das war besser als der dunkle Wald. An den gegenüberliegenden Ufern flimmerten die Lichter der Dörfer und Städte, dazwischen erstreckte sich die riesige Fläche des Obersees wie ein schwarzer Fjord, der ins Nichts führte.

Niemand zu sehen. Leichter Dunst schwebte über den nassen Wiesen, er schimmerte im Mondlicht. Sie ging runter zum Strand. Ihre Jeans war noch ganz klamm. Dennoch zog sie die Schuhe aus, krempelte ihre Hose hoch und lief ein paar Meter über den Kies ins Wasser. Es war so kühl und roch so frisch, wie es das nur im Frühling tat, als wäre es nach langem Schlaf wieder zum Leben erwacht. Als würde es blühen. Hier pflegte ihre Mutter im Sommer nach dem Joggen zum Baden zu gehen. Sie war zu einem der Flöße geschwommen und hatte sich in die Sonne gelegt. Ließ sich von den Wellen schaukeln. Sie zeigte gern ihren Körper, das hatte Alex schon als Teenager gespürt. Ihre Mutter mochte die begehrlichen Blicke der Männer und die neidischen der Frauen, als Tochter hatte sie sich damals dafür geschämt. Heute ging es ihr wie ihrer Mutter.

Völlig verschwitzt trat Alex ein paar Stunden später aus dem Club. Ihre durchnässte Bluse klebte an ihrer Haut, und man konnte den schwarzen BH darunter sehen. Sollte man auch. Als sie vorhin vor dem Hotel gestanden war, hatte sie Angst vor dem leeren Zimmer bekommen. Schlafen würde sie eh nicht können, hatte sie gedacht, sie musste sich erst irgendwie verausgaben und ablenken, und so war sie im »KULT« gelandet, dem Club ihrer Schulzeit. Erfreulicherweise war das Publikum mit ihr gealtert, und mit ihren dreißig Jahren war sie längst nicht die Älteste. Zum Glück erkannte sie niemanden.

Sie brauchte frische Luft und eine Pause, aber das war es nicht allein. Da war dieser Mann gewesen, der die ganze Zeit zu ihr herübergestarrt und sie mit seinen Augen ausgezogen hatte. Älter als sie, so um die vierzig, irgendwie unheimlich, aber auch ziemlich attraktiv. Dunkler Typ, Dreitagebart, durchtrainierter Körper. Und dazu dieser Blick: verwegen, verloren, als wäre sie ein Magnet. Als hätten sie sich nicht zum ersten Mal getroffen. Nicht gut. Denn wenn sie so rastlos und durch den Wind und angetrunken war wie heute, war sie anfällig, Dinge zu tun, die sie plötzlich unbedingt brauchte und wollte, aber am nächsten Morgen bitter bereute. Und für die sie sich dann schämte.

Sie trank ihr Bier aus und stellte die Flasche auf den Boden. Die Haare, eine wilde Mischung aus Dreadlocks und Locken, fielen in ihr schweißbedecktes Gesicht. Sie zog ein Haargummi aus ihrer Jeans und bändigte die Löwenmähne zu einem Pferdeschwanz. Als Nächstes holte sie die Packung Gauloises hervor und steckte sich eine an. Sog den Rauch tief in sich hinein und drehte sich zum Eingang, um nachzusehen, ob der Typ ihr gefolgt war.

War er nicht. Erleichtert und auch ein bisschen enttäuscht blies sie den Rauch aus ihren Lungen. Ob sie wieder rein sollte? Aber sie war schon ziemlich erledigt und betrunken, und es fühlte sich so an, als würde sie zumindest für ein paar Stunden schlafen können.

Als sie aus der Dusche stieg, klopfte es. Sie band sich das Handtuch um den Körper und öffnete die Tür. Ihr Herz pochte wild. Bevor sie reagieren konnte, trat er ein. Sah in ihre Augen und fragte sie stumm, ob er wieder gehen sollte. Viel Zeit ließ er ihr nicht, da schlang er seine Arme um ihren Körper, zog sie zu sich und küsste sie. Sie schloss die Augen und öffnete ihren Mund. Er löste das Handtuch und ließ es zu Boden fallen. Während seine Hände ihren Rücken abwärtsglitten, war die Tür des Hotelzimmers noch immer geöffnet.

Sie rauchte und blickte hinaus auf die Reichenaustraße. Die Fenster waren schalldicht, und sie konnte den Lärm der vorbeifahrenden Autos nicht hören, so als wäre die Welt draußen auf stumm geschaltet worden. Die Fenster gingen bis zum Boden, und sie vermutete, dass man sie von der Straße aus sehen konnte. Deshalb hatte sie ihren Slip und ein Top angezogen.

Sie hatte kein Auge zugemacht, während der Fremde fest schlief. Jörg, so hieß er. Sie drehte sich zu ihm um. Sein nackter Körper wurde vom Licht der Straße angeleuchtet. Ein schöner Mann, aber auch unheimlich. Er strahlte etwas Rohes und Gefährliches aus, und beim Sex war er ihr fast zu grob gewesen. Aber nur fast. Irritierender war, dass er dabei immer wieder auf ihr Tattoo gestarrt hatte, so als würde es ihn besonders erregen. Sie trug es über ihrer linken Brust: einen Eisvogel in leuchtendem Blau und Orange, der sich kopfüber ins Wasser stürzte. Und jetzt erinnerte sie sich: Auch in dem Club hatte er vor allem dorthin geblickt. So als würde er es wiedererkennen. Als hätte er es schon einmal gesehen.

Alexandra bekam eine Gänsehaut. Wer zum Teufel lag da in ihrem Bett? Bald würde es dämmern, und dann würde sie ihn bitten zu gehen. Sie wollte ihn loswerden, so schnell wie möglich.

Da sah sie, dass er die Augen geöffnet hatte.

Und wieder auf das Tattoo an ihrer Brust starrte.

2

Konrad schwitzte und ächzte unter der Last der beiden Fünf-undzwanzig-Liter-Kanister, aber der Zorn trieb ihn an. Am frühen Abend war er mit dem Boot hergekommen und hatte es im Schilf versteckt. Niemand hatte Notiz von ihm genommen. Für Stunden hatte er ruhig im Boot gelegen und seinen Zorn genährt. Jetzt war es Nacht und nichts zu hören als das Schwappen des Benzins in den Kanistern. Es würde Krieg geben, wenn die Bäume brannten, das war klar, aber es musste sein. Sie mussten ein Zeichen setzen, sonst wären ihre Existenzen ruiniert. Alles hatten sie versucht, aber wen kümmerte das? Inzwischen fraßen die Kormorane mehr, als alle Berufsfischer am See zusammen fingen. Und während es immer weniger Fische gab, wurden die Vögel immer zahlreicher, jedes Jahr, über dreitausend lebten bereits am See, sechsmal so viel wie vor zehn Jahren. Und auch die Zahl der Brutpaare stieg immer weiter an. Doch heute Nacht würden alle Brutbäume am Untersee brennen, die hier und die drüben im Radolfzeller Aachried, dafür würden seine Kollegen sorgen. Und wenn sie anfingen, wer weiß, dann würden in ein paar Tagen vielleicht die Kolonien bei Fischbach und im Vorarlberg brennen. Und dann würde, dann *musste* die Politik reagieren!

Konrad sah auf die Uhr: eine Viertelstunde noch.

Keuchend setzte er die Kanister ab. Im schwachen Mond-licht konnte er die beiden Brutbäume erkennen. Vom Kot der Tiere waren sie weiß gefärbt und sahen aus wie Skelette von Urzeitwesen. Über sich erkannte er die Schemen der Vögel in ihren Nestern. Dreiundvierzig Brutpaare hatte er gezählt, bis-her hatten hier im Wollmatinger Ried höchstens zwei oder drei Paare gebrütet. Vor dreißig Jahren hatte er sich noch gefreut, wenn er einen Kormoran gesehen hatte, so selten waren sie gewesen. Sie waren ja Fischer wie er auch. Schlanke, anmutige Räuber, aber es waren einfach zu viele.

Einmal hatte er einen toten Kormoran aus zwanzig Metern Tiefe geholt, er hatte sich in seinem Netz verfangen, als er Fische herausreißen wollte. Und im Obersee hatte ein Kollege einen Vogel aus vierzig Metern Tiefe geholt. Vierzig Meter! Zwei Minuten konnten sie unter Wasser bleiben, er hatte die Zeit selbst gestoppt, kaum ein Seefisch war vor diesen Raubtieren sicher. Und manchmal fielen morgens mehrere hundert Tiere in die Ermatinger Bucht ein, jagten gemeinsam und scheuchten alles auf, was Flossen hatte. Oder sie holten sich die Fische aus den Netzen, zerrissen das Nylon, ruinierten das teure Material. Mit der Zeit hatten sie gelernt, wie man Fische aus den Netzen holte, ohne darin hängen zu bleiben. Schon lange hatte er keinen toten Kormoran mehr aus der Tiefe gezogen. Schlaue Jäger waren sie. Und ein halbes Kilo Fisch fraß ein Kormoran am Tag. Einer! Am Tag!

Konrad stand am Fuß des Stamms. Hörte das nervöse Bellen der Vögel. Manche schlugen aufgeregt mit den Flügeln. Sie hörten ihn, vielleicht rochen sie das Benzin. Alles war knochentrocken, der Schauer vor ein paar Tagen hatte nicht viel gebracht, und die Äste der Bäume waren schon abgestorben vom Kot der Tiere. Lichterloh würden sie brennen, lichterloh!

Er öffnete den Kanister und goss das Benzin an den ersten Stamm. Dabei traten ihm Tränen in die Augen. Tränen des Zorns und der Scham. Doch den Vögeln würde nichts passieren, nur den Eiern in ihren Nestern. Die Kormorane würden panisch davonfliegen und nicht wiederkehren, solange die Flammen loderten, sie würden durch die Nacht irren und die Eier würden entweder verbrennen oder später auskühlen. Aber was machte das schon?

Jedes Jahr, er hatte das nachgelesen, verputzte jeder Deutsche im Schnitt zweihundert Hühnereier. Dagegen waren die paar von den Kormoranen lächerlich, zumal die Tiere ja längst nicht mehr bedroht waren. Und außerdem: Allein die Konstanzer

Hauskatzen dürften an einem Tag mehr Vögel töten und Nester ruinieren. Es ging um ein Zeichen, ein mächtiges Zeichen, das sie setzen wollten, das war bitter nötig. Was hatten sie geredet, Petitionen verfasst, mit Journalisten diskutiert, beim Landrat gebettelt und gefleht! Vertröstet wurden sie, abgespeist mit kleinstmöglichen Zugeständnissen. Verlogene, mitleidige Blicke und leere Versprechungen bekamen sie: Diese Kormorane, klar müsse man mehr tun, aber die Naturschutzlobby! Das Empfinden der Leute! Niemand will Tiere leiden sehen! Und das Leiden der Fische? Dass manche Fischarten durch den Vogel bedroht waren? Das sah man nicht. An der Wasseroberfläche hörte die Welt für die meisten Menschen auf.

Er ging weiter und schüttete Benzin an den zweiten Baum. Vom beißenden Geruch wurde ihm übel. Und die Vögel wurden noch unruhiger, spürten, dass da etwas nicht stimmte. Dass ihren Gelegen Gefahr drohte.

Dann sah er auf die Uhr. Fünf Minuten noch.

Um Punkt zwei Uhr würden sie die Bäume anzünden, so war es abgemacht.

Ein letztes Mal ließ Konrad den Blick durchs Ried schweifen. Das Schilf raschelte leise im Nachtwind. Er liebte das Geräusch, wie alles hier, es war seine Heimat, er gehörte hierher, sonst hatte er nichts.

Zwei Uhr.

Sowie er das Zündholz ins Benzin geworfen hatte, schossen die Flammen in die Höhe. Die Vögel bellten, schlugen Alarm, flatterten auf, während die Flammen Stamm und Äste hinaufleckten. Wie schnell das ging! Wie mächtig diese Feuersbrunst war! Und so heiß, dass er rasch zurücktreten musste, damit seine Haut nicht versengte. Oben sah er die Schatten der davonfliegenden Vögel, hörte das geisterhafte Bellen und Meckern, das verzweifelte Rufen.

Schnell ging er zum nächsten Baum. Warf das Zündholz, und

sofort eilten die hungrigen Flammen hoch zu den Nestern. Das gleiche Inferno: wildes Geflacker, die Schatten der flatternden Vögel, ihre panischen Rufe.

Es war vollbracht.

Fast.

In einem Kanister hatte er noch ein paar Liter Benzin übrig gelassen. Die goss er ins Schilf, eine Linie quer zum Wind. Zündete ein Streichholz an. Spürte den Nachtwind in seinem Rücken, als er es zwischen die Halme warf. Sofort ging es in Flammen auf. Seine Augen weiteten sich, so schnell breiteten sie sich aus, fraßen in Sekunden eine lodernde Schneise ins Ried. Niemand würde das hier übersehen.

Er musste weg, in Sicherheit, warf die Kanister ins Feuer und lief zum Boot. Hastig schob er es ins Wasser. Es würde nicht lange dauern, bis Wasserschutzpolizei und Feuerwehr hier wären. Er drehte den Motor auf und fuhr rasch über den Seerhein auf die Schweizer Seite. Auch wenn ihn jemand sah, niemand würde ihn erkennen. Dann lenkte er das Boot hart am Ufer und im Schutz des Schilfs in Richtung Ermatingen.

Keine drei Minuten war er unterwegs, da hörte er schon die Sirenen. An der verabredeten Stelle fuhr er ins Schilf. Zog das Boot hinein, keiner würde es hier finden. Auf einem Feldweg wartete Reto, sein Schweizer Fischerfreund. Schon von Weitem sah er das Glimmen seiner Zigarette.

Konrad blickte nach Westen. Ganz in der Ferne, am anderen Ende des Untersees, sah er es ganz deutlich: drei rote, wild flackernde Feuerbälle, auch die Brutkolonien im Radolfzeller Aachried standen also in Flammen. Dann sah er noch einmal hinüber zu den Bäumen, die er in Brand gesteckt hatte.

Ihm stockte der Atem. Aus der brennenden Schneise war ein Flammenmeer geworden; eine einzige, gewaltige Feuersbrunst, die sich, vom Südwestwind angefacht, unaufhaltsam Richtung Konstanz fraß.

3

Nachdem der zweite Feuerwehrwagen mit heulender Sirene an ihrem Hotelfenster vorbeigerauscht war und Alexandra trotz der schallisolierten Fenster erneut senkrecht im Bett stand, schaltete sie ihr Smartphone an. Das Netz wusste schon Bescheid: Es gab zwei Großbrände, die sich rasch ausbreiteten, einen im Radolfzeller Aachried und einen im Wollmatinger Ried. Auch die Täter standen bereits fest. »Die Drecksfischer haben die Kormoranbäume abgefackelt«, meinte ein wütender Chatter namens »Vogelfreund« auf SÜDZEITUNG online, »aber wir wissen ja, wo sie wohnen!«

Wenn das Gerücht stimmte, hatte der Brand etwas mit ihrem Auftrag zu tun. Alex sprang aus dem Bett, schlüpfte in Jeans und Bluse, zog die Lederjacke an und steckte die Kamera in den Rucksack. Jagdfieber packte sie, endlich, wie eigentlich immer, wenn sie an einer neuen Story dran war. Sie liebte es, sich in die Arbeit zu stürzen, mit Betroffenen zu sprechen, sich einzulesen, Witterung aufzunehmen, Zusammenhänge zu erkennen, sich ein Urteil zu bilden. Es war jedes Mal ein Abenteuer, als würde sie in eine neue Welt eintauchen. Da vergaß sie, dass sie jenseits der Arbeit nur ein klägliches Leben hatte, keine echten Freunde, keine Hobbys. Dass sie ohne Arbeit ziemlich aufgeschmissen war, zwischen zwei Projekten morgens mit einem mulmigen, schalen Gefühl aufwachte und Angst vor dem neuen Tag hatte. Nicht wusste, wie sie ihn rumkriegen, was sie mit sich anfangen sollte und wozu sie überhaupt auf der Welt war.

Dann legte sich die Einsamkeit wie eine schwere Rüstung um ihren Körper. Und besonders schlimm spürte sie die nach einem One-Night-Stand, wenn sie am Morgen aufwachte und der Geruch des Mannes noch im Schlafzimmer lag. Sie wollte nie, dass ihre Eroberungen blieben. Sie wollte Sex mit ihnen, ein bisschen plaudern, kurz die Einsamkeit vergessen, sich begehrt und vielleicht sogar gemocht fühlen, dann sollten sie verschwinden. Es gab selten einen, bei dem sie am Morgen bereute, dass er nicht neben ihr aufgewacht war. Genauso war es vorgestern mit diesem Jörg gewesen, er wäre gern länger geblieben und hätte noch ein paar Nümmerchen geschoben, doch sie war heilfroh, als sie ihn endlich vertrieben hatte. Der Typ war ihr einfach unheimlich. Trotzdem musste sie seitdem ständig an ihn denken und wartete auf seinen Anruf. Nicht weil sie ihn vermisste, sondern weil er ihr etwas Unglaubliches erzählt hatte. Vielleicht schmollte er, weil sie ihn sozusagen aus dem Bett gekickt hatte, doch er hatte hoch und heilig versprochen, sich bei ihr zu melden. Diese Geschichte könnte alles verändern, ihr ganzes Leben. Wenn sie stimmte. Vertrauenswürdig hatte sie diesen Jörg von Anfang an nicht gefunden. Er war so ein Spielertyp, ein Lebemann, vergnügungssüchtig und verantwortungslos. Charmant, gut im Bett, wirklich gut im Bett, aber sonst zu nichts zu gebrauchen. Dass er nicht anrief und ihr außerdem eine falsche Telefonnummer gegeben hatte, bestätigte nur ihre Einschätzung.

Alexandra verließ das Zimmer und nahm die Treppen ins Untergeschoss, immer drei Stufen auf einmal. Kurz darauf schoss sie mit ihrem Mountainbike aus dem Parkhaus des Hotels, als wäre sie auf einer Etappe der Tour de France. Die frische Nachtluft tat gut. Sie fühlte sich leicht, stark und frei. Endlich ging es richtig los, dachte sie. Die letzten beiden Tage hatte sie vor allem in der Unibibliothek gesessen und recherchiert, aber doch meistens an Jörgs Geschichte gedacht, die er vielleicht nur erfunden hatte, um sie noch mal rumzukriegen. Doch dafür hatte er zu viel gewusst.

Sie fuhr an der Konstanzer Moschee entlang, deren weißes Minarett wie eine Rakete aussah, rechts folgten Einkaufzentren, und links flog die Stadt am Seerhein an ihr vorbei, ein neues Viertel mit einer schicken Promenade am Fluss, die Wohnblöcke sahen wie bunte Bauklötze aus. In ihrer Kindheit hatte es das noch nicht gegeben, da hatten sich Industrieanlagen am Seerhein entlanggezogen. Bis zum Wollmatinger Ried waren es keine zwei Kilometer, und sie trat so schnell sie konnte in die Pedale, als wäre sie auf der Flucht. Zurück in die Wirklichkeit, hinein ins Abenteuer. Ein weiterer Feuerwehrwagen bretterte mit heulender Sirene und Blaulicht an ihr vorbei.

»Ich will wissen, wie die Situation am See wirklich ist«, hatte der Redakteur des SPIEGEL zu ihr am Telefon gesagt. Sie hatte sich über den Anruf gefreut und war richtig aufgeregt gewesen. Meistens schrieb sie für die taz und einige linke Online-Magazine, das war ihre politische Heimat, aber leben konnte sie von den kargen Honoraren, die sie für ihre Artikel bekam, kaum. Wenn sie den Rechercheaufwand mit dem Geld verglich, war das Sklavenarbeit. Selbstausbeutung. Etwas, wogegen sie eigentlich anschrieb. Aber es machte einfach verdammt viel Spaß, und sie hatte den Eindruck, mit ihren Reportagen etwas zu bewegen. Beim SPIEGEL war finanziell deutlich mehr drin. Und auch wenn sie das Blatt viel zu liberal fand, war es trotzdem cool, für so ein fett etabliertes Nachrichtenmagazin zu schreiben.

Der Redakteur kam wie sie vom Bodensee. Er wusste, dass sie von der Reichenau stammte und sich auf ökologische Themen spezialisiert hatte. Ob er auch wusste, dass ihr Vater Berufsfischer war? In den letzten Jahren waren die Bodenseewellen hochgeschlagen: Der Nährstoffgehalt des Sees war durch die immer besseren Kläranlagen rapide zurückgegangen und in der Folge der Fangertrag der Berufsfischer dramatisch eingebrochen, wohingegen die Zahl der Kormorane seit Jahrzehnten stark zunahm. Dann war nach langem Rechtsstreit eine Aquakulturanlage im See genehmigt worden, welche die Region mit gezüchteten Bodenseefelchen versorgen sollte. Doch die meisten Berufsfischer wollten die Anlage nicht, sie forderten stattdessen eine Erhöhung des Nährstoffgehalts im See, was wiederum Politik, Gewässerschutz und Naturschutzverbände strikt ablehnten. Es hatte zahlreiche Protestaktionen der Fischer gegeben, Podiumsdiskussionen und Gespräche mit Politikern, doch im letzten Jahr war es still geworden. Hatten die Fischer aufgegeben? Resigniert? Wie es aussah, eher nicht. Schon von Weitem sah sie die riesige Rauchwalze am Nachthimmel. Wie eine gewaltige Unwetterfront wirkte sie, zugleich anziehend und furchteinflößend. Vor den städtischen Entsorgungsbetrieben parkten Polizei-, Rettungs- und Feuerwehrwagen kreuz und quer. Blaulichter flackerten, Menschen in Uniformen liefen aufgeregt hin und her, es war eine Atmosphäre wie bei einer Großrazzia.

Die B 33, die wichtigste Verkehrsachse der Stadt, die Konstanz mit der A 81 verband und am Ried entlangführte, war gesperrt, ebenso die Zufahrten zu den Entsorgungsbetrieben und dem Klärwerk. Ein paar Dutzend Schaulustige drängten sich vor dem Absperrband. Auch die Presse war schon da, der SWR hatte einen Wagen geschickt. Ein Polizist, wahrscheinlich der Pressesprecher, gab einem Journalisten vor laufender Kamera ein Interview.

»Wir wissen noch nichts«, sagte er. »Ob die beiden Brände zusammenhängen und wer verantwortlich ist, kann ich Ihnen nicht sagen.« Ob Gefahr bestehe, dass der Brand aufs Industriegebiet übergehe? »Wir haben eine sehr gute Feuerwehr in Konstanz. Ich glaube, wir kriegen das in den Griff.« Es klang weniger optimistisch, als es sollte.

Bei den Schaulustigen war man schon weiter. »Die saget, in ä paar Minude isch des Feuer im Induschdriegebiet«, meinte ein Mann mit wichtigem Blick. »Do gibt des hier ä Kadaschdroph. Un drübe uf d'Höri brennet scho die erschde Häusle in Moos! Die müsset alles evakuiere, grad hab i ä WhatsApp kriegt.«

»Aber Moos liegt südlich vum Ried, vu do kummt doch de Wind«, meinte eine Skeptikerin. »Dann müsst sich des Feuer ja gege d'Windrichtung ausbreite.«

»Mei Quelle isch verlässlich!«, beharrte der Mann und sah die Schlaubergerin pikiert an. »In Moos brennt's, sag i Ihne!«

»Ha, des waret hundertpro die Fischer«, sagte ein anderer.

»Un wenn des stimmt, hond die's bei mir verschisse! Grad hot mer einer verzällt, dass sechshundert Kormoran lebendig verbrennt sind. Sechshundert!«

Hier würde sie nicht schlauer werden, dachte Alex, außerdem wollte sie das Feuer sehen, und von hier würde sie nicht herankommen. Überall standen Polizisten und hatten die Schaulustigen im Blick. Alexandra hatte noch nie einen Großbrand gesehen, doch sie trieb mehr als Neugierde und Sensationslust. Eine Reportage hatte genauso viel mit Emotionen, Stimmungen und Atmosphäre zu tun wie mit Fakten und Zusammenhängen. Sie musste die Orte, die Menschen und ihre Gefühle spüren, um zu verstehen. Und dieser Brand hatte wohl mit sehr starken Gefühlen zu tun.

Sie schwang sich wieder aufs Rad und fuhr die Fritz-Arnold-Straße entlang. Als Kinder hatten sie immer im Ried gespielt, sie kannte alle geheimen Wege dorthin. Und tatsächlich: Fünfhundert Meter weiter war nur wenig los. Eine Polizeistreife überholte sie, nahm von ihr aber keine Notiz.

Sie schloss ihr Rad ab und zwängte sich durch Brombeerhecken. Die Stacheln pikten durch ihre Jeans, zerkratzten ihre Lederjacke und hielten ihren Rucksack fest. Alex knipste die Taschenlampe ihres Handys an und versuchte, sich an den Ranken vorbeizudrücken oder hinüberzusteigen. Als sie sich durchs Dickicht hindurchgezwängt hatte, lag ein Entwässerungsgraben vor ihr. Sie sprang hinüber, schaffte es aber nicht ganz und blieb mit beiden Füßen im Morast stecken.

»Scheiße«, rief sie und lachte. Ihre Sneaker waren ruiniert und von einer kackbraunen Schicht überdeckt, die Hände und Knöchel blutig, Socken und Füße klatschnass. Sie schmatzten beim Gehen. Klasse, dachte Alex, so fühlte sich das Leben an!

Kurz darauf befand sie sich auf einem freien Feld, und der Anblick verschlug ihr den Atem. Vor ihr stand diese mächtige Walze aus Feuer und Rauch, es sah aus wie der Weltuntergang, unten loderten die Flammen, darüber standen die vom zuckenden orangefarbenen Licht angestrahlten Wolken, darüber der schwarze Nachthimmel, davor die dunklen Silhouetten der Bäume. Endzeitstimmung. Götterdämmerung.

Sie wollte noch näher ran. Da sah sie einen Mann, keine fünfzig Meter entfernt. Er schien mit irgendwas beschäftigt zu sein und hatte sie noch nicht bemerkt. Kurz darauf stieg eine Drohne in den Nachthimmel, der Mann steuerte sie direkt über das Inferno. Alex grinste. Bestimmt ein Kollege, wahrscheinlich ein Lokaljournalist, der sich hier auskannte. Die Aufnahmen würde er für gutes Geld verkaufen können.

Sie ging weiter. Bald konnte sie das Feuer hören, das Knistern, Fauchen und Rauschen. Der ganze Schilfgürtel brannte, es war eine kilometerlange Feuerwand, die wie eine geschlossene Armee vorrückte und sich in die Felder fraß, Richtung Stadt. Alex holte ihre Kamera heraus und machte Aufnahmen. Sie würde sie nicht verkaufen, von Sensationsjournalismus hielt sie nichts, die Fotos waren für sie, um die Stimmung dieser Nacht später beim Schreiben nachempfinden zu können.

Jetzt sah sie in einiger Entfernung Feuerwehrleute, die noch Abstand zum Feuer hielten. Wie es schien, waren sie noch nicht einsatzbereit. Wahrscheinlich hofften sie, dass das Feuer auf den Wiesen nicht genug Nahrung finden würde. Das Gras brannte sicher nicht so stark wie das furztrockene Schilf. Ihr Hauptaugenmerk galt dem Industriegebiet, dem Klärwerk und den Entsorgungsbetrieben, die wollten sie schützen. Würde sich das Feuer bis dorthin ausbreiten, gäbe es wirklich eine *Kadaschdroph*, das hatte der Schaulustige richtig erkannt.

Alexandra hörte ein lautes Knattern im Himmel, ein Polizeihubschrauber näherte sich rasch. Instinktiv ging sie in die Hocke. Er flog über sie, sein Scheinwerfer zielte auf die Feuerwand, er folgte ihr nach Osten.

Kurz darauf stand Alex so nah an den Flammen, dass sie die Hitze spürte. Die Luft war wie verschwommen, Funken sprühten, verkohlte Schilfreste wirbelten durch die Luft, es knisterte, knackte und flackerte und roch nach verbranntem Stroh. Wie berauscht von der Naturgewalt starrte sie auf die Flammen.

Ihre Wangen glühten, und ihr Herz pochte wild. Sie musste an die großen Funkenfeuer denken, die überall am See am Sonntag nach Aschermittwoch entzündet wurden, schon als Kind hatte sie den Anblick gefürchtet und geliebt. Die Phantasie, sich ins Feuer zu stürzen und von den Flammen, vom Schmerz verschlungen zu werden, hatte Schauer des Entsetzens durch sie rieseln lassen und sie elektrisiert. Sie war dann ganz nah an die Flammen getreten, viel näher, als sie es sich eigentlich traute, hatte die Hitze ertragen, bis es wirklich schmerzte, blieb noch einen Moment stehen, um dann schnell davonzulaufen.

Auf einmal wurde es auch hier glühend heiß, und Alex merkte, wie schnell das Feuer gewandert war und sich ihr genähert hatte. Noch einmal holte sie die Kamera heraus und fotografierte, direkt in die Flammen. Ertrug wie als Kind beim Funkenfeuer die Hitze, obwohl sie schon schmerzte. Wartete noch einen Moment, obwohl die Funken bis zu ihr sprühten. Sie ging erst rückwärts, als sich ihre Haut anfühlte, als würde sie brennen.

Da sah sie ein Tier neben sich, einen Schwan. »Oh mein Gott«, flüsterte sie erschrocken. Der Vogel war zu Tode erschöpft, die Flügelfedern zur Hälfte verbrannt, ebenso der Hinterleib. Er würde nicht überleben, trotzdem stemmte er die Flügel auf den Boden und versuchte, vom Feuer wegzurobben. Doch der Schwan war zu schwach. Alex glaubte, den höllischen Schmerz in seinen Augen zu erkennen. Sie packte die Kamera in den Rucksack, ging zu dem Tier und versuchte, es hochzuheben. Obwohl sie dem Schwan helfen wollte, fauchte er, doch er hatte kaum mehr Kraft. Noch einmal wollte sie ihn auf den Arm nehmen, aber er war zu schwer. Also zog sie ihn vorsichtig weg von den Flammen. Warum war er nicht rechtzeitig geflohen?, fragte sie sich. Vielleicht war es ein Weibchen und schon beim Brüten gewesen und wollte das Nest nicht verlassen. Dann hatte das Feuer das Tier eingeschlossen und erfasst, als es im letzten Moment versuchte davonzufliegen.

Als sie den Schwan ablegte, rührte er sich nicht mehr. Die

Flügel waren halb ausgestreckt, der lange Hals lag schlaff im Gras. Das Tier war tot. Wie viele Schwäne waren wohl in dieser Nacht gestorben? Was der Brand für die Tiere bedeutete, darüber hatte sie sich keine Gedanken gemacht. Ob denen, die das Feuer gelegt hatten, bewusst war, was sie anrichteten? Sie holte die Kamera heraus, auch diese grausame Episode wollte sie festhalten.

»Verschwinden Sie!«, rief plötzlich jemand hinter ihr. Vor Schreck wäre Alex fast die Kamera aus der Hand gefallen. Wie aus dem Nichts war der Mann aufgetaucht, sie hatte ihn überhaupt nicht bemerkt. Er trug eine Feuerwehruniform. »Haben Sie den Arsch offen oder was? Wissen Sie, wie gefährlich das hier ist?«

»Tut mir leid, ich bin von der Presse. Ich wollte dem Schwan hier helfen.«

Er schüttelte den Kopf und blickte erst auf das tote Tier, dann auf ihre Kamera. Ungläubig sah er sie an. »Ihr Aasgeier habt sie doch nicht alle. Hauptsache, ihr kriegt eure Story. Grad hab ich einen Kollegen von Ihnen vertrieben. Der hat eine Drohne übers Feuer fliegen lassen. Schade, wir hätten sie mit unseren Schläuchen abschießen sollen.« Er seufzte und schluckte seinen Ärger herunter. »Es geht gleich los mit dem Löschen, und Sie stehen sozusagen direkt in der Schusslinie. Also weg jetzt!«

»Ist ja schon gut, danke«, sagte sie und machte sich auf den Rückweg. Der Rausch, die Abenteuerlust waren verflogen. Natürlich hatte der Mann recht. Auch wenn es nicht nur Sensationslust gewesen war, was sie zu dem Feuer getrieben hatte, war es ihr doch um den Kick gegangen. Den Kick, etwas Neues, Gefährliches zu erleben.

Sie war schon fast bei der Hecke, da sah sie aus den Augenwinkeln einen Schatten neben einem Busch. Die Umrisse eines Mannes, der sie zu beobachten schien. Wahrscheinlich noch ein Feuerwehrmann, der sich vergewissern wollte, dass sie sich wirklich vom Acker machte. Doch irgendwas kam ihr komisch vor. Ihre Nackenhaare sträubten sich, als drohte eine

Gefahr. Alex lief weiter und tat so, als hätte sie den Mann nicht gesehen.

Als sie an einer Baumgruppe vorbeikam, trat sie dahinter und spähte zurück. Für einen Moment hörte ihr Herz auf zu schlagen. Der Mann folgte ihr, er war keine dreißig Meter entfernt, doch das Gesicht konnte sie nicht erkennen. Sofort dachte sie an diesen Jörg, er hatte ungefähr seine Statur. Sollte er es wirklich sein, musste er sie länger verfolgt haben, wahrscheinlich schon von ihrem Hotel aus. War er ein Stalker, so ein erbärmlicher Freak, der Macht über Frauen brauchte, um sich nicht allzu jämmerlich zu fühlen? Aber der Freak hatte Muskeln, die hatte sie neulich gespürt. Bekäme er sie zu fassen, hätte sie kaum eine Chance. Doch was zum Teufel wollte er von ihr? Warum ließ sie sich nur mit solchen Scheißtypen ein? Oder war das doch ein Feuerwehrmann?

In dem Moment holte der Fremde eine Maske aus seiner Tasche und streifte sie über seinen Kopf. Instinktiv begann sie zu rennen, zu dem Brombeerdickicht, hinter dem ihr Fahrrad stand. Diesmal schaffte sie den Sprung über den Graben. Sie schlüpfte ins Dickicht, wollte sich beeilen, doch sie kam kaum voran, die Brombeerranken zerrten an ihr, als wollten sie sie aufhalten, als machten sie mit diesem Arschloch gemeinsame Sache. Sie versuchte sich loszureißen, sich mit Gewalt durchs Gestrüpp zu schieben, ihre Jacke war schon völlig verkratzt, genau wie ihre Hände, aber sie hing im Dickicht wie eine Fliege im Spinnennetz!

Panik erfasste sie. Alex blieb stehen, spürte, wie der Puls in ihren Schläfen hämmerte. Sie dachte an die Nacht vor ein paar Tagen im Lorettowald, da hatte es im Unterholz geknackt und sie das Gefühl gehabt, dass dort jemand lauerte. Hatte er sie da schon verfolgt? Hatte der Sprint ans Hörnle ihr das Leben gerettet? War ihre Begegnung im »KULT« gar kein Zufall gewesen?

Plötzlich hörte sie ihn hinter sich, wie auch er mit den Brombeeren kämpfte, hörte sein Keuchen, er schien ganz nah, dann war es still. Jetzt verharrte auch er. Lauschte. Sah sie vielleicht. Bewegte seine Hand vorsichtig durchs Gestrüpp, um nach ihr zu greifen ...

Panisch drängte sie weiter, statt stehen zu bleiben und sich vorsichtig zwischen den Ranken hindurchzuwinden. Sie riss sich los, lief ein Stück, aber schon krallten sich die nächsten Ranken in ihren Körper, hielten sie fest wie eine fleischfressende Pflanze.

Im nächsten Augenblick packte sie jemand von hinten an den Schultern. Alex blieb vor Schreck das Herz stehen. Jemand zog sie mit Macht an sich heran. Kurz darauf spürte sie ein Messer an ihrer Kehle, und für einen Moment wurde ihr schwarz vor Augen. Sie hörte seinen Atem, er roch nach Schnaps und Bier. Sie schloss die Lider, spürte die Klinge auf ihrer Haut.

Tränen schossen ihr in die Augen, kurz sah sie ihre Mutter vor sich, wie sie mit einem unbestimmten Lächeln auf einem der Pfade im Lorettowald stand.

Sollte das, dachte Alexandra, schon alles gewesen sein?

4

»Dürfen wir eintreten?«, fragte der Mann und hielt ihm einen Polizeiausweis hin. Der Mann hieß Steck und war Kommissar, ein Bürohengst mit dürren Armen und schlaff überm Gürtel hängender Wampe. Eine Frau war noch dabei, eine Kommissarin Henke. Sie war ungefähr so alt, wie Elisabeth es heute wäre, wenn sie noch leben würde. Aber diese Henke war nicht so hübsch wie sie.

»Was wollen Sie?«, fragte Konrad Kaltenbacher. Sein Herz klopfte, obwohl er die Polizei eigentlich schon erwartet hatte.

»Es geht um den Brand im Ried.«

Die Farbe wich aus seinem Gesicht, er konnte das nicht verhindern. Hatte ihn gestern jemand erkannt? Er blickte zur Straße. Dort stand Martha Brandstätter, ausgerechnet! Was suchte die hier? Hatte sie ihn vorige Nacht gesehen? Hatte sie die Polizei gerufen? Auch ihr Fischerhaus befand sich direkt am See, nur zwei Grundstücke weiter. Wie missgünstig und schadenfroh sie zu ihm herüberspähte! War da nicht auch ein höhnisches Lächeln?

Früher hatte sie nicht dieses Boshafte gehabt, Konrad hatte sie gemocht. Sie war eine von den wenigen gewesen, die sich nicht das Maul über Elisabeth verrissen. Russenschlampe, so hatte seine Nachbarin, die alte Kracht, seine Liz einmal beim Metzger genannt. Zufällig hatte er das aufgeschnappt.

Jetzt würde er Martha solch böses Gerede auch zutrauen. Und wie alt sie aussah! Sie war fünfzehn Jahre jünger als er und Johannes, wirkte aber älter als ihr Mann. Doch wenn man mit jemandem wie Johannes Brandstätter verheiratet war, alterte man wohl schneller. Weil die Seele Schaden nahm.

Mit dem Johannes hatte er sich schon im Kindergarten geprügelt. Die Kaltenbachers und die Brandstätters, das hatte noch nie zusammengepasst, schon ihre Großväter waren sich aus dem Weg gegangen. Und nachdem er eine zehn Jahre jüngere Frau geheiratet hatte, dachte er manchmal, musste Johannes eine noch jüngere nehmen. Wobei er sich nicht nur deshalb für Martha entschieden hatte.

Sie löste ihren Blick und kehrte ihm den Rücken zu. Konrad merkte, wie die beiden Kommissare ihn aufmerksam beobachteten.

»Kommen Sie«, sagte er mürrisch und ging zum Haus. Ob sie schon seine Freunde vernommen hatten? War einer schwach geworden? Vielleicht der Paul. Wenn, dann er. Mit Druck konnte er nicht umgehen, deshalb war er auch so fett. Seit gut zehn Jahren, seit immer weniger Felchen in den Überlinger See zogen, soff und fraß er zu viel. Er hatte eh nur mitgemacht, weil er nicht Nein sagen konnte. Besser, sie hätten ihn in Ruhe gelassen. Aber sie hatten sich geschworen zu schweigen, egal, was passieren würde. Und dem Paul lag viel an ihrer Freundschaft.

Sie setzten sich ins Wohnzimmer. Neugierig blickten sich die Kommissare um. Jeder wollte gern wissen, wie Fischer lebten. Die Leute stellten sich vor, sie hausten in einer Art Heimatmuseum, mit Reusen und einem Berg von zu flickenden Netzen in jeder Ecke. Wobei sein uraltes Fachwerkhaus der Phantasie wohl recht nahekam. Die Möbel waren seit Generationen in Familienbesitz, der Eichentisch und der Biedermeierschrank hatten schon seinem Ururgroßvater gehört, sein Großvater hatte den Ofen mit den hellblauen Kacheln gebaut, und an den Wänden hingen eine Tiefenkarte und Aquarelle vom Untersee.

Konrads Herz schlug wie verrückt. Jetzt würde es wieder losgehen, so wie damals. Da hatte auch ein Kommissar vor seiner Gartentür gestanden. Erst glaubten sie noch an den Serienmörder, aber dann ... Weil sie den nicht fanden, nahmen sie ihn aufs Korn. Der eifersüchtige Ehemann, der seine Frau erdrosselt und die Leiche im See versenkt hat. Wo waren Sie an dem Nachmittag, Herr Kaltenbacher? Haben Sie Zeugen? Nur Felchen, hatte er geantwortet, und die habe er alle getötet.

Das fand dieser Kommissar Mayer mit den traurigen Augen gar nicht lustig. Doch beweisen konnte er ihm nichts. Etwas zu trinken bot Konrad seinen Gästen nicht an. Warum auch? Er wollte sie schnell wieder loshaben, und das sollten sie ruhig merken. Angst vor der Polizei zu zeigen machte die Sache nur schlimmer, das hatte er damals gelernt. Mit seiner Angst hatte er sich überhaupt erst verdächtig gemacht.

»Das Feuer hat einigen Schaden angerichtet«, meinte Steck.

»Hab ich gehört«, sagte Konrad. »Haben da ein paar Kinder im Ried gezündelt?«

»Es war Brandstiftung. Wir haben zwei Benzinkanister gefunden. Das Feuer wurde in einer Kormorankolonie gelegt.«

»Um die ist es nicht schade. Von denen gibt es viel zu viele.«

Steck schüttelte den Kopf und hob die Stimme. »Das halbe Ried ist abgebrannt, Herr Kaltenbacher. Die B 33 war die ganze Nacht gesperrt. Hätte die Feuerwehr nicht so schnell reagiert, wären wahrscheinlich auch die Entsorgungsbetriebe und das Klärwerk betroffen gewesen. Durch den Wind sprang das Feuer über die Kanäle.«

»Zum Glück ist nichts Schlimmeres passiert.«

»Ach ja?«

Steck sah ihn an wie einen Verbrecher. Wie damals dieser Kommissar Mayer, als er ihn nach seinem Alibi für den Nachmittag fragte, an dem seine Frau verschwunden war.

»Was wollen Sie von mir?«

»Haben Sie das Feuer gelegt, Herr Kaltenbacher?«

»Wie kommen Sie denn darauf?«

Steck zuckte mit den Achseln. »Fragt man in Fischerkreisen herum, fällt schnell Ihr Name. Und Sie haben auch eine passende Vorstrafe.«

»Wen genau haben Sie denn alles befragt? Und was genau hat wer gesagt?«

Darauf blieb ihm Steck die Antwort schuldig. Das hatte er sich schon gedacht: Der Kommissar stocherte im Nebel. Wollte ihm Angst einjagen. Konrad lachte abschätzig. »So einfach macht ihr euch das? Brutbäume brennen, und weil der Kaltenbacher schon mal ein paar Kormorane abgeknallt hat, muss er es gewesen sein.«

»Sie haben zwölf Vögel im Naturschutzgebiet geschossen.«

»Sonst kriegt man sie halt nicht.«

Steck und Henke tauschten verständnislose Blicke. Klar, die hatten keine Ahnung, was es heißt, wenn einem die Existenz weggefressen wird. Als Beamte trugen sie ja einen weichen Rettungsring auf den Hüften, mit dem sie auch die Sintflut überleben würden.

»Wo waren Sie gestern Nacht?«, fragte die Henke.

»Bei meinem Freund, dem Franz Hart. Ein Fischer aus Allmannsdorf. Wir waren bei ihm zu Hause, haben Karten gespielt und zusammen etwas getrunken. Deshalb bin ich auch mit dem Fahrrad gefahren. Und noch zwei Freunde waren da, der Reto Burri aus Ermatingen und der Paul Lemprecht aus Litzelstetten.«

Kommissarin Henke lächelte, als wüsste sie was. »Bei Franz Hart waren wir schon. Ist ja gut für Sie, dass es gleich so viele Zeugen gibt. Und gut für die anderen ist es auch.«

Konrad missfiel ihr spöttischer, abfälliger Ton, so als nähme sie ihn nicht für voll. »Was wollen Sie damit sagen? Was unterstellen Sie mir da?« Seine Stimme war plötzlich so laut und scharf, dass die zwei zusammenzuckten. Erschrocken starrten sie ihn an, den großen, dunklen, breitschultrigen Mann, als würde er gleich Kleinholz aus ihnen machen. Auch wenn er viel älter war, gegen ihn hätten sie nicht den Hauch einer Chance.

»Tut mir leid«, sagte Konrad und lächelte entschuldigend. Doch eigentlich freute es ihn, sie erschreckt zu haben. »Aber Sie wissen ja sicher schon, dass ich mit der Polizei nicht die besten Erfahrungen gemacht habe.«

Die beiden blieben still und sahen ihn an, als wollten sie ihn am liebsten gleich festnehmen. Konrad trommelte mit den Fingern auf den alten Tisch. Mittlerweile war sein Gesicht genauso zerfurcht, dachte er. Lange schon hatte er morgens nicht mehr in den Spiegel geblickt.

»Haben Sie sonst noch was?«, fragte er. »Ich muss nämlich wieder auf den See. Wir sind grad beim Laichfischfang auf Hecht, und ich verdien mein Geld nicht mit Rumsitzen.«

»Ich glaube, Sie unterschätzen, worum es hier geht«, sagte Steck pikiert.

»Ach ja?«

»Wir ermitteln nicht nur wegen Brandstiftung, sondern auch wegen eines Tötungsdelikts.«

Entgeistert sah er Steck an. »Was?«

Der machte eine Pause, nur um ihn zu quälen. Um zu sehen, ob er sich verraten würde.

»Was ist passiert? Wieso ›Tötungsdelikt‹?«

»Wir haben eine verkohlte Leiche im Ried entdeckt«, sagte die Henke trocken.

Konrad schluckte. Er konnte nichts sagen. Natürlich wussten sie jetzt, dass er es war, so verstört wie er dreinblickte. Vielleicht sollte er es zugeben, alles erklären. Jemanden töten, das hatten sie doch nicht gewollt! Käme es raus, müssten sie ins Gefängnis. Was bekam man für Brandstiftung, wenn dabei einer starb? Sie wären ruiniert. Seine Freunde durfte er nicht verraten. *Er* hatte sie überzeugt, ihm zu folgen.

Schweiß stand auf seiner Stirn, so wie damals. Immer wenn er ins Polizeipräsidium musste, hatte Schweiß auf seiner Stirn gestanden, auch wenn er fror. Und wie damals schlug sein Herz so wild wie ein Hammerwerk. »Wer ist denn gestorben?«

»Ein Mann, mehr wissen wir noch nicht. Die Leiche wird gerade von der Rechtsmedizin untersucht.«

»Warum war er im Ried, mitten in der Nacht?«

»Das werden wir hoffentlich bald herausfinden.«

Konrad starrte vor sich auf den Tisch. Er spürte, wie Steck ihn beobachtete, wie ein Hecht ein krankes, müdes Fischchen, kurz vor dem Zupacken.

»Wenn Sie jetzt den Mund aufmachen, kann Ihnen das helfen«, sagte Steck. Es klang sehr mitfühlend. »Wahrscheinlich wollten Sie mit Ihren Freunden nur die Kormoranbäume abfackeln und niemanden töten. Aber dann müssen Sie mit uns reden. Schnell.«

Konrad zögerte, überlegte noch einmal. »Ich habe mit der Sache nichts zu tun, und meine Freunde auch nicht, das können Sie mir glauben«, sagte er dann. Er klang viel entschiedener, als er es in Wirklichkeit war.

Steck sah ihn finster an. Der Kommissar ahnte, dass er hinter dem Brand steckte, und spürte, was in ihm vorging. Er wartete, lauerte, ob das Fischchen nicht noch ein Stück näher zu ihm schwimmen würde.

Konrad Kaltenbachers Kehle war staubtrocken. Würde er noch einmal die Kraft aufbringen, all das auszuhalten? Die Befragungen, die Verhöre, das Gerede der Leute. Sein Name würde wieder in der Zeitung stehen und durch den Schmutz gezogen werden. Alle würden sie ihn wieder so schräg ansehen wie vorhin Martha Brandstätter.

Doch er schwieg. »Ich muss auf den See«, sagte er barsch.

»Also gut«, seufzte Steck und stand auf. »Wir werden überall herumfragen. Irgendjemand hat Sie gesehen, wenn Sie es waren. Und womöglich ist nicht jeder Ihrer Freunde so stark wie Sie. Oder soll ich sagen: stur? Sie sollten miteinander reden.«

»Verschwinden Sie!«, rief Konrad. So laut und bissig, dass der Steck einen kleinen Satz zur Tür machte.

5

Martin Schwarz seufzte tief. Schweiß stand auf seiner Stirn, obwohl er sich überhaupt nicht bewegte. Seit ein paar Tagen war es richtig heiß, zu heiß für Mitte April. Vor ihm lag der weitläufige Kinderspielplatz der Insel Mainau. »Blumis Uferwelt« hatten die Marketing-Fritzen diesen Teil getauft. Bescheuerter Name, dachte er, aber seine Tochter Kim und ihre Freundin Lotta liebten den Ort. Mit ihren brandneuen Feenflügeln wirbelten die beiden Fünfjährigen durch das Gewirr des Kunstwaldes, balancierten auf Stämmen, hingen kichernd an Seilen, versteckten sich in einem Haufen aus riesigem Treibholz. Auf ihren Köpfen trugen sie ihre Prinzessinnenkrönchen. Die Zauberstäbe, die auf Knopfdruck rot blinkten, steckten im Gürtel ihrer Kleidchen. Kims war rosa, Lottas blau. Gestern hatte er mit ihnen »Tinker Bell« geschaut, und Martin konnte sich ungefähr ausmalen, was in ihren Köpfchen vor sich ging: Die Stämme waren Schilfhalme, Kim eine Blumen- und Lotta eine Wasserfee, und irgendwo lauerte ein böser Pirat, der das Feenreich bedrohte und den es auszuschalten galt. Vorhin hatte Kim gefragt, ob er der Pirat sein könnte. Eigentlich jagte er gern Feen, aber heute fehlte ihm die Lust. Sein Kopf war einfach zu voll.

Martin seufzte noch einmal und trank einen großen Schluck Hefeweizen, das er sich im Biergarten nebenan geholt hatte. Ahhh, der erste Schluck, wie er kühl und schäumend durch den Hals rann, das war kaum zu toppen. Er saß am Rand des Spielplatzes und stellte das Glas neben sich. Noch zwei Schlucke, und die Welt würde beginnen, ein weniger feindlicher Ort zu sein.

Eine Bank weiter saß ein Ehepaar und beäugte ihn skeptisch.

Irgendwie lief es gerade nicht rund. Seine Arbeit als Privatdetektiv ödete ihn seit einiger Zeit an. Der letzte richtig große Fall mit dem Archäologen Alexander Stetten lag fünf Jahre zurück. Seitdem Routine: Ehepartner beschatten oder heimlich Leute filmen, die ihren Müll in die Tonnen der Nachbarn stopften. Ziemlich oft waren seine Auftraggeber grauenhafte Arschlöcher, Zwangscharaktere und Narzissten, getrieben von Eifersucht, Missgunst, Geltungsdrang oder Gier. Nein, er hatte momentan nicht das Gefühl, mit seiner Arbeit zur Besserung der Welt beizutragen. Gestern Abend hatte ein Mann angerufen, der ernsthaft von ihm verlangt hatte, den Bernhardiner seines Nachbarn zu observieren, um herauszufinden, ob dieser nachts heimlich in seinen Garten kackte. Ein Beweisvideo wollte der Mann auch. Den Auftrag hatte er abgelehnt.

In der Konstanzer SÜDZEITUNG hatte er vor Kurzem einen Bericht über berufliche Krisen gelesen. Der war ihm unter die Haut gegangen. Von »Kompetenzsaturierung« und »Erstarren in der Routine« war da die Rede gewesen, dem man mit Job-Wechsel, »Job-Enrichment« oder »veränderter individueller Sinnkonstruktion« begegnen müsse. So ein Mist, hatte er gedacht. Letzteres hieß so viel wie sich die Sache schönzureden. In so was war er aber nicht gut. Und was gab es bei ihm schon zu »enrichen«, wenn es keine gescheiten Fälle gab? Okay, er könnte sich in all den technischen Schnickschnack wie Abhörtechnik, Videoaufzeichnung und Ortungssysteme hineinknien, aber dafür hatte er seinen Mitarbeiter Thomas Korn. Dem würde er da nie das Wasser reichen können. Und er hatte auch überhaupt keine Lust dazu.

Martin nahm noch einen großen Schluck. Und was sollte er sonst tun mit über fünfzig, einem geisteswissenschaftlichen Studium und einer gescheiterten Karriere als Elitesoldat? Als Wrack war er vor einem Jahrzehnt aus Afghanistan zurückgekehrt. Er könnte eine Kneipe aufmachen, aber das wäre sein Ende. In den Jahren nach Afghanistan war er halb betäubt in einem Meer aus Whiskey getrieben und fast darin ertrunken. Jeden Morgen oder eher Mittag hatte er im Badezimmerspiegel dem Tod in Gestalt seines ausgemergelten Gesichts in die rot geäderten Augen geblickt. Damals hätte er es nicht für möglich gehalten, dass aus seinem Leben noch einmal etwas werden würde. Und jetzt? Hatte er sich eine berufliche Existenz aufgebaut und Frau und Kind. Warum, verdammt noch mal, konnte er nicht dankbar und stolz darauf sein? Diesen herrlichen Frühlingsnachmittag genießen? So wie Kim und Lotta, die gerade wild kreischend vor einem imaginären Piraten davonjagten. Weil wir gnadenlos auf Selbstoptimierung konditioniert sind, würde sein Freund Frank Zwille sagen. Weil wir gar nicht mehr anders können, als permanent nach Defiziten in uns zu suchen und krankhaft nach einem Höher und Mehr zu streben. Das war, fand der Marxist Zwille, der ultimative Sieg des Neoliberalismus: Der habe dem Menschen in seine DNA eingeschrieben, dass Glück und Erlösung nur über das so rast- und rücksichtslose wie selbstausbeuterische Erklimmen der Karriereleiter zu erreichen seien, ja dass der Mensch sein Heil nur in der bedingungslosen Selbstaufgabe im überhitzten Räderwerk der kapitalistischen Maschinerie finden könne, die immer schneller und gieriger Menschen und Ressourcen verschlinge.

Da war was dran, fand Martin, auch wenn Zwilles Ausführungen etwas verschwurbelt klangen. Und eigentlich hatte ihm sein Beruf immer Spaß gemacht. Er bräuchte einfach mal wieder etwas Herausforderndes, so was wie die Brandleiche, die vor drei Tagen im Wollmatinger Ried entdeckt worden war. Irgendjemand – ziemlich sicher ein frustrierter Berufsfischer – hatte die Kormoran-Brutbäume abgefackelt, was zu einem Flächenbrand des halben Rieds geführt hatte. Zum Glück hatte die Feuerwehr den Brand noch vor der Konstanzer Kläranlage unter Kontrolle gebracht. Die Bilder des Flammenmeers, die er im Internet gesehen hatte, waren atemberaubend gewesen. Als dann das ganze Schilf abgebrannt war, stießen Schaulustige auf den verkohlten Toten.

Jedenfalls hatte die SÜDZEITUNG seitdem mehr als genug zu schreiben, von obdachlosen Kormoranen, möglichen Tätern und einem bevorstehenden Fischerkrieg. In der Online-Ausgabe waren gruselige Fotos verkohlter Schwanennester, schwarzer Baumgerippe und einer verschmorten Rohrdommel zu bestaunen. Für Vogelschützer war das starker Tobak. »Mid'm Färnglas 'ne Röhrdömml sähn«, hatte ihm eine knackige Hobby-Ornithologin aus Sachsen einmal auf einer Party erklärt, »is wie Sex mit drei Männa.« Also ungefähr so wie eine Zehn-Kilo-Bodenseeforelle fangen, hatte Martin das für sich übersetzt. Entsprechend scharf hatte sich die Baden-Württembergische NABU-Chefin Beate Klieme in der Presse über die Fischer geäußert.

Exklusiv für Abonnenten gab es in der Online-Ausgabe der SÜDZEITUNG noch ein Drohnenvideo von der rauchenden und schwarzen Wüstenei. Die gestochen scharfen Bilder aus der Vogelperspektive waren wie ein bittersüßer Vorgeschmack auf die Hölle, und beim Betrachten war ein grausig-wohliger Schauer durch Martin hindurchgerieselt. Über den Toten stand bisher wenig drin, seine Identität hatte die Polizei bereits ermittelt, es handelte sich um einen polizeibekannten Kleinkriminellen aus Singen, und er war nicht durch das Feuer getötet worden. Sein Mörder hatte ihn im Ried abgelegt, und wenn es nicht gebrannt hätte, hätten Möwen, Krähen und Füchse ihn Happen für Happen verschwinden lassen. Heute Morgen war ein Foto von ihm veröffentlicht worden, die Polizei suchte nach Zeugen.

Martin trank noch einen Schluck, aber die Welt wurde immer noch nicht besser. Kim bannte mit ihrem wild blinkenden Zauberstab und einem inbrünstig gerufenen Zauberspruch gerade den Piraten.

Was ihm obendrein zu schaffen machte: Er war schon über fünfzig. Fünfzig! So eine Scheiße. Mit fünfzig war man alt, auch wenn das keiner zugab. Er sah es an seinem Körper, wie die Schwerkraft immer unbarmherziger an ihm zog. Vor allem an seinem Bauch, der seit Kims Geburt unaufhaltsam gewachsen war. »Man sieht ja deine Gürtelschnalle gar nicht mehr, Paps«, hatte Kim vor Kurzem gesagt. Und hatte nicht auch die Kraft des Bindegewebes an seinem Hintern nachgelassen? Oder war der nur größer und schwerer geworden? Zudem gab es da eine Stelle, die sah verdammt nach Cellulite aus. Er hatte immer gedacht, mit so was wie Cellulite und schwächelndem Bindegewebe hätten nur Frauen zu kämpfen, aber falsch gedacht. Er müsste ins Fitnessstudio, unbedingt. Und weniger essen. Vor allem weniger trinken. Außerdem waren seine Haare fast vollständig ergraut, und wenn er sich nicht irrte, hatten sie sich an der Stirn bereits gelichtet!

Oh Mann. Und dann Elsa ... Auch mit seiner Frau stimmte etwas nicht. Oder mit ihnen. Seit ein paar Monaten schliefen sie kaum noch miteinander. Dauernd schien sie im Stress zu sein. Er war das auch, hatte aber trotzdem Lust auf Sex. Gerade jetzt bei der Hitze, wo die schönsten Frauen halb nackt herumliefen. Doch Elsa war meistens zu müde oder wollte noch lesen, und wenn sie es taten, schien sie es manchmal nur so über sich ergehen zu lassen. Und immer öfter blieb Elsa für mehrere Tage in Waldshut, wo sie ihre psychoanalytische Praxis hatte.

»Ist was?«, hatte er sie schon ein paarmal gefragt.

»Nein, wieso? Mir geht's gut!«, hatte sie geantwortet, aber in diesem typischen Elsa-Ton, der genau das Gegenteil meinte.

Lag es an seinem Bauch und dem Bindegewebe? Er sah sich selbst nicht mehr gern im Spiegel. Doch auch bei Elsa hatten Schwangerschaft und Schwerkraft ihre Spuren hinterlassen, sie wollte sich ihm gar nicht mehr gern nackt zeigen, obwohl er sie noch genauso begehrenswert und schön fand wie am ersten Tag. Es machte ihm überhaupt nichts aus, dass ihr Hintern fülliger und saftiger geworden war. Im Gegenteil, er fand das gut.

Nein, ihre Probleme gingen tiefer. Viel tiefer. Das merkte er daran, dass er die Gedanken an ihre Beziehung mit Gewalt unterdrückte. Ob sie in Waldshut jemanden kennengelernt hatte?

Mit einem kräftigen, das Glas leerenden Schluck versuchte er, die sein Hirn enternden Bilder von damals zu vertreiben, wo er Elsa wild knutschend mit diesem Italiener gesehen hatte, kurz nach ihrer ersten gemeinsamen Nacht ...

Da erlöste ihn das Klingeln seines Handys von diesen Tag-Alpträumen. Die Geschäftsnummer. Kurz zögerte er, dann hob er ab.

Sie hieß Alexandra Kaltenbacher. Eine junge Frau mit einer hellen, frischen Stimme. »Spreche ich mit Privatdetektiv Martin Schwarz?«

»Der bin ich.«

»Ich hätte einen Auftrag für Sie.«

»Worum geht es?«

»Das würde ich gern persönlich mit Ihnen besprechen.«

»Wann und wo?«

»Heute am frühen Abend? So siebzehn Uhr? Auf der Terrasse des ›Seehotels‹? Ich lade Sie ein.«

Abendessen im »Seehotel«, das klang nach Geld. Kaltenbacher, Kaltenbacher, da klingelte was. Eine Reichenauer Berufsfischerfamilie hieß so. Elsa würde gegen neun aus Waldshut zurückkommen. Das müsste er locker schaffen. Er wollte für sie kochen. Also heute zweimal Abendessen, es würde wieder nix werden mit Abnehmen.

»Ich werde da sein. Bis dann!«

Er legte auf. Immerhin, ein neuer Auftrag.

»Endschuldige Se mol.«

Er schreckte zusammen. Eine laute und strenge Stimme. Vor ihm stand die Mutter von der Bank nebenan. Schwäbischer Akzent, eine Amazone mit schweren Brüsten, weitem Hemd und einem Blick, der jedem klarmachte, dass diese Frau im Zweifelsfall auch töten würde.

»Ja bitte?«

Sie stemmte ihre Hände in die fleischigen Hüften. »Findet Se des eigedlich guet, dass Se hier am Spielplatz Bier trinket?«

Verdutzt sah er sie an. »Äh, ja. Warum nicht? Es schmeckt sehr gut und ist schön kühl.« Er lächelte freundlich. »Meine Tochter spielt da vorn.«

»Sie solltet e Vorbild sei! Grad au für Ihr Kind!«

Ihre Stimme hatte sich gehoben.

Andere Eltern schauten zu ihnen herüber.

»Hören Sie, ich stelle das leere Glas hinter meinen Rucksack, wenn Sie mögen. Da sieht es niemand. Es ist für mich einfach sehr entspannend, nach der Arbeit ein Bier zu trinken und meiner Tochter beim Spielen zuzusehen. Außerdem«, er zeigte zu dem kleinen Biergarten in Sichtweite, »da drüben wird auch Bier getrunken, was die Kinder genauso sehen können.«

»Ha! Des isch was gans andres.«

»Finden Sie? Inwiefern?«

Die Amazone bebte. Martin räusperte sich. »Ist außerdem alkoholfrei«, log er, lächelte und hielt ihr das Glas hin. »Riechen Sie mal!«

»Des sieht mer aber it!« Die Schwäbin musterte ihn mit einem vernichtenden Blick. »Des kann doch e Kind it unterscheide. I möcht it, dass Se vor de Auge vo maine Kinder Bier in sich naischüttet.«

»*Hineinschütten?*«, wiederholte Martin ungläubig und schaute zu der Bank nebenan, wo sich ihr Mann, ein dürrer Hering mit Nickelbrille und Halbglatze, gerade kampfesbereit erhoben hatte. Dort standen eine Thermosflasche und drei Becher. Bestimmt Matetee, dachte Martin.

Er zeigte darauf. »Da könnte auch Wodka drin sein«, sagte er mit einer übertriebenen Ernsthaftigkeit.

»Etzt langt's!«, donnerte die Frau, dass es auch ja jeder in Blumis Uferwelt hörte. »Des isch doch unglaublich! Säuft der hier Bier vor de ganze Kinder! Chris, pass du hier auf, dass der it abhaut, i hol d'Aufsicht, un dann könnet Se was erläbe!«

Sie stapfte fort, mit wehendem Hemd und hüpfenden Brüsten, Richtung Kiosk. Chris und die Eltern auf den anderen Bänken sahen ihn feindselig an, als hätte er ein Kind entführt.

Jetzt schnell weg, dachte Martin.

Da standen die zwei Feen vor ihm.

»Alles klar, Paps?«, fragte eine atemlose Kim, besorgt, mit glühenden Wangen und einer glitzernden Krone.

»Kannst du die dicke Dame da wegzaubern?«, fragte er und zeigte auf die davoneilende Amazone.

»Wieso? Schimpft die wegen deinem Bier?«

»Ach Quatsch!«, sagte er gereizt. »Wollen wir weiter zur Wasserburg?«

»Och nee. Hier ist es grad so schön!«

»Und wenn ich Pirat spiele?«

Kims Augen wurden groß. »Au ja!« Sie zögerte. »Aber auch lang? Eine Stunde!«

»Eine halbe.«

»Schwör's!«

Er hob seine Finger. »Ich schwöre!«

Die beiden Feen flitzten jauchzend los.

Das war der Preis.

Er wollte hinterher, doch der Hering stellte sich ihm in den Weg.

»Was?«, fragte Martin und kam dem Mann so nahe, dass er ihn riechen konnte. Dazu ein Blick, wie er ihn beim KSK gelernt hatte: durchdringend und erbarmungslos; einer, der das Herz des anderen wie ein eiserner Griff zusammenpresst.

Der Hering sackte in sich zusammen, als hätte Martin seine Schwimmblase durchstochen, wich zur Seite und senkte den Blick. Martin stellte sein Weizenglas neben die Thermoskanne. So fest, dass es zerbrach. Noch einmal sah er zu dem Mann, der auf die Scherben starrte und Angst um sein Leben hatte.

Wie benommen ging Martin zur Wasserburg. Für einen Augenblick hatte er etwas gespürt, was ihm fremd geworden war, nämlich die Härte, Kälte und Entschlossenheit des Soldaten, die er sich damals antrainiert und von der er geglaubt hatte, sie für immer am Hindukusch verloren zu haben. Plötzlich war sie wieder da, als hätte sie ihm jemand injiziert. Das war besser als vier Bier. Und ganz ohne Kalorien.

Kurz darauf zwängte er sich viel zu schmale Leitern hinauf, kroch auf allen vieren durch enge Holzgänge, stolperte über wackelige Hängebrücken: ein schwerer, schwitzender, aber wild entschlossener Pirat auf der Jagd nach zwei flinken Zauberfeen. Und er war so furchterregend, dass Kim einmal kurz anhielt und besorgt flüsterte: »Du frisst uns aber nicht wirklich, gell?« Da schüttelte er lachend den Kopf, Kim fiel ein Steinchen vom Herzen, und sie flog davon. Er hinterher. Es wurde ihre bisher längste und wildeste Jagd, und Martin Schwarz fand es wunderbar.

6

Martin Schwarz betrat die Terrasse des Konstanzer »Seehotels«, für ihn das am schönsten gelegene Gebäude der Stadt. Früher, vor Kim, waren Elsa und er öfters hierher zum Essen gegangen. Vor ihm lag der Obersee. Die Berge des Bregenzerwalds waren in der Ferne als dunkelblaue Silhouetten zu erkennen, einige Yachten mit weißen Segeln schwebten zum Konstanzer Hafen. Gott sei Dank gibt es Schönheit auf der Welt, dachte er und suchte nach Alexandra Kaltenbacher.

Sie saß an einem der vorderen Tische und sah hinreißend aus. Wie immer, wenn er schönen Frauen begegnete, hatte er einen Kloß im Hals und fühlte sich nichtig und klein. Der Soldat von vorhin hatte sich leider wieder verkrochen.

Lächelnd stand sie auf. Alexandra Kaltenbacher war eine kleine, zierliche Person mit so einem speziellen, frechen Charme. Sie sah ihn neugierig an, und Martin fragte sich, ob nicht auch etwas Spöttisches in ihrem Blick lag. Sah sie an seinen Augen, was ihm da gerade so alles ungefiltert durchs Hirn huschte? Alexandra Kaltenbacher war nämlich ziemlich sexy. Und wahrscheinlich viel schlauer als er. Martin hatte ein bisschen Angst vor ihr, ehrlich gesagt. Sie hatte ein paar fiese Kratzer an der rechten Wange, als hätte sie mit einer Wildkatze gespielt. Das gab ihr etwas Verwegenes. Und ihre hellgrauen Augen schienen bis in die finstersten Winkel seiner Seele zu schauen, doch er hielt ihrem Blick tapfer stand und streckte ihr die Hand hin. Auf ihrem Kopf trug sie einen Berg hochgesteckter Haare, der wie ein zerzauster Turban aussah, eine wilde Mischung aus hellbraunen Dreadlocks und rötlichbraunen Strähnen, von denen sich manche gelöst hatten und wie kleine Schlänglein über ihre Schläfen baumelten und in ihr Gesicht hingen. Ihr Kopf wirkte durch die wilde Mähne etwas zu groß im Vergleich zu ihrem grazilen Körper.

Sie trug eine schwarze, zerkratzte Lederjacke und enge Jeans. Ihr Handgriff war sehr fest, natürlich. Wenn er Kim das nächste Mal von Aschenputtel erzählte, dachte Martin, würde er an Alexandra Kaltenbacher denken. Nur diese Piercings an Nase und Unterlippe würde er nicht erwähnen. Und die schmalen Fältchen um die Mund- und Augenwinkel, die hatten sich ein Jahrzehnt zu früh in ihre Haut gegraben. Zudem lagen nicht nur Wärme und Zuversicht und dieses Verwegen-Pfiffige in ihrem Blick, sondern auch, wenn man genauer hinsah, etwas Wildes und Dunkles.

Sie setzten sich. Martin betrachtete die anderen Gäste. Das »Seehotel« wurde vor allem von betuchten Rentnern und wohlhabenden Touristen besucht. Die betrachteten Alexandra Kaltenbacher mit skeptischen Blicken, als wäre sie eine Terroristin und hätte vor, das Hotel in Brand zu stecken oder ihre Häuser zu besetzen. Martin seufzte. Die junge Frau könnte seine Tochter sein. Er wäre stolz, wenn aus Kim einmal eine solch charmante und selbstbewusste Frau werden würde. Wäre er fünfzehn Jahre jünger, würde er sich sofort in sie verlieben.

Wäre, würde, wäre …

Mit einem schelmischen Lächeln, als könnte sie wirklich seine Gedanken lesen, sah sie ihn an. Sie hatte Grübchen in beiden Wangen.

»Einen wunderbaren Ort haben Sie da ausgesucht«, sagte Martin. »Wohnen Sie hier im Hotel?«

Sie lachte kurz auf. »Schön wär's. Ich bin freie Journalistin. Ich kann mir hier gerade mal zwei Cappuccino leisten.«

»Ach so? Ich dachte, ich kriege hier mein Abendessen.«

Sie grinste. »Tut mir leid, falls ich da falsche Hoffnungen geweckt haben sollte.«

»Schon verziehen. Ich muss eh abnehmen. Worum geht es?«

Sie legte die Titelseite der heutigen SÜDZEITUNG auf den Tisch. Martins Augen weiteten sich: Es war das Foto des Mannes, dessen verkohlte Leiche im verbrannten Ried gefunden worden war.

»Darüber habe ich gelesen«, sagte Martin.

»Sie wissen, dass dieser Lars Rick nicht verbrannt ist, sondern ermordet wurde?«

»Mit einer Art Hammer erschlagen. Habe ich auch gelesen. Warum interessiert Sie das?«

»Ich habe vor ein paar Tagen mit dem Mann geschlafen.«

Da blieb Martin Schwarz die Spucke weg.

Mit offenem Mund sah er sie an.

Alexandra Kaltenbacher grinste. »War nichts Ernstes. Eigentlich. Ich lebe allein, manchmal passiert mir so was, wenn ich unausgeglichen bin und zu viel getrunken habe. Aber eben nur manchmal.«

»›Eigentlich‹. Sie haben ›eigentlich‹ gesagt.«

Sie nickte, ihr Ausdruck wurde ernst. Dann schob sie ihre Lederjacke beiseite. Darunter trug sie ein tief ausgeschnittenes schwarzes Top. Die Haut ihrer Brüste war glatt und hatte die Farbe von Sand. Martin verschlug es den Atem.

»Dieses Tattoo …« Sie deutete auf die Haut oberhalb der linken Brust. »Lars Rick kannte es.«

Martin blickte verwirrt auf den Eisvogel. Mit angelegten Flügeln stürzte sich das Tier in die Tiefe. Er musste sich ziemlich beherrschen, dass sein Blick nicht abglitt und dem Vogel folgte. Sozusagen. Das Tattoo war ungewöhnlich präzise, das Orange und Blau des Gefieders leuchteten. Der Vogel strahlte eine unbezwingbare Energie aus und passte zu der Frau, die vor ihm saß, wie die Faust aufs Auge.

»Und was heißt das?«

»Meine Mutter hatte genau so ein Tattoo. Sie ist vor fünfzehn Jahren spurlos verschwunden. Die Polizei vermutet, dass sie einem Serienmörder zum Opfer fiel, aber man hat ihre Leiche nie gefunden. Es gibt bis heute keine eindeutigen Hinweise, was mit ihr geschehen ist.«

»Aber jetzt haben Sie welche?«

Sie verdrehte die Augen und schüttelte den Kopf. »Dieser Rick hat mir eine völlig verrückte Geschichte erzählt. Angeblich saß er ein Jahr bevor meine Mutter verschwand, im Konstanzer Knast. Dort hätte er einen Zellengenossen gehabt, der ihm von seiner Geliebten erzählte. Eine verheiratete, sehr attraktive Frau mit einem Eisvogel-Tattoo: meine Mutter. Dieser Zellengenosse, meinte Rick, hätte ihm sogar ein Foto von ihr gezeigt, und er hätte sich vom Fleck weg in die Frau verknallt. Und sie hätte mir sehr ähnlich gesehen.«

Alexandra machte eine kurze Pause und blickte auf den See. »Ich weiß, das klingt völlig verrückt, aber Rick wusste, dass meine Mutter das Tattoo an derselben Stelle hatte wie ich. Dass sie dieselbe Haarfarbe und eine ähnliche Statur besaß. Und dass sie eine Deutschrussin war.«

»Hat er noch etwas erzählt?«

»Dass dieser Zellengenosse nach seiner Freilassung mit meiner Mutter nach Thailand auswandern und verschwinden wollte.«

»Und Sie glauben das?«

Sie seufzte. »Es klang nicht völlig abwegig.«

»Wie hieß dieser Mann aus dem Gefängnis?«

»Angeblich konnte sich Rick nicht an den Namen erinnern. Aber er wollte es herausfinden und sich bei mir melden. Was er aber nicht getan hat. Und jetzt ist er tot. Er hat mir auch einen falschen Namen und eine falsche Telefonnummer genannt. Wie er in Wirklichkeit heißt, habe ich aus der Zeitung erfahren.«

»Sehr mysteriös.«

»Und das ist noch nicht alles. Vorgestern Nacht war ich bei dem Brand im Ried. Da hat mich ein Mann verfolgt. Er hat mir ein Messer an die Kehle gesetzt. Ich bin gestorben vor Angst und dachte schon, das wäre es gewesen. Dann hat er mir gedroht. Ich solle verschwinden vom See, sonst könne er für nichts garantieren.«

Martins Augen weiteten sich. »Und wer kann das gewesen sein?«

»Ich habe keine Ahnung. Erst dachte ich, es wäre Lars Rick.

Aber der war zu der Zeit ja schon tot. Mit meinem Auftrag kann es eigentlich nichts zu tun haben. Noch weiß kaum jemand, dass ich hier bin. Die letzten Tage saß ich im Hotel und in der Unibibliothek und habe mich in die Thematik eingelesen.«

»Wie sah er denn aus?«

»Ich habe ihn nicht gesehen. Nicht sehr groß, glaube ich. Eher schlank. Aber ich kann mich auch irren. Ich war völlig durch den Wind. Das Einzige, was ich sicher weiß, ist, dass er nach Bier und Schnaps gestunken hat.« Alexandra zögerte. »Vielleicht war es nur ein dummes Arschloch, das mir Angst machen wollte. Ganz in der Nähe ist eine Schrebergartensiedlung. Vielleicht hat er gesehen, wie ich mich in die Büsche geschlagen habe, und ist mir gefolgt.«

»Oder es hat etwas mit Ihrer Mutter zu tun. Vielleicht hat dieser Lars Rick mit jemandem gesprochen«, sinnierte Martin.

Alexandra zuckte mit den Achseln.

»Haben Sie Ricks Geschichte der Polizei erzählt?«

»Klar. Aber die will davon nichts wissen. Die glauben, es geht um einen Mord im Drogenmilieu. Und denken, dass dieser Typ im Gebüsch mich nur erschrecken wollte. Er hat mich dann ja auch einfach gehen lassen.«

»Weiß Ihr Vater Bescheid?«

Alex holte tief Luft. »Bisher noch nicht. Bei den Ermittlungen damals stand mein Vater unter Verdacht. Das hat ihm ziemlich zugesetzt. Ich glaube nicht, dass er begeistert wäre, wenn wieder die Polizei bei ihm auftauchen und Fragen stellen würde.«

»Ihr Vater ist der Berufsfischer Konrad Kaltenbacher, stimmt's?«

Alexandra lächelte. »Sie haben auch schon recherchiert.«

»Der Fall ist knifflig. Wirklich knifflig.«

Erwartungsfrohe Augen sahen ihn an. »Interessiert?«

»Schon. Aber was genau wollen Sie von mir?«

»Den Namen von Lars Ricks Zellengenossen. Und dass Sie herausfinden, ob meine Mutter wirklich ein Verhältnis hatte.

Und was mit ihr passiert ist. Und wer mich gestern Nacht bedroht hat.«

Martin nickte. »Können Sie mich überhaupt bezahlen, so als arme Journalistin?«

»Arm, aber frei«, sagte sie trotzig und blickte vor sich auf den Tisch. »Ich habe etwas angespart.«

»Normalerweise verlange ich einen Vorschuss.«

»Kein Problem.«

Er sah ihr an, dass es eines war. »Warum sind Sie ausgerechnet zu mir gekommen?«

»Ich habe ein bisschen im Internet recherchiert. Sie hatten ein paar schwierige Fälle. Sie scheinen gut zu sein und zu lieben, was Sie tun. Das gefällt mir.«

Er lächelte und senkte bescheiden den Blick. Es war schön, so etwas aus dem Mund einer attraktiven jungen Frau zu hören.

»Und ich glaube«, fügte sie hinzu, »dieser Fall könnte ähnlich schwierig werden.«

»Ich werde mich anstrengen. Allerdings kann ich nicht weltweit nach Ihrer Mutter fahnden. Dafür ist mein Laden zu klein, und meine beiden Mitarbeiter sind gerade im Urlaub. Außerdem würde das ziemlich teuer werden.«

Alexandra schüttelte den Kopf. »Das hat damals schon die Polizei gemacht, ohne Erfolg. Und ich habe es auch schon probiert. Wenn überhaupt, kann uns dieser Zellengenosse weiterhelfen.«

»Warum sind Sie überhaupt nach Konstanz gekommen? Sie wohnen doch eigentlich in München.«

»Wie gesagt, ich bin freie Journalistin und auf ökologische Themen spezialisiert. Ich soll eine Reportage über die Berufsfischer am See machen. Die Probleme, die sich für die Fischer aus dem immer sauberer werdenden Wasser und den wachsenden Kormoranpopulationen ergeben. Und ob diese neue Aquakulturanlage, die seit letztem Jahr in Betrieb ist, eine Lösung darstellen kann.«

»Da haben Sie viel vor.«

»Ich habe auch drei Wochen Zeit.«

»Und Sie ermitteln in einem Wespennest.«

»Das bin ich gewohnt.«

»Kann ich mir vorstellen. Ich habe mir Ihre Website angesehen. Sie sind auch als Aktivistin bei Greenpeace engagiert.«

»Ich helfe denen bei der Pressearbeit und bin manchmal bei Aktionen dabei.« Sie zwinkerte ihm zu. »Schreiben allein reicht halt nicht, wenn man die Welt verändern will.«

»Wollen Sie auch Ihren Vater interviewen?«

Sie seufzte. »Ich habe seit über zehn Jahren kein Wort mehr mit ihm gesprochen.«

»Und jetzt schreiben Sie über seine Zunft. Und setzen einen Ermittler auf den Fall Ihrer verschwundenen Mutter an.«

»So ist es.«

»Er dürfte nicht begeistert sein.«

»Das ist sein Problem.«

»Weiß er, dass Sie hier sind?«

»Bisher nicht.«

»Und Ihre Schwester, ist das die Fischereibiologin Amrei Kaltenbacher, die hier am Limnologischen Institut der Uni Konstanz forscht?«

Alexandra nickte.

»Hat die nicht diese Studie zu den Potenzialen der Felchen-Aquakultur im Bodensee erstellt?«

»Exakt. Die Studie war sehr einflussreich. Ohne sie würde es die Aquakulturanlage im See nicht geben.«

»Ihr Vater dürfte nicht allzu gut auf Ihre Schwester zu sprechen sein. Die meisten Berufsfischer sind ja gegen die Anlage.«

»Soweit ich weiß, haben die beiden auch seit Jahren keinen Kontakt mehr. Aber das hat noch andere Gründe als die Aquakultur. Und ich habe mit meiner Schwester ebenfalls schon seit Ewigkeiten nicht mehr geredet. Sie sehen, wir Kaltenbachers sind eine ziemlich verkrachte Familie. Das Verschwinden meiner Mutter hatte gravierende Folgen für uns alle.« Alexandras

Züge verhärteten sich. »Vielleicht hätte ich den Auftrag für diese Reportage nicht annehmen sollen. Aber jetzt ist es zu spät.«

Vielleicht, dachte Martin Schwarz, hast du einfach nur einen Anlass gesucht, um mit deinem Vater und deiner Schwester wieder in Berührung zu kommen.

7

Martin hatte den Tisch gedeckt, den Salat geputzt, die selbst gefangenen Felchen lagen in der Zitronenmarinade, Kräuter und Knoblauch waren gehackt, die Kartoffeln gekocht und geschnitten. Er müsste die Felchen nur noch leicht bemehlen und in die Pfanne legen und in einer anderen die Kartoffeln braten. Er hatte schon ein Bierchen intus, und die Welt war fast gut. Kim sprang voller Vorfreude durch die Wohnung, und er dachte an den Nachtisch, wenn Kim im Bettchen liegen würde.

Da klingelte das Telefon. Elsas Waldshuter Nummer. Er wusste schon, was sie sagen würde.

»Du kommst nicht, stimmt's?«, sagte er ohne Begrüßung.

Kurz war sie sprachlos, dann: »Tut mir leid. Einer meiner schwer depressiven Patienten hat eine akute Krise. Ich muss ihm beistehen. Ich weiß auch nicht, ob ich morgen fahren kann.«

Und das fällt dir erst jetzt ein?, dachte Martin. Warum hast du nicht schon vor einer Stunde angerufen? Weil du mich quälen willst? Weil du mir zeigen willst, dass du uns nicht mehr willst?

»Ich habe auch eine akute Krise«, sagte er. »Ich bin seit einer Stunde am Kochen für dich.«

»Dann frag doch deine Mutter, ob sie mit euch essen will.«

Wieder dieser Elsa-Ton! Am liebsten hätte er das Telefon aus dem Fenster geworfen.

»Was ist?«, rief Kim. »Kommt die Mama *wieder* nicht?«

Elsa hatte das gehört, vor allem die besondere Betonung des »wieder«, was er an ihrem schamerfüllten Schweigen erkannte.

»Schade«, setzte er nach. »Wir haben uns sehr auf dich gefreut. Es gibt Felchen Müllerin mit Bratkartoffeln. War mal dein Lieblingsessen.«

»Martin, ich habe hier eine Verantwortung als Therapeutin.«

Und als Mutter? Als Ehefrau?

»Klar«, sagte er, ohne seine Enttäuschung zu verbergen. »Wir verstehen das. Bis irgendwann also. Wir müssen jetzt essen.«

Er legte auf. Er hatte jetzt auch einmal den Elsa-Ton versucht. Kim und Martin aßen schweigend. Er wusste nicht, was er sagen sollte. Kim saß traurig am Tisch und hatte ihr Felchenfilet kaum angerührt. Ihm fehlte die Kraft, sie aufzumuntern. Sie sah nicht nur traurig, sondern auch ängstlich aus. Ahnte wohl, was vor sich ging und was ihr, was ihnen bevorstand. Dass die Eltern sich nicht mehr richtig lieb hatten und sich trennen würden. Überhaupt wirkte Kim seit Wochen nachdenklich und bedrückt. Nur als Fee war sie immer noch die Alte. Auch seiner Mutter war das schon aufgefallen.

»Bist du traurig wegen Mama?«, fragte er.

»Auch.«

»Auch?«

Sie seufzte tief. »Und da ist noch dieser Fritz.«

»Der kleine Tunichtgut aus deinem Kindergarten?«

Kim nickte schwer.

»Was ist mit dem?«

»Der ärgert mich.«

»Wie?«

»Er ist dauernd frech. Er will immer über alles bestimmen. Und zur Frau Scholl hat er schon mal ›fette Schlampe‹ gesagt.«

»Und was hat Frau Scholl dann gemacht?«

»Na, nix.«

»Hm.«

Martin dachte nach.

»Tut er dir denn was?«

Da brach Kim in Tränen aus. Martin stand auf, nahm sie auf den Arm und setzte sich. Kims Tränen flossen wie ein Sturzregen auf sein Hemd. Die hatten sich wohl seit Wochen angestaut.

»Ich muss ihm immer mein Vesper geben. Sonst haut er mich, hat er gesagt. Einmal habe ich es ihm nicht gegeben, und da hat er mich in den Bauch geboxt. Und er hat mich ›Hure‹ genannt.«

»Und was hat Frau Scholl gemacht?«

»Die hat das doch nicht mitbekommen. Fritz macht das immer, wenn wir draußen sind.«

»Hast du es ihr nicht erzählt?«

Kim schüttelte den Kopf.

»Und mir auch nicht«, stellte Martin fest.

»Er hat gesagt, dass er mich verprügelt, wenn ich petze.« Martin trank einen Schluck Wein. Kim beruhigte sich allmählich. Die Spannung in ihrem Körper ließ langsam nach.

»Ich habe eine Idee. Wir spielen das jetzt mal. Wir stellen uns vor, es ist Pause im Kindergarten, und ich bin der Fritz.«

»Was?« Überrascht sah Kim ihn an. »Und dann?«

»Wehrst du dich.«

»Wie denn?«

»Lass dir was einfallen!«

»Soll ich dich hauen?«

»Nein. Du musst reden. Das kannst du besser als hauen. Und du musst laut reden. So, dass dich alle hören und als hättest du überhaupt keine Angst vor ihm.«

»Aber ich hab doch Angst!«

»Du sollst ja auch nur so tun, als ob du keine hättest. So muss man das machen, um die Angst zu besiegen. Sonst traut man sich nie.«

Kim dachte nach. »Das ist aber schwer!«

»Stimmt. Aber man kann es lernen.«

»Okay«, sagte sie zweifelnd. »Wir können es ja mal versuchen.«

Martin ging in die Küche und holte die Vesperbox. Kim umklammerte sie wie ihren Zauberstab, wenn plötzlich der Pirat auftaucht. Dann ging es los.

Martin rief böse und laut: »Gib mir die Vesperbox, oder ich hau dich!«

Erschrocken, überwältigt sah Kim ihn an. »Genau so sagt der das!« Sie zwinkerte die Tränen weg und schluchzte.

Dann: »Mach es noch mal.«

Und diesmal klappte es. Mit funkelnden Augen stellte sie ihn in den Senkel. Sie sah jetzt wirklich den frechen kleinen Fritz vor sich.

»Ich möchte nicht, dass du so mit mir redest, du Blödmann! Ich will selbst mein Vesper essen, lass dir gefälligst von deiner Mutter ein Brot schmieren! Und wenn du glaubst, ich hätte Angst, dann täuschst du dich. Außerdem habe ich es meinem Papi erzählt. Und der war mal Soldat. Und wenn du mir was tust, dann verhaut er dich! Und wenn du mich noch einmal erpresst, dann sag ich es Frau Scholl. Außerdem mag ich dich überhaupt nicht und –«

Da packte er sie am Arm. »Halt's Maul, du blöde Kuh. Gib mir dein Vesper, oder ich box dich in den Bauch!«

Für einen Moment war Kim still. Wie vom Donner gerührt. Ihre Wangen glühten. Da riss sie sich los, holte aus und verpasste ihm eine Backpfeife.

»Au!«, rief Martin. Seine Wange brannte.

»Oh, Mist! Paps!« Bestürzt sah Kim ihn an.

Martin grinste. »Kein Mist, Engelchen. Du hast alles richtig gemacht. Und genau so, *genau so,* machst du das morgen, verstanden?«

»Soll ich ihm auch eine knallen?«

»Klar, wenn er dich anfasst, machst du das. Und wenn er dich dann nicht loslässt, schreist du, so laut du kannst.«

Kim nickte. »Gut.«

Martin schlief schon, als Kim zu ihm ins Bett schlüpfte.

»Hallo, Engelchen«, sagte er schlaftrunken.

Sie gab ihm einen Kuss auf die Wange und kuschelte sich unter seine Decke. Seufzte zufrieden und nahm seine Hand.

»Hast du eine Geschichte für mich?«

Martin räusperte sich. Eigentlich hatte er keine Lust. »Wie wär's mit Aschenputtel?«

»Au ja!«

Er brauchte einen Moment, um wach zu werden. Dann begann er zu erzählen. Als er zur Beschreibung Aschenputtels kam, sagte er zärtlich: »Der schneebedeckte Himalaya steht neben ihr wie eine Kohlenhalde da.«

Kurz war Kim still. »Was ist der Himalaya?«, fragte sie.

»Die höchste Gebirgskette der Erde, das Dach der Welt. Wenn du dort oben stehst, kannst du den Himmel berühren und Engel sehen.«

Kim brauchte einen Moment, um das Bild zu verdauen.

»Toll!«, flüsterte sie dann. »So schön hast du das Aschenputtel noch nie beschrieben.«

Martin lächelte. Das Zitat hatte er geklaut, war aber trotzdem wunderschön.

»Weißt du, Paps, vielleicht kommt die Mami ja morgen, und alles wird wieder gut.«

Jetzt musste er mit den Tränen kämpfen.

Er drückte Kim an sich und log: »Genau, das glaube ich auch.«

8

Konrad Kaltenbacher war sofort hellwach. Etwas hatte ihn aufgeweckt, irgendein Geräusch. Er schlief immer bei offenem Fenster, und jetzt hörte er es wieder: knirschende Schritte auf dem Kies, unten am Boot. Darauf hatte er schon gewartet. Niemand sonst würde das hören, Elisabeth hatte immer gemeint, er habe Ohren wie ein Luchs.

Konrad glitt aus dem Bett, ging ins Wohnzimmer und öffnete leise die Terrassentür. Jemand stand unten am Boot. Schnell lief er los, barfuß über die Wiese, vom Tau war sie ganz feucht. Er hatte noch seinen Schlafanzug an.

»Was willst du?«, rief er laut und scharf, und die Gestalt schreckte genauso zusammen wie die beiden Polizisten vor ein paar Tagen. Ihr Gesicht war vermummt, eine schwarze Maske, das gab ihr etwas Bedrohliches. So wie sie sich bewegte, war es ein junger Mann.

»Die Kormorane rächen, deren Brutbäume ihr in Brand gesteckt habt«, sagte er und schaute spöttisch auf Konrads Schlafanzug. »Ihr Dreckschweine habt die ganze Kolonie zerstört.«

Vogelschützer also, dachte Konrad, er hatte sie schon erwartet. Doch woher wusste der Mann, dass er den Brand gelegt hatte? Wahrscheinlich tat er das gar nicht. In den letzten Nächten waren einige Fischerboote zerstört worden. Von Unbekannten, hieß es, aber den Fischern war klar, mit wem sie es zu tun hatten, auch wenn die Polizei behauptete, nichts Genaues zu wissen.

Da sah Konrad die Axt in seinen Händen.

»Ihr Scheißfischer denkt, nur euch gehört der See.«

»Nein«, sagte Konrad ruhig, »aber wir leben von ihm. Und seit ein paar Jahren können wir das nicht mehr.«

Kurz war der Junge still, als wäre er von seiner Antwort überrascht. »Und daran sollen die Vögel schuld sein?«

»Ich sehe sie jeden Morgen. Manchmal kommen über dreihundert Stück, da wird der Himmel dunkel. Sie fressen mehr, als ich fange.«

Der andere lachte abschätzig, aber es klang auch unsicher. »So ein Quatsch. Ihr sucht einen Sündenbock, so wie im Mittelalter.«

»Verschwinde, dann passiert dir nichts«, sagte Konrad eindringlich. Plötzlich bemerkte er aus den Augenwinkeln eine Bewegung. Ein zweiter Mann stand im Schatten der alten Weide. Der mit der Axt lachte, blickte auf Konrads Hände, als wollte er ihn darauf hinweisen, dass er unbewaffnet war, nichts als ein alter Mann, hilflos, barfuß und im Schlafanzug. Er holte mit seiner Axt aus und schlug mit voller Wucht aufs Boot. Ein großes Holzstück flog durch die Luft. Das Boot, eine alte Beck-Gundel, hatte schon Konrads Vater gehört. An ihr hing sein Herz, wie an allem hier, es war ein Teil von ihm. Er dachte daran, wie vor vielen Jahren Johannes Brandstätter seinen Motor mit Säure übergossen und Löcher in sein Boot geschlagen hatte.

Konrad ballte die Fäuste und ging auf den Jungen zu, als hätte der gar keine Axt in der Hand.

»Vorsicht, Opa!«, rief der zweite Mann und trat aus dem Schatten der Weide. Auch er war vermummt und stellte sich ihm in den Weg, baute sich direkt vor seiner Nase auf. Bevor er reagieren konnte, riss Konrad ihm die Maske vom Kopf. Ein junger Bursche, wie erwartet, bestimmt ein Student, sicher nicht von hier, sondern aus irgendeiner Großstadt, der glaubte, alles besser zu wissen. Dass nur er die Welt retten könnte.

»Hey!«, rief der Junge überrascht. Da scheuerte Konrad ihm eine, und zwar so richtig. Eine Backpfeife, die sich gewaschen hatte, so fest, dass der Studentenkopp zur Seite wankte. Eine Backpfeife von der Härte, wie er sie als Kind von seinem Vater bekommen hatte, wenn er aus Unachtsamkeit ein Netz zerrissen oder beim Filetieren zu viel Fleisch an den Gräten gelassen hatte.

Der andere hieb noch einmal mit der Axt ins Boot, wieder splitterte Holz, dann sprang er ein paar Schritte zurück und lachte spöttisch.

»Hey, Opa, wenn wir mit deinem Boot fertig sind, kannst du für ein Weilchen nicht mehr auf den See. Da bleibt mehr für die Kormorane.«

Konrad kochte vor Wut, aber er wollte die Jungspunde nicht vermöbeln. Obwohl sie es vielleicht verdienten.

»Ihr haut jetzt ab, und dann lass ich die Sache auf sich beruhen«, sagte er.

Nun schlug der mit der roten Backe zu, mit einem Baseballschläger mit voller Wucht auf den Motor. Er musste den Knüppel irgendwo abgelegt haben. Der Motor war über zwanzig Jahre alt und wurde von Konrad gehegt und gepflegt. Geld für einen neuen hatte er nicht.

»Wenn du mir den zerstörst, bin ich ruiniert«, sagte Konrad, und seine Stimme bebte. »Dann kann ich nicht raus auf den See.«

»Mach weiter«, rief der mit der Axt. »Genau das wollen wir doch!« Er schien der Anführer zu sein.

Schweigend ging Konrad auf ihn zu, als hätte er überhaupt nichts zu befürchten. Der Junge wich noch einen Schritt zurück. Konrad war sicher mehr als doppelt so alt wie er und vielleicht nicht mehr so schnell, dafür zwei Köpfe größer, und er hatte viel breitere Schultern. Und seine Muskeln waren anderes gewohnt, als einen Stift festzuhalten und Papier umzuschichten.

Drohend hob der Student die Axt. »Bleib, wo du bist. Ich wehre mich, wenn ich muss.«

Hinter ihm schlug der andere noch einmal auf den Motor.

Konrad machte einen Satz, den ihm der Junge mit der Axt wohl nicht zugetraut hatte. Vor Schreck riss er die Waffe nach oben, wollte zuschlagen, aber Konrad packte den herabschnellenden Arm wie einen lästigen Zweig und drehte ihn auf seinen Rücken, bis der Student schrie und in die Knie ging und die Axt fallen ließ.

Konrad hielt ihn fest und wandte sich an den anderen mit dem Baseballschläger. »Ich brech ihm die Knochen, wenn du das Boot nicht in Ruhe lässt«, sagte er scharf.

Der andere stand unschlüssig da, starrte abwechselnd auf Konrad und seinen vor Schmerz jammernden Freund. Da drückte Konrad den Oberkörper des Jungen mit seinem Knie in den Kies, so fest, dass er vor Schmerz aufschrie und kaum mehr Luft bekam. Riss auch ihm die Maske vom Kopf.

»Okay«, rief der andere und warf den Schläger weg, als wollte er nichts mehr mit der Sache zu tun haben. Voller Angst stand er da, wie ein Verbrecher vor seinem Henker. »Du lässt ihn in Ruhe, und wir hauen ab.« Es klang flehend.

Konrad spürte, dass er gewonnen hatte. Der Junge sah aus, als hätte er sich in die Hosen geschissen, und der andere jammerte und keuchte unter seinem Knie.

Da stand Konrad auf, packte die Axt mit beiden Händen, als würde er jeden Moment zuschlagen, und sah die beiden finster an. »Ihr verschwindet jetzt, dann ruf ich keine Polizei. Aber wenn ihr hier noch einmal aufkreuzt, mach ich Räucherfisch aus euch.«

Der Junge nickte und half seinem Kumpel auf die Füße. Konrad blickte ihnen traurig nach, als sie in der Dunkelheit verschwanden. Sie hatten sympathisch ausgesehen, warum verstanden sie nicht, worum es ihm ging? Dass er einfach nur sein Leben leben und sein Auskommen haben wollte? Sie liebten den See und wollten ihn beschützen, so wie er. Sie müssten an einem Strang ziehen, statt sich zu bekämpfen.

Konrad seufzte. Jetzt war es wieder still, so wie es sein sollte, mitten in der Nacht. Spiegelglatt lag der See da, der Mond badete in ihm. So hatte Elisabeth das immer genannt. Die beiden Jungen würden nicht wiederkommen, da war er sich sicher.

Er ging zum Boot. Die Schäden an der Bordwand würde er reparieren können, Kunstharz und moosgrüne Farbe hatte er noch im Schuppen. Die Plastikabdeckung des Motors war zerbrochen, aber sonst schien alles zu funktionieren. Auch die könnte er mit Harz kleben. Konrad hob die Axt und den Baseballschläger auf und nahm sie mit ins Haus. Wer weiß, vielleicht würde er die noch brauchen können.

9

Als Alexandra mit ihrem Fahrrad auf den Damm zur Insel Reichenau fuhr, pochte ihr Herz wild, und die ebene Strecke kam ihr vor wie ein steil ansteigender Berg. Das lag nicht nur daran, dass ihr der Schrecken wegen des Überfalls in der Feuernacht noch in den Knochen steckte. Gestern hatte sie auf der Straße immer wieder nervös um sich geblickt, und in der Nacht war sie mehrfach hochgefahren und hatte das Messer an ihrer Kehle gespürt. Doch jetzt trieb sie vor allem der Schmerz, der in ihrer Brust brannte und der ihr zeigte, was sie immer geahnt hatte, aber nicht wahrhaben wollte: dass die Wunden längst nicht verheilt und kaum vernarbt waren.

Es war ihr alter Schulweg, die Allee von hohen Pappeln gesäumt, und die warfen schmale Schatten auf den Asphalt, so wie Gitterstäbe. Sie radelte so schnell, dass sie keuchte und schwitzte, als könne sie so ihrem Zuhause entfliehen, dabei fuhr sie mitten hinein. Alex wollte beides, umdrehen und weiterfahren. Eine mächtige Sehnsucht erfüllte sie, doch die fühlte sich an, als wäre sie mit Glasscherben gespickt. Und mit jedem Meter, den sie weiterradelte, schnitten sie tiefer in ihr Fleisch.

Aber sie wollte, sie musste ihren Vater sehen. Reden würde sie heute nicht mit ihm, dem fühlte sie sich nicht gewachsen. Doch wenn sie diese Reportage über die Berufsfischer am See wirklich schreiben wollte, musste sie irgendwann mit ihrem Vater sprechen. Dem Fischer, der den See wie kaum ein anderer kannte. Der ihn liebte und respektierte. Der schon nachhaltig gefischt hatte, als das Wort dafür noch gar nicht verwendet worden war.

Abrupt hielt sie an. Sie keuchte. Vor ihr lag die weite Riedlandschaft. Das hier war ihre Kindheit gewesen, Amreis und ihr Abenteuerland. Die Schneeschmelze war noch nicht gekommen, das abgestorbene ockerfarbene Schilf erstreckte sich vor ihr wie eine riesige Steppe; in ein paar Wochen würde das Wasser bis an den Rand des Inseldamms reichen, und überall würden frische grüne Halme sprießen. Der abgebrannte Teil des Rieds war von hier nicht zu sehen. Ihr Atem beruhigte sich, und ihr Herz schlug langsamer. Stockenten und Blesshühner paddelten in den trüben, moorigen Teichen inmitten der Schilfwälder, alles war wie immer, alles war wie früher. Graureiher lauerten erstarrt im seichten Wasser, wie filigrane Statuen aus Blei. Schwäne gründelten und sahen dabei wie Schneehaufen aus, als fehlten ihnen Hälse und Köpfe.

Sie ließ all das in sich herein, und schon tat die Sehnsucht nicht mehr so weh. Sie hatte all das nicht vergessen, nur verdrängt, und wenn die Erinnerungen gekommen waren, hatte sie sie vertrieben. Sie hatte sich von ihrem Zuhause trennen wollen, um frei zu sein, damit es keine Macht mehr über sie hatte, und da musste sie eben auch das Schöne sterben lassen. Aber es war ihr nicht gelungen.

Genau an diese Stelle war sie einmal mit Amrei und ihrem Vater gekommen, noch vor Sonnenaufgang hatte er sie hergeführt. Er wollte ihnen etwas Besonderes zeigen, aber nicht verraten, was es war. Aufgeregt waren sie durchs Schilf gewatet, bis sie knietief im Wasser standen. »Schaut, da draußen«, flüsterte er, und dann sahen sie im ersten Morgenlicht die Brachsen, richtig große Fische von über einem halben Meter. Wie ovale Messingscheiben schwebten sie im Wasser, direkt unter der Oberfläche, es waren Tausende, die Schwärme sahen aus wie golden schimmernde Wolken. »Bald kommen sie her«, sagte ihr Vater.

Und als es heller wurde, ging es auf einmal los: Die mächtigen Fische zogen zu ihnen ans Ufer und scherten sich überhaupt nicht um sie, schwammen immer aufgeregter hin und her, wirbelten zwischen ihren Beinen und stießen dagegen, dass es Alex unheimlich zumute war und Amrei ans Ufer flüchtete. Die Fische kamen ihr riesig vor, manche schienen halb so groß wie sie selbst zu sein. Überall war lautes Platschen zu hören, das

Wasser wurde von den handgroßen Schwanzflossen zu Schaum geschlagen, die Fische vergaßen alle Vorsicht, und das flache Ufer war ein Bett aus sich wälzenden Leibern. Alex konnte sich nicht bewegen, einerseits, weil sie Angst hatte, aber vor allem, weil sie so ergriffen war. Sie hätte das damals nicht in Worte fassen können, doch es war wohl die Macht und Fülle der Natur, die sich in dieser Eruption des Lebens vor ihren Augen offenbarte. Genau das, verstand sie später, hatte ihr Vater ihnen zeigen wollen. Nach einer Stunde war das Spektakel vorbei, die Fische zogen erschöpft ins Tiefe, und die Schilfhalme vor ihnen hingen voll mit weißlichem, schleimigem Brachsenlaich. Es waren viel mehr Fischeier, als es Halme gab, an denen sie kleben bleiben konnten, und ein paar Wagenladungen schwappten wie körniger Brei ans Ufer. Er klebte auch an ihren Beinen.

Ja, das Ried war ihre Kindheit gewesen. Im Sommer, mittags nach der Schule, waren sie hier oft geschwommen, hatten Ringelnattern und Wasserfrösche gejagt, und Amrei hatte einmal mit einer Handschnur einen richtig großen Hecht erwischt. Sie erschraken, als sie ihn zum ersten Mal sahen, er war so fett und grün und hatte spitze Zähne wie ein Krokodil. Mit einem Stein schlug Alex den meterlangen Fisch tot, dann schleppten sie ihn zu zweit zu den Fahrrädern, banden ihn mit der Angelschnur irgendwie auf Amreis Gepäckträger fest und schoben die Beute nach Hause, Amrei voller Stolz und Alex mit ein bisschen Neid. Eigentlich war sie immer die, die die großen Fische fing. Der Vater klopfte ihnen auf die Schultern und machte Hechtklößchen, die Mutter deckte draußen den Tisch, dann saßen sie alle zusammen im Garten direkt am Ufer und … Da waren sie noch alle glücklich gewesen. Da hatten sie manchmal spätabends die Mutter im Schlafzimmer kichern gehört.

Vor ihr flogen zwei Reiher aus dem Schilf. Sofort war Alex wieder wach und spürte für einen Augenblick das Messer an der Kehle. Ihr Blick schweifte über die Schilflandschaft. Niemand war zu sehen, und hier konnte sich auch niemand verstecken, außer vielleicht im Schilf. Ein leichter Wind ließ die Halme rascheln. Hatte er die Tiere erschreckt?

Alex stieg aufs Rad und fuhr weiter. Sie fühlte sich beklommen, doch niemand folgte ihr. Bald kam der Laden vom Bäcker Zwick mit den besten Käse-Speck-Seelen der Welt. Früher war es das Größte, dort nach der Schule anzuhalten, wenn sie ihr Taschengeld bekommen hatte, und so eine Seele zu kaufen und mit Heißhunger hinunterzuschlingen. Ob sie immer noch so gut waren? Sie hatte den Geschmack wieder auf der Zunge, aber keinen Appetit.

Auf der anderen Straßenseite stand die Kirche Sankt Georg auf einem kleinen Hügel, vor einem bunten Schnittblumenfeld, ein gedrungener, ockerfarbener romanischer Bau wie eine kleine Festung. In die war ihr Vater immer zum Beten gegangen, nach Elisabeths Verschwinden. Einmal war sie ihm heimlich gefolgt: Stundenlang hatte er dort auf die mittelalterlichen Malereien an den Wänden gestarrt und sich dabei kaum gerührt. Eine zeigte, wie Jesus die Tochter des Synagogenvorstehers von den Toten auferweckte, und eine andere, wie er Lazarus aus seinem Grab rief. Das war es wohl, was er sich erhoffte, dass er seine Frau zurück ins Leben rufen könnte. Oder dass sie einfach nur zu ihm zurückkehrte.

Alex fuhr schneller.

Es war, als würde sie durch Feuer fahren.

10

Mürrisch lag Heinz Dörflinger im Liegestuhl. Sein Blick schweifte prüfend über den Zierrasen, den er im letzten Jahr angepflanzt hatte, ob es irgendwelche Schwachstellen gab. Im letzten Sommer hatte er eine schwere Schlacht gegen eine südeuropäische Hirseart gekämpft, die sich, als sie im Urlaub gewesen waren, überfallartig in seinem Rasen ausgebreitet hatte. Das Unkraut sei den hiesigen Gräsern sehr ähnlich, hatte der Experte im Gartencenter gemeint, weshalb es kein Gift dagegen gebe. Also war Dörflinger nichts anderes übrig geblieben, als in der Sommerhitze monatelang Hirsebüschel für Hirsebüschel mitsamt Wurzeln aus dem Rasen zu zupfen.

Danach sah sein einst grüner Teppich aus wie ein schlecht gerupftes Huhn, als hätten ihn Motten zerfressen, woraufhin er die Grasnarbe komplett mit Schaufel und Spaten entfernte und den Erdabfall zur Deponie fuhr, wobei er die Federung seines Skodas ruinierte und die Bezüge versaute. Daraufhin brachte Dörflinger Ziergrassaat aus und verwendete nur ausgesucht edle Sorten. Seine besondere Liebe galt dem Haarblättrigen Schwingel mit seinen hauchzarten Halmen. Er streute frische Erde darauf und spannte mit Angelschnur ein dichtes Netz über den gerade eingesäten Rasen, damit die Vögel die Samen nicht wieder herauspickten. Täglich bewachte er die nur quälend langsam wachsenden Halme von seinem Liegestuhl aus und wässerte sie alle zwei Stunden tüchtig. Weil schon September war und es abends früh kühl wurde, hatte er sich beim Wacheschieben in dicke Decken eingepackt.

Doch der Zierrasen hatte ihm alle Mühen gedankt. Jetzt war er perfekt, superdicht, sattgrün und unkrautfrei, auch mit einer Nagelschere wäre da nichts mehr zu optimieren. Sicher, so ein Rasen war immer gefährdet, irgendein Unkraut würde bald wieder hervorsprießen, aber im Moment war es ruhig an der Rasenfront. Genauso war die Lage bei den Sträuchern und Hecken. Würde er noch mehr schneiden und stutzen, gäbe es wieder Ärger mit Petra. Als er im letzten Jahr Nachmittag für Nachmittag auf der Hirse herumgekrochen war, hatte sie wütend gerufen, er habe nicht alle Tassen im Schrank. So laut, dass es die Nachbarn, die im Garten nebenan saßen, mitbekamen und beschämt vor sich hin guckten.

Dörflinger seufzte. Es gab nix zu tun. Die Zeitung hatte er schon gelesen. Neben ihm auf dem Beistelltischchen lag das Buch, das Petra ihm aus der Bücherei mitgebracht hatte, ein Rentner-Reiseführer über E-Bike-Touren an der Loire. Aber dazu hatte er jetzt überhaupt keine Lust. Er sah auf die Uhr: erst elf. Noch über eine Stunde bis zum Mittagessen. Heiland Sakrament, dachte er, war das Leben öde! Ruhestand war einfach Kacke.

Als er vorletztes Jahr vorzeitig den Polizeidienst quittiert und sein Haus im Schwarzwald verkauft hatte, um zu seiner neuen Liebe an den Bodensee zu ziehen, hatte er sich das ganz anders vorgestellt. Er hatte damals einen schlimmen Fall, den er nicht lösen konnte und der ihm besonders an die Nieren gegangen war, und da war in ihm die Überzeugung gereift, dass er dieses ganze Elend seines Berufs, diese ständige Konfrontation mit der erbarmungslosen Grausamkeit der menschlichen Natur, nicht mehr ertragen wollte.

Und war zu Petra nach Böhringen gezogen. Das war genauso ein Kaff wie Oberwolfach. Aber in Oberwolfach war er aufgewachsen, und außerdem gab es einen Forellenbach direkt hinterm Haus. Hier musste er sich Martins Boot leihen und vorher erst noch eine halbe Stunde nach Konstanz tuckern, wenn er zum Angeln wollte. Und nur Angeln, Gartenarbeit, Wanderungen und Fahrradtouren waren für ihn einfach kein Lebensinhalt.

Er seufzte noch einmal. Petra fuhrwerkte drinnen im Haus herum. Von all diesen düsteren Gedanken ahnte sie nichts. Er setzte sein Honiglächeln auf, wenn sie zusammen waren, und gab vor, der glücklichste Mensch auf der Welt zu sein, wenn sie über die Höri radelten oder im Hegau spazieren gingen. Denn war es nicht undankbar und schäbig, was ihm hier in Petras Reihenhausgärtchen so durch den Kopf ging? Er liebte sie über alles. Dass es nach dem grausamen Tod seiner Frau und den Jahren der Trauer noch einmal eine solche Chance für ihn geben würde, das hatte er nicht für möglich gehalten.

Es klingelte an der Tür. Wahrscheinlich eine von Petras Freundinnen. Mittlerweile hatten sie ihn alle inspiziert. Er würde sein Honiglächeln aufsetzen und sich geduldig den neuesten Tratsch anhören.

»Hase? Für dich!«, schallte es aus dem Haus. Er mochte es nicht, dass Petra ihn Hase nannte. Irgendwie klang das so, als nehme sie ihn nicht ganz für voll. Bär oder Wolf wäre ihm lieber gewesen. Verwundert setzte er sich auf. Da betrat Martin Schwarz seinen Haarblättrigen Schwingel.

»Salli, Heinz!«, rief er zu ihm herüber.

Heinz setzte sein Honiglächeln auf. »Tag.«

Besorgt beobachtete er Martins Schritte auf dem Rasen, so als könnte er mit seinen Absätzen die Grasnarbe aufschlitzen.

Martin setzte sich auf den Liegestuhl gegenüber. »Wie geht's dir, Heinz?«

»Blendend. Ruhestand ist einfach herrlich. Hätte ich mir früher nie vorstellen können, einfach so für ein paar Stündchen im Garten zu liegen.«

Martin blickte auf den sattgrünen Rasen. »Der ist ja wirklich perfekt. Wie ein Teppich. Nicht mal ein Wurmhügel ist zu entdecken. Ist der überhaupt echt?«

Heinz hörte die Ironie in Martins Stimme. Der Freund durchschaute ihn und verstand seine ganze Malaise, natürlich. Schon ein paarmal hatte Martin ihn gefragt, ob er nicht für seine Detektei einen Auftrag übernehmen würde, aber er hatte immer dankend abgelehnt. »Wir sind voll ausgebucht. Ich bin halt im Unruhestand«, hatte er gelogen. Oder: »Mit Ermittlungsarbeit habe ich abgeschlossen.« Seine innere Stimme hatte »Mach es, du Depp!« und »Greif zu!« gebrüllt, aber er hatte sie nieder-gekämpft. Verfluchter Stolz. Außerdem, Petra wäre auch nicht begeistert, sagte er sich, wenn er wieder ermitteln würde.

»Hast du von der Brandleiche im Wollmatinger Ried gehört?«

»Mhm«, sagte Dörflinger und verbarg seine Neugier.

Martin erzählte ihm von Alexandra Kaltenbacher, ihrem verschmorten One-Night-Stand und der verschwundenen Mutter. Verdammt, klang das spannend! Zumindest spannender als Rasenpflege.

»Ich könnte echt deine Hilfe brauchen, zumal Maria und Thomas im Urlaub sind. Ich würde gern wissen, was die Polizei über den Toten und den Mord herausgefunden hat. Und vielleicht kommst du ja auch an die Akte der verschwundenen Elisabeth Kaltenbacher heran? Kommissar Steck ist doch ein alter Spezi von dir, wenn ich das richtig im Kopf habe ...«

»Tut mir leid, Martin, aber ich habe mir fest vorgenommen, mit diesem Kapitel in meinem Leben abzuschließen.«

Es klang sehr salbungsvoll.

Martin wiegte den Kopf und seufzte. »Schade, dann muss ich es wohl selbst versuchen. Wäre auch schön gewesen, jemanden zum Reden zu haben. Ich glaube, der Fall ist vertrackt.«

Dörflinger blickte auf seinen Zierrasen und ohrfeigte sich innerlich. »Wir radeln heute nach Hemmenhofen und gehen in die neue Otto-Dix-Ausstellung.«

Martin stand auf. »Tja, zwingen kann ich dich nicht. Mach's gut, Heinz. Ich ruf dich am Samstag an. Da können wir zum Angeln raus. Die Felchen laufen gerade.«

»Muss ich gucken, was Petra da geplant hat, aber sonst gern.« Er lachte sauertöpfisch.

Dann war Martin fort. Heinz schloss die Augen und fühlte sich, als wäre er durch einen Fleischwolf gedreht worden.

Als er wieder aufblickte, stand Petra vor ihm, die Hände in die Hüften gestemmt.

»Hallo, Liebling!« Er lächelte sein Honiglächeln.

Aber Petra erwiderte es nicht. »Warum hast du ihm abgesagt?«, fragte sie streng.

»Du hast uns belauscht?«

»Hase, ich ertrag es nicht mehr, wie du hier jeden Morgen deinen Rasen manikürst und mit Gift vollpumpst und meine armen Hecken vergewaltigst.«

Entgeistert sah er sie an.

»Glaubst du, ich merke nicht, wie du dich zu Tode langweilst?«

»Aber das stimmt doch nicht, Petra! Ich genieße jede Sekunde unserer gemeinsam verbrachten Zeit!«

Petra lachte in sich hinein. »Ich renne dir schon nicht weg. Aber ich glaube, du solltest Martin helfen. Deinen Grips auf etwas anderes lenken als Unkrautvernichtung und Heckenschnitt. Und wenn du mal für ein paar Stunden unterwegs bist, werde ich nicht gleich vor Einsamkeit sterben. Oder mit einem anderen durchbrennen.«

Ha!, dachte Dörflinger. Will sie dich jetzt loswerden? »Ich habe ihm schon abgesagt.«

Sie holte sein Handy aus ihrer Hosentasche und reichte es ihm. »Dann ruf ihn an und sag, dass du es dir anders überlegt hast.«

»Da blamier ich mich doch!«

»Das tust du, wenn ich für dich anrufe.«

Mit offenem Mund sah er sie an. Petra machte noch einen Schritt auf ihn zu. »Das ist kein Ratschlag, Hase, sondern ein Befehl!«

Heinz fühlte sich wie ausgewechselt, als er zwei Stunden später am Konstanzer Polizeipräsidium ankam. Voller Tatkraft und Energie. Wie neugeboren, auch wenn's pathetisch klang. Sogar ein Lächeln konnte er sich nicht verkneifen, und diesmal war es ein echtes Honiglächeln. Kommissar Steck hatte sich gleich eine halbe Stunde für ihn freigeschaufelt.

Martin stieg beschwingt aus dem Auto. Der Benediktinerplatz lag gähnend und leer in der Aprilhitze. Das Polizeipräsidium war in der ehemaligen Konstanzer Garnison untergebracht. Die Räume waren hoch und kühl. Steck empfing ihn mit einem Lächeln. Er hatte früher einmal in Dörflingers Team gearbeitet und dann schnell Karriere gemacht. Wobei, was hieß Karriere: Als Hauptkommissar hatte man gerade mal A12.

»Das ist alles?«, hatte Petra gefragt, als sie von seinen monatlichen Bezügen erfahren hatte. »Ich dachte, ihr Beamte lebt wie die Maden im Speck!« Da hatte er bitter gelacht.

»Und mein alter Meister wohnt jetzt also in Konstanz?«, fragte Steck überrascht.

»In Böhringen«, meinte Heinz. »Konstanz kann man sich mit einer A12-Pension ja nicht leisten.«

»Da haste recht. Ich pendle jeden Morgen von Singen. Womit habe ich die Ehre verdient?«

Sie setzten sich.

»Es geht um die Leiche im Ried. Ich arbeite nebenher für eine Privatdetektei. Um mir das Leben am teuren See zu finanzieren.«

Steck sah ihn skeptisch an. »Wer ist der Auftraggeber? Diese Alexandra Kaltenbacher?«

Heinz war verblüfft. »Genau die.«

Steck seufzte. »Die hat uns hier schon ziemlich genervt mit ihrer Geschichte von der vielleicht doch nicht toten Mutter.«

»Ist das so abwegig?«

»Lars Rick, der Tote aus dem Ried, war ein uns gut bekannter Kleinkrimineller. Er hat mit Koks gedealt und ist mehrfach als Schutzgelderpresser in Erscheinung getreten.«

»Ihr vermutet einen Mord im Milieu?«

Steck nickte. »Es gibt zurzeit zwei rivalisierende Clans am See. Und Rick hat vor ein paar Wochen die Seiten gewechselt. So weit sind wir schon.«

»Alles klar. Wie ist er zu Tode gekommen?«

»Ein kräftiger Schlag mit einem schweren Gegenstand. Wahrscheinlich ein Hammer.«

»Ist das typisch im Milieu?«

»Vor zwei Jahren hatten wir genau so einen Fall. Nur lag der Tote nicht im Ried, sondern im Mühlweiher in Litzelstetten. Ebenfalls mit eingeschlagenem Schädel.«

Heinz nickte. »Und die Geschichte der Kaltenbacher haltet ihr für absolut ausgeschlossen?«

»Die Frau ist vielleicht eine gute Journalistin. Aber auch ein bisschen durch den Wind. Sie war mal bei der Frankfurter Rundschau als Redakteurin angestellt, ist da aber hochkant rausgeflogen. Querulantisches Wesen, hat man mir gesagt. Neigt zu Verschwörungstheorien. Ihren Vater haben wir übrigens nach dem Brand im Ried verhört. Wahrscheinlich steckt er mit ein paar anderen Fischern dahinter, aber wir können ihnen nichts nachweisen. Die decken sich gegenseitig. Kaltenbacher ist der Anführer, glaube ich. Ein sturer, zäher Hund. Ich bin heilfroh, dass ich mit dem Brand nichts mehr zu tun habe und mich nicht mehr mit ihm rumschlagen muss. Erst dachten wir, der Rick ist durch den Brand getötet worden. Jetzt setzen wir andere Prioritäten.«

Heinz schürzte die Lippen. »Wer hat damals eigentlich die Ermittlungen zu Alexandras Mutter geleitet?«

»Hajo Mayer. Ist schon seit ein paar Jahren im Ruhestand. War ein sehr guter Polizist, was man so hört.«

»Und du hast auch eine Adresse?«

»Findest du im Telefonbuch. Er wohnt hier in Konstanz.«

»Das trifft sich ja hervorragend«, frohlockte Dörflinger.

11

Hundert Meter vor dem Haus stieg Alexandra ab. Sie war völlig verschwitzt und zitterte, vor Aufregung und vor Erschöpfung. Sie ging von der Straße weg durch ein kleines Waldstück und stellte sich zwischen zwei der mächtigen Linden, die das Grundstück umgaben. Früher hatten sie hier Verstecken gespielt. Einmal hatte sie Amrei fast eine Stunde lang gesucht: Sie war auf eine der Linden geklettert, ganz hoch in die Krone, sodass man sie von unten nicht sehen konnte. Im Verstecken war Amrei unschlagbar gewesen.

Das Grün stand so hoch und dicht, dass es das alte Fischerhaus vor der Welt verbarg. Wer nicht wusste, dass hier eines war, würde es nicht finden. Schon ihr Großvater, ihr Urgroßvater und Ururgroßvater waren Fischer gewesen und hatten hier gewohnt, Männer mit wettergegerbten, zerfurchten Gesichtern und rauen Händen so groß wie Schaufeln. Sie hatten diese Bäume gepflanzt, die genauso knorrig und hart und mit dem Boden verwurzelt waren wie sie.

Ihr Herz pochte noch stärker; niemand war zu sehen; ob sie das Grundstück betreten und zum Haus gehen sollte? Doch sie konnte ihre Beine nicht bewegen. Was, wenn er plötzlich aus der Terrassentür trat? Sie blickte hoch in die Krone der Linde, aber natürlich war Amrei nirgendwo zu entdecken.

Alex war erst fünfzehn gewesen, als es passierte, ein Tag noch heißer als heute, der einem den Schweiß aus den Poren trieb. Das Licht war so grell, dass ihre Augen brannten, als sie aus dem Fenster sah. Fröhliches Vogelgezwitscher drang ins Zimmer, kleine Wellen plätscherten ans Ufer, als wäre alles gut. Stell dir vor, dass es Meeresrauschen ist, hatte ihre Mutter einmal nach dem Gutenachtlied gesagt und dabei traurig gelächelt.

Gerade war der Polizist gegangen, und Alexandras Vater

kam ins Zimmer. Setzte sich wie ein dunkler Riese neben sie. Legte seinen schweren Arm wie ein Krake um ihre Schultern. Schon seit Langem mochte sie es nicht mehr, wenn er sie berührte. Seine Berührungen wie sein Geruch stießen sie ab. War das falsch? Überhaupt nicht, hatte ihre Mutter gemeint, das sei normal, wenn man erwachsen wird. Er stank nach Schweiß. Seit Mama fort war, wusch er sich nicht mehr so oft. Amrei schmiegte sich noch enger an sie, aus Angst. Alexandras Körper zitterte unter der Last. Sie ahnte, was er sagen würde. Er roch auch nach Alkohol, und nur wegen Amrei riss sie sich nicht von ihm los.

»Deine Mutter kommt nicht wieder«, sagte er mit erstickter Stimme. Seit über einer Woche war sie fort, und niemand wusste, wo sie steckte. Hatte sie weggewollt? Wegen ihr? Wegen Amrei? Nein, nicht wegen ihnen. Wenn, dann wegen *ihm*.

»Jemand hat sie uns weggenommen«, sagte ihr Vater mit brüchiger Stimme. »Das hat mir die Polizei gesagt. Ein böser Mann hat sie umgebracht. Und jetzt kommt sie niemals wieder zurück. Aber wenn ich das Dreckschwein in die Finger kriege, brech ich ihm alle Knochen, darauf könnt ihr euch verlassen.«

Als wäre das ein Trost. Seine Stimme war voller Jammer und zugleich voller Zorn. Sie musste aufpassen. Wenn er trank, konnte er sehr wütend werden. Und seit die Mutter weg war, tat er das täglich. Ließ die Schnapsflasche auf dem Wohnzimmertisch stehen, als wollte er ihnen so seine Trauer und Verzweiflung demonstrieren. Als bettle er um ihr Mitleid, indem er trank.

Amrei weinte. Alexandra starrte auf das Foto auf dem Nachttisch. Es zeigte sie und Amrei und ihre Mutter. Doch Alex konnte nicht weinen. Konnte nicht weinen, obwohl sie nur zähen Herbstnebel sah, wenn sie an die Zukunft dachte. Hier mit ihrem Vater in einem Haus zu leben, dabei zuzusehen, wie ihn Trauer und Verzweiflung langsam zerstörten, wie er sich dem Schmerz ergab, das würde sie nicht ertragen. Er würde den Tod der Mutter nie verwinden. Alexandra konnte fühlen, wie es werden würde: kalt, leer und grau. Nichts für eine junge Frau mit Plänen. Aber sie musste auf Amrei aufpassen. Amrei war schwächer als sie. Und erst zwölf.

Er wolle mit ihnen ein paar Tage wegfahren, meinte er, auf die Hütte eines Fischerfreundes im Bregenzer Wald. Damit sie Abstand gewännen. Außerdem wollte er sie vor dem Gerede der Leute schützen. Das waren keine guten Aussichten, aber Alex wagte nicht, etwas dagegen zu sagen. Sie hatte Angst vor ihm.

Früher, als sie noch klein waren, war es anders gewesen. Da war der Vater mit ihnen nach dem Setzen der Netze zum Sandseele, einem Strand am Westufer der Reichenau, gefahren, und sie hatten dort Eis gegessen und gebadet. Da hatte er noch nicht dieses Schwere und Zornige gehabt. Das war erst in den letzten Jahren gekommen. Ihre Mutter wusste, was sie tun und wie sie mit ihm reden musste, wenn seine Stimmung düster wurde. Irgendwann gingen sie nur noch ohne ihren Vater zum Baden und Eisessen. Da konnte ihre Mutter lachen, richtig laut und befreit, aber es war auch überdreht und übertrieben; ein Lachen, das zu oft unterdrückt worden war.

Das Foto auf dem Nachttisch hatte ihr Vater im Urlaub gemacht. Ihr einziger Familienurlaub überhaupt, in Italien am Strand. Elisabeth trug einen Bikini und hielt ihre lachenden Töchter im Arm. Alex starrte auf das Tattoo, den herabstürzenden Eisvogel auf der Brust ihrer Mutter. »Warum heißt er Eisvogel?«, hatte sie einmal gefragt. »Er sieht doch gar nicht aus wie Eis.« Da hatte Elisabeth gelächelt. Sie habe das nachgeschaut, das Wort »Eis« käme von *eisan*, einem alten deutschen Wort: »Es bedeutet ›schillern‹. Der Eisvogel heißt also eigentlich Schillervogel. Denn wenn er fliegt, flirren und schillern seine Farben, das Orange und das Blau, und deswegen heißt er so.« Das war eine schöne Erklärung, ganz egal, ob sie stimmte.

Sie hatte auf den Eisvogel gestarrt und fast vergessen, wo sie war. Dass ihr Vater neben ihr saß. Sie mit seinem Krakenarm gefangen hielt. Und was passiert war.

»Wir müssen jetzt zusammenhalten«, sagte er. »Ich passe auf euch auf. Und ihr müsst tun, was ich sage.«
Sein Ton war plötzlich streng geworden.
Es klang wie eine Drohung.

Alexandra atmete auf. Er schien nicht zu Hause zu sein, vielleicht war er draußen auf dem See. Die ehemals weiße Fassade des Fachwerkhauses war gräulich und fleckig geworden und hatte Risse, die Holzbalken waren schon lange nicht mehr lackiert worden. Auf dem Dach wuchsen Moose und Flechten, manche Ziegel sahen aus wie die Haut von Eidechsen. Doch der Garten und die Gemüsebeete waren gepflegt, nur die Scheiben des kleinen Treibhauses schmutzig und trüb. Darin hatte ihre Mutter Gemüse gepflanzt. Darin hatte sie gern gesessen, es war ihr Ort gewesen, sie hatte sich einen Schaukelstuhl und einen Tisch dort hineingestellt und die Wärme und Ruhe und die Nähe der Pflanzen bei einer Tasse Tee genossen.

Damals waren sie fast autark gewesen und hatten sich von ihrem Stückchen Land und dem See ernährt. Ihre Kindheit, das war die Arbeit mit ihrer Mutter im Garten und im Treibhaus. Das war ihr Vater, wenn er mit stolzem Lachen die vollen Fischkisten aus dem Boot hob und sie ihm entgegenlief; das war der köstliche Geruch von Räucheraal, bei dem sich das Wasser in ihrem Mund zusammenzog; das war, vorn im Bug des Fischerbootes zu sitzen, die Frische des Sees zu riechen und den Fahrtwind auf der Haut zu spüren.

Ihr Herz klopfte. Es war fast wie früher, bis auf das verkommene Treibhaus und die schmuddelige Fassade.

Jenes Foto, das mit ihrer Mutter in Italien, gab es nicht mehr. Ein paar Wochen nach ihrem Verschwinden, kurz nach Weihnachten, als Alex schon im Bett gelegen hatte, war ihr Vater betrunken ins Zimmer gekommen, hatte es aus dem Rahmen genommen, zerrissen und war wieder hinausgegangen. Sie war aus dem Bett gesprungen und hinterhergelaufen, hatte seinen Arm gepackt und geschrien. »Hör auf! Gib mir das Bild! Es ist das letzte, das ich von Mama habe!« Sie klammerte sich fest, doch er ging einfach weiter zum Kachelofen, als wäre sie gar nicht da, und als sie ihm in den Arm biss, schüttelte er sie ab wie ein lästiges Insekt. Sie müssten jetzt nach vorn schauen, lallte er mit schnapsschwerer Stimme, als er die Ofenklappe öffnete, voll kalter Lust und blinder Wut, und das zerrissene Foto hineinwarf. Die Mama sei tot und weg für immer, damit müssten sie sich abfinden.

Alex hatte vernichtet am Boden gelegen. Wenn sie gekonnt hätte, hätte sie seinen Kopf gepackt und in den Ofen gesteckt. Hätte ihn fest in die Glut gedrückt, und seine Wut- und Schmerzensschreie wären wie Medizin gewesen. Da kam Amrei aus ihrem Zimmer, die Lider schwer vom Schlaf, sah ihre Schwester weinend am Boden liegen und den Vater erschöpft mit trostlosem Blick vor dem Ofen sitzen. Keiner sagte etwas, sie starrten ins Leere, und Amrei stand einfach nur da.

»Hast du sie getötet?«, fragte Alex auf einmal in die Stille, bestimmt und anklägerisch, als wäre sie eine Polizistin. Sie wusste auch nicht, warum sie das gesagt hatte, es war einfach so aus ihr herausgerutscht.

»Du hast die Mama getötet«, sagte sie, ohne es zu wollen, und es klang wie ein Gottesurteil. Sie erhob sich.

Ihr Vater saß da wie vom Donner gerührt. Stand langsam auf und machte schwere Schritte auf sie zu. Sah sie an, mit einer angsteinflößenden Mischung aus Zorn, Entsetzen und Fassungslosigkeit, aber sie wich nicht zurück. Dann schlug er sie, so fest, dass sie sich fast nicht auf den Beinen gehalten hätte, dass ihre Wange brannte und sie nichts mehr hörte als einen hellen Pfeifton. Noch einmal schlug er sie, und sie stand da wie gelähmt. Erst nach einer Weile konnte sie sich aus ihrer Angststarre lösen, drehte sich um, lief in ihr Zimmer zurück und schloss die Tür von innen ab. Amrei war schon verschwunden.

An diesem Abend war Alex klar geworden, dass sie fortmusste, auch wenn Amrei ihr das nie verzeihen würde. Dass sie von zu Hause wegmusste, wenn sie überleben wollte. Wenn die Wut und die Traurigkeit sie nicht verschlingen sollten.

Alexandra lehnte sich an den Stamm der alten Linde. Den Verdacht hatte sie bekämpft, verdrängt, sich immer wieder vor Augen geführt, dass ihr Vater so etwas nie getan hätte. Nie würde tun können. All diese Gedanken hatte sie tief in sich vergraben, sie waren zu verschwommenen, manchmal schmerzenden Schemen im unzugänglichen Schattenreich ihrer Seele geworden. Drängender wurde hingegen die andere Frage: Was, wenn ihre Mutter doch weggelaufen war? Wenn sie auf der anderen Seite der Welt lebte, mit einem neuen Mann und neuen Töchtern? Schon gleich nach ihrem Verschwinden hatte sie diese Frage gequält. Hatte sich von dieser Frage quälen lassen. Und nicht gewusst, was besser wäre: dass die Mutter ermordet worden war oder dass die Mutter sie verlassen hatte. Sie wusste es bis heute nicht. Es war der Kern ihres Leids: War die Mutter das unschuldige Opfer eines brutalen Mannes? Ihres Vaters? Oder hatte sie ihre Familie im Stich gelassen und verraten?

Wie es aussah, traf Letzteres zu, wenn dieser Lars Rick die Wahrheit gesagt und Elisabeth eine Affäre gehabt hatte. Warum sollte er lügen? Und selbst wenn ihre Mutter sie verlassen hatte, war das wirklich ein Verrat? Was für ein schrecklicher Mensch war sie, wenn sie der Mutter so etwas unterstellte?

Auf einmal trat jemand aus der Terrassentür des Hauses, machte ein paar Schritte auf sie zu und erstarrte. Genauso wie sie. Wie zwei Salzsäulen standen sie da. Es war ihr Vater, und sie hatte fast vergessen, wie groß er war und wie breit seine Schultern. Er sah sie an, als wäre sie ein Geist. Sein Haar war fast weiß, sein Gesicht von Falten zerfurcht, er sah älter aus als neunundfünfzig, aber er wirkte gesund und stark. Er war rasiert, mit einem sauberen Hemd und einer sauberen Jeans. Nein, verkommen wie das Treibhaus war er nicht.

Sie konnte weder reden noch sich bewegen. Vor ihr stand ein alt gewordener Mann, aber kein gebrochener. Da war immer noch diese Kraft, diese unbändige Energie der Kaltenbachers, doch in seinem Blick lag auch eine Zerbrechlichkeit, eine Verletztheit …

Seine Lippen murmelten etwas, und für einen Moment verschmolzen ihre Blicke. Seiner war wie ein Sog, und sie musste ihren senken. Als sie wieder aufschaute, hatte er sich schon umgedreht und ging ins Haus zurück.

12

Martin Schwarz und Heinz Dörflinger trauten ihren Augen nicht, als sie den Dettinger Doppelhaushälftengarten von Kriminalhauptkommissar a. D. Hajo Mayer betraten.

»Der hat aber 'ne richtig fette Macke«, raunte Dörflinger ihm zu.

Wie du, dachte Martin. Ruhestand bekommt euch nicht.

Vor ihnen lag kein mit der Nagelschere manikürter und mit Unkrautvernichter imprägnierter Zierrasen, dafür aber eine Eisenbahnlandschaft unvorstellbaren Ausmaßes. Höhepunkt war eine gigantische Hängebrücke, die den Rasen überspannte. Links von ihr thronte, auf einem künstlich aufgeschütteten Hügel, eine fast meterhohe Christusstatue mit weit ausgebreiteten Armen.

Mit einem entrückten Lächeln stand Mayer inmitten seines Kunstwerks. Er hatte die Aura eines tibetanischen Mönches kurz vor dem Abflug ins Nirwana. Diese Augen, dachte Martin, haben all das Leid der Welt gesehen – und überwunden.

»Erkennen Sie sie?«

»Was?«, fragte Schwarz irritiert.

Mayer zeigte auf die Brücke.

Heinz meinte: »Golden Gate Bridge, würde ich sagen.«

»Fast! Der Baumeister ist tatsächlich derselbe, aber das ist die Brücke des 25. April. Klingelt da was?«

Heinz räusperte sich verlegen. Da klingelte nix, bei Martin auch nicht. »Leider nein«, sagte er und schämte sich ein bisschen. Wie Heinz, der zu Boden blickte.

»Wir befinden uns in Lissabon«, erklärte Mayer. »Cristo-Rei-Statue, auf der anderen Flussseite die maurische Burg, dort die Kathedrale und das Viertel Baixa, das nach dem großen Erdbeben von 1755 neu aufgebaut wurde. Und wir stehen mitten im Tejo sozusagen.«

»Ich war noch nie in Lissabon«, sagte Martin, »aber das ist alles sehr beeindruckend. Wie lange haben Sie daran gebaut?«

»Über zwanzig Jahre. Und ich bin noch nicht fertig.«

»Warum Lissabon?«

Mayer senkte seinen auratischen Blick. »Meine Frau war Portugiesin. Sie hat ihre Heimat immer schmerzlich vermisst, ist aber trotzdem hiergeblieben. Da wollte ich Lissabon einfach nach Konstanz holen. Leider ist sie vor drei Jahren gestorben. Aber die Einweihung der Brücke hat sie noch miterlebt.«

Kurz herrschte bedrücktes Schweigen. Heinz sah Mayer mitfühlend an. Martin spürte, wie der alte Schmerz seinen Freund erfasste. Den Tod seiner Frau, die er seit dem Kindergarten gekannt hatte, hätte Dörflinger beinah auch nicht überlebt.

»Kommen Sie«, sagte Mayer dann und schritt voran.

Martin zog den Kopf ein, als sie unter der Brücke des 25. April hindurchgingen. Er nahm alles zurück, was er gedacht hatte. Dieser Mann war nicht verrückt, er hatte ein Werk reiner Liebe erschaffen.

Sie setzten sich auf Gartenstühle. Neben ihnen lag, klärte Mayer sie auf, der Bahnhof Rossio. »Dort haben wir uns kennengelernt. In diesem Straßencafé.« Er zeigte dorthin und seufzte. »Sie arbeitete als Kellnerin. Ich habe mich sofort in sie verliebt.«

An einem der Tische, stellte Martin fest, wurde ein Mann von einer schlanken Schwarzhaarigen bedient.

»Wir sind mindestens einmal im Jahr nach Lissabon gefahren und haben jedes Mal in diesem Café einen Cappuccino getrunken.«

Schwarz blickte versonnen auf das Café. Aus dem gleichen Grund waren Elsa und er, bis Kim kam, regelmäßig ins »Seehotel« gegangen. Dort, auf einem Abiturtreffen vor acht Jahren, war ihre Liebe zueinander entbrannt. Und die folgende Liebesnacht hatte alles in den Schatten gestellt, was er an erotischen Erlebnissen bis dahin gesammelt hatte. Es waren nicht allzu viele gewesen. Und jetzt? Waren sie schon lange nicht mehr im »Seehotel« gewesen.

Mayer fuhr fort: »Leider musste ich die Topografie der Stadt verändern. Mein Garten ist einfach zu schmal, der Tejo ist nicht so breit wie in Wirklichkeit. Kaffee?«

Mayer schenkte ihnen eine Tasse ein. Würde er für Elsa auch so eine Eisenbahnlandschaft in seinen Garten bauen?, überlegte Martin. Platz genug hätten sie, aber was sollte er bauen? Er wollte Waldshut nicht in seinem Garten haben, außerdem mochte er keine Modelleisenbahnen. Aber das war nicht der Punkt.

»Sie interessiert also der Fall Elisabeth Kaltenbacher«, riss Mayer ihn aus seinen Gedanken. »Warum?«

Schwarz erzählte es ihm. »Nach dem, was ich in den alten Zeitungen gelesen habe, ist nie wirklich geklärt worden, was mit ihr geschehen ist.«

»Der Fall hat mich bis zu meinem Ruhestand beschäftigt. Es sind ja noch zwei weitere Frauen verschwunden. Aber wir haben weder Elisabeths Leichnam noch einen der anderen beiden gefunden. Und auch den Täter haben wir nicht überführt.«

»Gab es denn überhaupt einen Täter?«, fragte Heinz. »Vielleicht haben die Frauen sich ja in einem einsamen Wald das Leben genommen, und man hat ihre Leichen einfach noch nicht entdeckt.«

»Das haben wir ausgeschlossen, aus mehreren Gründen. Keine der Frauen hatte psychische Vorerkrankungen. Sie alle galten als fröhlich und selbstbewusst, trieben regelmäßig Sport, lebten in stabilen Beziehungen und waren sozial abgesichert. Zudem sahen sie sich sehr ähnlich: Sie waren Mitte dreißig, schlank und hatten hellbraune Haare. Und alle drei verschwanden in einem Waldgebiet: die eine beim Joggen im Schwarzwald, die andere beim Joggen auf der Baar, Elisabeth Kaltenbacher beim Joggen im Lorettowald. Sie suchten ihre Strecke regelmäßig auf, das heißt, der Täter konnte sie über einen längeren Zeitraum beobachten. Und die Frauen verschwanden innerhalb weniger Monate. All das deutete für uns auf ein Verbrechen hin. Zudem haben wir ja Elisabeth Kaltenbachers Auto auf einem

Parkplatz am Lorettowald gefunden. Warum sollte sie dorthin gefahren sein, wenn sie sich an einem anderen Ort umbringen wollte?«

»Um den Suizid zu verbergen?«, hakte Dörflinger nach.

»Klingt unwahrscheinlich, finden Sie nicht?«

Jetzt schaltete sich Martin ein. »Die Mordserie, sofern es eine war, hörte plötzlich wieder auf. Wie haben Sie sich das erklärt? Gab es in den nächsten Jahren keine ähnlichen Fälle, vielleicht in anderen Bundesländern?«

»Nicht wirklich. Acht weitere Frauen verschwanden in den nächsten drei Jahren unter vergleichbaren Umständen – sie waren allein beim Sport in einem Wald oder Park – und tauchten nie wieder auf. Aber die Frauen sahen anders aus, zwei waren korpulent, zwei deutlich älter. Dann gab es vier Frauen, die ähnlich alt waren und ähnlich aussahen, aber da waren die Umstände andere: Sie verschwanden beim Trampen oder nach einem Discobesuch. Das passte nicht zu unserem Täterprofil.«

»Wie sah das aus?«

Mayer lächelte. »Was würden Sie denn vermuten?«

»Hm«, sagte Martin. »Sollte es kein Zufall sein, dass die Frauen ähnlich alt waren und ähnlich aussahen, hat er sie ausgesucht. Und nachdem er sie gefunden hat, hat er sie über längere Zeit beobachtet, ist die Joggingstrecke abgelaufen und hat einen Hinterhalt gesucht. Dann hat er auf den optimalen Zeitpunkt, an dem er sich ganz sicher fühlte, gewartet. Womöglich hat das Warten ihn stimuliert, so wie einen Jäger der Ansitz. Das heißt, der Mann hat die Taten sorgfältig geplant, was eine gewisse Intelligenz voraussetzt. Er ist selbstbewusst.«

»Und hat sich zudem unter Kontrolle«, ergänzte Heinz. »Er ist geduldig und nervenstark. Ihm liegt sehr viel daran, unerkannt zu bleiben, weshalb er auf die Beseitigung der Leichen viel Mühe verwendet hat. Vielleicht ist er ein Mann, der einiges zu verlieren hat. Der einen guten Job hat, vielleicht sogar eine Partnerin oder eine Familie. Womöglich hat er sadistische Phantasien, die sich über lange Zeit in ihm angestaut haben. Es ist denkbar, dass er vor dem ersten Mord beruflich oder privat unter Druck stand, weshalb er diese Phantasien nicht mehr zurückhalten konnte. Wer weiß, vielleicht ähneln die Toten ja seiner Partnerin. Oder seiner Mutter.«

Mayer lächelte. »Nicht schlecht. Viel mehr Vermutungen hatten unsere Psychologen auch nicht.«

»Aber warum hört er mit dem Töten wieder auf?«, fragte Heinz. »Er hat die drei Morde ja innerhalb weniger Monate verübt. Das spricht dafür, dass er unter Druck stand.«

Mayer zuckte mit den Achseln. »Kennen Sie diesen Krimi von Dürrenmatt? Er heißt ›Das Versprechen‹. Da jagt ein Kommissar einen Kindermörder. Er findet heraus, dass die Morde immer an einer bestimmten Landstraße geschehen und der Täter möglicherweise eine große schwarze Limousine fährt. Deshalb mietet er dort eine Tankstelle und wartet. Er kommt dem Täter auf die Spur, doch an dem Tag, an dem der Kommissar ihn in einen Hinterhalt locken will, hat der Mörder einen tödlichen Autounfall, wovon der Kommissar allerdings nichts erfährt. Also bleibt er weiterhin in der Tankstelle wohnen und wartet auf den Täter. Jahrzehnte später tut er das immer noch und ist inzwischen verrückt geworden.«

Mayer seufzte. Über seine tibetanische Aura hatte sich ein Trauerflor gelegt. »Ein bisschen habe ich mich so gefühlt, auch wenn die Situation des Kommissars in dem Krimi noch ein wenig komplizierter ist. Aber ich habe wirklich gedacht, dass ›unserem‹ Mörder vielleicht etwas zugestoßen ist. Doch vielleicht hat sich sein Leben auch stabilisiert. Vielleicht hat er eine neue Partnerin kennengelernt, seine berufliche Krise überwunden, vielleicht hat er andere Wege gefunden, seine Phantasien auszuleben. So etwas ist gar nicht so selten. Vielleicht ist er auch nach Afrika oder Australien ausgewandert und mordet dort weiter. Da ist vieles denkbar.«

»Und wenn der Fall der Elisabeth Kaltenbacher gar nichts mit den anderen zu tun hat?«, sinnierte Martin. »Wenn diese Parallelen nur Zufälle sind? Oder wenn es sich beim Mörder

Elisabeths um einen Nachahmungstäter handelt? Vielleicht stammt er aus dem Umfeld Elisabeths und wollte so die Tat verschleiern. Von den beiden anderen Frauen ist ja sicher breit in den Medien berichtet worden.«

»Gar nicht so dumm, so für einen kriminalistischen Autodidakten«, frotzelte Heinz.

Mayer lächelte. »Auch das haben wir erwogen. Wir hatten eine Zeit lang Konrad Kaltenbacher im Verdacht. Die Ehe schien nicht mehr ganz so glücklich zu sein, meinten die Nachbarn, wobei Kaltenbacher das bestritten hat. Für mich hatte dieser Kaltenbacher auch etwas Dunkles, Zorniges, Verbittertes. Außerdem hatte er kein Alibi. Aber es gab keine weiteren Indizien, und er beharrte standhaft darauf, nichts mit Elisabeths Verschwinden zu tun zu haben. Der Mann wirkte im Lauf der Ermittlungen zunehmend schwächer und erschöpfter. Während der Vernehmungen schwitzte er und war weiß wie eine Wand. Entweder plagen ihn Schuldgefühle, dachte ich, oder ihm macht das Gerede der Leute zu schaffen. Sein Name tauchte immer wieder in der Presse auf. Und die Presse mochte ihn nicht. Kaltenbacher ist alles andere als diplomatisch. Er hat einen Journalisten, der sich in seinem Garten versteckte, als ›elende Leichenfliege‹ bezeichnet und die Kamera eines Fotografen, der heimlich Aufnahmen machte, zertrümmert.«

»Was hat Ihnen Ihr Bauchgefühl gesagt?«, fragte Heinz.

»Ich weiß es nicht. Kaltenbacher ist Choleriker. Ich traue ihm zu, jemanden im Affekt zu töten. Ich glaube, dass er ein eifersüchtiger Mensch ist und dass er Angst hatte, seine schöne Frau könnte ihn verlassen. Anderseits ist Kaltenbacher ein gläubiger Mensch. Ich bezweifle, dass er mit so einer schweren Schuld leben könnte.«

Das würde heikel werden. Martin dachte an Alexandra. »Und wenn Frau Kaltenbacher wirklich, wie das meiner Klientin erzählt wurde, untergetaucht ist?«

»Das passt nicht zu dem Persönlichkeitsprofil, das wir von ihr erstellt haben. Klar, das Leben als Frau eines schwermütigen und cholerischen Berufsfischers ist vielleicht nicht das einfachste und abwechslungsreichste, aber sie liebte ihre Töchter über alles. Keiner, der sie kannte, hatte den Eindruck, dass sie kreuzunglücklich war oder wegwollte. Sie hatte ein sehr einnehmendes Wesen und ein sonniges Gemüt und wurde von allen als lebenslustig, tüchtig und loyal beschrieben. Sie ist selbst in schwierigen Verhältnissen aufgewachsen, Geborgenheit bedeutete ihr viel. Wahrscheinlich war sie auch deshalb sehr religiös.«

Martin ließ seinen Blick zur Christusstatue gleiten. Mit ausgestreckten Armen und einem erhabenen Lächeln hieß der Heiland einen jeden willkommen.

»Tja«, meinte Mayer, »dieser Fall hat mir manche Nacht den Schlaf geraubt. Aber es war nicht das einzig Schlimme, das ich in meiner Karriere erlebt habe. Auch deshalb bastle ich wohl seit zwanzig Jahren an Lissabon herum. Ich musste etwas Schönes erschaffen, bei all der Zerstörung und dem Bösen, dem ich im Lauf der Jahre begegnet bin.«

Heinz seufzte. »Bei mir war es genauso. Deshalb bin ich auch früher gegangen. Willkommen im Club.«

Mayer lächelte. »Wenn Sie mögen, können Sie meine Unterlagen zu dem Fall haben. Ich habe sie damals kopiert. Aber bitte sagen Sie das niemandem. Jedenfalls wäre es für mich eine Genugtuung, wenn der Fall doch noch gelöst werden könnte. Wenn die Gerechtigkeit siegt.«

»Das wäre wunderbar«, sagte Martin.

»Dürfen wir Sie mit weiteren Fragen behelligen, wenn uns welche einfallen?«, fragte Heinz.

»Jederzeit.«

Martin trank einen Schluck. Der Kaffee war hervorragend, aromatisch und stark. Er schmeckte nach Portugal, wie es vor ihm lag. Das Kaffeekochen hatte Mayer sicher von seiner Frau gelernt. »Ihre Frau muss sich sehr über dieses Lissabon gefreut haben.«

Ein Lächeln huschte über Mayers Gesicht. »Hat sie. Sie hat sich tausendmal bei mir bedankt. Doch zugleich hat es ihre

Sehnsucht nach der Heimat verstärkt. Für eine feurige Portugiesin ist ein badisches Provinzstädtchen ein gewöhnungsbedürftiges Pflaster. Aber ich halte die Anlage in Schuss. Für sie. Und damit ich morgens einen Grund zum Aufstehen habe.« Er zeigte auf Christus auf dem steilen Hügel. »Ihre Urne habe ich zu seinen Füßen begraben.«

»Ihre Frau steckt da drin?«, fragte Martin ungläubig.

»Sie hat diesen Ort mit Blick auf den Tejo, die Brücke und die Stadt immer geliebt.«

Heinz stand der Mund offen, und er schüttelte kaum merklich den Kopf.

»Also, mich zieht nichts nach Portugal«, meinte er später, als sie sich verabschiedet hatten. Er trug den Ordner mit Mayers Unterlagen unterm Arm. »Ist zwar ganz hübsch, aber es gibt keine Forellen. Und außerdem kommt von da dieses invasive Hirsekraut, das mir letztes Jahr den Rasen versaut hat.«

Martin hörte nur halb zu. In Gedanken war er noch bei der Urne mit Frau Mayers Asche zu Füßen des Erlösers. Er stellte sich vor, wie Mayer am Todestag seiner Frau nachts Kerzen auf dem Hügel anzündete, eine entrückte Melodie summte und, Christus innig anblickend, andächtig Totenwache hielt.

Eine kleine Meise hat er doch, dachte er und lächelte. So wie ich. Und der Heinz. Eigentlich so wie alle Leute, die ich mag.

13

Konrad Kaltenbacher musste sich an der Wand abstützen, als er wieder im Haus war. Er schloss die Augen, weil sich alles drehte. Und sein Herz pochte so schnell, dass er die Hand auf die Brust pressen musste, damit es nicht zersprang. Im ersten Schreck hatte er geglaubt, vor ihm stünde Elisabeth. Als wäre seine Frau von den Toten wiederauferstanden. Doch es war nicht Elisabeth, sondern seine Tochter gewesen. Alex sah inzwischen genauso aus wie sie, mal abgesehen von der wilden Mähne. Sie hatte ihn damals genauso verraten wie die Mutter und das Leben für ihn hier auf der Reichenau zur Hölle gemacht. Alex hatte sich auch nicht verabschiedet, nicht Lebewohl gesagt, als sie mit ihrer Tasche das Haus verließ. Er hatte sie mit verschränkten Armen angestarrt, wie sie noch einmal ins Wohnzimmer gekommen war. Vielleicht hatte sie sich verabschieden wollen, er hatte sie aber nur feindlich angeblickt. »Ich will dich nie mehr sehen«, hatte er gesagt. Aus Zorn und Verletzung, nicht weil er es wirklich meinte. Wobei, damals hatte er das geglaubt: dass er ihr nie würde verzeihen können und er sie nie mehr wiedersehen wollte. Denn sie hatte ihn vor dem Dorf unmöglich gemacht. Schaut nur, hatte es geheißen, erst rennt ihm die Frau weg, dann noch die Tochter. Ob er sie geschlagen hat? Oder noch Schlimmeres? Der Kaltenbacher, das ist ein Dreckschwein, deshalb hat er sich auch eine arme Russin genommen, sagten die Leute hinter vorgehaltener Hand. Der Kaltenbacher ist einer, um den man besser einen weiten Bogen macht.

Auch seine Fischerfreunde waren erst einmal auf Distanz gegangen, und noch immer spürte er eine Wand zwischen sich und ihnen. Vielleicht, dachten sie, war doch was dran an dem Gerede. Vielleicht hatte der Kaltenbacher zwei Gesichter. Und wer verbringt schon gern mit jemandem Zeit, wenn man sich dafür vor anderen rechtfertigen muss?

Wäre Alex eben auf ihn zugekommen, hätte er sie in den Arm genommen oder ihr ins Gesicht geschlagen? Er wäre stehen geblieben, mit eisiger Miene und verschränkten Armen vor der Brust. Erst hätte *sie* reden müssen. Denn was zum Teufel wollte sie von ihm?

Er ballte die Hand zur Faust. Sah noch einmal hinaus, doch Alexandra war wieder weg. Gott sei Dank, dachte er und wünschte, sie stünde noch da. Das Herz schlug allmählich langsamer. Mit dem Hemdsärmel wischte er das Feuchte aus den Augen. Er hätte das damals vielleicht nicht sagen dürfen, dass er sie nie mehr sehen wollte. Damit hatte er alles kaputtgemacht. Denn sie war genauso stolz und störrisch wie er.

Mit wackligen Beinen ging er die Treppen hinunter in den Keller. Die anderen warteten, er musste zu ihnen, doch ihm war noch schwindlig. Nach wenigen Schritten verharrte er wieder. Ausgerechnet jetzt war sie gekommen, wo er doch stark sein musste, wo er einen klaren Kopf zum Reden brauchte! Wo er den anderen Mut machen und ihnen zeigen musste, dass es für sie nur den einen Weg gab.

Konrad Kaltenbacher blieb noch einmal stehen. Die Angst ergriff wieder sein Herz, ließ es viel zu schnell schlagen und schnürte ihm die Kehle zu. Die Angst, dass alles verloren war, dass er mit nichts, einsam und ohne Würde sterben würde.

»Alles klar, Konrad?« Der dicke Paul starb fast vor Angst. Er war schon beim dritten Viertele und rauchte wie ein Schlot. »War das die Polizei?«

»Quatsch!«, sagte Konrad streng, als wäre das völlig abwegig. Nicht umsonst hatte er Bewegungsmelder im Garten angebracht. So hatte er Alexandra bemerkt. Neben Paul waren noch zwei weitere Fischer gekommen. Zu viert hatten sie die Kormorankolonien in Brand gesteckt. Vor ihnen auf dem Couchtisch lagen die Zeitungen der letzten Woche. Sie hatten es sogar in die Süddeutsche und in den Stern geschafft, mit Fotos von den brennenden Brutbäumen. Natürlich wurde die Aktion einhellig verurteilt. »Wenn Frust zu Hass wird«, hieß es im Stern. Man verstehe die Nöte der Fischer, aber Brandstiftung und Gewalt gegen Tiere seien keine Lösung. Andere Wege müssten gesucht werden. Nur welche, wurde nicht gesagt. Dasselbe verfluchte Gewäsch wie seit Jahren.

Ob Alexandra über sie recherchierte? Er wusste, dass sie Journalistin war. Er las ihre Reportagen, schnitt sie aus und verwahrte sie in einer Schachtel neben dem Bett. Was sie schrieb, hatte Hand und Fuß. Sie war klüger als er und konnte mit Worten umgehen. Sie könnte ihnen helfen.

»Vor drei Tagen war die Polizei bei mir«, sagte Franz mit bebender Stimme, »ein Kommissar Steck. Die wissen, dass wir es waren! Haben gefragt, was ich von der Aktion halte und wo ich in der Nacht war. Meine Frau hat mir hinterher die Hölle heißgemacht. Die weiß, dass ich in der Nacht nicht da war, und ahnt, dass wir dahinterstecken. ›Wenn du in den Knast wanderst, bin ich weg, und du kannst deine Felchen allein räuchern‹, hat sie gemeint. Und dass das halbe Ried abbrennt, das war Scheiße, Konrad! Wir können von Glück sagen, dass niemand verletzt worden ist und es kaum Schäden gegeben hat. Das hätte ganz anders ausgehen können!«

»Wir sollten aufhören«, meinte der dicke Paul erregt. Schweißperlen standen auf seiner Stirn. »Mir wird das zu heiß. Wenn der Tote im Feuer gestorben wäre, ich sag's euch, ich wäre zur Polizei! Und wir haben ja jetzt, was wir wollten. Die Politiker werden jetzt schon schauen, dass wegen der Kormorane was passiert, und gut ist!«

Franz und Reto schauten Konrad gespannt an. Sie hatten die Hosen genauso gestrichen voll wie Paul und wollten auch aufhören, das sah er ihnen an. Fischer taugten nicht als Verbrecher, außer man hieß Brandstätter, sonst wären sie es wegen der seit Jahren schlechten Fänge schon längst geworden.

Langsam schüttelte er den Kopf. »Glaubt ihr das wirklich? Glaubt ihr, wegen ein paar gekochter Kormoraneier ändert die Politik irgendwas? Oder wegen uns? Vielleicht erlaubt das

Regierungspräsidium, dass ein paar Vögel mehr abgeschossen werden, damit wir die Klappe halten und um alle zu beruhigen. Aber nach ein paar Monaten werden die Naturschutzverbände wieder mosern, irgendein Professor wird in einer neuen Studie feststellen, dass das Töten nichts bringt und dass man am besten alles beim Alten lässt.«

Die anderen sahen ihn betreten an. Sie wussten, dass er recht hatte. So war es bisher immer gewesen.

»Aber was erreichen wir damit?«, fragte Reto. Er kam aus Ermatingen und war der Nachdenkliche. Er hatte Konrad in der Nacht am Schweizer Seeufer abgeholt. »Wir haben gehofft, dass die Vorarlberger nachziehen und dass auch dort die Bäume brennen. Oder die Kolonien an der Lipbachmündung oder im Seefelder Aachried. Aber bisher ist nichts passiert, auch an keinem anderen See.«

»Das kommt noch«, meinte Konrad, aber wirklich überzeugt war er nicht. »Im Moment ist es zu heiß. Die Naturschützer bewachen die Kolonien Tag und Nacht, und auch die Polizei patrouilliert.«

»So schnell werden die damit nicht aufhören!«, rief Paul. Seine Stimme hatte schon einen leichten Drall vom Wein. »Ich sag es euch, die Polizei beschattet mein Haus! Wenn ich in den Knast muss und nicht fischen oder in die Fabrik kann, bin ich pleite! Ich habe niemanden, der für mich rausfährt. Ich komm jetzt schon kaum über die Runden. Und dann haben die Vogelschützer angefangen, Fischerboote zu zerstören. Wenn die mir meins kaputt machen und ich wochenlang Verdienstausfall hab, kann ich auch einpacken!«

Paul fischte wie Franz im Überlinger See. Dort sah die Lage noch viel trostloser aus als bei Reto und ihm am Untersee, weshalb sie beide schon seit Jahren Jobs nebenher hatten. Der Überlinger See war noch nährstoffärmer, die Barsche wurden immer weniger und winziger und sahen in manchen Jahren aus wie verbogene Sargnägel. Und im Sommer zogen nur noch ein paar versprengte Hungerfelchen aus dem Obersee hinein.

»Und wenn wir nichts tun, was dann?«, fragte Konrad.

»Dann ist in ein paar Jahren nichts mehr da. Dann haben wir bald viertausend Vögel am See, und von hundert Fischern werden noch zwei Dutzend übrig sein. Dann interessiert sich gar niemand mehr für uns, und die Politiker wischen sich mit unseren Petitionen den Arsch ab.«

Die anderen schwiegen.

»Der Einzige, der dann noch verdient, ist der Johannes Brandstätter mit seiner Aquakultur. Jetzt hat er fünfhundert Tonnen Felchen in seinen Netzen, und wenn wir erst weg sind, wird er zweitausend darin haben. Und vor Romanshorn und Bregenz werden bald dieselben Anlagen entstehen, darauf möchte ich wetten! Dann sind wir erledigt, Paul. Dann brauchen sie uns nicht mehr. Dann kannst du vielleicht noch für ein paar Almosen Touristen auf den See fahren, oder du nimmst Angler mit raus. Dann kannst du zusehen, wie die die letzten Fische fangen.«

Ihr Zorn wuchs wieder, das konnte er spüren, und mit dem Zorn der Mut. Er sah es an ihren Mienen. Er musste jetzt weitermachen. »Und vielleicht stellt der Brandstätter dich ja ein, Paul. Aber nur vielleicht. Denn für seine fünfhundert Tonnen Felchen braucht der Brandstätter vier Leute. Vier Leute statt hundertzwanzig Fischer, die wir vor zehn Jahren noch waren! Dann kannst du dem Brandstätter jeden Morgen den Arsch dafür lecken, dass er dir den Mindestlohn zahlt.«

Paul starrte verloren auf seine brennende Zigarette. Konrad wusste, dass Johannes Brandstätter schon einige Fischer angesprochen hatte, ob sie bei ihm arbeiten wollten.

»Und beim Brandstätter bist du kein Fischer mehr, sondern ein Hilfsarbeiter, so wie in den Forellenzuchten, da machst du ein paar Handgriffe, die jeder Vollidiot in einer Woche gelernt hat. Da kannst du an seinen Netzgehegen den Futterautomaten bedienen oder die Fischverarbeitungsmaschinen putzen. Jetzt hast du einen ehrenwerten Beruf, wo du was können musst. Wo du wissen musst, wann und wie die Fische ziehen und wie du sie erwischst. Keiner fängt die Aale so gut wie du, Paul. Und warum? Weil du weißt, wann sie laufen, und weil du auf den Meter genau die Plätze kennst, wo du die Reusen zu setzen hast. Und wer fängt die großen Barsche im Herbst?«

Franz lächelte, denn das war er. Auch die anderen grinsten, wenn auch etwas neidisch. Hinter Franz' Geheimnis mit den großen Kretzern, wie die Flussbarsche am Bodensee hießen, waren sie nie gekommen. Jeden Oktober fing er sie, wenn auch längst nicht mehr so viele wie früher. Nach einem Viertele zu viel hatte er ihnen einmal Fotos gezeigt. Stolz wie Oskar hatte er eine Kiste voll fettgefressener, kugelrunder Kretzer in die Kamera gehalten.

Konrad sah, wie er den Kampfesmut in den anderen wieder geweckt hatte. »Und was passiert mit dem See, wenn's uns nicht mehr gibt? Wer passt dann auf ihn auf? Wer merkt dann, wenn noch mehr Vögel alles zerstören? Oder wenn wegen Brandstätters Gehegen Fischkrankheiten ausbrechen? Wer kümmert sich um den See, wenn wir weg sind? Wir haben nicht nur ein Handwerk, wir haben eine Berufung, für die wir kämpfen müssen, wir haben einen Auftrag! Wir sind die Hüter des Sees!«

Für eine Weile war es still.

Reto nickte langsam. »Hast ja recht«, meinte er dann. »Ich bin weiter dabei.«

Die anderen nickten.

Er hatte gewonnen, fürs Erste.

14

Tobias Hinz verschlang den Zwiebelrostbraten, als wäre er gerade eben aus dem Winterschlaf erwacht.

»E Draum!«, meinte er und schloss die Augen. »Ganz zart und saftig. Un' die Bratkartoffle, herrlich! Halt hausg'macht.« Hinz hielt ihm eine Gabel hin. »Magsch mol probiere?«

Martin Schwarz winkte ab. Sie saßen in der »Schottenstube« gegenüber dem Gefängnis. Da war Hinz seit zwanzig Jahren Krankenpfleger. Das hieß, er war es schon zu der Zeit gewesen, als der Tote vom Ried, dieser Lars Rick, dort eingesessen hatte. Hinz hatte erst gezögert, aber als Martin eine Einladung zum Mittagessen ins Spiel gebracht hatte, war die Sache geritzt gewesen. Hinz und er waren zusammen in die Schule gegangen. Schon damals konnte man den Hinz mit Wurstbroten oder Sauren Zungen bestechen. Hinz konnte perfekt Unterschriften fälschen, und das war bei verhauenen Klassenarbeiten eine nicht zu überschätzende Dienstleistung gewesen.

Martin wartete, bis Hinzens Hunger gestillt war. Bratkartoffelreste hingen in seinem Seehundschnauzer. Hinz sah aus wie eine freundliche Robbe. Bald war der Teller ratzeputz leer gefuttert, Hinz seufzte zufrieden und spülte seinen Mund mit dem Rest seiner Weißweinschorle. Und bestellte gleich noch eine.

»Aaah«, meinte er. »Jetzt bin i pappsatt. Was willsch wisse?«

»Der Tote im Ried, der war mal Kunde bei euch, oder?«

»Der Rick? Aber hallo! Der war zwei Mal da. Sah gut aus, sein Spitzname war Bond, weil er ein bisschen was von Sean Connery hatte. Wir hatten einen guten Draht zueinander.«

»Für eine Weile muss er seine Zelle mit jemandem geteilt haben. Der interessiert mich.«

Hinz konzentrierte sich und nippte dabei an der frisch eingetroffenen Schorle. »Warte mal ... Doch ... Das muss der Brandstätter gewesen sein.«

Überrascht sah Schwarz ihn an. »Johannes Brandstätter? Der Felchenkönig? Der jetzt die Aquakultur im See betreibt?«, fragte er.

»Bist du verrückt? Der doch nicht. Der Bruder war's, der Markus.«

»Weswegen saß der denn ein?«

»Unschöne Sache. Versuchte Vergewaltigung. Der war aber nach ein paar Monaten schon wieder draußen. Sein Bruder hat ihm einen teuren Anwalt besorgt, und sie sind in Revision gegangen. Markus hat die Frau wohl nachts am Reichenauer Fischerfest in die Büsche gezogen und wollte ihr an die Wäsche. Doch dann hieß es, die Frau habe den armen Markus sexuell provoziert und er habe sie überhaupt nicht angerührt, wofür es plötzlich auch Zeugen gab. Markus sei in Wirklichkeit ein braves Schäflein und außerdem sturzbetrunken gewesen. Das hat der Anwalt offenbar überzeugend rübergebracht.«

»Und was ist der Markus Brandstätter für ein Typ?«

»Ein ziemlicher Angeber, aber nicht unsympathisch, und er war immer nett zu den Wärtern. Hat sich mit finanziellen Zuwendungen auch ein paar Privilegien erkauft, hieß es. Aber in der Knasthierarchie stand er ziemlich weit unten. Das Charisma und die Charakterstärke seines Bruders hat er nicht. Ein paar Tage nach seiner Ankunft lag er bewusstlos mit blutiger Nase und blauen Flecken am ganzen Körper in der Dusche.«

»Dieser Rick hat behauptet, Markus Brandstätter habe ihm das Foto einer schönen Frau gezeigt und erzählt, dass sie seine Geliebte sei und er mit ihr verschwinden wolle, wenn er aus dem Knast kommt.«

»Davon weiß ich nichts, würde aber passen. Der Markus war ein schrecklicher Angeber und hat den Rick richtig vergöttert. Markus wurde zu seinem Adjutanten, obwohl der Rick mindestens zehn Jahre jünger war. So einen wie den Rick habe er noch nie kennengelernt, hat er mal voller Bewunderung zu mir gemeint.«

»Meinst du, Markus hat gelogen?«

»Ich würde es ihm zutrauen. Andererseits kann ich mir schon vorstellen, dass er bei einer hübschen Frau landet.«

»Aber hätte der Markus nicht auch dir von seiner heißen Affäre erzählt? Ihr hattet ja einen guten Draht zueinander.«

»Stimmt auch wieder. Daran kann ich mich aber nicht erinnern. Aber wie gesagt, vielleicht hat er die Geschichte ja erfunden, um sich beim Rick wichtig zu machen. Im Knast haben alle zu viel Zeit. Und hübsche Frauen und Sexgeschichten ziehen immer.«

»War dieser Rick ein Lügner? Erfindet der so eine Geschichte?«

»Gute Lügner sind schlau. Das war der Rick eigentlich nicht. Der Direktor meinte einmal, beim Rick habe der Herrgott allen Fleiß ins Aussehen gesteckt und für den Rest nix mehr übrig gehabt.« Hinz grinste. »Das hat's getroffen.«

Hinz sah auf die Uhr.

»Musst du wieder los?«

»Gleich. Aber für einen Nachtisch reicht's noch. Die haben hier ein phantastisches Mousse au Chocolat!«

Als Martin zu Hause aus dem Wagen stieg, flog Kim ihm mit ihren Feenflügeln entgegen. Er breitete die Arme aus. Die Wiese vom See hinauf war lang und steil, und Kim hatte mit ihrer Großmutter unten am Schilf gesessen. Die Fee kam ganz schön ins Keuchen und Schwitzen, landete aber schließlich doch im Ziel.

»Wo bleibst du denn?«, flüsterte sie ihm ins Ohr und drückte ihn fest an sich. »Die Omi ist stinksauer.«

»Oje! Aber bevor wir runtergehen: Wie war es denn heute mit diesem Fritz?«

Kim grinste. »Super! Ich habe es gemacht, wie du gesagt hast. Ich habe ihn richtig laut angeschrien, sodass alle geguckt haben!«

»Und dann?«

»Hat er erst gelacht, aber ich habe schon gemerkt, dass er gar nicht mehr so mutig war. Er hat mich dann am Arm gepackt. Da habe ich ihm eine gescheuert, so wie dir gestern.«

»Klasse! Und dann?«

»Hat er mich angeguckt, als wäre ich ein Ungeheuer. Danach ist er weggelaufen. Mit seiner knallroten Backe. Ich glaube, der hat geflennt.«

»Du hast Fritzchens Frauenbild in den Grundfesten erschüttert.«

»Was?«

»Du bist die Beste! Meine superstarke Zuckerschnecke!« Kim lachte, stolz und erleichtert, und drückte ihn ganz fest. »Die Mama hat angerufen«, flüsterte sie ihm ins Ohr.

»Und?«

»Sie kommt erst am Wochenende. Aber sie bringt mir dafür was mit.« So gut es ging, versuchte Kim ihre Enttäuschung zu verbergen.

»Na wunderbar«, sagte Martin und gab sich Mühe, fröhlich zu klingen. »Hauptsache, du hast es diesem blöden Fritz so richtig gezeigt. Du wirst sehen, der lässt dich jetzt in Ruhe.«

»Und wenn er ein anderes Mädchen ärgert, geh ich zu Frau Scholl!«

»Genau so machst du das.«

Mit Kim auf dem Arm schritt er die schmale Steintreppe zum See hinab. Sie drückte ihn noch einmal fest an sich. Seine Mutter saß dort an einem kleinen Tisch. Sie hatten »Mensch ärgere Dich nicht« gespielt und Kuchen gegessen. Ihr Blick verhieß nichts Gutes.

»Kim, würdest du mich mal kurz mit dem Papa allein lassen?«

Kim nickte und sah traurig aus. Dann ging sie noch einmal die steile Wiese zum Haus hinauf.

»Tut mir leid, Mama. Ich habe mich schon wieder verspätet.«

»Darum geht es mir nicht. Was ist los mit dir und Elsa?«

»Sie hat halt gerade viel um die Ohren.«

»Sie hat vor allem ein Kind und einen Mann! Du siehst ja, wie es Kim geht. Elsa ist inzwischen jede Woche drei bis vier Tage weg. Das war früher anders.«

»Sie hat nun einmal ihre eigene Praxis, um die sie sich kümmern muss. Du hattest es damals gut als Lehrerin …«

»Ach, Martin, jetzt komme mir nicht so! Es geht bei Elsa doch nicht um die Praxis, und das weißt du ganz genau.« Seine Mutter seufzte. »Ist zwischen euch alles in Ordnung?«

Martin schwieg. »Also nein. Habe ich mir schon gedacht. Man sieht euch gar nicht mehr vertraut miteinander. Und man hört euch auch nicht mehr nachts.«

»Mutter!« Er merkte, wie er rot wurde.

»Ist doch wahr. Ihr müsst miteinander reden, Martin. Ich habe schon eine ganze Weile den Eindruck, dass es ihr bei uns nicht gefällt. Dass wir hier als Großfamilie zusammenleben, ist ihr womöglich zu eng. Oder sie kommt nicht damit klar, Mutter zu sein. Das wäre natürlich nicht gut. Aber ihr müsst miteinander reden.«

»Am Wochenende kommt sie ja. Kannst du mir da den Rücken freihalten und dich um Kim kümmern? Ich wollte ein schönes Abendessen vorbereiten und dann mit ihr sprechen.«

Seine Mutter nickte. Kim stand oben beim Haus und sah besorgt zu ihnen herab.

Sein Handy klingelte, er nahm ab. Es war Alexandra Kaltenbacher, sie wollte ihn treffen. Er hielt mit der Hand das Mikro zu und wandte sich an seine Mutter.

»Wärst du morgen Mittag da?«

Sie verdrehte die Augen, nickte aber dann. Sie verabredeten sich im Restaurant »Anglerruh«. Dabei sah ihn seine Mutter skeptisch an.

»Eine Klientin«, sagte er.

»Aha.«

»Und danke. Bis zum Abend habe ich frei. Weißt du was? Ich gehe jetzt mit Kim auf die Mainau.«

Seine Mutter lächelte matt. »Endlich hast du mal eine gute Idee!«

15

Als die anderen fort waren, ging Konrad noch einmal raus in den Garten. Es war still und noch nicht zu heiß. Natürlich war Alex nicht zurückgekommen. Aber er sah sie vor sich, wunderschön, trotz dieser wilden Frisur, wirklich wie Elisabeth, sie hatte die gleichen hellbraunen Haare und die gleiche Figur. Nur die Augen und den Mund, die hatte sie von ihm. Und das Zornige, das Dickköpfige. Manchmal hatte er sich vorgestellt, dass er in München vor ihrer Tür stehen und bei ihr klingeln würde, aber dann? Er hatte den Gedanken gleich wieder abgeschüttelt. Kein Wort würde er herausbringen, denn was sollte er schon sagen? *Sie* müsste kommen und ihn um Verzeihung bitten, das war das Mindeste. Denn sie hatte ihn verraten, genauso wie Elisabeth.

Wann hatte es begonnen, dass Liz das Leben bei ihm nicht mehr genügte? Er hatte es ihr angesehen, wenn sie morgens aufstand, da war nicht mehr das Leuchten in den Augen wie am Anfang. Sie tat, was sie tun musste, ohne Freude, als lästige Pflicht. Was war denn so verkehrt an ihrem Leben?

»Die Tage sind immer gleich, nichts verändert sich«, hatte sie einmal gesagt.

»Was meinst du damit?«, hatte er gefragt. Er hatte sie wirklich nicht verstanden. Denn für ihn war jeder Tag ein anderer, das Licht auf dem Wasser, die Strömungen im See, die Züge der Felchen und der Geschmack, wenn sie aus dem Räucherofen kamen, im Sommer schmeckten sie anders als im Winter.

Vielleicht waren die Tage ähnlich, aber niemals gleich. Und es gab immer etwas Besonderes, wie manche Sonnenaufgänge, wenn die Farben so wunderschön leuchteten, als wollte Gott den Menschen ein Zeichen senden, dass es ihn gibt. Und manchmal verfing sich ein Meterhecht in den Maschen, ein anderes Mal hatte er einen schweren Wels in der Reuse. Auch probierte er immer neue Fischrezepte, um ihr und den Mädchen eine Freude zu machen. Und dann das Bangen und Hoffen auf jeden warmen, sonnigen Tag im Herbst, damit der Wein gut würde. Und wie herrlich es war, wenn im Oktober die Blätter der Reben Feuer fingen. Was hieß das also, die Tage wären immer gleich?

»Du musst genauer hinschauen«, hatte er ihr gesagt, »auf die feinen Unterschiede kommt es an, sie machen das Leben bunt.« Aber das genügte ihr nicht. Die Schönheit der kleinen Momente konnte sie nicht mehr erkennen, weil etwas ihren Verstand vergiftet hatte. Sie sah das Leben mit anderen Augen, und ihres kam ihr mit jedem Tag schäbiger und öder vor. Nur die Mädchen liebte sie, ihretwegen blieb sie bei ihm, und dann fing das mit dem Joggen an.

Er blickte auf das Treibhaus. Seit Elisabeth fort war, hatte er es nicht mehr betreten. Er mochte den Anblick nicht, es erinnerte ihn an sie und auch an sein eigenes Leben, wie trostlos es war, seit es sie nicht mehr gab. Er hatte es schon einmal abreißen wollen, es dann aber nicht übers Herz gebracht, denn das Treibhaus war Elisabeths Reich gewesen. Darin etwas anzupflanzen und bei einer Tasse Tee die Früchte ihrer Arbeit zu genießen, hatte sie einmal zufrieden gemacht. Sie waren so glücklich gewesen, und er hatte gedacht, so würde sein ganzes Leben sein.

Er schritt über die Wiese und öffnete die Tür. Wieder pochte sein Herz viel zu schnell, und der Puls hämmerte in den Schläfen. Ein Schauer lief über seinen Rücken. Der Griff war rostig, und die Angeln quietschten. Drinnen lagen vertrocknete Pflanzen, alles war grau und staubig. Es roch nach altem Heu, und die Luft war stickig. Totenstille. Die Gläser des Treibhauses waren schmutzig und machten das Licht grau, so grau wie die toten Pflanzen.

Wenn er sich an sie schmiegen wollte, hatte sie sich umgedreht. Fasste er sie an, schob sie seine Hand weg. Dabei hatte sie seinen muskulösen Körper lange gemocht. Dann ließ sie ihn spüren, dass sie sich vor ihm ekelte, und das demütigte ihn bis auf den Grund seiner Seele. Aber schlimmer als das war zu sehen, wie sie ihre Kraft verlor, das Funkeln ihrer Augen und ihr fröhliches Lachen. Es würde wieder besser werden, dachte er sich, schließlich hatten sie sich einen Bund fürs Leben geschworen, würden zusammenhalten in guten wie in schlechten Zeiten, und jetzt mussten sie gemeinsam durch schlechte. *Gemeinsam!* Er nahm Rücksicht und rührte sie nicht an. Er wusste, dass ihr Vater sie als Kind geschlagen und die Mutter getrunken hatte. Sie würde schon kommen, eines Nachts, hoffte er, und wenn die Lust ihn drängte, erledigte er das morgens auf dem See.

Was wollte Liz nur, wo zog es sie hin? Die Fragen hatten sein Hirn zermartert. Sie ist hier am See fremd geblieben und will zurück, sagte eine Stimme. Die Reichenauer mochten keine Fremden, die nicht ihre Ferienwohnungen mieten, sondern für immer bleiben wollten. Und erst recht mochten sie keine schönen, klugen, fremden Frauen, die die lüsternen Blicke der Männer auf sich zogen und die missgünstigen der Frauen. Elisabeth spürte das, aber sie kämpfte. Doch sie fand kaum Anschluss. Auch nach zehn Jahren wurde sie hinter vorgehaltener Hand noch »die Russin« genannt. Obwohl sie härter arbeitete als die meisten von hier.

Eine andere Stimme sagte: Sie ist zu schön und zu klug für dich. Elisabeth will, was alle schönen Frauen wollen, teure Kleider und weite Reisen und einen Mann, der es zu etwas bringt. Aber hatte er das nicht? Er war Fischer und ein guter, zudem besaß er ein Stück Land und bestellte es. Aber was war das schon? Außerdem war sie zehn Jahre jünger als er. Als sie sich kennenlernten, war sie achtzehn gewesen. Und ein Jahr später kam Alexandra zur Welt.

»Lass uns einen Fischimbiss aufmachen«, hatte sie einmal gemeint. »Wenn wir die Fische verarbeiten, verdienen wir mehr. Und deinen guten Wein können wir auch verkaufen. Lass uns etwas Neues versuchen!« Aber die Tage waren doch schon so voll genug. Und er wollte nicht Leute bedienen und sich anhören, dass es nicht schmeckte oder die Portionen zu klein waren.

Er genoss die Einsamkeit, er brauchte die Stille draußen auf dem Wasser oder im Weinberg, dafür war er geboren. Und viel Geld brauchte er nicht. Er kam mit wenig klar. Zu verzichten fiel ihm nicht schwer. Und der See und das Land gaben immer noch genug, um gut zu leben.

Doch für Männer wie ihn schien auf der Welt kein Platz mehr zu sein. Für Männer, die morgens auf den See fuhren, ihre Netze setzten, ein paar Fische fingen und damit zufrieden waren. Wozu brauchte man sie noch? Wo man Fische doch in Teichen züchten konnte, in Netzgehegen oder in Fabrikhallen an Land. Die Zuchtforellen waren schon jetzt so billig, dass er mit seinen Wildfischen nicht mehr mithalten konnte. Denn seine Kosten für Benzin, Netze und die Wartung des Bootes stiegen, während die Fänge immer weniger wurden.

Was war er schon wert? Wen kümmerte noch, was er tat? Ein paar schwarze Vögel und noch weniger Phosphat im See waren der Welt wichtiger als er und seine Freunde. Ja, die Liz war zu schön und zu stolz für ihn gewesen. Er hatte ihr nicht das bieten können, was sie sich wünschte.

Er fasste sich ans Herz. Immer noch pochte es zu schnell, das war nicht gut. Jeder Schlag tat ihm weh. Ob Alex wusste, dass er hinter dem Feuer im Ried steckte? Wollte sie ihn aufhalten, den wahnsinnig gewordenen Vater? Ihn wieder verraten? Steckte sie mit Amrei unter einer Decke?

Schweiß stand auf seiner Stirn. Es war so stickig und schwül hier drin! Da fiel sein Blick auf eine rostige Eisenstange neben der Tür. Er nahm sie in beide Hände. Zorn und Verzweiflung flammten in ihm auf, so mächtig wie die Feuersbrunst im Ried. Seine Töchter waren wie ihre Mutter, verachteten ihn genauso. Hielten ihn für stur und dumm. Für einen alten Mann, der ein jämmerliches Leben führte, das nicht mehr in die Zeit passte. Aber er würde sich nicht noch einmal verraten lassen. Nichts würde er sich mehr gefallen lassen!

Es war so still, dass er den Puls in den Schläfen pochen hörte. Es war so stickig, der Hals wie zugeschnürt, und die Flammen loderten so heiß in seiner Brust! Er brauchte Luft zum Atmen! Jetzt!

Da schlug das Eisen gegen die erste Scheibe, es splitterte und klirrte, aber es war noch nicht laut genug, um die grausame Stille zu vertreiben. Noch einmal schlug er zu und sah dabei Liz vor sich, mit ihrer Jogginghose und den Turnschuhen. Wie sie lachte, glücklich, von ihm wegzukommen. Er schlug nach oben, dass es Glassplitter regnete, und noch einmal, oh wie gut das tat! Wie die frische Morgenluft das Stickige vertrieb!

Wieder schlug er zu, zerschlug die kleinen Scheiben, noch eine und noch eine. Er schlug und schrie dabei, schrie all die Wut und all den Schmerz heraus, während sein Herz raste, aber er würde nicht aufhören, bis nicht jedes verfluchte Stück Glas zertrümmert, bis das verdammte Treibhaus niedergerissen und jede verfluchte Erinnerung an seine Liz für immer und ewig ausgelöscht sein würde!

16

»Der Heinz ist wie ausgewechselt«, frohlockte Petra, als Martin ihr Reihenhäuschen betrat. Er mochte die stolze Frau mit der erdbeerroten Dauerwelle: Sie hatte zugleich etwas Aristokratisch-Exaltiertes wie Bodenständiges. Er konnte sie sich gut bei einer Partie Bridge in einem edlen walisischen Landhaus vorstellen.

»Ihm geht's ja auch hervorragend mit dir.«

Sie lächelte. »Kann schon sein, aber der Heinz brauchte dringend was zu tun. Hoffentlich löst ihr den Fall nicht allzu schnell.«

»Also Petra!«

»Ich weiß, das ist schrecklich egoistisch. Aber ich habe Angst, er entwickelt eine schwere Zierrasen-Zwangsneurose. Nein, ihr sollt den Fall natürlich schnell aufklären. Diese arme Alexandra Kaltenbacher: weiß weder, ob ihre Mutter noch lebt, noch, ob ihr Vater sie vielleicht umgebracht hat. Aber könntest du meinen Heinz nicht dauerhaft beschäftigen?«

»Sehr gern. Ich habe ihn schon oft gefragt. Hängt natürlich auch von der Auftragslage ab.«

Heinz lag in Shorts im Garten und strahlte wie die Aprilsonne, die heute wieder so heiß wie eine Mitte-Juni-Sonne war. Neben ihm lag der dicke Ordner, den Hajo Mayer ihnen gegeben hatte. Es war ein skurriler Anblick: der peinlich kurz geschorene Rasen, im Hintergrund die zu geometrischen, semikubischen und quasikugeligen Formen zurechtgestutzten Büsche, davor der lässig, fast rotzig auf die Liege hingefläzte Heinz, barfüßig, energiegeladen und braun gebrannt. Und er hatte, stellte Martin mit Genugtuung fest, inzwischen ein ordentliches Kesselchen angesetzt. Petras Käsekuchen und ihr Schweinebraten waren Legende.

»Stopp«, rief Heinz, als er gerade den Rasen betreten wollte. »Zieh bitte Schuhe und Socken aus.«

Martin blickte irritiert zu seinem Freund.

»Wie bitte?«, fragte Petra streng. »Hase! Ist das jetzt ein Rückfall?«

Heinz schüttelte den Kopf. »Nein, nicht was ihr denkt. Der Martin soll einfach mal fühlen, wie weich der Rasen ist.«

Petra verdrehte die Augen. »Ich mach lieber Kaffee, bevor ich durchdrehe«, sagte sie und ging zurück zum Haus.

Aber Heinz hatte recht, der Rasen war wunderbar weich, wie ein Samtpolster, flauschiger als ein dicker Teppich, als würden zarte Hände sanft über die Fußsohlen streicheln.

»Wirklich angenehm«, sagte Martin.

»Gell?«

Martin setzte sich und erzählte von seinem Gespräch mit Gefängnispfleger Hinz.

»Das ist ein Ding«, fand Heinz. »Heißt das jetzt, dass die Kaltenbacher mit diesem Markus Brandstätter durchgebrannt ist?«

Martin zuckte mit den Achseln. »Vielleicht hat er sie auch umgebracht. Die Sache ist komisch: Warum versucht der Mann, eine Frau zu vergewaltigen, wenn er eine Affäre mit einer anderen hat?«

»Vielleicht Frust, weil Elisabeth Kaltenbacher sich nicht von ihrem Gatten trennen wollte. Oder sie hat sich von diesem Brandstätter getrennt, und der hat sich auf dem Fischerfest die Rübe vollgesoffen und sich an der anderen armen Frau stellvertretend gerächt.«

»Jedenfalls müssen wir mit ihm reden. Er wohnt auf einem Hof auf der Höri. Würdest du das tun? Ich habe Kim versprochen, morgen etwas mit ihr zu unternehmen.«

Heinz runzelte die Stirn. »Ich glaube, ich könnte das einrichten, doch«, sagte er gewichtig.

Martin lächelte. »Schön. Und? Steht in den Ermittlungsakten was Spannendes drin?«

»Der Mayer hat sauber ermittelt. Mir ist nichts eingefallen, was ich anders gemacht hätte. Dennoch gibt es ein paar Dinge, über die ich nachgedacht habe. Und eine Sache kann ich nicht nachvollziehen.«

»Schieß los.«

»Erstens: Warum fährt Elisabeth Kaltenbacher dreimal die Woche zum Joggen von der Insel Reichenau in den Lorettowald? Ich bin die Strecke vorhin mal abgefahren: Das dauert fast eine halbe Stunde! Wenn es nur um Tapetenwechsel ging, hätte sie auch nach Allensbach fahren können. Warum hat sie nicht wenigstens verschiedene Strecken aufgesucht, wenn sie wirklich Abwechslung wollte?«

»Du meinst, sie hat an diesen Tagen jemanden getroffen? Und war vielleicht gar nicht beim Joggen?«

»Doch, beim Joggen war sie. Sonst hätte der Zeuge, dieser andere Jogger, sie ja nicht wiedererkannt. Er hat ausgesagt, dass er sie regelmäßig dort gesehen hat.«

»Also?«

»Mayer hat notiert, wie lange sie jeweils weg gewesen ist: immer etwa drei Stunden. Sie brauchte sechzig Minuten für die Wegstrecke, und wenn sie eine ganze Stunde joggte ...«

»Blieb noch etwa eine Stunde Zeit. Reicht für ein Schäferstündchen, wenn man schnell zur Sache kommt.«

»Genau. Vielleicht hat sie ja auch nur eine halbe Stunde gejoggt. Und vielleicht hat sie auch nicht jedes Mal ihren Liebhaber getroffen.«

»Und zweitens?«

»Die Kaltenbachers hatten nur ein Auto.«

»Ihr Gatte konnte sie also nicht so einfach verfolgen.«

»Bingo.«

»Trotzdem ist es nicht zwingend, dass sie eine Affäre hatte. Vielleicht hat sie die übrige Zeit zum Baden oder Shoppen benutzt. Vielleicht wollte sie einfach etwas Zeit für sich.«

»Möglich. Aber jetzt haben wir ja, wie es aussieht, ihre Affäre ermittelt.«

»Dieser Markus Brandstätter soll ein ziemlicher Hallodri sein. Der passt als Typ nicht zu der Frau, die Mayer uns gestern beschrieben hat. Steht in den Akten noch mehr zu ihrer Persönlichkeit?«

»Das Wesentliche hat er gesagt. In schwierigen Verhältnissen aufgewachsen, mit dem Fall des Eisernen Vorhangs ist sie als Aussiedlerin allein nach Deutschland und hat mal als Küchenhilfe, mal als Kellnerin gearbeitet. In den Dienstzeugnissen wird sie als fröhlich, fleißig, zuverlässig, den Kunden zugewandt und loyal beschrieben. Aber solche Frauen haben ja oft eine Schwäche für Hallodris. Bin gespannt, was er für ein Typ ist.«

»Und was kannst du bei Mayers Untersuchungen nicht nachvollziehen?«

»Er hat ja mehrere Varianten aufgestellt, was passiert sein könnte. Für am wahrscheinlichsten hält er eine Entführung im Lorettowald. Die ist nach Mayer wie folgt abgelaufen: Elisabeth joggt in der Dämmerung im Lorettowald; der Täter lauert ihr auf, betäubt sie und zieht sie ins Dickicht; er wartet, denn eine Frau durch den auch abends stark frequentierten Wald zu schleppen ist zu gefährlich; erst in der Nacht trägt er sie zum Auto, oder er holt es von einem Parkplatz in der Nähe und fährt in den Wald. Die meisten Wege im Lorettowald sind Forstwege und breit.«

»Und was missfällt dir daran?«

»Es passt nicht zu den anderen Fällen. Die Waldgebiete waren einsam und lagen weit außerhalb von Siedlungen. Im Fall von Elisabeth Kaltenbacher ist der Täter ein extrem hohes Risiko eingegangen. Für Mayer war dieses Szenario das wahrscheinlichste. Er glaubt, dass Elisabeth seinem Beuteschema besonders gut entsprochen hat und er deshalb bereit gewesen ist, das Risiko einzugehen. Sie war tatsächlich die attraktivste der verschwundenen Frauen. Trotzdem sehe ich das anders.«

»Du glaubst nicht daran, dass ein Serienmörder hinter der Tat steckt.«

»Genau. Ich glaube, Elisabeth Kaltenbacher ist nicht im Lorettowald entführt worden.«

Überrascht sah Martin ihn an. »Du meinst, Brandstätter hat sie nach dem Joggen dort mit seinem Auto abgeholt?«

»Zum Beispiel. Sie ist womöglich ganz woanders ermordet worden.«

Martin überlegte. »Mayer hatte ja auch Kaltenbacher im Verdacht. Wie hat er sich da den Tatablauf vorgestellt? Der hätte sich ja ein Auto besorgen müssen, um zum Lorettowald zu kommen.«

»Die Variante hat er plausibel weitergedacht. Mayer ging davon aus, dass Elisabeth nach dem Joggen nach Hause gekommen ist. Kaltenbacher hat sie dort getötet, die Leiche auf seinem großen Grundstück versteckt und nachts im See versenkt. Danach hat er ihr Auto zum Lorettowald gefahren und ist zu Fuß zurück.«

»Hat Mayer das Haus nicht untersuchen lassen?«

»Doch. Er hat Kaltenbacher ganz schön auf den Zahn gefühlt und sogar Blut- und Leichenspürhunde durchs Haus und übers Grundstück geschickt, allerdings erst nach ein paar Tagen. Die haben nicht angeschlagen.«

»Aber hätten die Hunde es nicht riechen müssen, wenn irgendwo eine Leiche lag?«

»Auch die Hunde können Fehler machen. Und am Abend nach ihrem Verschwinden regnete es mehrere Stunden lang. Kaltenbachers Grundstück ist groß, vielleicht haben die Hunde die entscheidende Stelle gar nicht beschnüffelt. Womöglich hat er die Leiche auch gleich ins Boot getragen und ist rausgefahren. Es war ja schon dunkel, als Elisabeth nach Hause kam. Und die Kinder sind an dem Tag erst spät mit dem Bus von der Schule gekommen.«

»Klingt plausibel.«

»Sollte Kaltenbacher aber unschuldig sein, muss er das Prozedere als sehr demütigend empfunden haben. Und den Tratsch auf der Reichenau will ich mir gar nicht vorstellen. Die Kriminaltechnik hat jedenfalls nichts gefunden, was auf eine Tötung hinwies, weder im Haus noch auf dem Grundstück. Kaltenbacher wurde auch mehrere Wochen beschattet. Die haben gehofft, er führt die Verfolger zu Elisabeths Leiche. Aber das ist nicht passiert. Auch Taucher suchten in der Ermatinger Bucht nach ihr, vergeblich.«

Martin schüttelte den Kopf.»Wir haben noch zu wenig. Und wir wissen nicht, ob Elisabeth wirklich tot ist. Vielleicht ist sie ja tatsächlich durchgebrannt. Hat die Polizei denn diesbezüglich Nachforschungen angestellt?«

»Man hat für die Wochen vor und nach dem Verschwinden die Buchungen von deutschen Flughäfen ins Ausland kontrolliert. Dabei kam nichts raus. Aber das heißt nichts. Sie könnte auch mit dem Auto nach Russland gefahren sein.«

Da trat Petra mit einem Tablett aus dem Haus.

»Ah, da kommt der Kaffee«, frohlockte Heinz.

»Nö«, frotzelte Petra.»Da kommt deine Frau.«

17

Johannes Brandstätter fühlte sich großartig, trotz des Lampenfiebers. Etwas Besseres, als Kormoraneier zu grillen, hätte diesen bekloppten Fischern nicht einfallen können. Allerdings war es schlau vom Berufsfischerverband, die Brinkmann als ihre Vertreterin herzuschicken. Das passte ihm gar nicht. Die war patent und hatte Charme, da würde es die hyperintellektuelle Klieme vom NABU nicht einfach haben. Und er auch nicht. Er hatte auf den schwergewichtigen Frick gehofft, der wäre Wachs in seinen Händen gewesen. Frick war die fleischgewordene Fischereistatistik, mit ungefähr so viel Charme wie eine Fischbrutanstalt außer Betrieb. Die Brinkmann also, na ja. Da würde er sich anstrengen müssen. Aber ihr ging hier im Scheinwerferlicht der Arsch ordentlich auf Grundeis, das konnte er sehen. Die Hände zitterten, als wäre sie auf Entzug.

Gleich würden sie auf Sendung sein. »Ländle Talk« brachte aus aktuellem Anlass eine Sondersendung mit dem Titel »Fischerkrieg am Bodensee« direkt aus dem Konstanzer Konzil. Nach der Berichterstattung im Vorfeld waren Top-Einschaltquoten garantiert. Und die Moderatorin Vanessa Stolz, fand Brandstätter, sah live noch viel besser aus als im Fernsehen. Spitzenfigur auch, so für ihr Alter, die war topfit, Respekt. Ihr verstorbener Mann war Jäger gewesen, da waren die Chancen gut, dass sie der Fischerei nicht ablehnend gegenüberstand. Und wie sie ihn vorhin begrüßt hatte, da war so ein Funkeln in ihren Augen gewesen … Klare Sache, sie mochte Typen wie ihn, die mit beiden Beinen im Leben standen und was aus sich gemacht hatten. Die wussten, wo Bartel den Most holt, und die, wenn es sein musste, auch mal zuschlagen konnten. Mal sehen, wenn er gut abschnitt, würden sie hinterher vielleicht zusammen noch ein Viertele trinken. Es hieß, die Stolz habe ein schmuckes Fachwerkhaus in Bodman.

Und schon ging es los. Ihr Intro: Brennende Kormoran-bäume, zu sauberes Wasser, wütende Fischer, besorgte Natur-schützer, was tun?

»Frau Brinkmann«, fing Vanessa Stolz an. »Sind brennende Kormorannester die Lösung für die Probleme Ihrer Zunft?«

»Natürlich nicht«, meinte sie. »Gewalt ist nie eine Lösung. Das ist nicht unser Weg.«

Sehr brav, dachte Brandstätter.

»Aber die hohen Kormoranbestände sind Ihnen doch ein Dorn im Auge, oder?«

»Wir Fischer sind zornig, das stimmt. Seit Jahrzehnten werden es mehr Vögel, nicht nur was die Gesamtzahl am See angeht, sondern auch was die Anzahl der Brutpaare betrifft. Erst 1997 haben Kormorane zum ersten Mal am Bodensee gebrütet. In diesem Jahr sind wir bei fast siebenhundert Brutpaaren und acht Brutkolonien, so viel wie noch nie, Tendenz steigend. Insgesamt haben wir nach unseren Zählungen momentan deutlich über dreitausend Vögel am See. Und die fressen eine Tonne Fisch am Tag. Im Jahr sind das über dreihundert Tonnen Fisch. Das sind mindestens vier Millionen Fische. Vier Millionen, Frau Stolz. Im Jahr. So viele Menschen leben in der Bodenseeregion.«

Ein Raunen ging durchs Publikum. Verdammt, dachte Brandstätter, die Brinkmann machte ihre Sache gut.

»Das sind Ihre Zahlen, Frau Brinkmann, nicht die der Wissenschaft!«

Das war Dr. Beate Klieme vom NABU. Wenn die sich aufregte, wurde ihre Stimme leicht schrill. Sie fuhr fort: »Nach unseren Zählungen sind wir bei etwa zweitausend Tieren, und das auch nur in den Wintermonaten. Außerdem sind die Bestände am See seit einigen Jahren konstant. Betrachtet man die gesamteuropäische Entwicklung der Kormoran–«

»Wenn ich mal ausreden dürfte?« Fast schon flehentlich sah die Brinkmann die Moderatorin an. Ihr betroffenes Gesicht war bestimmt groß im Bild. Verflucht, war die gut!

»Frau Klieme«, meinte die Moderatorin streng, »Sie kommen als Nächstes zu Wort.«

Klieme wurde rot wie eine Boje, aber sie hielt die Klappe. Klarer Punktgewinn für die Brinkmann.

Lächelnd wandte sich die Stolz wieder an sie. Sie mochte die Fischerin, das war offensichtlich. »Was sollte man Ihrer Meinung nach dann tun?«

»Fakt ist: Die Vögel fressen inzwischen mehr, als wir Berufsfischer am See fangen. Und das wird, wie jeder weiß, von Jahr zu Jahr weniger. Unser Fernziel ist ein europaweites Kormoran-Management. Auch hier zwei Zahlen: In den 1960er Jahren hatten wir in Europa viertausend Brutpaare. Heute sind es fünfhunderttausend, Tendenz steigend.«

»Management heißt, Sie wollen die Vögel abschießen?«

»Management heißt Bestandsregulierung, nicht Ausrottung. Wie die Jäger das zum Beispiel auch mit Wildschweinen machen. Dazu gehören Abschüsse, aber auch die Begrenzung der Brutmöglichkeiten.«

»Und wie geht das?«

»Man verscheucht zum Beispiel während der Brut die Elterntiere von den Nestern, sodass die Eier auskühlen. Das wurde am Bodensee schon einmal versucht. Oder man verhindert durch Abschüsse die Entstehung neuer Kolonien.«

»Mir platzt hier gleich der Kragen!«, rief die Klieme empört. »Das ist doch barbarisch!«

Vanessa Stolz ignorierte sie und lugte stattdessen auf ihren Spickzettel. »Letzte Frage, Frau Brinkmann. Was Sie da vorschlagen, ist unvereinbar mit der EU-Vogelschutzrichtlinie. Eine europaweite Bestandsregulierung von Kormoranen ist bestenfalls Zukunftsmusik.«

»Ich weiß. Was wir möglichst schnell erreichen wollen, ist ein bodenseeweites, international abgestimmtes Kormoran-Management. Wir wollen die Zahl der Vögel reduzieren und langfristig dafür sorgen, dass diese Zahl stabil bleibt. Außerdem wollen wir besonders sensible Gewässerabschnitte wie die

Fußacher und die Konstanzer Bucht oder den Seerhein besser schützen. Hier halten sich nicht nur viele Jungfische auf, sondern auch besonders bedrohte Arten wie Äsche und Aal, die der Kormoran massiv bedroht. Und noch mal: Wir wollen den Kormoran am See nicht ausrotten, sondern nur die Anzahl reduzieren.«

Die Stolz lächelte. »So weit Frau Brinkmann, vielen Dank. Frau Klieme, das klingt doch ganz vernünftig, oder?«

»Leider nur, wenn man die Faktenlage nicht kennt. Ein regionales ›Management‹, wie das Frau Brinkmann nennt, ist am See nicht durchführbar. Wenn Sie am See Kormorane abschießen, ziehen innerhalb weniger Tage Vögel von anderswo nach. Und wenn Sie Elterntiere von ihren Nestern vertreiben, was für mich ein Verbrechen gegen das Tierwohl ist, brüten die meisten Vögel ein zweites Mal. Zerstören Sie Brutbäume, wie das im Vorarlberg schon der Fall gewesen ist, suchen sich die Vögel im kommenden Jahr neue Bäume. Oder sie weichen auf andere Gewässer aus, wo nicht gejagt wird. Übrigens liegen *alle* Kormorankolonien in Naturschutzgebieten. Wir reden hier also über schwerste Eingriffe ausgerechnet in Naturschutzgebieten.«

Sie sprach mit klarer und zugleich bewegter Stimme. Auch sie kam, dachte Brandstätter anerkennend, ziemlich gut rüber.

Vanessa Stolz sah sie skeptisch an. »Also müssen die Fischer einfach akzeptieren, dass die Kormorane ihnen den Fisch wegfressen?«

»Auch hier wird nicht mit seriösen Zahlen gearbeitet. Wissenschaftliche Schätzungen gehen von hundertfünfzig bis zweihundert Tonnen Fisch aus, die von den Kormoranen im Jahr gefressen werden. Davon sind aber nur dreißig Prozent solche Arten, die für Berufsfischer interessant sind. Wir reden also von etwa sechzig Tonnen, die den Fischern maximal verloren gehen. Und die Felchen sind von den Kormoranen kaum betroffen.«

»Das heißt: kein Kormoran-Management?«, hakte die Stolz nach.

»Wir haben doch schon eines! Jahr für Jahr werden am See

etwa siebenhundert Tiere geschossen. Doch die Anzahl der Kormorane bleibt trotzdem konstant. Warum? Weil eben von anderswo Vögel nachziehen. Kormorane fliegen täglich bis zu hundert Kilometer. Statt Tiere zu töten, sollten wir auf ein natürliches Gleichgewicht vertrauen. Die verfügbare Nahrung bestimmt die Menge an Vögeln, und die sinkt, wie wir alle wissen. Der Kormoranbestand wird sich also auf natürliche Art und Weise reduzieren.«

»Und wir Fischer gehen inzwischen alle bankrott?«, empörte sich die Brinkmann.

»Was wir vom NABU unter gewissen Umständen unterstützen, ist eine Vergrämung an besonders heiklen Bereichen. Wenn zum Beispiel die bedrohten Äschen im Konstanzer Seerhein laichen, könnten wir es uns vorstellen, dass man die Tiere von den Laichplätzen verjagt. Dabei muss man die Vögel allerdings gar nicht abschießen, sondern es reicht, wenn ab und zu einmal in die Luft geschossen wird.«

»Sie wissen genau, dass solche Maßnahmen überhaupt nichts bringen!«, sagte die Brinkmann mit bebender Stimme. »Seit Jahren bemühen wir uns darum, zusammen mit dem Vogelschutz einen Maßnahmenkatalog zu erarbeiten. Und seit Langem fordern wir von der Politik die Einsetzung von Kormoranbeauftragten am See, die die Entwicklung eines international abgestimmten Managementplans in die Wege leiten könnten. Aber der Naturschutz verweigert sich dem.«

»Sie bezweifeln also, Frau Klieme, dass der Kormoran die Fischbestände am See massiv beeinträchtigt?«, fragte die Stolz mit einer hochgezogenen Augenbraue.

Verdammt, dachte Brandstätter, jetzt nehmen sie die arme Klieme aber ganz schön in die Zange!

»Es ist denkbar, dass der Kormoran auf eine Fischart, eben die bereits erwähnte bedrohte Äsche, einen möglicherweise negativen Einfluss hat«, räumte die Klieme ein. »Von daher stimmen wir einer Vertreibung der Vögel von den Laichplätzen der Äschen auch zu. Wenn auch der schädigende Einfluss des

Kormorans auf die Äschenbestände im Seerhein wissenschaftlich noch nicht sauber nachgewiesen worden ist.«

»Pah!«, rief die Brinkmann. »Im Seerhein ist die Äsche durch den Kormoran praktisch ausgerottet worden! Außerdem gibt es sehr wohl Studien von anderen Gewässern, die zeigen, welch schlimme Auswirkungen Kormorane auf Äschen, Forellen, Nasen und Barben haben. Sie ignorieren diese Zahlen nur!«

»Ohne eindeutige wissenschaftliche Befunde sehen wir da auf unserer Seite keine Handlungsoptionen.«

»Also keine Unterstützung für die Fischer?«, beharrte die Stolz. »Es gibt Untersuchungen, wonach die Fischer bis zu hundert Tonnen mehr Fisch fangen könnten, wenn die Zahl der Kormorane reduziert würde.«

»Dafür müssten dann jedes Jahr – und zwar europaweit – Zehntausende Tiere geschossen werden, und zwar vor allem in Brutkolonien in den Naturschutzgebieten. Das heißt: Wir haben zur Brutzeit regelmäßig Jäger in ökologisch hochsensiblen Bereichen. Können Sie sich vorstellen, welch katastrophale Folgen das für andere bedrohte Vogelarten hat? Das kann doch nicht unser Ziel sein!«

Guter Punkt, dachte Brandstätter.

Es gab Applaus im Publikum.

»Stattdessen«, fuhr die Klieme fort, »haben wir schon lange Ausgleichszahlungen für die Berufsfischer ins Gespräch gebracht.«

»Das ist lächerlich, Frau Klieme«, rief die Brinkmann erzürnt. »Wir sind Fischer, keine Almosenempfänger! Wir wollen unsere Familien mit ehrlicher Arbeit ernähren! Und unsere Bodenseefische sind ein ökologisch einwandfreies Produkt. So etwas ist doch auch schützenswert! Und Sie haben nur diese verfluchten Vögel im Kopf!«

Im Publikum war es still. Jetzt hatte die Brinkmann kurz die Nerven verloren. Ihre Stimme hatte sich fast überschlagen. *Verfluchte Vögel*, das machte sich nicht gut bei den tierliebenden Deutschen, auch wenn die gern viel Fleisch aßen. Aber Vögel waren heilig, außer Hühnchen und Pute. Die schlaue Klieme blieb stumm, damit der hässliche Ausrutscher schön lang nachwirkte.

»Da hätte vielleicht der Herr Brandstätter eine Lösung für alle?«, beendete Vanessa Stolz die peinliche Stille.

Brandstätter blinzelte bescheiden und lächelte salomonisch.

»Herr Brandstätter, seit letztem Jahr betreiben Sie mit Ihrer Firma Seesilber eine hoch umstrittene Aquakulturanlage im See. Vor der Insel Mainau züchten Sie Felchen in zwölf Netzgehegen. Im Herbst erfolgt die erste Ernte, wie man das bei Ihnen nennt: Sie rechnen mit fünfhundert Tonnen Bodenseefelchen. In den folgenden Jahren könnten Sie die Produktion sogar noch steigern.«

»Wir könnten die Produktion auf bis zu siebenhundert Tonnen erhöhen. Aber – und das will ich gleich betonen – es geht uns nicht um eine Konkurrenz mit den Fischern. Diese Mengen sollen lediglich das ausgleichen, was der sauber gewordene See nicht mehr auf natürliche Weise produzieren kann. Es gab Zeiten in den 1990ern, da holten die Fischer jährlich tausend Tonnen Felchen aus dem See. Und die wurden alle verkauft.«

»Werden die Felchen aus der Aquakultur billiger sein?«

»Nein. Wir sind pro Kilo etwa einen Euro teurer als bei Wildfang, auch weil wir ökologisch absolut sauber arbeiten. Von daher können wir die Preise der Berufsfischer nicht unterbieten. Das wollen wir auch gar nicht. Zudem sehe ich für die Fischer große Chancen: Wenn sie ihren Fang gezielt als Wildfisch vermarkten, könnten sie ein echtes Premiumprodukt anbieten: Bodenseefelchen aus ökologischem und nachhaltigem Wildfang. Das wäre doch was!«

»Dennoch gibt es massive Bedenken. Berufsfischer wie Naturschützer treibt die Angst vor möglichen Fischkrankheiten und dem Einsatz von Chemikalien um.«

Brandstätter setzte eine sorgenvolle Miene auf. Er stellte sich vor, wie sein Gesicht auf Millionen Fernsehschirmen zu sehen war. »Die Sorgen nehmen wir sehr ernst. Auch ich war lange skeptisch. Frau Stolz, ich bin ein Reichenauer Bub, ich liebe meine Heimat und unseren herrlichen See. Deshalb bin ich vor einigen Jahren auf Einladung unseres Landwirtschaftsministers nach Finnland gereist. Dort wird seit Jahrzehnten Felchenzucht in Seen betrieben. Und ich habe gelernt: Es kam noch nie – nie! – zum Ausbruch von Fischkrankheiten! Was auch daran liegt, dass jeder Jungfelchen, bevor er ins Netzgehege gesetzt wird, einzeln geimpft wird. Es gelangen also keine Impfstoffe ins Seewasser oder ins Futter. Und auf Antibiotika verzichten wir komplett. Wir haben im vorletzten Jahr ja bereits eine Testanlage mit zwei Netzgehegen betrieben. Alles lief gut. Von wissenschaftlicher Seite gab es keine Beanstandungen.«

»Frau Brinkmann, das klingt doch gut. Warum sind Sie gegen Aquakultur am See?«

»Weil sich der Ausbruch von Fischkrankheiten eben nicht ausschließen lässt. Der Bodensee ist ein natürliches Gewässer mit zwar bedrohten, aber gesunden Fischbeständen. Es gab in Deutschland schon traurige Beispiele, wo sich über eine Fischzuchtanlage Krankheiten in natürlichen Gewässern verbreitet haben.«

»Herr Brandstätter, können Sie einen hundertprozentigen Schutz garantieren?«

»Das kann ich, weil ich das finnische Beispiel kenne. Und jetzt möchte ich doch einmal auf einen Punkt kommen, der mich in der Debatte ärgert. Manche Berufsfischer, die Zeter und Mordio schreien, wenn von Aquakultur am Bodensee die Rede ist, beziehen für ihre Fischrestaurants Saiblinge und Forellen von Fischfarmen im Schwarzwald. Wo ist denn da die Glaubwürdigkeit?«

»Das ist unerhört!«, entfuhr es der Brinkmann.

»Wollen Sie das denn bestreiten?«

Konnte sie nicht. Deshalb blieb sie stumm und schüttelte nur widerwillig den Kopf.

»Mal Hand aufs Herz«, fuhr Brandstätter fort. »An fast jedem deutschen Mittelgebirgsbach hängt eine Fischzuchtanlage.

Bachwasser fließt in die Anlage rein und hinten wieder raus, zurück in den Bach. Da gibt es keine Filter oder so was. Hat das bisher irgendwen gejuckt? Nein. Brechen deshalb ständig Fischseuchen aus? Nö. Wollen die Grünen Forellenzuchten verbieten? Nicht dass ich wüsste.«

Es war mucksmäuschenstill. Das Publikum, auch die Stolz, hing an seinen Lippen.

»Und noch etwas will ich ins Spiel bringen. In den Restaurants am See werden jährlich etwa achthundert Tonnen Felchen verzehrt. Davon kommen mittlerweile weniger als zweihundert Tonnen aus dem See. Woher stammt also der Rest? Er wird importiert. Wenn ein Tourist in einem Restaurant Felchen bestellt, bekommt er einen aus dem Lake Ontario in Kanada, aus finnischer Aquakultur oder vom Gardasee.«

»Wie bitte?«, entfuhr es der Stolz. »Das heißt, wenn ich im Restaurant nach der Karte Felchen bestelle, kommt der gar nicht von hier? Frau Brinkmann, können Sie das bestätigen?«

»Das stimmt. Es gibt nur wenige Restaurants, die wirklich Fisch vom Bodensee anbieten. Wir Berufsfischer fordern da seit Längerem eine klare Herkunftsangabe, aber die Gastronomie sträubt sich. Dort wird auch getrickst. Auf der Karte steht: Fisch vom Bodenseefischer X. Nur, dass der auch mit Fisch handelt und seine Felchen aus Kanada bezieht, steht da nicht. Hier fordern wir seit Langem strengere gesetzliche Vorgaben und Kontrollen, wie es das für Fleischprodukte im Einzelhandel gibt.«

»Warum also«, nahm Brandstätter seinen Gedanken wieder auf, »angesichts dieser Realitäten nicht Fisch im See züchten? Dann gäbe es zu jeder Jahreszeit genügend *echte* Bodenseefelchen aus streng kontrollierter, ökologischer und heimischer Bio-Produktion.«

»Frau Klieme, wie steht der Naturschutz dazu?«

»Ablehnend, Frau Stolz, klar ablehnend. Denn auch wenn Herr Brandstätter uns hier anderes weismachen will: Eine Garantie, dass keine Krankheiten ausbrechen, gibt es nicht. Eine

Aquakulturanlage in einem natürlichen Gewässer ist ein immenser Eingriff ins Ökosystem. Stellen Sie sich nur einmal vor, wie viel Kot fünfhundert Tonnen Felchen produzieren.« Brandstätter wiegte den Kopf.»Frau Dr. Klieme, hier sind Sie für mich nicht glaubwürdig.« Er blickte zu Vanessa Stolz.»Da muss ich jetzt doch mal ein privates Anekdötchen loswerden, wenn ich darf?«

Vanessa Stolz nickte neugierig.

»Nach der letzten NABU-Verbandstagung waren Frau Dr. Klieme und ich zusammen essen. Da haben Sie, Frau Klieme, Lachs bestellt. Für sechzehn Euro fünfzig, also sehr günstig. Der kam aus norwegischer Aquakultur, versteht sich. Jetzt meine Frage: Haben Sie sich erkundigt, ob der Fisch wenigstens aus einer zertifizierten Bio-Anlage kam?«

Die Klieme wurde knallrot. Doch der Stolz gefiel die Frage, sie schaute gespannt zur NABU-Tante.

»Das ist unseriös«, meinte die Klieme.

»Ich habe mich übrigens erkundigt. Der Lachs stammte aus norwegischer Intensivzucht. Und die hat, wie Sie wissen, eine katastrophale Öko-Bilanz. Norwegische Lachse werden in Pestiziden gebadet, um sie vor der Lachslaus zu schützen. Das Gift wird teilweise einfach in die Gehege gespritzt. Für das Meer ist das eine Katastrophe. Und das Fleisch der Tiere war lange mit krebserregenden Stoffen hoch belastet.«

»Und was haben Sie gegessen?«, hakte die Stolz nach.

»Spaghetti arrabiata«, sagte Brandstätter und lächelte.

Es herrschte eine bedrückte Stille im Publikum. Vermutlich dachte jeder Zuschauer darüber nach, wie viele Lachssteaks er im letzten Jahr gefuttert hatte und ob er deshalb jetzt früher sterben müsse. Brandstätter grinste innerlich. Die Klieme schaute beschämt vor sich hin, die Brinkmann schüttelte den Kopf.

»Was ich damit sagen will«, sagte Brandstätter in versöhnlich-nachdenklichem Ton, »wir sollten nicht einerseits die Aquakultur am Bodensee verteufeln, aber andererseits Forelle,

Lachs, Wolfsbarsch, Garnelen oder Dorade aus Intensivzucht verzehren. Das ist für mich nicht nur wenig nachhaltig, sondern verlogen. Das verstehen die Leute nicht.« Brandstätter blickte betroffen und triumphierte innerlich. Gott, hatte er der Klieme eingeschenkt!

»Du hundsg'meiner Säckel!«, erschallte plötzlich eine Stimme aus dem Zuschauerraum.

Verwirrt blickte Brandstätter auf. Der alte Banholzer hatte sich erhoben, einer der ganz alten Berufsfischer vom See. Von der jahrzehntelangen Schwerstarbeit waren seine Beine krumm und seine Hände knöchrig geworden.

Mit seiner durchdringenden, wutentbrannten, von zu vielen Stürmen rau gewordenen Stimme krächzte er: »Leut wie du machet de See kaputt. Dir geht's ums Geld, du alter Geier, und um sonsch nix!«

Die Kameras liefen. Hilfesuchend blickte Brandstätter zur Stolz. Die überlegte, ob das jetzt gut für die Einschaltquoten war und tat – nichts.

Mit einer Geschwindigkeit, wie Brandstätter das bei dem verwitterten Hutzelmännchen nicht für möglich gehalten hätte, holte der alte Banholzer plötzlich aus. Etwas flog durch die Luft. Brandstätters Mund blieb offen stehen. Dann zerschellte ein rohes Ei an seiner Stirn, und der ganze Sabber lief ihm über das Gesicht.

»Verfluchter Fischfrävler!«, rief der alte Banholzer.

Und die Kameras liefen noch.

18

Die Musik im »KULT« war laut und schnell, ihre Bewegungen in der Menge waren weich und fließend und ihre Augen geschlossen. Wenn Alex tanzte, löste sich die Spannung in ihrem Körper ein wenig. Das fühlte sich fast wie Frieden an. Die Spannung war dann zwar nicht weg, wurde aber schwächer, aushaltbar, und so stark wie heute Morgen nach dem kurzen Treffen mit ihrem Vater hatte sie sie lange nicht mehr gespürt.

Doch sie war immer da gewesen, seit sie die Reichenau verlassen hatte, mal mehr, mal weniger, sie steckte in jeder Zelle ihres Körpers, trieb sie tagsüber zur Arbeit, vertrieb den Hunger und ließ sie nachts unruhig schlafen. Und heute Morgen, nachdem sie ihn getroffen hatte, war die Spannung durch ihre Adern geflossen wie brennendes Gift.

Die Spannung, das waren die Schuld und die Scham, weil sie ihren Vater und ihre kleine Schwester verlassen hatte. Weil sie ihn erpresst hatte und nicht davor zurückgeschreckt wäre, ihn als gewalttätig hinzustellen, hätte er sie nicht ziehen lassen. Amrei hatte sie angefleht, nicht auszuziehen und bei ihr zu bleiben, unter Tränen, mit Wut und Verzweiflung in der Stimme. »Ich habe doch schon meine Mutter verloren, du bist alles, was ich noch habe, wie kannst du da gehen?«, hatte sie gesagt. Und ihr nie verziehen, nachdem sie trotzdem gegangen war, noch immer nicht.

Reichte Amreis Verletzung so tief? War die Zeit allein bei ihrem Vater so schlimm gewesen? Darüber hatten sie nie gesprochen. Amrei war unfähig, über die Vergangenheit zu sprechen, genauso wie sie. Irgendwann hatten sie aufgehört, miteinander zu telefonieren. Ein paarmal hatte sie Amreis Nummer gewählt, wollte ihr gratulieren, als sie Juniorprofessorin geworden war, aber Amrei hatte nie abgenommen. Hatte auch nicht auf die Postkarten reagiert, die sie von ihren Reisen schrieb.

Wobei Alex nie Urlaub machte. Urlaub, Nichtstun, auf sich selbst zurückgeworfen sein: Davor hatte sie Angst wie der Teufel vorm Weihwasser. Denn dann wurde die Spannung unerträglich und wollte sie zerreißen. Da brauchte sie zu viel Bier und was zu rauchen und am besten so einen Körper wie den von Lars Rick.

Und zu Scham und Schuld kam die Wut. Die Wut auf ihren Vater nach dem Verschwinden Elisabeths: dass er sich so gehen ließ, statt sich der Wirklichkeit zu stellen. Dass er seine Töchter einschloss und kontrollierte, weil er glaubte, das bei seiner Frau versäumt zu haben. Dass er ihre Briefe aus München, in denen sie ihm ihr Handeln zu erklären versuchte, unbeantwortet gelassen hatte. Und dass er all die Jahre, seit sie fort war, nicht ein Mal den Kontakt zu ihr gesucht hatte. Sie hätte ihn nicht abgewiesen, nicht zurückgestoßen, auch wenn er erst einmal stur alle Schuld bei ihr gesehen hätte. Aber *er* müsste kommen, das Signal setzen, ihr die Hand reichen, mit einer Geste zeigen: Auch ich habe Schuld und bin bereit, mich zu ihr zu bekennen.

Und dann, am allerschlimmsten, der Verdacht. Auch wenn sie ihn immer beiseitegeschoben hatte: Allmählich hatte er die Wut in Hass verwandelt. Sie wollte nicht hassen, aber ihren Vater hatte sie gehasst. Und vielleicht tat sie es noch immer. Sie war noch da, die Stimme, die ihr sagte: Dein Vater hat deine Mutter umgebracht. Sie war zu schön, zu klug, zu strahlend für ihn gewesen, und das hat ihn eifersüchtig gemacht, und dann konnte er nicht anders, als sie zu töten.

Beim nächsten Song blieb sie stehen, während die Menschen um sie herum weitertanzten. Das Tanzen beruhigte sie nicht mehr. Deshalb ging sie zur Bar, bestellte noch ein Bier und einen Tequila und setzte sich an den Tresen. Die Kerle hier gefielen ihr nicht. Am liebsten wäre es ihr, dieser Martin Schwarz würde auftauchen.

Sie mochte diesen Mann. Mochte ruhige, feinfühlige, zurückhaltende Männer. Solche, die wie sie Kämpfe mit sich auszutragen hatten. Sie hatte recherchiert: Er war Gruppenführer einer Spezialeinheit in Afghanistan gewesen. Bei der Jagd nach einem führenden Taliban war es zu einer Schießerei gekommen, bei der ein Kind und alle Soldaten außer ihm ums Leben gekommen waren. Daraufhin war Schwarz nach Deutschland zurückgekehrt. Ziemlich fertig, mit PTBS. Da war die Militärkarriere zu Ende gewesen, aber er war wieder aufgestanden.

Er könnte ihr Vater sein, aber das machte nichts. Eher im Gegenteil, sie hatte ein Faible für ältere Männer. Weil sie nach einem Vater suchte, dem sie es recht machen konnte, das war ihr schon klar. Und den sie wieder verlassen konnte, um ihn zu bestrafen.

Sie seufzte. Sie mochte Martins dunkle Augen. Eine melancholische Zärtlichkeit lag darin. Sie mochte die Vorstellung, wie ihre Hände über seinen Körper fuhren und ihre Lippen seine Haut berührten.

Sie kippte den Tequila herunter und trank einen Schluck Bier. Da sah sie ihren Vater vor sich, wie er vor dem Haus stand. Er hatte Elisabeths Treibhaus stehen gelassen, warum? Wollte er sie nicht vergessen? Weil er sie liebte, oder weil er sie hasste? Doch er schien den Schmerz verwunden zu haben, zumindest konnte er mit ihm leben.

Und als sie ihn so vor sich sah, war da auf einmal etwas anderes, so wie heute Morgen. Kein Hass, keine Wut, sondern Mitleid. Sehnsucht. Heute Morgen wäre sie am liebsten zu ihm gelaufen und hätte ihn umarmt.

Mit dem Hass, dachte Alex, ist das so eine Sache: Er zielt auf andere, aber eigentlich auch immer auf dich selbst.

Sie bestellte noch einen Tequila. Trank ihn aus und ging zur Tanzfläche zurück. Lass die Spannung fließen, dachte sie. Bis sie sich wieder löst.

19

»Es geht mir auch um Respekt. Der ist uns in den letzten zehn Jahren von politischer Seite oder vonseiten des Naturschutzes nie entgegengebracht worden. Die Interessen und Vorschläge der Berufsfischer wurden weitgehend ignoriert. Ich habe mich kein einziges Mal ernst genommen gefühlt. Und das macht mich so wütend.«

Alexandra mochte die Frau. Die vom Zorn geröteten Wangen und die funkelnden Augen standen ihr gut. Die Berufsfischerin Susanne Brinkmann wusste nicht nur, wovon sie redete, sie war mit Leidenschaft bei der Sache. Sie hatten sich zum Frühstück in der »Rebe« verabredet, einem alteingesessenen Restaurant in Allmannsdorf, nicht weit von der Fähre.

»Wir Berufsfischer haben schon in den 1950er Jahren die Verschmutzung des Sees angeprangert. Haben gefordert, dass Kanalisationen und Kläranlagen um den See gebaut werden. Damals flossen die Abwässer der Dörfer und Städte noch ungeklärt in den See. Als ich Kind war, stank das Wasser im Sommer wie eine Kloake. Aber das hat die Politik damals einen Scheißdreck interessiert. 1980 hatten wir einen Phosphatgehalt von fast neunzig Mikrogramm pro Liter. Da war der See kurz vor dem Umkippen. Jeden Sommer hatten wir Fischsterben, weil die Fische nicht genügend Sauerstoff hatten. Das Wasser war voller Algen, das Fischfleisch voller Würmer, und am Seegrund lag so viel Faulschlamm, dass die Eier der Felchen verdarben. Hätten die Fischbrutanstalten nicht jedes Jahr viele Millionen Felcheneier künstlich erbrütet und die Larven ausgesetzt, wären zumindest die Blaufelchen im Bodensee ausgestorben. Aber erst einmal ist gar nichts passiert.«

»Und jetzt fordern die Fischer eine Erhöhung des Phosphatgehalts im See. Dabei ist das Wasser inzwischen sogar in großen Tiefen so sauerstoffreich, dass sich die Felchen wieder auf natürliche Weise fortpflanzen können. Da macht Ihre Forderung für mich keinen Sinn.«

Brinkmann lächelte. »Wir Fischer wollen nur eine leichte Anhebung. Zu viel Phosphat ist eine Katastrophe für den See, zu wenig aber auch. Ohne Phosphat gibt es kein Leben im Wasser. Vor allem Phosphat sorgt dafür, dass pflanzliches Plankton entsteht, also winzige Algen, die vom Zooplankton gefressen werden. Die kleinen Krebstierchen wiederum sind die Hauptnahrung der Felchen und Barsche. Wir haben im Obersee mittlerweile Phosphatwerte von etwa sechs Mikrogramm pro Liter – wie gesagt, in den 1980ern waren es fast neunzig Mikrogramm –, und bei diesem Wert brechen die Fischbestände massiv ein. Was wir wollen, ist ein Phosphatgehalt von zehn bis fünfzehn Mikrogramm. So war es zwischen 1990 und 2005. Da war der See sauber und glasklar, das Trinkwasser einwandfrei, die Qualität der Fische top, und wir hatten Felchenerträge von bis zu achthundert Tonnen im Jahr, mehr als viermal so viel wie heute.«

»Und wie kann man den Phosphatgehalt erhöhen? Indem man das Abwasser wieder direkt in den See leitet?«

Brinkmann lachte. »Nein, keine Sorge. Man fällt in den Kläranlagen weniger Phosphat aus. Dieser chemische Prozess lässt sich ziemlich präzise steuern.«

»Und so etwas wäre rechtlich in Ordnung?«

»Unserer Meinung nach schon. Es gibt keine rechtlichen Vorgaben hinsichtlich des Phosphatwertes. Das wird zwar vonseiten des Naturschutzes immer behauptet, doch es stimmt nicht.«

»Wahrscheinlich ist das, was Sie fordern, politisch schwer durchsetzbar.«

»Das ist der Punkt. In der Zeitung steht dann: Die Fischer wollen den See wieder schmutzig machen. Aber ich bin überzeugt, dass eine moderate Erhöhung des Phosphatgehalts auch ökologisch die beste und nachhaltigste Lösung am See wäre.«

»Und wie das?«

»Über die Hälfte der Felchen, die in den Restaurants um den See verspeist werden, stammen mittlerweile aus Italien, Russland, Finnland oder Kanada. Auch die meisten Zander und Flussbarsche werden inzwischen per Flugzeug oder Lastwagen von Russland an den See gebracht. Würde der Phosphatgehalt leicht angehoben, könnte der Bedarf an Felchen und Barschen zu einem Großteil von den Berufsfischern am See gedeckt werden.«

»Dennoch wäre die Erhöhung des Phosphatgehalts ein massiver Eingriff in das Ökosystem.«

»Aber Frau Kaltenbacher! Am Bodensee greift der Mensch seit Jahrhunderten massiv in die Natur ein. Er hat die Ufer mit Straßen und Häfen verbaut, Flachwasserzonen zugeschüttet, die Zuflüsse zur Energiegewinnung und Hochwasserbekämpfung aufgestaut und eingedeicht. Das Abwasser ist immer noch voller Mikroplastik, Hormone und Medikamente – alles Eingriffe mit sehr massiven Auswirkungen auf die Tiere und Pflanzen des Sees! Und dann schauen Sie sich mal an, was an Wochenenden im Sommer auf dem Wasser los ist: Wir haben fast fünfundzwanzigtausend zugelassene Motorboote, dazu kommen Segler, Wasserskifahrer, Kite-Surfer, Stand-up-Paddler, die in den sensiblen Flachwasserzonen spazieren fahren. Glauben Sie wirklich, das sind keine Eingriffe mit massiven Folgen? Und warum passiert da nichts?«

Alex lächelte. »Weil es einflussreiche Interessengruppen wie den Tourismus und die Bootsbauer tangiert. Oder eine Änderung sehr viel Geld kosten würde.«

»Bingo. Da traut sich die Politik nicht heran. Zumal man ja auf den nährstoffarmen See als angeblichen ökologischen Erfolg verweisen kann.«

Alexandra wiegte den Kopf. »Das klingt sehr schlüssig.«

»Und da ist noch etwas, das mir wichtig ist. Die Fischerei am See besteht aus kleinen Handwerksbetrieben, so wie Ihr Vater einen hat. 1990 hatten wir noch hundertsechzig davon am Obersee und etwa vierzig am Untersee. Reich wurde man als

Fischer nie, die meisten hatten auch immer einen Nebenerwerb, aber man konnte damit eine Familie ernähren und hatte eine anspruchsvolle und erfüllende Arbeit. Jetzt gibt es noch siebzig Berufsfischer am Obersee, Tendenz stark fallend. Mit den Berufsfischern verschwindet ein jahrhundertealtes, traditionelles Handwerk. Und eine selbstbestimmte Tätigkeit.«

»Sind Sie auch deshalb so massiv gegen die Aquakultur?«

Brinkmann blies Luft durch die Nase. »Aquakultur ist industrielle Fischzucht. Vier, fünf Fischereigehilfen ersetzen dann die Arbeit von über hundert Handwerksbetrieben.«

Alexandra schwirrte der Kopf. Was die Frau sagte, klang überzeugend. Aber es passte überhaupt nicht zu dem, was sie bisher geglaubt hatte. Den Phosphatwert künstlich erhöhen, das klang für sie nach einem Vorschlag aus einer vergangenen Zeit. Nach ihren Recherchen hatte es in den 1920ern, als das Wasser noch nährstoffärmer als jetzt gewesen war, Pläne gegeben, Gülle auf dem See zu verklappen, um ihn produktiver zu machen.

»Was für ein Mann ist Johannes Brandstätter?«, fragte sie.

Susanne Brinkmann sah sie für einen Moment an. »Brandstätter geht es um drei Dinge: um sein Ego, um Geld und dann wieder um sein Ego.«

Alex lachte. »So hat ihn mein Vater auch immer beschrieben, aber nie Genaues erzählt.«

»Dass er Hauptinhaber der Aquakultur ist: Da hat sich der Bock zum Gärtner gemacht.«

»Inwiefern?«

»Johannes Brandstätter wird alles tun, um die Rentabilität der Anlage und damit seinen Gewinn zu steigern, ohne Rücksicht auf Verluste. Es gab ein paar Fischer, die eine Genossenschaft gründen wollten. Eigentlich war das politisch erwünscht, aber Brandstätter mit seinen Verbindungen nach ganz oben hat das verhindert. An einer Genossenschaft hat er kein Interesse, das würde seinen Gewinn ja schmälern. Sie sollten Ihren Vater nach Brandstätter fragen, Johannes war ja lange Fischer auf der Reichenau. Wie geht es eigentlich Ihrem Vater?«

Alexandra seufzte. »Wenn ich das nur wüsste. Wir haben seit Jahren keinen Kontakt.«

Susanne Brinkmann blickte auf ihre Tasse. »Das mit Ihrer Mutter hat er nie verwunden. Er ist verbittert.«

Alexandra nickte und schaute sie an. »Ich glaube, dass er hinter den brennenden Kormoranbäumen steckt.«

»Ja«, sagte die Brinkmann. »Da sind Sie nicht die Einzige.«

Nach dem Gespräch ging Alexandra zum Allmannsdorfer Fährhafen hinunter. Dort herrschte reger Betrieb. Während die eine Fähre gerade unzählige Autos und Laster ausspie, saugte die andere welche in sich hinein, um sie nach Meersburg überzusetzen. Sie hatte immer gestaunt, wie viele Autos in so eine Fähre passten.

Am Ende der Mole war sie allein. Ein leichter Ostwind wehte, die Wellen plätscherten gegen die Kaimauer. Weit draußen erkannte sie die große Boje eines Schwebsatzes: Über einen Kilometer lang konnten diese Treibnetze sein, die über Nacht im Obersee drifteten. Mit Peilsender orteten die Fischer sie am nächsten Morgen. Damit wurden Felchen gefangen, aber auch Saiblinge und kleine Seeforellen. Ihr kam das völlig überdimensioniert vor, am Untersee gab es solche Schwebsätze nicht, auch ihr Vater hatte über diese Art der Netzfischerei immer geschimpft.

Alexandra hielt ihre Nase in den Wind und atmete den Duft von See und Bergen ein. Irgendwann würde sie mit ihm über alles reden müssen. Und mit Amrei. Aber wie überwand man eine Mauer des Schweigens, die bis in den Himmel gewachsen war?

Sie holte ihr Handy aus der Tasche und wählte Amreis Nummer an der Uni. Die hatte sie schon lange eingespeichert, aber noch nie benutzt.

Das Leerzeichen tönte, und ihr Herz klopfte.

Nach einer Weile sprang der Anrufbeantworter an.

»Hallo, Amrei, Alex hier. Ich bin in Konstanz und recherchiere über die Situation am See. Über deine Meinung als Expertin würde ich mich freuen. Melde dich, wenn du willst.« Sie machte eine Pause. »Und ich würde mich freuen, dich wieder einmal zu sehen. Ciao.«

»Hallo? Hier ist Amrei.«

Im ersten Moment konnte Alex nichts sagen. Amreis Stimme klang kühl. Alex wiederholte mit klopfendem Herzen, was sie soeben auf Band gesprochen hatte.

Kurz war es still.

»Ich könnte heute Nachmittag deine Hilfe brauchen«, sagte Amrei nüchtern. »Ein Kollege ist ausgefallen. Du könntest für ihn einspringen. Dann reden wir.«

»Okay«, sagte Alex verwirrt.

»Schön. Um fünfzehn Uhr am Steg des Limnologischen Instituts in Egg. Bis dann.«

Und klick. Alex schüttelte den Kopf und packte das Handy weg. Das erste Gespräch nach so vielen Jahren hatte Alexandra sich anders vorgestellt.

Ein paar Tränen rannen über ihre Wangen.

Im Wind fühlten sie sich kalt an.

20

Heinz Dörflinger fuhr die steile Straße zum Schiener Berg hinauf. Richtig düster, einsam und wild ist es hier, dachte er, fast wie im Schwarzwald. Er spürte einen Stich von Heimweh, schüttelte es aber gleich wieder ab. Entschieden war entschieden, und gegen Selbstmitleid war er zwar nicht gefeit, hasste es aber wie die Pest. Doch er liebte halt hohe, dunkle Nadelwälder wie diesen hier. Wie die des Schwarzwalds. Sie waren immer seine Zuflucht gewesen, wenn er mit einem Fall nicht weitergekommen war oder als die Trauer um den Tod seiner Frau ihn fast zerfressen hatte. Da war er in den Wald gelaufen und hatte sich auf den weichen, von Nadeln bedeckten Boden gelegt, die Stämme hinauf in die dunkelgrünen Wipfel gestarrt und den Geruch von Harz und Moos eingesogen.

Was er auf die Schnelle über Markus Brandstätter herausgefunden hatte, gefiel ihm nicht. Der Bruder des Felchenkönigs war ein Nichtsnutz und Tunichtgut. Nichts hatte er ausgelassen, um sein Leben zu ruinieren: Spielsucht, Alkohol, Schulden, kleine Betrügereien, Einbrüche, eine versuchte Vergewaltigung. Immerhin, es war bei der einen Sexualstraftat geblieben, aber wahrscheinlich spendierte sein Bruder Johannes ihm einmal im Monat einen Ausflug in den Puff, damit das nicht wieder vorkam. Ohne seinen Bruder, der ihm immer beiseitestand und das Schlimmste verhinderte, würde Markus wahrscheinlich in einer Großstadtgosse vor sich hin vegetieren oder wäre längst tot.

Dieser Johannes Brandstätter hingegen schien ein vernünftiger Mann zu sein. Dörflinger hatte sich gestern die Talkshow angeguckt. Das eierwerfende Raubein, dieser Banholzer, hatte seiner Zunft keinen Gefallen getan. Er hatte heute früh ein bisschen im Internet gelesen, und die meisten Kommentare sahen in den Berufsfischern eine rückwärtsgewandte Spezies, die den

Fortschritt nicht akzeptieren und deshalb zerstören wollte. Da war was dran, fand Dörflinger. Nur in Sachen Kormoran war er ganz bei den Fischern: Da gehörten ordentlich welche abgeknallt. Die fielen mittlerweile sogar in der Wolfach, seinem Schwarzwälder Heimatflüsschen, ein und fraßen die ganzen Forellen.

Die Fahrt wollte nicht aufhören. Das Navi führte ihn über leere und schmale Straßen durch den Wald. Markus Brandstätter wohnte auf einem einsam gelegenen Hof. Der hatte einmal der Familie seiner Mutter gehört, welche sich dann Vater Brandstätter gekrallt hatte. Damals war ein Reichenauer Berufsfischer mit einem Stück Land für eine Bauerstochter von der Höri noch ein kapitaler Fang.

Plötzlich öffnete sich der Wald. Vor ihm lagen weite Felder und in der Ferne ein Hof. Ach du je, dachte Dörflinger, als er sich näherte. Doch genau so hatte er sich Markus Brandstätters Zuhause eigentlich vorgestellt. Das alte Bauernhaus war heruntergekommen, am Dach fehlten Ziegel, und die noch steckten, waren von Moos überzogen. Der Putz des Fachwerkbaus war bröckelig. Daneben rotteten baufällige Stallungen vor sich hin. Ein gewaltiges verrostetes Futtersilo sah aus, als würde es jeden Augenblick einstürzen und die Stallungen unter sich begraben. Das Gelände war eingezäunt, doch der Blick in die Weite traumhaft. Unter ihm erstreckte sich der Untersee, und wäre es nicht so dunstig, könnte man die schneebedeckten Alpen in der Morgensonne sehen.

Dörflinger holte tief Luft und stieg aus.

»Herr Brandstätter?«, rief er laut.

Keine Antwort.

Also ging er den Zaun entlang zum Eingang. Das Tor war verschlossen, aber nicht sonderlich hoch. Dörflinger überlegte nicht lang und kletterte hinüber. Das ging auch nicht mehr so leicht wie früher. Die Fensterscheiben des Hauses waren schmutzig, ein Fensterladen hing schief in den Angeln. Wahrscheinlich lag der Brandstätter mit einem gewaltigen Kater in einem verwanzten Bett. Nicht weit neben der Tür müffelte ein Haufen Hundedreck vor sich hin. Pfui Teufel, dachte Heinz, ist das ein Saustall hier!

Er klopfte und rief noch einmal. Nichts. Entweder Brandstätter schlief wie ein Stein, oder er war ausgeflogen. Er drückte die Klinke herunter, die Tür war offen.

Dörflinger war überrascht. Drinnen sah es deutlich besser aus als draußen. Die kleine Wohnstube war aufgeräumt und erst vor Kurzem renoviert worden: die alten Holzdielen neu geschliffen und geölt, die Wände frisch gestrichen, der Kachelofen neu gefliest. Gemütlich, wenn draußen nicht so ein verkommenes Chaos wäre.

Das Bett im Schlafzimmer war ordentlich gemacht. Weder hier noch im Wohnzimmer hingen Fotos oder Bilder an den Wänden. Auf dem Schreibtisch fand er Pläne von Netzgehegen, wahrscheinlich die Aquakulturanlage von Brandstätters Bruder Johannes. Nichts Privates in den Schubladen, keine Fotos, Briefe oder dergleichen. Wahrscheinlich lagen die irgendwo versteckt auf dem Speicher, wenn Markus Brandstätter überhaupt Zeugnisse aus der Vergangenheit aufbewahrte. Er hatte bisher kein Leben geführt, an das man sich gern erinnerte.

»Hallo?«, schallte es von draußen.

»Heilandsack«, zischte Dörflinger. Er hatte nicht bemerkt, dass jemand gekommen war. Er lugte aus dem schmutzigen Fenster und sah einen dürren Mann mit einer Schrotflinte in der Hand neben einem alten VW Polo stehen. Neben ihm knurrte ein Schäferhund mit eingezogenem Schwanz. Verflucht, Brandstätters verbeulte Karre hätte er doch hören müssen!

»Zeig dich, aber dalli!«, rief Brandstätter.

Hastig schloss Dörflinger die Schubladen. Brandstätter konnte von seiner Position aus die Haustür nicht sehen, vielleicht hatte er Glück. Schnell ging Dörflinger hinaus und schloss die Tür von außen.

»Herr Brandstätter? Hallo?«, rief er fröhlich und unschuldig wie der Bofrost-Mann. Brandstätter kam ums Haus, mit der

Knarre im Anschlag. Die Töle sah aus, als wollte sie ihn zerfleischen. Dörflinger hasste Hunde, seit ihm als Kind einer in den Arsch gebissen hatte.

Er hob die Hände. »Frisst der mich?«

»Mal gucken.« Markus Brandstätter lachte. Das Spiel gefiel ihm. Er trug eine wuchtige und starke Brille, die seine Augen übernatürlich groß erscheinen ließ. Er hatte einen Silberblick und Tattoos an den Armen und schaute misstrauisch übers Gelände. »Treibt sich noch einer hier auf meinem Grundstück rum oder was?«

Der macht sich ja ganz schön ins Hemd, dachte Dörflinger.

»Nein, ich bin allein.«

»Was schnüffelst du hier herum? Wer schickt dich?«

»Tut mir leid, aber ich habe mehrfach angerufen«, log er. »Ich bin Privatdetektiv. Es geht um einen alten Fall, Elisabeth Kaltenbacher.«

»Wer soll das sein, verflixt noch mal?«

»Die Frau des Berufsfischers Konrad Kaltenbacher. Von der Reichenau. Die vor fünfzehn Jahren verschwunden ist.«

»*Die* Kaltenbacher? Aber die hat doch irgend so ein Perverser auf dem Gewissen. Was hab ich denn mit der zu tun?«

»Nichts, da bin ich mir sicher. Aber es gibt da einen Lars Rick, mit dem Sie mal im Knast gesessen haben. Und der hat was erzählt.«

Brandstätters Augen wurden groß. »Lars wer?«

»Rick.«

»Hm.«

Markus Brandstätter sah ihn grimmig an. Er dachte nach. Das fiel ihm nicht leicht: Dörflinger konnte die rostigen Zahnräder in seinem Kopf quietschen hören und unterdrückte ein Grinsen.

»Ist ja ein tolles Grundstück«, lenkte Dörflinger ihn ab. »So was hätte ich auch gern. Ein bisschen heruntergekommen, aber da kann man was draus machen.«

»Habe ich vor ein paar Jahren geerbt. Aber ich komm erst

jetzt zum Renovieren. Das wird mal ganz groß hier. Drinnen hab ich schon angefangen.«

»Ehrlich? Darf ich mal sehen?«

Markus Brandstätter blickte ihn skeptisch an. Noch einmal schaute er prüfend über das Grundstück. »Was hat dieser Rick da behauptet?«

»Können wir das drinnen besprechen? Dein Hund macht mich nervös.«

Brandstätter grinste zufrieden. »Also gut, warum nicht. Lizzy? Frieden!«, sagte er streng zum Schäferhund und löste ihn von der Leine. Leicht schwanzwedelnd trottete die Hundedame zu einer Hütte in der Nähe der baufälligen Stallungen. Dörflinger atmete auf.

»Dann komm mal mit rein. Lust auf'n Kaffee?«

»Und ob!«

Drinnen war Dörflinger voll des Lobes über das Ambiente. Brandstätter war stolz wie Oskar, als er mit zwei Kaffeetassen in die Stube kam.

»Hast du das alles selbst renoviert?«

Brandstätter nickte. »Habe ich seit letztem Herbst dran gerackert.«

»Das muss man erst mal können«, sagte Dörflinger und meinte es ernst.

»Ich hatte schon einen Haufen Jobs. Aber nie für lang.«

»Und dir gehört das alles ganz allein?«

»Der Hof hat meinen Eltern gehört. Ich habe noch einen Bruder, aber der hat für mich auf sein Erbteil verzichtet.«

»Das ist großzügig.«

Markus nickte dankbar. »Mein Bruder ist klasse. Der hat es zu was gebracht.«

»Der Felchenkönig, ich weiß. Toller Typ. Habe ihn gestern im Fernsehen gesehen.«

Markus nickte gewichtig. »Ich schätze, die meisten Restaurantchefs, Fischer und Naturschützer würden ihn am liebsten umbringen.«

»Glaube ich auch.«

Markus blickte nachdenklich vor sich hin. »Ich hab früher viel Mist gebaut. Aber jetzt fang ich noch mal neu an. Ich mach hier ein Hotel draus oder so was. Als Nächstes bring ich das Dach auf Vordermann.«

»Und wie finanzierst du das?«

»Ich habe einen Job in der Aquakultur vom Johannes und ein bisschen was zur Seite gelegt. Fischer war ich auch mal ein paar Jahre.« Versonnen nippte Brandstätter an seinem Kaffee.

»Wegen der Elisabeth ...«, begann Dörflinger.

»Ja?« Brandstätter wurde vorsichtig.

»Der Rick behauptet, er hätte mit dir in einer Zelle gesessen und du hättest von dieser Kaltenbacher geschwärmt. Du hättest was mit ihr gehabt.«

Brandstätter lächelte abschätzig. »Im Knast erzählt man viel.«

»Lars Rick hat behauptet, du hättest nach dem Knast mit ihr nach Thailand auswandern wollen.«

»Mit der?« Er lächelte gequält. »Quatsch. Die war zwar 'ne geile Braut, aber auch 'ne richtige kleine Schlampe. Ich such mir lieber jemand Anständigen. Außerdem, die Kaltenbachers und die Brandstätters, das passt nicht zusammen. Der alte Kaltenbacher hätte mich aufgeschlitzt und heiß geräuchert, wenn er mich mit der Elisabeth erwischt hätte.«

»Du meinst Konrad Kaltenbacher?«

»Wen sonst? Der war eifersüchtig wie verrückt. Damals wohnte ich ja noch bei meinen Eltern, und das Haus von denen ist nicht weit vom Kaltenbacher. Da hab ich ein paarmal gesehen, wie er seiner Frau bitterbös hinterhergestiert hat, wenn sie zum Joggen fuhr.«

»Aber du hattest ein Foto von ihr im Knast.«

»Von der Kaltenbacher? Hat das der Rick erzählt? Unsinn! Warum sollte ich? Der spinnt doch, der Rick!«

Dörflinger sah ihn skeptisch an. »War die Polizei schon hier?«

Auf einmal wurde Brandstätter ganz steif. »Wieso denn die Polizei?«

»Na, der Rick ist doch tot. Den haben sie nach dem Brand ermordet im Ried gefunden. Liest du keine Zeitung?«

»Echt jetzt? Der Rick? Scheiße! Habe ich gar nicht mitgekriegt. Der Rick ist tot? Die arme Sau.«

Wenn er lügt, lügt er nicht schlecht, dachte Heinz, nippte am Kaffee und ließ Brandstätter noch ein bisschen improvisieren. Der schüttelte den Kopf, blinzelte, fasste sich an die Stirn und schaute kummervoll.

»Das macht mich jetzt echt fertig. Obwohl wir eigentlich seit Ewigkeiten nichts mehr miteinander zu tun hatten. Aber warum denn Polizei?«, fragte Brandstätter.

»Na ja, die könnten denken, dass es einen Zusammenhang zwischen dir und dem Rick und der verschwundenen Kaltenbacher gibt.«

»Du hast ja 'ne blühende Phantasie, Mann. Ich hab den Rick seit Jahrzehnten nicht mehr gesehen. Irgendwann ist der weg vom See.«

»Und du auch, oder?«

Markus grinste. »Jupp. Hab mir ein paar Jahre die Welt angesehen.«

»Nach deiner Zeit im Knast.«

»Da brauchte ich erst mal Abstand.«

»War da Elisabeth Kaltenbacher schon verschwunden?«

»Nee, nee, das war danach. Da war ich schon lange weg.«

»Weißt du eigentlich noch, wann genau du weg bist?«

Brandstätter zögerte kurz. Er war wieder auf der Hut. »Keine Ahnung. Ich führ kein Tagebuch oder so was.«

»Weswegen saßest du eigentlich im Knast?«

»Ach, 'ne Bagatelle.«

»Versuchte Vergewaltigung ist eine Bagatelle?«

»Du weißt es doch, warum fragst du dann?«, rief Markus erregt. »Diese verfluchte Tina Gerbener! Alles erstunken und erlogen von der Schlampe! In Wirklichkeit wollte *die* was von *mir.* Und weil ich nichts von ihr wissen wollte, hat sie mir ans Bein gepinkelt und Lügen verbreitet.« Markus hielt inne. »Wer hat dich überhaupt geschickt? Der alte Kaltenbacher etwa?«

»Nee, Alexandra Kaltenbacher, Elisabeths Tochter.«

»Echt jetzt? Sucht die immer noch nach ihrer Mutter?«

»Ist das nicht verständlich?«

Markus zuckte mit den Achseln.

»Jemand hat Alexandra Kaltenbacher bei dem Brand im Ried bedroht.«

»Ach ja?«

»Sie hat dort Fotos gemacht, dann hat ihr jemand aufgelauert und ein Messer an die Kehle gedrückt. Sie soll verschwinden, sonst würde ihr was Schlimmes passieren.«

»Ts. Wer macht denn so was?«

»Du weißt nichts darüber?«

»Ist nicht mein Stil, nö. Außerdem kenn ich die Kleine doch gar nicht. Ist Jahre her, dass ich die gesehen hab.«

Dörflinger ließ das sacken. Markus sah ihn mit großen Augen und einem naiven Lächeln an. Kein Anzeichen eines schlechten Gewissens. Die Unschuld vom Lande spielte er nicht schlecht. Oder er hatte wirklich nichts mit der Sache zu tun.

»War Thailand eigentlich gut?«, hakte Dörflinger nach.

Brandstätters Züge entspannten sich. Aber nur für einen Augenblick. »Wieso denn Thailand?«

Dörflinger lächelte.

»Das reicht jetzt«, sagte Markus frostig.

»Gibt's denn noch was?«

»Nee, das war's. Du solltest jetzt gehen. Ich will hier nämlich wieder ranklotzen. Von allein kriegt sich das hier nicht renoviert.«

»Klar.«

Dörflinger stand auf, Brandstätter begleitete ihn zur Tür. Draußen fiel sein Blick auf die Schäferhunddame, die faul im Staub lag.

»Warum heißt der Hund eigentlich Lizzy?«

»Wieso?«

»Na ja, Lizzy ist doch eine Kurzform von Elisabeth.«

Kurz dachte Markus nach und grinste dann. »Ach so! Na, du bist ja ein ganz Schlauer! Ist aber nicht, wie du denkst. Kennst du Thin Lizzy? Ist eine von meinen Lieblingsbands. Musst du dir mal reinziehen. Das war noch richtig geiler Rock.«

21

»Wow«, meinte Alexandra Kaltenbacher, als sie die »Anglerruh« betraten.

»Überrascht?«

»Na ja, bei ›Anglerruh‹ dachte ich an gepolsterte Sitzecken aus den 1960ern und Seelachs aus der Fritteuse. Aber das hier ist ja richtig schick!«

Martin lächelte. »Und frittierten Seelachs gibt's hier auch nicht. Warten Sie mal ab.«

Sie setzten sich draußen auf die Terrasse. Vor ihnen lag der Seerhein in der Mittagssonne. An den Stegen zu ihren Füßen schaukelten Yachten und Anglerboote. Auf der anderen Flussseite genossen Sonnenanbeter das herrliche Wetter auf der großen Wiese des Schänzle-Parks. Nur die Neue Rheinbrücke störte das Idyll. Das wuchtig-lieblose Stück Beton überspannte den Seerhein und verband die Stadt mit der Schweiz.

Die Speisekarte kam.

»Matjes vom Rotauge? So was schmeckt?«, fragte Alexandra erstaunt.

»Unbedingt probieren! Auch die Schleie ist klasse. Christian nimmt bewusst Fische auf die Karte, die sonst nicht so beliebt sind. Und die Schleie kommt garantiert von hier. Anders als bei den meisten Restaurants, wie wir seit gestern Abend wissen.«

Alex grinste. »Sie haben die Talkshow gesehen.«

»Mir hat Johannes Brandstätter am Ende leidgetan.«

»Ich glaube, das Mitleid können Sie sich sparen. Fragen Sie da mal meinen Vater. Er hat zwar nie Genaues erzählt, aber er hat an den Brandstätter-Brüdern nie ein gutes Haar gelassen.«

Martin entschied, erst nach dem Essen auf Markus Brandstätter zu sprechen zu kommen.

»Jedenfalls wäre dieses Restaurant etwas für ihn«, sagte Alexandra und schlug die Karte zu. »Ich probiere den Rotaugen-

Matjes und danach das Schleienfilet. Rotauge und Schleie hat meine Mutter auch immer gebraten, wenn mein Vater welche in den Netzen hatte, aber geschmeckt haben sie mir nicht.«

»Sie essen Fisch?«

»Warum nicht?«

»Na, so als Aktivistin bei Greenpeace?«

»Ich bin Fischertochter, so ganz ohne Fisch halte ich es nicht aus. Und stellen Sie sich vor, manchmal gehe ich sogar Sushi essen! Sünde muss sein. Leute ohne Sünde mag ich nicht. Aber ich sündige nicht so häufig.«

Martin grinste. »Dann fühle ich mich geehrt, dass Sie es heute mit mir tun.«

Sie stießen an mit ihren Apfelsaftschorlen.

»Und Sie sind also Angler?«

»Wir können auch gern Du sagen.« Martins Herz klopfte.

»Gern«, sagte Alex und verbarg ihre Überraschung mit einem Lächeln. »*Du* bist also Angler. Kann man das heutzutage denn noch guten Gewissens sein?«

»Warum denn nicht?«

»Immerhin ist das ein Hobby, bei dem Tiere leiden.«

»Die Fische, die ich fange, landen alle in der Pfanne, außer sie sind zu klein. Daran kann ich nichts Schlechtes finden. Und wir Angler tun was für die Umwelt. Unser Verein, der dieses Restaurant übrigens verpachtet, hat eine eigene Fischbrutanstalt. Außerdem pflegen wir zwei Teiche und den Hockgraben als Biotope, die wir gar nicht befischen. Wir kooperieren auch mit der Uni Konstanz und dem Max-Planck-Institut bei Forschungsprojekten.«

»Kompensiert ihr so euer schlechtes Gewissen?«

Martin lächelte. »Na ja, vielleicht auch ein bisschen. Aber jeder Jäger ist zugleich auch ein Heger. Wir schützen, was wir nutzen. Ich schätze, dein Vater sieht das ähnlich.«

Sie nickte. »Allerdings gibt es auch Angler, die fangen riesige Karpfen oder Welse, wiegen und messen sie und lassen sie danach wieder schwimmen. Sie fangen das Tier für ein Foto und ihr Ego. Ich habe das mal recherchiert: In manchen Seen haben die Karpfen schon Namen, weil sie immer wieder gefangen werden.«

»Was zeigt, dass das Fangen die Fische nicht ernsthaft verletzt.«

»Oder dass Karpfen besonders zähe und leidensfähige Tiere sind. Es gibt sogar Angler, die schmieren den Fischen nach dem Fang Wundsalbe auf die Stelle am Maul, wo sie vom Haken gepierct worden sind. Ist das nicht pervers?«

»Diese Art von Angelei finde ich auch bedenklich. Da stimme ich dir zu.«

Der Rotaugen-Matjes kam. Neugierig nahm Alexandra einen Bissen. »Wow! Das ist ja wirklich klasse!«

»Christian meint, Felchen sei überbewertet, wohingegen Rotauge, Schleie und Hecht viel zu schlecht wegkommen.«

»Hmmm, ist das gut!«

Alex hörte gar nicht mehr zu. Sie aß voller Andacht.

Martin wartete, bis sie den Matjes verspeist hatte. »Du hast erzählt, dass du seit Jahren keinen Kontakt mehr zu deinem Vater und deiner Schwester hast. Darf ich fragen, warum?«

Sie sah ihn an. »Ist keine schöne Geschichte. Und es würde ein Weilchen dauern.«

»Ich habe Zeit.«

Sie erzählte bis dahin, wo ihr Vater das Foto ihrer Mutter zerriss und im Ofen verbrannte. Und sie ihn verdächtigte, der Mörder ihrer Mutter zu sein. Martin hatte gebannt zugehört.

»Danach musste ich von zu Hause weg. Ich habe noch ein paar Monate gewartet, vor allem wegen Amrei. Aber es wurde immer schlimmer. Wir durften keine Freunde mehr besuchen, niemand durfte zu uns kommen, außerdem kontrollierte er jeden Abend unsere Schulhefte. Und er hörte nicht auf mit dem Trinken. Ich weiß nicht, was ihn getrieben hat. Wohl die Angst, uns zu verlieren, aber ich hatte auch den Eindruck, dass er uns und sich selbst dafür bestrafte, dass Elisabeth weg war.«

»Geht er davon aus, dass sie ermordet wurde?«

»Er hat es immer gesagt, aber ich glaube, dass ihm der Gedanke, sie könnte ihn verlassen haben, nicht fremd ist.«

»Und was denkst du darüber?«

»Wenn ich das nur wüsste. Darüber möchte ich jetzt nicht sprechen.«

Martin nickte.

»Wie dem auch sei, eines Abends habe ich Amrei von meinen Plänen erzählt. ›Du darfst mich auf keinen Fall verlassen, du kannst mich nicht im Stich lassen‹, hat sie gebettelt. ›Komm doch mit‹, schlug ich vor, aber das wollte sie nicht. Eines Abends sagte ich meinem Vater dann, dass ich ausziehen wollte, und zwar im Frieden. Dass ich sie besuchen und gern mit Amrei Zeit verbringen würde, ich aber meinen Freiraum bräuchte. Doch das wollte er nicht. Bis ich achtzehn wäre, müsste ich hierbleiben, vorher würde er nie seine Zustimmung geben.«

Alex blickte vor sich auf den Tisch. »Aber das war für mich keine Option. Ich musste da raus. Also bin ich einfach gegangen. Habe meinen Rucksack gepackt und mich nachts aus dem Haus geschlichen. Ich hatte damals einen Freund, von dem niemand etwas wusste. Der war schon älter und hatte eine eigene Wohnung. Bei ihm habe ich mich versteckt. Mein Vater hat eine Vermisstenanzeige aufgegeben, die Polizei hat nach mir gesucht, in der SÜDZEITUNG wurde darüber berichtet ... Tja. Nach einer Woche stand ich wieder vor seiner Tür. Ich habe ihm gesagt, dass ich erst dann zurückkommen würde, wenn er mich ausziehen lässt. ›Nirgendwo gehst du hin‹, sagte er, ›und wenn ich dich einsperren muss!‹ – ›Dann gehe ich zum Jugendamt‹, erwiderte ich, ›und ich werde denen alles sagen, was nötig ist. Auch wenn ich Lügen erzählen muss.‹«

»Und dann?«

»Sah er mich an mit einem Blick, den ich nie vergessen werde. Aber er hat mich gehen lassen. Seitdem hat er nie mehr mit mir gesprochen. Ich habe ihm eine Zeit lang Briefe geschrieben, aber sie blieben unbeantwortet. Ich war jetzt für ihn eine verlorene Tochter. Amrei wollte bei ihm bleiben. Das Jugendamt steckte mich in ein Programm für betreutes Wohnen. Da lebte ich mit ziemlich krassen Mädchen zusammen, die schon Drogen- und Prostitutionserfahrungen hinter sich hatten. Das war ein Schock für ein wohlbehütetes Reichenauer Gewächs wie mich, aber immer noch besser als zu Hause.«

»Und warum keine Pflegeeltern?«

»Das wollte ich nicht, auf keinen Fall. Ich wollte keine neuen Eltern, die mich kontrollierten und sich vielleicht nur wegen des Geldes vom Jugendamt um mich kümmerten.«

Martin sah betroffen vor sich auf den Tisch.

»Amrei hat mir das nie verziehen. Als ich ging, hat sie zum zweiten Mal innerhalb weniger Monate eine Mutter verloren.«

»Und seitdem habt ihr keinen Kontakt mehr?«

»Doch. Wir gingen ja in dieselbe Schule. Wir sprachen auch in der Pause miteinander, und manchmal besuchte ich sie auf der Reichenau. Aber ich spürte, dass sie mir nicht mehr vertraute, dass ich sie tief verletzt hatte. Als ich dann zum Studieren nach München ging, ebbte der Kontakt ab. Gelegentlich telefonierten wir noch, dann schrieben wir uns nur noch Mails zum Geburtstag und irgendwann gar keine mehr.«

Alexandra blickte auf den Seerhein. »Tja, so ist das mit den Kaltenbachers. Und wahrscheinlich ist es schwer nachzuvollziehen, dass eine Tochter ihren Vater und ihre Schwester verlässt.«

»Nein, ich verstehe das sehr gut. In meinen Augen ist es auch kein Verrat. Du musstest es tun, du hattest keine Wahl. Dein Vater war der Erwachsene, er hätte sich anders verhalten müssen. Und ich glaube, ich weiß auch, wie man sich hinterher fühlt.«

»Die Schuld frisst dich auf«, sagte sie leise.

»Sie frisst dich auf, und du kannst nichts dagegen tun.«

Schweigend blickten sie aufs Wasser. Martin dachte an seinen Vater, wie er vor seinen Augen in dem Eisloch verschwand.

»Das Schlimme ist«, fing Alex nach einer Weile wieder an, »dass mein Vater in vielerlei Hinsicht ein beeindruckender

Mann ist. Als Kind hat er Amrei und mir beigebracht, bescheiden zu sein und auf die Umwelt zu achten. Wir waren praktisch autark und lebten fast ausschließlich von unserem Obst und Gemüse und dem Fisch aus dem See. Fleisch gab es so gut wie nie, nur wenn mein Vater mit einem befreundeten Jäger Wild gegen Fisch tauschte. Im Winter gab es Kohl, Chicorée und Rote Bete, bis es mir zum Hals raushing. Bananen oder Mangos hatten wir nur zu Weihnachten. ›Warum lassen wir Früchte Zehntausende Kilometer übers Meer schippern, wenn wir auch hier Obst haben?‹, hat er gesagt. Also aßen wir Äpfel, Pflaumen, Birnen, Aprikosen und Erdbeeren. Meine Mutter machte Kompott daraus, damit wir auch im Winter etwas Abwechslung hatten. Als Kind habe ich meine Eltern dafür gehasst, später hat es mir imponiert. Ohne meinen Vater würde ich wohl nicht über Öko-Themen schreiben, mich bei Greenpeace engagieren und außer ein bisschen Fisch vegetarisch leben. Er hat auch immer nur maßvoll gefischt, und wenn einmal sehr gut gefangen wurde, hat er weniger Netze gesetzt, als er gedurft hätte. ›Der Mensch muss seine Gier zähmen‹, hat er gesagt. ›Die Gier ist seine schlimmste Eigenschaft.‹ Die bescheidenen Verhältnisse, in denen er lebt, haben nichts mit mangelnder Geschäftstüchtigkeit, sondern mit Mäßigung zu tun. ›Verzicht ist kein Makel‹, war sein Credo, ›sondern eine Stärke.‹«

»Das klingt sehr modern.«

»Eigentlich ist es konservativ. Mein Vater wurde sehr christlich erzogen. Auch wenn er am Vatikan nie ein gutes Haar ließ, ist der Glaube tief in ihm verwurzelt. Früher ging er oft allein zum Beten nach Sankt Georg. Keine Ahnung, ob er das immer noch tut.«

»Und deine Mutter?«

»War ebenfalls gläubig, wenn auch nicht ganz so streng und asketisch. Ich glaube, sie hätte gern öfter ein Stück Fleisch oder eine Mango gegessen. Aber sie hat sich an ihm orientiert. Und ich glaube, sie fand es auch richtig, wie er lebte.«

»Ihr seid euch ziemlich ähnlich, dein Vater und du.«

»Vielleicht habe ich deshalb so viel Angst davor, ihn zu treffen.«

»Ich drücke dir beide Daumen. Und ich glaube, du solltest es wagen.«

Sie schwiegen eine Weile.

Dann trat Christian, der Wirt, an ihren Tisch.

»Wart ihr nicht zufrieden?«, fragte er besorgt, als er ihre nachdenklichen Mienen sah.

»Und ob!«, sagte Alex und bemühte sich um einen fröhlichen Ton. »Wenn ich sie vergeben könnte, bekämen Sie mindestens zwei Michelin-Sterne von mir.«

»Darauf kannst du dir was einbilden«, sagte Martin. »Sie ist Berufsfischertochter und mit Fisch aufgewachsen.«

Christian lachte. »Na, nach so einem Lob, da lade ich euch doch glatt zu einem Nachtisch ein. Wie wäre es mit hausgemachtem Tiramisu oder einem Obstsalat?«

»Das Tiramisu!«, rief Alex.

Martin nahm den Obstsalat.

»Ich habe übrigens einiges herausgefunden«, sagte Martin, nachdem Christian gegangen war. »Aber es wird dir nicht gefallen.«

Er erzählte von Markus Brandstätter.

Alexandra wurde noch bleicher. »Markus Brandstätter soll mit meiner Mutter eine Affäre gehabt haben? Das glaube ich nicht. Niemals.«

»Er saß mit Lars Rick im Knast.«

»Ich glaube es trotzdem nicht. Das ist unmöglich.«

»Warum?«

»Markus ist ein Idiot und ein Hallodri. Zumindest war er das früher. Okay, er sah ganz gut aus, aber er war ein schrecklicher Angeber. Er ging auf jedes Fest, und keines hat er nüchtern verlassen. Und dann saß er wegen versuchter Vergewaltigung im Knast. Das alles passt nicht.«

»Und du hast ihn nie mit ihr gesehen?«, fragte er.

»Ich kann mich nicht daran erinnern.« Alex überlegte. »Siehst du da einen Zusammenhang? Ich meine, wegen der versuchten Vergewaltigung und dem Verschwinden meiner Mutter. Und da waren ja noch die beiden anderen Frauen ...«

»Keine Ahnung. Aber ich habe mit dem Kommissar gesprochen, der den Fall deiner Mutter untersucht hat. Das Täterprofil, das sie damals entwickelt haben, passt nicht zu Markus Brandstätter. Soll dein Vater davon erfahren? Es könnte für ihn ein ziemlicher Schock sein. Ich meine, ich muss diese Spur nicht weiterverfolgen, wenn du nicht willst.«

Alex dachte nach. »Doch. Er soll es erfahren. Vielleicht weiß er ja etwas. Aber rede du mit ihm darüber. Ich kann das nicht. Gestern stand ich in seinem Garten. Wir haben uns gesehen, aber kein Wort miteinander gesprochen. Als er mich erkannte, sah er aus, als hätte ihn der Blitz getroffen.« Sie seufzte. »Ich werde mit ihm reden, aber nicht über die angebliche Affäre meiner Mutter. Ich kann das immer noch nicht glauben. Das soll er nicht von mir erfahren.«

Den Nachtisch aßen sie schweigend.

»Sieht gut aus, dein Obstsalat«, sagte Alexandra dann.

»Magst du mal probieren?«

»Gern!«

Er hielt ihr einen gehäuften Löffel hin. Sie nahm seine Hand und führte ihn zu ihrem Mund. Als ihre Lippen den Löffel umschlossen, fuhr sie mit ihren Fingern über seinen Handrücken.

»Köstlich«, flüsterte sie, und Martin fühlte sich wie ein Löffel voll Tiramisu, das auf ihrer Zunge zerschmolz.

22

»Genau do war des«, meinte Waldemar Schenk ohne jeden Zweifel.»Do hab i se gsähe.« Er hüpfelte mit Barfußsocken und hautengen Mikrofaserhosen vor Heinz Dörflinger. Sie standen auf dem Parkplatz am Lorettowald, wo damals nach Elisabeths Verschwinden ihr Auto gefunden worden war. Wobei, *stehen* tat ja eigentlich nur er.

Ihm ging das hibbelige Gehüpfe von dem Zappelphilipp mit dem silbernen Vollbart gehörig auf die Nüsse. An seinem Körper war kein Gramm Fett. War ja auch kein Wunder, das Konstanzer Luftkotelett lief mehrere Marathons im Jahr,»un des mit vieresechzig«, hatte er ihm stolz erzählt.

Schenk war der Mann, der vor fünfzehn Jahren Elisabeth Kaltenbacher am Tag ihres Verschwindens beim Joggen gesehen hatte. Heinz hatte vorgeschlagen, sich hier zu treffen, und Schenk wollte das Gespräch mit seinem täglichen Trainingslauf verknüpfen.

Schenk bemerkte, dass Heinz unleidig war.»Sorry, aber i muss die Muskle warm mache un de Kreislauf uf Trab bringe.«

»Schon gut«, meinte Heinz.»Und Sie sind sich ganz sicher, dass Sie damals Elisabeth Kaltenbacher gesehen haben?«

»Klar. Un zwar genau do, beim Loslaufe. Die kam zwomal die Woch. Am Dienschdag un am Donnerschdag. Hot immer desselbe Outfit aghet. Mir hon uns immer nett grüßt.«

»Wie lang joggte die Kaltenbacher denn dann?«

»So gnau kann i des it sage. Im Sommer isch des Audo manchmol drei Stund do gstande. Denn isch se no zum Bade ans Hörnle. Im Winter war se meischdens nach ere Dreiviertelstund weg.«

»Und das Auto?«

»War au weg.«

»Sicher?«

»Wenn i's doch sag!«

»Und an dem Tag, als sie verschwand?« War das Auto da auch weg?«

»Des war ja des Komische!«

»Was?«

»Ha, als i vom Jogge zuruckkumme bin, war des Audo weg.«

»Aber am nächsten Morgen stand es wieder hier auf dem Parkplatz.«

»Ebe!«

»Haben Sie das der Polizei erzählt?«

»Ja, scho.«

»Aber?«

»Ersch am nägschde Dag. Mir isch des erschd en Dag späder wieder eigfalle. Da hab i dann auf de Polizeistation agruefe.«

»In den Polizeiakten steht nichts davon.«

»Echt?«

»Echt.«

»Da muss der Eumel des vergesse hon!«

»Mit wem haben Sie denn telefoniert? Mit Kommissar Mayer?«

»Kei Ahnung. I hab halt die Nummer vom Präsidium gwählt. Des war so einer vom Empfang.«

»Haben Sie nicht noch mal nachgefragt?«

»Ha nei. I gang doch devu us, des die Leut do ihre Job aständig machet.«

Schenk hüpfelte immer noch. Heinz konnte überhaupt nicht mehr klar denken. Am liebsten hätte er ihm einen Knoten in die Beine gebunden.

»Laufen Sie mal los, Herr Schenk. Sie haben mir sehr geholfen. Falls ich noch Fragen habe, warte ich einfach auf Sie.«

»Des ka aber daure. I lauf bis Wallhause un wieder zruck.«

»Schon gut. Ich geh dann spazieren. Oder ich ess irgendwo einen Wurstsalat.«

»Gond Se mal gscheider spaziere«, meinte Schenk und blickte missbilligend auf Dörflingers Bauch. »Mit dem Kessel däd i aufpasse. Der Wurschdsalat koscht Se Lebenszeit.«

Heinz atmete tief durch, als Schenk wie ein Windhund davonflog. Er sah auf die Bäume und genoss, dass sich nichts bewegte. Irgendwo hämmerte ein Specht.

»Heilandsack, Ruhe jetzt!«, rief er in den Wald. Seine Gedanken hüpften noch immer wie gerade eben der Schenk vor seiner Nase.

Da war der Specht still. Heinz atmete auf. Er holte sein Handy aus der Tasche und wählte Martins Nummer. Anrufbeantworter. Stimmt, dachte er, der isst zu Mittag mit der Kaltenbacher. Will er also nicht gestört werden, der alte Schwerenöter, na ja. Heinz hatte schon mitgekriegt, dass die Journalistin seinem Freund ein bisschen zu gut gefiel. Also, da würde er die beiden mal in Ruhe essen lassen. Schäkern war ja nicht verboten.

23

Martin war mit dem Boot von Litzelstetten in die »Anglerruh« gefahren. Er hatte den herrlichen Frühlingstag genießen und den See und den Fahrtwind seine Gedanken ordnen lassen wollen. Das Erste war gelungen. Doch nach diesem Mittagessen mit Alexandra herrschte in seinem Hirn wieder ein gewaltiges Tohuwabohu. Warum also nicht noch ein bisschen herumschippern und das mit einem Besuch bei Konrad Kaltenbacher verbinden? Kim war bei Lotta auf einem Feenkongress, sie würde ihn nicht vermissen. Er saß im Boot und suchte auf seinem Smartphone Kaltenbachers Haus. Es grenzte direkt ans Wasser, er konnte dort am Ufer anlegen. Langsam fuhr er aus dem Hafen. Flussab der »Anglerruh« wurde der stark bebaute, von Mauern eingezwängte Seerhein zur Wildnis. Beide Ufer waren von Schilf eingefasst, das wie Kupfer in der Sonne leuchtete, und im seichten Wasser wateten Grau- und Silberreiher auf der Jagd nach kleinen Fischen. Scharen von Blesshühnern tauchten vor den Ufern, um Wasserpflanzen aus dem Grund zu reißen. Kurz darauf ploppten sie wie schwarze Bällchen aus dem See, im weißen Schnabel eine Portion Grünzeug, das sie gierig verschlangen.

Martin wusste nicht, wo ihm der Kopf stand, was er wollte und fühlte. Er liebte Elsa und wollte ihre Ehe retten. Gleichzeitig hätte er vorhin am liebsten Alexandra Kaltenbacher geküsst. Fand er sie so anziehend, weil sie sich zu ihm hingezogen fühlte? Jedenfalls tat ihr Interesse seiner gedemütigten Seele gut. Wie oft hatte Elsa ihn im letzten Jahr abgewiesen, wenn seine Hand unter ihre Bettdecke geschlüpft war? Er sah es vor sich, wie Alexandras schlanke Finger sanft über seinen Handrücken fuhren, und ein wohliger Schauer lief durch seinen Körper.

Immer wieder hatte er in den letzten Jahren schlaflose Nächte durchlitten, in denen er felsenfest davon überzeugt gewesen war, elendig zu Grunde zu gehen, sollte Elsa ihn verlassen. Aber heute, in diesem Moment, war er überzeugt, es zu schaffen: noch einmal neu anfangen zu können und Kim ein guter Vater zu sein. Damals, als er aus Afghanistan zurückkehrt war und Elsa wiedergetroffen hatte, hatte sie ihm das Leben gerettet. Zumindest hatte sie ihm sein Selbstvertrauen zurückgegeben. Ein ganz so schlimmer Versager konnte er ja nicht sein, wenn sich so eine Frau für ihn interessierte. Und ein Jahr später war Elsa schwanger. Geplant hatten sie das nicht. Kim war ein Unfall, allerdings ein ganz wunderbarer. Und ohne sie wären sie vielleicht schon lange nicht mehr zusammen.

Martin seufzte und fuhr um eine Flussbiegung. Auf einmal war das rechte Ufer schwarz. Unglaublich, bis ans Wasser hatte sich die Feuersbrunst gefressen. Immer noch gab es Glutnester, aus denen Rauchwolken stiegen. Die Bäume des Rieds waren verkohlte Gerippe, es sah furchtbar aus, vor allem in Kontrast zum Schweizer Ufer, wo die lindgrünen Blätter der Silberpappeln im Wind zitterten. Doch das Schilf würde rasch wieder nachwachsen. Die Natur erholte sich schneller als die Seele. Nächstes Jahr würde man vom Brand nichts mehr merken, bestenfalls würden die verkohlten Stämme daran erinnern.

Vor dem Boot waren zwei Haubentaucher beim Hochzeitstanz. Sie schwammen einander direkt gegenüber und spreizten ihre Kopfschmuckfedern. Der eine schüttelte kurz seinen Kopf, und der andere machte es nach, wie ein verzögertes Spiegelbild. So würde das weitergehen, für eine kleine Ewigkeit. Überprüften die Vögel so, ob sie miteinander harmonierten? Oder ging es darum, die Kopfschmuckfedern des anderen genau zu inspizieren? Oder sollte die Dauer des Tanzes erweisen, ob das Interesse aneinander wirklich ernsthaft war?

Vorhin das Mittagessen mit Alexandra, das war auch so eine Art Haubentaucher-Hochzeitstanz gewesen. In manchem waren sie sich sehr ähnlich. Kam daher diese starke Anziehung? Oder es war viel einfacher: Er der alternde Mann, den die eigene Frau zurückwies, und sie die junge Frau mit einem Vaterkomplex. Musste er sich als der Ältere, Vernünftigere nicht zusammenreißen? *Zusammenreißen? Bei einer Dreißigjährigen?* Die Haubentaucher tanzten noch immer. Sie waren monogam, doch nur für eine Saison. Vielleicht war Elsa auch so und musste nach einer gewissen Zeit weiterziehen. Aber jetzt hatten sie verdammt noch mal ein Kind. Und Menschenkinder waren, im Gegensatz zu Haubentaucherküken, nicht nach ein paar Monaten flügge. Sie mussten zusammenbleiben, für Kim. Wirklich? Um jeden Preis? Auch wenn es bedeutete, dass Elsa ständig das Gefühl haben würde, gefesselt und eingesperrt zu sein? Für ihn wäre es eine permanente Demütigung. Und das machte anfällig für Zorn. Und Versuchungen. Gerade im Frühjahr, wenn die Natur ihre Liebesfeste feierte. Verdammt, heute Abend würde er mit Elsa sprechen. Vielleicht hatten sie doch noch eine Chance.

24

Als Martin aus dem Boot stieg, stand Konrad Kaltenbacher vor einem Schuppen am Ufer und holte Felchen aus einem großen Räucherofen. Goldgelb und saftig baumelten sie an Metallhaken auf einer Stange. Zum Auskühlen hängte er sie in eine Vorrichtung neben dem Ofen. Es roch würzig nach verbranntem Holz, Kräutern, Salz und Fisch. Jeder Fischer hatte sein eigenes Rezept für die Holzmehlmischung und die Lake, in welche die Fische vor dem Räuchern eingelegt wurden. Martin lief das Wasser im Mund zusammen, obwohl er erst vor zwei Stunden gegessen hatte. Doch auch wenn die Welt untergehen würde, auf frisch geräucherten Felchen hätte er immer Appetit.

Nur widerwillig hatte Kaltenbacher ihn anlegen lassen. Martin musste ihm außerdem seine Zulassung als Privatdetektiv zeigen. Und Kaltenbacher wollte nicht glauben, dass seine Tochter einen Detektiv beauftragt hatte.

»Schöne Fische«, sagte Martin.

»Das sind dreijährige Felchen. Früher waren sie in dem Alter ein Drittel schwerer. Außerdem haben sie zu wenig Fett angesetzt. Sehen Sie, wie schlank sie sind? Da schmecken sie geräuchert nicht mehr so gut.«

»Ich finde, sie sehen zum Reinbeißen aus.«

Kaltenbacher lächelte. »Ich esse jetzt einen Felchen. Möchten Sie auch einen probieren?«

»Au ja«, sagte Martin. Seine Gürtelschnalle würde man noch ein Weilchen nicht sehen können.

Kaltenbacher legte zwei der frisch geräucherten Fische auf Holzbrettchen und stellte sie auf einen Tisch neben dem Schuppen am See.

»Nehmen Sie Platz«, sagte er und ging zum Haus. Es war ruhig und das Wasser glatt, nur ein paar Angelboote drifteten weit draußen. Es roch nach Tulpen, die wild und bunt auf Kaltenbachers Wiese wuchsen, zwischen weiß blühenden, knorrigen Kirschbäumen, und am anderen Ufer leuchteten die Obstwiesen an den Hängen des Schweizer Seerückens in einem unverschämt frischen Grün.

Ach ja, dachte Martin. Hier am Untersee würde er auch überleben können. Die Landschaft war viel lieblicher als am fjordartigen Überlinger See, an dem das Haus seiner Mutter stand. Dort gab es kaum Schilf, das hier wie ein sandgelber Saum die weite Ermatinger Bucht umstand. Die Häuser des Schweizer Orts Ermatingen schimmerten weißlich drüben in der Mittagssonne, als würden sie auch blühen wie die Kirschblüten in Kaltenbachers Garten. Ein feiner, milchiger Dunst schwebte in der warmen Luft und zeichnete alle Konturen weich. Auf der Schweizer Seite, wo sich der Seerücken im Wasser spiegelte, hatte es die Farbe von schwerem, fast schwarzem Rotwein. Hier drüben badete die gleißende Sonne im See, er glänzte wie mattes Silber mit einem zarten, kaum wahrnehmbaren Hauch von Blau, so wie die schimmernde Flanke einer Seeforelle.

Wie Balsam legte sich all das auf Martins Seele. Er gehörte einfach hierher, so wie die Kirschbäume in diesem Garten.

Kaltenbacher kam mit einem Tablett zurück. Darauf waren eine Flasche Wein, eine Flasche Schnaps, Brot, Gläser und Besteck.

Sehr gut, dachte Martin, als er den Schnaps entdeckte.

»Ihr Wein?«, fragte er.

Kaltenbacher nickte.

Wie die meisten Reichenauer Fischer hatte auch er etwas Land für den Gemüseanbau und ein paar Reben. Viel war es nicht, aber in den fischreichen Boomjahren zwischen 1970 und 2010 war man damit gut über die Runden gekommen. Und erfüllt war dieses Leben auch, dachte Martin, arbeitsam und abwechslungsreich. Morgens fischen, den Fang verarbeiten, dann das Feld bestellen und im Herbst keltern und brennen.

Martin nippte am Wein. »Der ist verdammt gut. Ein Grauburgunder?«

Kaltenbacher nickte. »Den mochte meine Frau besonders.«
Seine Stimme klang traurig. Martin betrachtete das zerfurchte, von Wind und Wetter gegerbte Gesicht. Es zeigte, dass der Mann schweren Gram kannte und damit fertiggeworden war. Kaltenbacher war stark *und* verletzlich, so wie er. In zehn Jahren würde sein Gesicht vielleicht ähnlich aussehen.

Martin schluckte. Er wollte dem Mann nicht sagen, was er ihm sagen sollte, und probierte stattdessen vom Räucherfelchen. Das noch warme Fleisch duftete und war so geschmackvoll, dass sich sein Gaumen vor freudiger Überraschung zusammenzog. Gebratene Felchen mochte er nicht so sehr, aber geräuchert waren sie ein Traum.

»Toll«, meinte Martin. »Einfach toll. Ich finde nicht, dass da Fett fehlt.«

Kaltenbacher lächelte stolz. »So habe ich sie am liebsten, warm direkt aus dem Ofen. Aber früher waren sie trotzdem besser. Und natürlich viel zahlreicher.«

»Sie sind auch dafür, den Phosphatgehalt im See zu erhöhen?«

»Hier am Untersee ist er noch nicht ganz so niedrig wie am Obersee, aber auch hier brechen die Erträge ein. So schlimm wie bei meinen Fischerfreunden am Obersee ist es jedoch nicht. Da oben, das ist inzwischen fast eine Wasserwüste. Davon hat niemand etwas.«

Sie aßen schweigend. Kaltenbacher hatte recht. Noch vor fünf, sechs Jahren hatte Martin mit der Angel in der Litzelstetter Bucht schöne Felchen und Saiblinge gefangen. Jetzt war die Bucht den größten Teil des Jahres fischleer.

»Schnaps?«, fragte Kaltenbacher, als nur noch Gräten, Kopf und Schwanz auf ihren Brettern lagen. »Ist ein Williams. Selbst gebrannt.«

Sie stießen an. Der Birnengeschmack war fein, und das kleine Feuer wärmte Martins wundes Herz.

»Also«, meinte Konrad Kaltenbacher dann, »was wollen Sie von mir?«

Da begann Martin zu erzählen, von Lars Rick, Markus

Brandstätter und der angeblichen Affäre mit Elisabeth. Und je länger er erzählte, desto blasser wurde Kaltenbacher. Und desto mehr taten Martin seine eigenen Worte weh.

»Hören Sie auf!«, rief Kaltenbacher laut, als er auf seine angebliche Eifersucht zu sprechen kam. Martin erschrak. Urplötzlich war ein unbändiger Zorn aus Kaltenbachers Tiefen aufgeblitzt. Seine klaren, wasserblauen Augen blickten zugleich siedend heiß und bitterkalt. In dem Mann, dachte Martin, hausen wilde Stürme.

»Alles Scheißdreck! Der Markus ist ein Lügenmaul und Sprücheklopfer. Niemals hätte meine Liz sich für so einen interessiert. Dem sind nur billige Flittchen hinterhergelaufen, aber auch nur, um an das Geld seines Bruders zu kommen.«

Martin ließ die zarte Frühlingsluft den Wutschwall verdünnen.

»Und es hat Sie nicht gewundert, dass Ihre Frau regelmäßig zum Joggen nach Konstanz gefahren ist?«

»Warum sollte es das? Ich brauche meine Zeit allein auf dem See, Liz brauchte sie für sich im Lorettowald und am Hörnle. Das habe ich verstanden, das habe ich respektiert. Wir waren beide Einzelgänger.«

»Sie sind ihr nie hinterhergefahren, um herauszufinden, ob sie wirklich zum Joggen geht?«

»Ich habe meiner Frau vertraut. Bis zum Schluss.« Plötzlich verfinsterte sich seine Miene. »Oder«, sprach er tonlos, »oder hat der Markus ihr was angetan?«

Überrascht sah Martin ihn an.

»War er es, der sie umgebracht hat? Wollen Sie mir das sagen, Herr Schwarz? Hat das Schwein meine Liz auf dem Gewissen?«

Kaltenbachers Stimme bebte.

»Um Gottes willen, nein. Dafür ist Brandstätter nicht der Typ.«

Misstrauisch sah Kaltenbacher ihn an. Verdammt, dachte Martin, jetzt habe ich ihm einen Floh ins Ohr gesetzt. »Außerdem könnte es ja sein, dass Ihre Frau doch nicht ermordet worden ist. Vielleicht ist sie mit Markus durchgebrannt und blieb dann im Ausland.«

»Unsinn. Liz hätte uns nie verlassen. Sie war eine gute Mutter. Sie ist tot.«

Und keine gute Ehefrau?, dachte Martin. Da war ein spürbarer Groll in Kaltenbachers Stimme.

»Warum macht Alexandra das? Warum rührt sie an der alten Geschichte? Will sie mich quälen? Will sie mich jagen?«, fragte Kaltenbacher zornig.

»Warum sollte sie das tun? Sie will wissen, was damals geschehen ist. Die Ungewissheit macht sie krank. Und ich glaube, sie sucht auch Ihre Nähe.«

»Und das tut sie auf diese Weise?« Kaltenbacher stand auf. »Die nächsten Felchen müssen in den Ofen. Auf Wiedersehen, Herr Schwarz.«

Als Martin kurz darauf das Boot ins Wasser schob, hineinstieg und sich noch einmal umdrehte, sah er, wie sich Konrad Kaltenbacher mit dem Ärmel seine Augen wischte und einen kräftigen Schluck aus der Schnapsflasche nahm. Warum hältst du deine Tochter so auf Abstand?, fragte sich Martin. Warum willst du nicht wissen, was mit deiner Frau geschehen ist? Weil du es weißt? Und weil du nicht willst, dass deine Tochter es erfährt?

25

Amrei erwartete sie am Steg des Limnologischen Instituts im Konstanzer Stadtteil Egg. Alexandras Hals war wie zugeschnürt, als sie sich ihrer Schwester näherte. Sie hörte die alten Vorwürfe: Warum lässt du mich mit ihm allein? Warum rennst du weg? Doch aus Amrei war eine stolze und starke Frau geworden, eine ehrgeizige Studentin und erfolgreiche Wissenschaftlerin. Sie hätte schon längst zu ihr kommen und das Gespräch suchen können. Aber das hatte sie nicht getan. Amrei zeigte ihr die kalte Schulter, seit Jahren. Weil sie zu stolz war? Oder sie bestrafen wollte?

Der kühle Ostwind vom Morgen war wieder aufgekommen und hatte den See in Bewegung gesetzt. Amrei trug schweres Ölzeug und hatte ihre schwarzen Haare zu einem Zopf zusammengebunden. Sie wirkte wie jemand, der sich fest im Griff hat. Und sie war attraktiv, mit markanten Zügen.

»Hey!«, meinte Alex und lächelte zaghaft.

»Du solltest das Ölzeug da anziehen«, sagte Amrei und zeigte auf eine Kiste neben ihr. »Danach legen wir ab.«

»Und was machen wir?«

»Auf den See rausfahren. Ich bin an einem internationalen Forschungsprojekt beteiligt, in dem der Einfluss von Nährstoffrückgang, Klimawandel, gebietsfremden Arten und anderen Stressfaktoren auf den Bodensee analysiert wird. Gerade untersuchen wir die Fischbestände, dazu haben wir auf dem Obersee Netze gesetzt. Ich hole die Netze ein, du fährst das Boot. Und dabei beantworte ich deine Fragen über meine Arbeit. Aber wir reden nicht über uns oder Vater. In Ordnung?«

Alexandra zögerte. »Wie du willst. Und wir sind nur zu zweit?«

Zum ersten Mal lächelte Amrei. »Was heißt hier ›nur‹?«

Das Boot stampfte gegen Wind und Wellen, sie fuhren hinaus

auf den Obersee. Gott sei Dank hatte das Boot eine Kajüte. Trotz Ölzeug fror Alex, die neben ihrer Schwester am Steuer stand. Der Ostwind brachte Winterkälte aus den Bergen mit. Möwen tauchten in die Böen, und die schneebedeckten Schweizer Alpen sahen aus wie eine mächtige Mauer aus Felsen und Eis. Amrei schwieg und starrte hinaus auf die Wellen. Sie schien konzentriert und unberührt von Alexandras Gegenwart zu sein, aber das stimmte nicht. Dieses Pokerface musste sie sich antrainiert haben, als Alexandra ausgezogen und sie allein mit ihrem Vater gewesen war. Wenn Amrei überleben wollte, hatte sie ihm trotzen müssen, und das hatte sie hart gemacht, zumindest nach außen hin. Vermutlich hatte sie, genau wie Alex, all die Verletzungen fest in sich verschlossen. Bei der Arbeit war sie gewiss unnahbar und cool. Alexandra sah es vor sich, wie die Frau Juniorprofessorin ihrem Team klare Anweisungen gab und hin und wieder einen trockenen Witz riss. Aber ihr konnte sie nichts vormachen. Sie spürte, wie unangenehm Amrei das Schweigen und ihre Gegenwart waren. Es war ihr zu nah.

»Was willst du wissen?«, fragte Amrei.

»Hast du erwartet, was deine Studie zur Felchen-Aquakultur am See auslösen würde?«

»Die Frage hat sich mir nicht gestellt. Ich bin Wissenschaftlerin, kein PR-Profi. Das Land hat uns den Auftrag erteilt, der Berufsfischerei mögliche Wege aus der Krise aufzuzeigen. Der See ist nahrungsärmer geworden und der Felchenbestand rapide eingebrochen. Wir haben überlegt, was man tun kann, um die Differenz zu den etwa achthundert Tonnen Felchen auszugleichen, die im Bodenseeraum jährlich konsumiert werden. Nahrungsmittel artgerecht und nachhaltig zu produzieren, das ist unser Ziel. Und da erscheint uns eine regionale Aquakultur eine ökonomisch wie ökologisch sinnvolle Möglichkeit.«

Amrei sprach von »wir«, nicht von »ich«. Dabei war sie die treibende Kraft des Projekts gewesen. Das Thema Aquakultur war zukunftsweisend, aber es war auch ein Akt der Befreiung von ihrem Vater, war damals Alexandras erster Gedanke gewesen.

»Und was hältst du von der Forderung der Berufsfischer, den Phosphatwert leicht anzuheben?«

»Darüber lohnt es sich nachzudenken, ist aber zurzeit politisch nicht durchsetzbar. Politik und Gewässerschutz sind strikt dagegen.«

»Dem Trinkwasser schadet ein höherer Phosphatwert nicht?«

»Auch zwanzig Mikrogramm wären absolut unproblematisch. In Milch oder Cola ist weitaus mehr Phosphat. Phosphat ist ein Nährstoff, kein Gift.«

»Warum ist dann der Widerstand vonseiten des Gewässerschutzes so stark?«

»Man fürchtet die ökologischen Folgen eines höheren Phosphatgehalts. Der Bodensee ist bis zu zweihundertfünfzig Meter tief, und um in tieferen Schichten einen ausreichenden Sauerstoffgehalt zu haben, ist es wichtig, dass sich das sauerstoffreiche Oberflächenwasser und das sauerstoffarme Tiefenwasser regelmäßig austauschen. Man nennt das Zirkulation. Die findet aber wegen des Klimawandels und der wärmer werdenden Winter immer seltener statt. Denn das Oberflächenwasser muss stark abkühlen und dadurch schwer werden, also eine höhere Dichte erhalten, sonst mischt es sich nicht mit dem kalten, schweren Tiefenwasser. Deshalb fordern einige Wissenschaftler, dass der Phosphatwert so niedrig wie möglich sein soll. Denn je höher der Phosphatwert ist, umso mehr Sauerstoff wird im Wasser aufgezehrt.«

»Warum ist das so wichtig?«

»Sinkt der Sauerstoffgehalt am Grund unter einen bestimmten Wert, können zum Beispiel die Eier der Blaufelchen nicht mehr überleben. Die Blaufelchen laichen über dem Freiwasser, und ihre Eier sinken auf den Grund. Außerdem wird dann wieder Phosphat, das im Schlamm gebunden ist, freigesetzt. Der See würde sich also selbst düngen. Das gab es schon einmal in den 1970er Jahren.«

»Also wäre eine Erhöhung des Phosphats der falsche Weg?«
»Nicht unbedingt. Langfristige Prognosen in Hinblick auf das Klima sind schwierig. Auch wurde in den Modellrechnungen der Sauerstoffgehalt in zweihundertfünfzig Metern Tiefe berechnet. So tief ist der See aber nur an einer Stelle, und in achtzig bis hundertfünfzig Metern Tiefe ist der Sauerstoffgehalt deutlich besser.«

»Ist es denn wirklich nur das Phosphat, das über die Größe der Fischbestände entscheidet?«

»Nein, aber die anderen Nährstoffe sind im Bodensee ausreichend vorhanden. Allerdings wirken noch weitere Faktoren auf die Fischbestände ein. Ein großes Problem sind Neozoen, also Arten, die über den Menschen in den See gelangt sind. Seit 2012 haben wir gewaltige Schwärme von Stichlingen im See, du wirst sie nachher sehen. Die fressen den Felchen das weniger gewordene Zooplankton weg. Und dann haben wir eine neue Muschelart, die Quaggamuschel, die ursprünglich aus dem Schwarzmeergebiet kommt und sich gerade explosionsartig im See ausbreitet. Die Muschel filtriert Phytoplankton aus dem Wasser, und das führt dazu, dass das Zooplankton zu wenig zu fressen hat. Wenn sich diese Muschel weiter so ausbreitet wie bisher, werden die Fischbestände noch einmal dramatisch einbrechen.«

»Das ist kompliziert.«

»Der See ist ein hochkomplexes Ökosystem.«

»Wäre die Phosphaterhöhung aus deiner Sicht die beste Option für Fischer und Fischbestände?«

»Eindeutig ja.«

»Darf ich dich so zitieren?«

»Nur, wenn du danach meine Beerdigung bezahlst. Die Politik wird dem niemals zustimmen. Deshalb haben wir das Konzept einer Aquakultur für Felchen entwickelt. Auch damit könnten wir, bei überschaubaren Risiken, eine regionale Fischversorgung sicherstellen.«

»Ich habe mit Frau Brinkmann gesprochen. Die ist ziemlich sauer auf die Politik.«

»Ist ja auch verständlich. Die Politik hätte die Interessen der Berufsfischer von Beginn an miteinbeziehen sollen. Man hätte sich zum Beispiel politisch auf eine Phosphatuntergrenze einigen können, zehn bis zwölf Mikrogramm pro Liter wären aus meiner Sicht ideal gewesen. Da wären jetzt alle zufrieden, und niemand würde sich beschweren. Denn es war schon damals klar, dass die Fischbestände dramatisch einbrechen würden, wenn dieser Wert unterschritten wird.«

Die Alpen rückten immer näher. Vom weiten See aus wirkten sie noch mächtiger als von Land.

»Dennoch sind die meisten Fischer gegen Aquakultur. Eine Befürchtung ist, dass die Aquakultur-Produktion mehr und mehr ausgebaut wird. Vielleicht wollen die Österreicher und Schweizer auch bald solche Anlagen in ihrem Teil des Sees. Und man könnte Bodenseefelchen ja auch exportieren.«

»Das muss politisch geregelt werden. Eine Zucht von mehr als sechshundert Tonnen im Bodensee würde ich für problematisch halten und ablehnen. Risiken wie das Ausbrechen von Fischkrankheiten steigen natürlich, je intensiver gezüchtet wird. Uns kommt es auf eine extensive Zucht für einen regionalen Markt an. Die jetzige Situation ist ökologisch alles andere als ideal. Die meisten Fische, die hier verzehrt werden, kommen nicht von hier. Und Importfisch hat einen bis zu zehnfach höheren ökologischen Fußabdruck als der aus Wildfang.«

»Und wie ist der ökologische Fußabdruck bei der Aquakultur?«

»Am Bodensee ist er etwa doppelt so hoch wie bei Wildfang. Tatsächlich hat die Binnenfischerei den geringsten CO_2-Fußabdruck.«

»Und geschlossene Kreislaufanlagen an Land? Der Migros-Konzern züchtet ja inzwischen Felchen und Barsche in einer Anlage bei Basel.«

»Das wird abzuwarten sein. Es gibt bisher keine Anlagen, die wirtschaftlich rentabel sind. Die Produktion ist sehr energie- und technikintensiv und anfällig für Störungen. Außerdem ist sie deutlich teurer als bei Fisch aus Netzgehegen, Importen oder Wildfang. Nur ein kleines Kundensegment wird sich Felchen bei einem Preis von fünfzig Euro pro Kilogramm leisten wollen.«

Alexandra seufzte. »Dann wären aus deiner Sicht eine leichte Anhebung des Phosphatgehalts oder eine auf den regionalen Markt ausgerichtete Aquakultur die ökologisch und ökonomisch besten Lösungen, um den Fischbedarf der Region zu decken?«

»Wenn du das schreibst, wird man dich zerfleischen.«

»Der Mensch könnte auch einfach weniger Fisch und Fleisch essen.«

Amrei lächelte. »Wenn du das schreibst, wird man dich nicht zerfleischen. Jeder wird brav mit dem Kopf nicken und sich vornehmen, kürzerzutreten. Und nach dem nächsten Lachssteak wird er sich das wieder vornehmen.«

»So wie du das erklärst, klingt alles vernünftig und plausibel. Aber ich habe zur Lachszucht in Norwegen recherchiert. Dort wird massiv mit Pestiziden gearbeitet, außerdem entkommen Hunderttausende Zuchtlachse aus den Gehegen, die sich dann mit Wildlachsen paaren und den natürlichen Genpool verändern. Und die Meeresläuse, die die Zuchtfische befallen, töten auch die Wildlachse, vor allem die Jungfische, wenn sie aus den Flüssen an den Anlagen vorbei ins Meer ziehen. Ganze Wildlachsbestände sind so ausgerottet worden. Zudem verseucht der Kot der Zuchtfische die Fjorde, die natürliche Artenvielfalt nimmt dort massiv ab. Und jeder fünfte Lachs verendet in den Gehegen. Das ist abstoßend. Es gibt Gegenden wie um Trondheim, da steht in jeder größeren Bucht ein Netzgehege. Und die norwegische Regierung will die Produktion bis 2050 verfünffachen, das wären dann über sechs Millionen Tonnen jährlich. Vor solchen Zuständen habe ich Angst.«

»Die norwegische Lachszucht ist ein abschreckendes Beispiel. Dort bestimmen vor allem die Profitinteressen des MOWI-Konzerns die Fischereipolitik. Es geht um maximalen Gewinn, nicht um Nachhaltigkeit oder die Produktion für einen regio-

nalen Markt. Aber man kann Aquakultur tiergerecht und sozial wie ökologisch nachhaltig betreiben, davon bin ich überzeugt.«
»Die Zuchtfelchen werden ja gegen Furunkulose geimpft, bevor sie in die Netzgehege gesetzt werden. Aber was ist mit anderen Krankheiten?«
»Das Risiko ist grundsätzlich da, aber aus unserer Sicht gering. Die Felchen kommen ja nur mit Bodenseewasser in Berührung. Das heißt, sie können keine Krankheiten von außen in den See einbringen.«
»Und wenn doch eine Krankheit in den Gehegen ausbricht?«
»Müssen die Tiere behandelt werden. Aber das Risiko ist bei einer Menge von fünfhundert Tonnen vernachlässigbar.«
Amrei drosselte den Motor. Sie befanden sich mitten auf dem Obersee, zwischen Fischbach und Romanshorn. Das Boot schaukelte in den hohen Wellen. Alexandra erkannte die Bojen der Netze.
»Kannst du das Boot auf der Stelle halten, während ich das Netz einziehe?«, fragte Amrei.
»Na klar. Wie früher halt!«
Amrei kniff die Lippen zusammen, es sah fast wie ein Lächeln aus, und ging hinaus.
Vom Steuer aus konnte Alexandra sehen, wie ihre Schwester das engmaschige Netz einholte. Es war voller Stichlinge, Tausende kaum fingerlange Fische glitzerten wie Pailletten in den Maschen. Als das erste Netz an Deck war, trat Alex hinaus und half Amrei, die stacheligen Fische von den Netzen zu lösen und vom Deck aufzulesen. Bei den anderen, nicht so engmaschigen Netzen war die Ausbeute kläglich, gerade einmal sechs Blaufelchen, und die Fische waren dünn und klein.

Später standen sie wieder auf dem Steg. Die frische Brise war zum Sturm geworden und hatte den See stark aufgewühlt. Weiße Schaumbahnen durchzogen das aufgeraute, schiefergraue Wasser. Eine dunkle Wolkenwand hatte sich über die Mauer aus Felsen und Eis geschoben.

»Ich helfe dir noch, die Sachen reinzutragen«, sagte Alexandra.

Es war Amrei anzusehen, dass sie das eigentlich nicht wollte, aber sie sagte nichts, also packte Alex mit an.

Niemand war mehr im Institut. Alexandra zog das Ölzeug aus.

»Soll ich dir noch bei irgendwas helfen?«

»Nein«, sagte Amrei und wandte ihr den Rücken zu. »Es kommt gleich noch jemand. Danke.«

»Wie es aussieht, hatte unsere Mutter eine Affäre, bevor sie verschwand.«

Amrei reagierte nicht und war mit den Kisten beschäftigt. So als hätte sie das nicht gehört.

»Und zwar mit Markus Brandstätter.«

Amrei setzte sich, drehte sich aber nicht um. Eine Weile saß sie da, ohne etwas zu sagen.

»Weiß er davon?«, fragte sie nach einer kleinen Ewigkeit.

»Noch nicht. Aber jemand wird ihn informieren.«

Keine Antwort.

»Ich glaube auch, dass Vater hinter dem Brand im Ried steckt«, fuhr Alex fort. Amrei drehte sich immer noch nicht um. »Es ist gefährlich, was er da tut.«

»Dann halt ihn doch auf!«, rief Amrei plötzlich und lachte abschätzig. »Du weißt doch, was für ein sturer Bock er ist. Und seitdem ich die Studie zu den Potenzialen der Aquakultur am Bodensee veröffentlicht habe, hat er kein Wort mehr mit mir geredet. Ich kann also nichts tun.«

»Das heißt, wir unternehmen nichts?«

Sie drehte sich um. »Was willst du, Alexandra? Du bist damals gegangen, ich bin geblieben, bis zum Studium, sechs quälende Jahre lang! Ich habe seine Trauer, seine Verzweiflung und sein Misstrauen ertragen. Ich würde sagen, ich habe meine Schuldigkeit getan. Und mir eine Welt aufgebaut, in der ich mich wohl und sicher fühle. Ohne ihn. Und dabei soll es bleiben.«

26

Martin stellte den Motor aus, als er Dörflingers Nummer auf dem Display sah. Es hatte merklich aufgefrischt, der Ostwind war kühl.

»Wir hatten recht«, meinte Heinz und erzählte, was er von Waldemar Schenk erfahren hatte. »Wenn der Mayer rauskriegt, welcher Hornochse damals gepennt hat, beerdigt er ihn neben seiner Gattin unterm Erlöser. Mit dem Wissen, dass Elisabeths Wagen über Nacht verschwunden war, wäre die These vom Serienmörder erledigt gewesen, und er hätte in eine andere Richtung ermittelt. Die Frage ist jetzt: Wohin ist Elisabeth Kaltenbacher gefahren? Und wer hat den Wagen zum Lorettowald zurückgebracht? Sie selbst? Ihr Geliebter?«

»Ihr Mörder. Nur so macht es Sinn. Elisabeth Kaltenbacher ist vermutlich tot. Und der Täter hat den Wagen zurückgebracht, um die Tat dem Serienmörder in die Schuhe zu schieben, an den damals jeder glaubte. Ich war heute Morgen in der Unibibliothek und habe auf Mikrofiche die Zeitungen aus der Zeit von Elisabeths Verschwinden durchforstet. Über die zwei verschwundenen Frauen wurde ständig berichtet. Ich frage mich nur, ob der Markus Brandstätter schlau und abgebrüht genug für so eine Finte ist.«

»Das Rad hat er nicht erfunden, aber ich glaube, er stellt sich dümmer, als er ist. Wir sollten ihm noch mal auf den Zahn fühlen.«

Martin überlegte. »Ich fahr morgen zu diesem Hof. Wer weiß, vielleicht liegt Elisabeths Leiche dort vergraben. So wie du ihn beschrieben hast, ist er ja weit abgelegen. Und den Brandstätter hatte damals keiner auf dem Schirm. Und dann werde ich versuchen, mit dieser Tina Gerbener zu sprechen, der Frau, die Markus Brandstätter wegen versuchter Vergewaltigung angezeigt hat.«

»Gut. Ich geh morgen Vormittag mit Petra zum Radeln. Aber mittags könnten wir uns zum Essen im ›Hafendamm‹ treffen. Zur Lagebesprechung.«

»Gern.«

Heinz zögerte. »Vielleicht solltest du Alexandra Kaltenbacher von Schenks Beobachtung erzählen.«

»Nein. Lass uns noch warten. Denn hundertprozentig sicher ist es nicht, dass sie ermordet wurde. Wir nehmen ihr die Ungewissheit nicht wirklich, dafür aber Hoffnung. Außerdem macht Schenks Beobachtung Konrad Kaltenbacher als Täter verdächtiger. Mayer hat ja schon vermutet, dass Elisabeth nach dem Joggen nach Hause gefahren ist. Ich war gerade bei Kaltenbacher. Ein komischer Kauz. Nicht unsympathisch, aber in dem Mann stecken viel Bitterkeit und Zorn. Möglicherweise auch schwere Schuldgefühle. Es ist merkwürdig: Konrad Kaltenbacher ist keiner, der sein Innenleben verbirgt, und trotzdem wird man nicht schlau aus ihm.«

27

»Ich weiß es nicht«, sagte Elsa.

Es klang vernichtend. Ihren Blick und ihren Tonfall konnte Martin kaum deuten. Sie wirkte gereizt, unwillig, verärgert, traurig und voller Schuldgefühle. Alles zusammen. Sie saßen auf der Terrasse. Kim schlief fest in ihrem Zimmer, seine Mutter hatte sie zu Bett gebracht. Der See glänzte im Mondschein, er hatte Kerzen angezündet und Seeforellenfilet mit Steinpilzrisotto aufgetischt. Die Seeforelle hatte er selbst gefangen, die Steinpilze im letzten Herbst selbst gesucht, das Essen mit größtmöglicher Sorgfalt zubereitet ... Er wollte Elsa noch einmal seine Qualitäten vor Augen führen. Es sollte ein romantischer Abend werden, vielleicht sogar ein Neuanfang.

»Weißt du es nicht, oder willst du es mir nicht sagen?«

Sein Herz klopfte, wahrscheinlich so wie ihres, und die Angst vor der Antwort schnürte ihm die Kehle zu.

Sie schüttelte den Kopf. Weil sie ihn nicht verletzen wollte?

»Ich halte es hier nicht mehr aus, Martin. Ich fühle mich in diesem Haus wie in einem Gefängnis.«

Martin lugte unwillkürlich über den Rand der Brüstung, um zu sehen, ob seine Mutter draußen saß.

»Hast du Angst, sie hört uns? Martin, deine Mutter kriegt doch eh alles mit. Das ist ein Teil des Problems. Unser Leben findet unter ihrer Beobachtung statt. Sie weiß alles: Was wir reden, wann wir schlafen und wann wir Sex haben. Deine Mutter betrachtet mit Argusaugen jede meiner Bewegungen, auch wenn sie das vielleicht gar nicht beabsichtigt. Und ihr Blick spricht Bände: Jetzt hat sie Kim nicht genug getröstet! Jetzt müsste sie ihr Kind mal wieder in den Arm nehmen! Und warum ist sie ständig weg? Warum verwöhnt sie nicht meinen armen Sohn und kocht was Gescheites? Was hat er mir da nur für eine Alptraumschwiegertochter ins Haus geschleppt!«

»Du übertreibst. Sie macht sich halt Sorgen. Du bist drei, vier Tage die Woche weg. Kim fragt ständig, wo du bist. Und ich vermisse dich auch. Sehr sogar. Wir haben kaum noch gemeinsame Abende.«

Sie blickte betroffen auf das nur zur Hälfte aufgegessene Seeforellenfilet.

Er holte tief Luft. »Ich habe mir etwas überlegt. Wenn du willst, ziehen Kim und ich zu dir nach Waldshut.«

Elsa sah ihn überrascht an. Das hatte er noch nie vorgeschlagen. Weil er eigentlich ums Verrecken nicht nach Waldshut wollte, sie wusste das. Da gab es keinen Bodensee, nur ein potthässliches Atomkraftwerk auf der anderen Seite des Hochrheins. Und der war ein begradigter Kanal. Außer Barben und Döbel gab es da kaum etwas zu holen. Von Elsas Wohnung aus konnte man die Dampfschwaden des Kühlturms sehen. Ganz am Anfang ihrer Beziehung hatte er sie einmal in Waldshut besucht. Sie waren übereinander hergefallen und lagen später nackt vor Elsas Kamin. Durchs Fenster betrachteten sie, wie die Sonne hinter den Kühlturmwolken dramatisch unterging. Wunderschöne Farben, aber es war gruselig. Er hatte ständig an Tschernobyl denken müssen. Und die Waldshuter Altstadt war zwar schmuck, aber eine ganze Nummer kleiner als die in Konstanz. Immer würde er wehmütig an seine Heimatstadt denken. Nein, eigentlich zog ihn da nichts hin.

Außerdem hatte Martin Angst. Angst davor, als über Fünfzigjähriger von zu Hause auszuziehen. Das war peinlich, aber so war es. Nach seiner Rückkehr aus Afghanistan hatten ihn vor allem gerettet: Elsa, die Detektei, seine Mutter und dieses Haus. Seine Heimat. Er wusste nicht, ob er stark genug war, sie zu verlassen. Also die Heimat. In der Hinsicht fühlte er sich wie einer dieser knorrigen alten Bäume in Kaltenbachers Garten: Die konnte man auch nicht mehr versetzen. Aber für die Liebe würde er es versuchen. Wie der Heinz, der war von Oberwolfach nach Böhringen gezogen. Wobei er schwer darunter litt.

»Und was ist dann mit deiner Detektei?«, fragte Elsa. »Und wer passt den ganzen Tag auf Kim auf?«

»Es gibt Ganztageseinrichtungen.«

»Bisher hast du die immer als Kinderverwahranstalten bezeichnet.«

»Mit ein bisschen Geduld und Geld finden wir was Passendes. Und wenn wir beide beruflich etwas kürzertreten, haben wir auch genug Zeit für sie.«

»Kim liebt deine Mutter. Sie wird ihre Oma vermissen.«

»Aber wir sind für sie da.«

Elsa sah ihn mit gerunzelter Stirn an. »Martin, ich glaube nicht, dass Waldshut gut für dich ist. Du brauchst Konstanz und dieses Haus.«

»Das habe ich auch lange gedacht.« Martins Stimme wurde brüchig. »Aber jetzt gibt es dich und Kim. Ich liebe euch mehr als alles sonst. Ich bin glücklich, dass wir ein so fröhliches und ausgeglichenes Kind haben. Das gibt mir Kraft, jeden Tag aufs Neue. Aber Kim spürt, dass etwas nicht stimmt zwischen uns. Das macht sie traurig. Und mich auch. Du hast gerade selbst gesagt, dass du dich hier eingeengt fühlst, wie ein Vogel im Käfig. Ich glaube, dass du seit Langem mit dir ringst, ob du im Käfig bleiben oder fortfliegen willst.«

Elsa schwieg. So wie sie ihn ansah, traurig und verstört, wie ertappt, hatte er ins Schwarze getroffen.

»Es stimmt«, sagte sie leise. »Ich fühle mich wie ein Vogel im Käfig. Doch was genau ist der Käfig? Ich weiß, dass ich aus diesem Haus fortmuss. Aber ich weiß nicht, ob es besser wird, wenn ihr mit mir nach Waldshut zieht. Ich hätte dann das Gefühl, ich würde dich zu etwas zwingen, was du gar nicht willst und dir schadet. Und ich kann dir nicht einmal versprechen, dass es dann so wird wie früher.«

Martin schluckte. Sie ist ein Vogel, der die Freiheit zu sehr liebt. Jemand, der sich niemandem ganz verpflichten kann. Dieses Gefühl hatte er schon damals in Waldshut gehabt, als er neben Elsa vor dem Kamin lag und die Kühlturmwolken glühten. Ihre karg eingerichtete Wohnung: Wie bei jemandem, der sich nicht festlegen, der nicht ankommen will, hatte er gedacht.

Oder er war der Grund. Er hatte immer Zweifel gehabt, ob sie ihn wirklich liebte. Hatte immer das Gefühl, dass Elsa zwar einerseits bei ihm sein wollte, es sie aber andererseits von ihm fortzog. Während ihrer Schulzeit hatte es dieses Gerücht gegeben, wonach Elsa als Mädchen von einem Onkel sexuell missbraucht worden war. Elsa hatte immer behauptet, da sei nichts dran. Doch er glaubte, dass Elsa aus diesem Grund Psychologie studiert und danach eine Ausbildung zur Psychoanalytikerin gemacht hatte. Sie wollte nicht nur andere und vielleicht ihren Onkel, sondern vor allem auch sich selbst verstehen.

»Liebst du Kim?«, fragte Martin.

»Natürlich!«

»Liebst du mich?«

Sie stutzte, lächelte abschätzig und schüttelte den Kopf. »Was heißt das für dich?«

»Dass du um jeden Preis mit mir zusammen sein und mit mir alt werden möchtest.«

Sie sah ihn an.

Sie fragt sich, dachte Martin, ob sie lügen soll.

Jede Sekunde, die sie zögerte, war wie ein Stich ins Herz.

Ihre Augen wurden wässrig.

»Ich weiß es nicht«, flüsterte sie.

»Also nein«, sagte er nüchtern.

Sie schwieg.

»Nein?«, hörten sie eine entrüstete Stimme.

Erschrocken fuhren sie beide herum. Kim stand in der Tür, mit ihrem rosa Einhorn-Schlafanzug, ihrem Teddybären in den Armen und entsetzten Augen.

Sie fing an zu schluchzen, so heftig, dass ihr Oberkörper krampfartig zuckte, und nach fast jedem Wort musste sie Luft holen: »Ich – will – aber – dass – du – den – Papi – liebst!«

Dabei sah sie ihre Mutter wutentbrannt und verloren an.

Elsa senkte den Blick.

Da drehte sich Kim um und schlug die Tür krachend zu.

Bestürzt sah Elsa zu ihm. »Es tut mir leid.«

Was genau?, fragte sich Martin. Dass du mich nicht mehr liebst oder dass Kim es jetzt weiß?

Er betrachtete Elsa. Was bin ich nur für ein Mensch, dachte sie vielleicht in diesem Moment. Und womöglich auch an diesen bösen Onkel.

»Ich gehe zu ihr«, sagte Martin.

Elsa nickte.

Kim drehte sich demonstrativ zur Wand, als er in ihr Zimmer trat. Gut so, dass sie seine feuchten Augen nicht sah. Er legte sich zu ihr. Sie protestierte nicht, schluchzte aber noch, als wäre sie aus einem Alptraum erwacht.

Was sollte er sagen? Wie erklären, was Kim gerade gehört hatte? Da ließ sich nichts erklären und erst recht nichts leugnen. Etwas Schlimmeres, als zu erfahren, dass sich die Eltern nicht mehr lieben, gab es fast nicht für ein Kind.

Er musste singen, aber was? Nichts von der Mutter, die ein Träumelein vom Baum schüttelt. »Der Mond ist aufgegangen« war ihm auch zu traurig.

»Im Frühtau zu Berge«, das sang er. Zwar kein Schlaflied, aber das fröhlichste, das ihm einfiel. Und es handelte vom Aufbrechen, das mussten sie jetzt alle drei. »Wir sind hinausgegangen, den Sonnenschein zu fangen.« Er begann, doch seine Grabesstimme passte überhaupt nicht zur Melodie. Beschämt und traurig schloss Martin die Augen, sang aber weiter. Es hörte sich gruselig an.

Warum hatten sie nie zuvor darüber gesprochen? Weil sie beide die Wahrheit spürten, aber nicht wahrhaben wollten. Weil sie beide wussten, dass Elsa Martin nicht liebte. Oder dass Elsa solche Gefühle nicht zulassen konnte. Dass es sie schon immer auch von ihm weggezogen hatte. Dass es sie von jedem Mann wegziehen würde.

Allmählich beruhigte sich Kim, das Schluchzen wurde schwächer.

»Eine Geschichte«, forderte sie. Es klang flehend.

Er überlegte.

»Weißt du noch«, sagte er nach einer Weile, »diese Rufe, die wir vor Kurzem gehört haben, als wir ganz spät auf der Mainau waren?«

Er machte die Rufe nach. Es waren die der Pfauen, aber das wusste Kim noch nicht.

Sie fand seine Rufe nicht lustig, hörte aber zu.

»Das waren Gespenster. Das habe ich in einem alten Buch gelesen. Die Gespenster der Mainau gibt es schon seit Tausenden von Jahren. Und wenn es dunkel ist, fangen sie an zu rufen. Sie haben eine geheime Sprache, die wir Menschen nicht verstehen.«

»Und was machen die Gespenster?«, fragte Kim mit einem Tonfall, als würde sie das überhaupt nicht interessieren. Doch ihr Schluchzen hatte aufgehört.

»Es sind Schutzgeister für die Kinder vom Bodensee. Tagsüber halten sie sich in den Bäumen der Mainau versteckt, und nachts fliegen sie los und beschützen den Schlaf der Kinder. Besonders den der traurigen.«

»Und warum sieht man sie tagsüber nicht?«

»Weil sie sich unsichtbar machen können. Nur ganz selten kann man sie einmal sehen. Auch wenn es dunkel ist, sind sie sehr vorsichtig. Sie sind ganz weiß, haben runde Köpfe, runde Augen und immer ein Lächeln auf den Lippen.«

»Ui«, sagte Kim.

»Soll ich dir erzählen, wie die ersten Schutzgeister auf die Mainau kamen?«

Sie nickte.

Da fing er an. Er musste weit ausholen, bis in die Zeit, als es noch Ritter, Feen und Drachen gab.

Kim hörte zu. Er spürte, wie sie die Gegenwart vergaß und ihr Geist in die Geschichte tauchte. Er musste noch lange erzählen, bis sie eingeschlafen war. Sein Hals war schon ganz rau.

Dann stand er auf und ging auf den Balkon zurück. Elsa saß nicht mehr da. Er blickte auf den See im Mondlicht und seufzte.

Auf der anderen Seite waren die Lichter von Meersburg zu erkennen. Ein hell erleuchtetes Fährschiff schwebte durch die Nacht. Er wollte, er *konnte* hier nicht weg! Nicht nach dem, was Elsa gesagt hatte. Das war Heimat, hier gehörte er hin. Er schenkte sich ein Glas Rotwein ein und trank es in einem Zug leer.

Als er später im Bad vor dem Spiegel stand, war plötzlich Elsa hinter ihm. Nackt. Ihre Wangen waren feucht von Tränen, die Hände fuhren über seine Brust und sie küsste seine Schultern. Er schloss die Augen, während ihre Hände seinen Körper hinabwanderten.

Als sie später im Schlafzimmer waren, störte es ihn nicht, dass die Fenster weit offen standen. Elsa stöhnte laut, als er zwischen ihren Beinen lag, so wie sie es immer tat, wenn sie sehr erregt war. Und vielleicht auch, um seine Mutter zu ärgern. Sie liebten sich langsam und innig, küssten und streichelten sich überall, ihre Körper nahmen Abschied voneinander. Eng umschlungen hielt Elsa ihn fest und weinte, während sie ihn zärtlich küsste.

Weil das ihr Abschiedsgeschenk war oder sie ein schlechtes Gewissen hatte? Oder weil sie ihn doch liebte und mit ihm alt werden wollte? Martin betrachtete ihren Körper, diese schönen, vollen, weichen Brüste mit den weichen Spitzen und der elfenbeinfarbenen Haut, und sog ihren Duft tief in sich hinein. Er weidete sich an ihrer Schönheit, wollte sie in sein Hirn meißeln, denn heute genoss er sie wahrscheinlich zum letzten Mal. Bald würde ein anderer neben ihr liegen.

Der Gedanke machte ihn rasend, sodass er sie noch einmal packte und ihren Leib an seinen presste, sie wild küsste, als wollte er sie verschlingen. Und sie ließ es zu, als wünschte sie sich genau das, nämlich von ihm verschlungen zu werden und in ihm zu verschwinden.

Irgendwann in der Nacht wachte Martin auf. Kim war ins Zimmer geschlichen und schob sich mit ihrem Teddy und ihrer Decke zwischen sie.

»Hallo«, flüsterte sie.

»Schön, dass du da bist, mein Engelchen.«

»Habt ihr euch wieder lieb?«, fragte sie.

Martin nahm ihre Hand. »Was auch immer passiert, Mama und ich werden uns immer lieb haben.«

Kim sah ihn unsicher an. Sie wollte etwas sagen, schwieg dann aber. Weil sie verstand. Es war nicht das, was sie hören wollte. Was sie hören sollte.

Kim schmiegte sich an ihn und seufzte schwer, wie ein Ritter, der gerade einen Drachen besiegt hatte. Mit der einen Hand nahm sie seine, mit der anderen suchte sie Elsas. Bald schlief sie ein, aber er kriegte seine Augen nicht zu.

Auch Elsa lag wach neben ihnen, sagte aber nichts.

Das war's, dachte Martin. Er hatte Angst. Angst zu fallen. Sah die Finsternis drohend wie eine schwarze Wolkenfront am Horizont aufziehen.

Nein. Er würde stark bleiben.

Er musste.

Für Kim.

Irgendwann war er doch eingeschlafen.

Als er erwachte, war Elsa schon weg.

Kim schlief neben ihm wie ein Murmeltier.

Sie sah zufrieden aus.

Offenbar hatten die Mainau-Gespenster ihr süße Träume geschenkt.

28

Als Alex die Straße zum Schiener Berg hochfuhr, kam ihr ein
Auto entgegen. Im Vorbeifahren glaubte sie, Markus Brandstätter zu erkennen. An der nächsten Abzweigung machte sie
kehrt und folgte ihm. Bald hatte sie ihn eingeholt. Sie war froh,
nicht auf dem einsam gelegenen Hof mit ihm reden zu müssen.
Markus Brandstätter und ihre Mutter, wie konnte das sein?
Sie konnte es sich nicht vorstellen, auch wenn sie keine allzu
genauen Erinnerungen an ihn hatte. Markus war nett gewesen,
hatte immer ein Lächeln auf den Lippen gehabt und ihr und ihren
Freundinnen zugezwinkert, was ihnen schmeichelte, doch wirklich ernst genommen hatten sie ihn nicht. Und dann war das mit
der Vergewaltigung passiert. Zwar wurde er freigesprochen, aber
auf der Reichenau wollte danach trotzdem keiner mehr etwas
von ihm wissen. Wahrscheinlich war er deshalb abgetaucht.

Markus fuhr bis nach Konstanz und parkte seinen Wagen
vor dem »Rostfleck«, einer Biker-Kneipe in Wollmatingen. Vor
dem Haus stand als Wahrzeichen ein Motorrad mit Beifahrer-
wagen, auf dem Sattel saß eine Schaufensterpuppe, ein junger
Mann mit Kinnbart und Glatze, Sonnenbrille und Kette.

Die Kneipe war gut besucht, auch der Biergarten draußen
voll. Kichernde Schüler mit glasigen Augen hockten neben lang-
bärtigen Veteranen der Straße in abgewetzter Lederkluft. Es gab
Currywurst für drei Euro und Landjäger mit Brot für zwei. Das
Bier hieß Sprit und der Sekt Millionärsbrause. Cooler Laden,
dachte Alex.

Markus hatte eine Motorradjacke mit Aufnähern an und
stellte sich zu zwei Männern an den Tresen. Der eine trug ein
T-Shirt mit einem Totenkopf und Motorradhelm, der andere
hatte einen gezwirbelten Schnauzer und eine Glatze. Als Ein-
stieg bestellte Markus drei Kolben – große Export – und Kettenfett, das war Schnaps.

Alex stellte sich abseits an einen Wandtisch und bestellte auch einen Kolben. Sie hatte keinen genauen Plan, sie wollte diesen Mann einfach nur sehen und mit ihm sprechen. Sich ein Bild von ihm machen. Sich vorstellen, wie er mit ihrer Mutter … Ein Mann wollte sie zu einem Bier einladen, aber sie wies ihn ab. »Ein andermal«, sagte sie.

Der Laden füllte sich immer mehr. Alex suchte sich einen Platz in der Nähe der drei Männer, hinter einem Hünen mit rabenschwarzen Haaren, den seine Freunde Zwille nannten. So konnte Brandstätter sie nicht sehen, sie aber aufschnappen, was die Männer redeten. Sie hatten noch eine Runde Kettenfett bestellt.

»Dein Bruder war gut im Fernsehen«, sagte der Mann mit dem gezwirbelten Schnauzer.

»Nur der alte Banholzer hat es ein bisschen versaut«, meinte der mit dem Totenkopf auf dem T-Shirt.

»Den werden wir uns noch vorknöpfen«, meinte Markus gewichtig. »Der kriegt sein Fett schon noch ab, wenn keiner mehr an die Talkshow denkt. Der Idiot hat sein Boot nachts immer am Strand liegen. Irgendwann wird es sein Motor nicht mehr tun.«

Die anderen grinsten.

»So was lassen wir Brandstätters uns nicht bieten.«

»Du schaffst jetzt auch in der Fischzucht?«, fragte der Totenkopf mit Helm.

Markus nickte ernst. »Wir ziehen das ganz groß auf«, meinte er. »Das wird die Zukunft!«

»Den Fischern gefällt das nicht.«

Markus lachte abschätzig. »Wer interessiert sich für die denn noch? Die sind Schnee von gestern, und wenn der eine oder andere brav ist, stellen wir ihn vielleicht ein.«

»Du entscheidest da mit?«, fragte der Schnauzer skeptisch.

»Klar, Mann. Hab ein gutes Auge für Leute und einen Sinn fürs Wesentliche.«

Ein Angeber wie früher, dachte Alex und lächelte. Sie musste pinkeln, und als sie zurückkehrte, waren Brandstätters Freunde gerade am Gehen. Als sie draußen waren, fasste Alex sich ein Herz und setzte sich neben Markus an den Tresen. Erst merkte der das gar nicht und starrte versunken vor sich hin.

»Hallo, Markus«, sagte sie.

Er schreckte auf, als hätte sie ihn aufgeweckt. Danach klebten seine entsetzten Augen auf ihrem Gesicht. Für ein paar Sekunden, bis er begriff, dass nicht Elisabeth vor ihm saß.

»Hast du geglaubt, ich bin ein Geist?«, fragte sie.

Markus schluckte. »Habe ich echt kurz gedacht. Dass du die Elisabeth bist. Du siehst wirklich aus wie sie, mal abgesehen von den Haaren.«

Sie hielt ihm ihre Hand hin. »Ich bin die Alex. Ihre Tochter.«

Er nahm sie und blickte immer noch ungläubig in ihr Gesicht. »Habe echt gedacht, deine Mutter wäre von den Toten auferstanden.«

Alex musterte ihn. Er wirkte verlebt, mit tiefen Falten um die Augen, Mundwinkel und an den Wangen. Er war fünf Jahre jünger als sein Bruder Johannes, sah aber älter aus. Wobei sein Gesichtsausdruck mit den großen, umherhuschenden Augen hinter der dicken Brille kindlich und unsicher wirkte. Markus Brandstätter war alt, aber nicht erwachsen.

»Wer sagt denn, dass sie tot ist?«, fragte sie.

»Keine Ahnung«, sagte er ausweichend. »Sagen doch alle.«

»Du scheinst sie sehr gemocht zu haben.«

»Quatsch!«

»So wie du mich eben angestarrt hast.«

»Du glaubst nicht, dass sie tot ist, oder? Heute Morgen war dein Schnüffler bei mir. Aber warum hätte sie abhauen sollen?«

»Vielleicht mit einem anderen Mann?«

Markus lachte und schüttelte den Kopf.

»Noch ein bisschen Kettenfett?«, fragte sie.

»Lieber Schmierstoff. Der hat mehr Power.«

Wenig später stießen sie an. Markus hatte den dritten Schnaps und drei Kolben intus. Und er musste noch mit dem Auto auf die Höri. Doch man merkte ihm den Alkohol kaum an.

»Angeblich hat sie was mit einem anderen Mann gehabt.«

»Ach so?«

»Mit dir.«

»Sagt wer?«

»Lars Rick.«

»Der ist tot.«

»Zuvor habe ich mit ihm geschlafen. Mein Tattoo hat ihn angemacht.«

Sie schob ihre Bluse zurück und zeigte es ihm.

Markus starrte es an.

»Erkennst du es? Meine Mutter hatte es auch, an derselben Stelle.«

»Hör auf.« Seine Stimme klang matt.

»Elisabeth hat dich gemocht«, sagte Alex. »Ich habe geahnt, dass es noch einen Mann in ihrem Leben gibt«, log sie.

»Ach ja?«

»Sie war verliebt. Fühlte sich leicht und fröhlich, so was spürt man als Frau.«

»Da war nix, vergiss es.«

»Hör zu, Markus. Seit fünfzehn Jahren weiß ich nicht, was mit meiner Mutter geschehen ist. Wurde sie ermordet? Hat sie uns verlassen? Ist sie ein schlechter Mensch? Tu ich ihr Unrecht? Das quält mich, ich sehe sie nachts in meinen Träumen, und es sind keine guten. Und das Schlimmste ist: Ich weiß nicht, was für ein Mensch sie gewesen ist. Und wenn du deine Eltern nicht verstehst, kannst du dich selbst nicht verstehen. Deshalb drifte ich durchs Leben wie ein Stück Treibgut im See. Hilflos, denn ich kenne die Strömungen nicht, die mich ziehen. Aus diesem Grund habe ich den Detektiv engagiert. Ich will niemanden verurteilen, sondern einfach nur wissen, was geschehen ist. Um es zu verstehen. Um mich selbst ein bisschen besser zu verstehen.«

Markus rieb sich die Augen. Dann sah er sie an, als hätte er sie ganz genau verstanden.

»Pass auf, noch weiß die Polizei nichts von dem, was der Rick da von dir und meiner Mutter gesagt hat. Wenn du jetzt ehrlich zu mir bist, dann wird es dabei bleiben.«

Für ein paar Augenblicke glaubte Alex, dass er ihr alles verraten würde. Sein Blick war nach innen gewandt und wurde sehnsüchtig und wehmütig, als erinnerte er sich an eine glückliche Zeit. Er hatte was mit ihr, dachte Alex.

»Da war nix«, meinte Markus. »Rein gar nix.«

Aber es klang wie eine Lüge.

29

Als Dr. Bergader gegen dreiundzwanzig Uhr in die Garage seines Hauses fuhr, setzte Walter Siebler die verabredete SMS ab. Bis eben hatte Bergader noch im Institut gesessen, der Mann war ein Workaholic. So wie er, und so ein schönes Einfamilienhaus hatte er sich auch gebaut, damals in den Nullerjahren, als die Netze noch voller Fische waren. Da hatte er bestimmt nicht viel weniger verdient als so ein Institutsleiter. Und jetzt wusste er nicht, wie er die Hypothek abstottern sollte. Und einen ordentlichen Job fand er auch nicht mehr, mit Ende fünfzig. Nicht mal im Baumarkt wollten sie ihn, er konnte ja auch nichts außer fischen. Skeptisch hatte der Filialleiter ihn angeblickt, auf sein wettergegerbtes Gesicht, den leichten Buckel und auf seine Gichtkrallen, mit denen er zu oft die Netze aus dem eiskalten See gezogen hatte. Er wusste genau, was der Filialleiter dachte: Schüler räumen mir die Regale fünfmal schneller ein und werden auch nicht krank. Tut mir leid, hatte er gesagt, aber wir haben keinen Bedarf.

Und sein Sohn Willi dachte darüber nach, die Fischerei aufzugeben. Ach, der Willi. Manchmal fürchtete er, dass er sich was antun könnte. Die Verzweiflung machte ihn krank, drückte aufs Selbstbewusstsein. Willi liebte den See und das Fischen genauso wie er. »Mach was anderes«, hatte er ihm geraten, als er die Schule fertig hatte, »such dir was Gescheites, mit der Fischerei ist heutzutage kein Blumentopf mehr zu gewinnen!« – »Aber ich will nur das«, hatte er geantwortet, »ich will fischen und sonst nix!« Was konnte er da schon machen? Letztlich tat er das hier nur für den Willi. Sie wollten sich nicht mehr so machtlos fühlen.

»Okay«, sagte er zu seinem Freund Marko Kenker, »also los.«

Wohl war Walter nicht. In seinem ganzen Leben war er noch nie mit dem Gesetz in Konflikt geraten, außer dass er ein paar große Seeforellen unter der Hand verkauft und ein bisschen bei der Fischereistatistik geschummelt hatte. Doch wenn ihre Betriebe überleben sollten, mussten sie mehr tun als nur reden und protestieren. Die Kollegen am Untersee hatten vor ein paar Tagen mit den brennenden Kormoranbäumen ein Signal gesetzt. Sie hofften darauf, dass sie am Obersee ihnen folgten. Und das würden sie verdammt noch mal heute tun.

»Ja bitte?«, fragte Dr. Bergader abweisend, als er die Haustür öffnete. Er war der Leiter eines angesehenen privaten Forschungsinstituts, das im Auftrag der Landesregierung die möglichen Auswirkungen einer Phosphaterhöhung im Bodensee untersucht hatte. Er kannte sie nicht, weder ihn noch Marko, und dennoch richtete er ihr Leben zugrunde. Bergader wetterte in den Medien gegen jegliche Phosphaterhöhung im See, die Politiker beriefen sich auf ihn wegen irgendwelcher halbseidener Modellrechnungen, die er der Welt als Wort Gottes verkaufte. Und die Politik glaubte lieber der Wissenschaft als dummen Fischern. Der Gewässerschutz war heilig, vor allem wegen der Trinkwasserversorgung, da sollte nichts riskiert werden, schließlich soff halb Baden-Württemberg Bodenseewasser. Dabei würde ein bisschen mehr Phosphat darin überhaupt nichts schaden, doch dieser Bergader war nicht zum kleinsten Kompromiss bereit, ihre Nöte wischte er beiseite wie ein paar trockene Fischschuppen, ihr Schicksal war ihm scheißegal. Hauptsache, der See war klinisch rein und mausetot. Sein Vorgänger war anders gewesen. Der hatte sie ein wenig verstanden, hatte lange Zeit auch ein offenes Ohr für die Fischer gehabt. Wie diese Amrei Kaltenbacher, die war auf ihrer Seite, aber niemand wollte auf sie hören, dann fiel die Presse über sie her, und seitdem hielt sie lieber ihre Klappe.

Walter ging das Messer im Sack auf, als er den selbstbewussten und genervten Blick Bergaders sah.

»Wir wollen mit Ihnen reden«, hörte er Marko Kenker sagen. Walter ärgerte sich über Markos bittende, unterwürfige Stimme. Zu viele seiner Zunftgenossen kuschten vor den Wissenschaftlern. Nur weil die sich ein paar Semester auf der Uni rumgedrückt hatten, kannten sie den See nicht besser als sie, auch wenn das jeder glaubte.

»Und worüber?« Bergaders Blick änderte sich. Angst mischte sich plötzlich in die Selbstzufriedenheit. Er ahnte, worum es ging. Gut so, dachte Walter.

»Über den See. Über das Phosphat. Über uns, wir sind Fischer«, sagte er, und sein Zorn ließ seine Stimme vibrieren.

Bergader lachte ungläubig und sah auf die Uhr. »Meine Herren, es ist dreiundzwanzig Uhr! Kommen Sie ins Institut. Machen Sie einen Termin mit meiner Sekretärin.«

Er wollte die Tür schließen, doch Walter setzte schnell seinen Fuß vor den Rahmen. Bergader wich erschrocken zurück.

»Das haben wir versucht«, sagte Walter. »Ich habe fast täglich angerufen, aber Ihre Sekretärin meinte, Sie hätten keine Zeit.«

Das war gelogen, doch sie wollten nun mal ins Haus.

Bergader schluckte. »Davon weiß ich nichts.«

»Es dauert nicht lang«, meinte Marko entschuldigend. Er fühlte sich sichtlich unwohl in seiner Haut und wäre am liebsten wieder gegangen. »Wir wollen nur mit Ihnen reden«, sagte Marko. »Nur kurz reden.«

Bergader schloss für einen Moment die Augen und seufzte. Auf einmal wirkte er unsicher und erschöpft, als wäre er innerhalb weniger Sekunden um Jahre gealtert.

»Also gut«, sagte er matt. »Kommen Sie rein. Zehn Minuten. Ich hatte einen harten Tag. Ich gebe Ihnen zehn Minuten!«

Sie setzten sich ins Wohnzimmer. Zwei Wände bestanden aus vollgestopften Bücherregalen, an den anderen hingen Aufnahmen vom Bodensee, wunderschöne, mit diesem speziellen rötlichen Morgenlicht, das aussah wie das Fleisch von Saiblingen. Walter kannte es genau, so sah der Himmel oft aus, wenn er morgens zum Fischen rausfuhr. Auch der Bergader liebte den See, dachte er, warum verstand er sie nur nicht?

»Was wollen Sie?«, fragte Bergader.

»Erst einmal wissen, warum Sie nicht mehr mit uns reden

wollen«, sagte Walter, um ihm den Schwarzen Peter zuzuspielen. »Viele von uns haben Ihnen Mails geschrieben, aber Sie antworten nicht mehr.«

Bergader seufzte. »Ganz einfach, um mich zu schützen. Wissen Sie, was mit meinem Vorgänger Dr. Schanz passiert ist? Er hatte vor zwei Jahren einen Nervenzusammenbruch und war danach dienstunfähig. Das lag nicht nur, aber sicher auch an Ihren Zunftgenossen. Er hat fast täglich Mails und Drohbriefe gekriegt. Es waren auch Morddrohungen dabei, er hat sie mir gezeigt. Und ständig standen erzürnte Fischer in seinem Büro und haben ihn unter Druck gesetzt. Einmal haben sie eine Schubkarre halb verwester Felchen vor das Institut gekippt. Ein anderes Mal sind die Reifen seines Wagens zerstochen worden.«

»Er hätte eben vernünftig sein müssen«, sagte Walter trotzig.

»Und das bestimmen Sie, was vernünftig ist?«, gab Bergader zurück.

Walter legte los. Brachte ihre Argumente vor, was der allzu saubere See für sie bedeutete, hinterfragte Bergaders Studien und erklärte, warum ein bisschen, ein kleines bisschen mehr Phosphat ihre Existenzen sichern würde.

Bergader hörte müde zu. Gelangweilt, so kam es Walter vor. Er kannte die Argumente, natürlich, hatte sie schon etliche Male gehört. Aber Walter redete weiter. Nicht weil er glaubte, Bergader überzeugen zu können. Es ging nur darum, Zeit zu schinden.

Schließlich schüttelte Bergader den Kopf. »So leid es mir tut, aber aus Sicht des Gewässerschutzes kann ich all dem nicht zustimmen. Das ist einfach mein Standpunkt. Mir geht es auch um etwas Grundsätzliches: Wir Menschen sollten nicht anfangen, den Nährstoffhaushalt eines natürlichen Gewässers zu steuern. Die Auswirkungen sind zu komplex und zu wenig berechenbar. Mir geht es darum, die Wasserqualität des Bodensees so gut es geht zu schützen. Dafür fühle ich mich verantwortlich.«

»Und dass wir draufgehen, ist egal? Was sind wir für Sie? Ein Kollateralschaden?« Walter war den Tränen nah. Auch wenn er dem Mann glaubte, dass es ihm um die Sache ging, war es demütigend und wirkte auch kalt. Wofür Bergader einstand, nahm ihnen die Würde.

Bergader sah ihn unsicher an. Fast mitfühlend. Er schien zu zweifeln, so wie lange Zeit sein Vorgänger Dr. Schanz.

Jetzt mischte sich auch Marko Kenker ein. »Wissen Sie, was mir so ein nassforscher Jungpolitiker ins Gesicht gesagt hat? Unser Berufsstand wäre nicht systemrelevant, Trinkwasser und Tourismus aber schon. Da ginge es um Milliarden. Das heißt, wir sind nutzlos.«

Bergader seufzte. »So leid es mir tut, ich kann nichts für Sie tun. Ich kann nicht gegen meine Überzeugung handeln, auch wenn mich Ihre Situation alles andere als kaltlässt. Glauben Sie mir, auch mich hat das schlaflose Nächte gekostet.«

»Sie wollen uns doch gar nicht helfen«, sagte Walter.

Bergader stand auf. »Ich möchte Sie bitten zu gehen.« Müdigkeit und Gram standen ihm ins Gesicht geschrieben.

Vielleicht ist es falsch, was wir tun, zweifelte Walter. Er dachte an Willi. Marko sah ihn an, und Walter wusste, dass er das Gleiche dachte. Aber jetzt war es zu spät. Und morgen würde der Bergader wissen, worum es ging. Was für ihn auf dem Spiel stand. Mit wem er es zu tun hatte.

30

Willi Siebler wäre am liebsten wieder gegangen, er hatte die Hosen gestrichen voll, aber jetzt hatten sie sich entschieden. Und gerade hatte er wie verabredet die SMS seines Vaters bekommen. »Alles gut« hieß, dass der Bergader zu Hause war. Willi konnte also loslegen. Bergader verließ immer als Letzter das Institut, er hatte ihn davonfahren sehen. Aber manchmal ging er nur kurz etwas essen und kehrte dann noch mal zurück. Seine Hände zitterten, vor Zorn und Angst. Die Aktion war seine Idee gewesen. Sie, die jungen Fischer, mussten sich wehren, aber jetzt war er sich nicht mehr so sicher. Würden sie erwischt, wäre es das Ende für den Betrieb. Doch das würde sowieso kommen. Sie mussten kämpfen, wenn sie eine Zukunft haben wollten.

Alles war dunkel, das Gebäude leer. Das Institut lag in einem kleinen Industriegebiet am Rand des Friedrichshafener Flughafens. Um die Uhrzeit war hier fast nichts mehr los. Niemand würde ihn stören.

Die Laboratorien waren nicht alarmgesichert. Willi öffnete mit einer Brechstange das Fenster im Erdgeschoss. Es lag hinter einem großen Fliederbusch, keiner konnte ihn sehen. Ein kurzes Knacken, doch kein sehr lautes, sein Herzschlag kam ihm lauter vor. Er stieg durchs Fenster, lauschte kurz und knipste die Stirnlampe an. Der Strahl glitt über Tische mit Computern, allerlei Gerätschaften und Gefäßen. Keine Bewegung, alles still. Dann holte er die Kerzen aus seinem Rucksack, steckte sie auf den Kranz aus Stroh und stellte ihn auf den Boden. Als Nächstes wuchtete er den Kanister von draußen herein und schüttete das Benzin auf die Fliesen, die ganzen fünfzehn Liter. Er hörte das Platschen und roch den beißenden Geruch. Sah, wie sich das Stroh des Kranzes damit vollsog. Lichterloh brennen würde er, sowie die Kerzen heruntergebrannt waren, er hatte es mehrfach ausprobiert.

Dann zündete er mit zitternden Fingern die dünnen Kerzen über dem Benzin an. Alles ging gut. Es ist fast zu einfach, dachte Willi und kletterte aus dem Fenster.

Als er die Sirenen hörte, befand er sich mit seinem Fahrrad schon über einen Kilometer vom Institut entfernt. Wie das Benzin in Flammen aufgegangen war, wie Fensterscheiben in dem Inferno klirrend zerbarsten, Computer und Kabel verschmorten und Chemikalien reagierten, wie ein Hausmeister zum Brandort eilte und fassungslos die Feuerwehr anrief – davon hatte er nichts mitbekommen. Seine Kleidung und das alte Handy, das sie irgendwann einmal in Italien gekauft hatten, würde er im See versenken. Und seine Freundin und seine Mutter würden bezeugen, dass er den ganzen Abend über zu Hause gewesen war. Und sein Vater und Marko Kenker hatten das beste Alibi der Welt. Der Bergader, dachte Willi siegesgewiss, der würde ab morgen die Fresse halten.

31

Verfickt und zugenäht, dachte Markus und schaltete in den dritten Gang. Jetzt war ihm die Kaltenbacher ganz schön auf die Pelle gerückt. Er musste sie loswerden, unbedingt, und zwar zackig. Jedenfalls hatte er ihr eben im »Rostfleck« so richtig schön was vorgespielt, hollywoodreif war das gewesen. Und jetzt folgte er ihr. Mal sehen, wohin sie fuhr. Was ihn immer noch ganz kirre machte: Die Kaltenbacher sah wirklich genauso aus wie ihre verfluchte Mutter. Als er sie mit dem Messer ein bisschen am Hals gekitzelt hatte, vor ein paar Tagen beim Brand im Ried, hatte er sie sich nicht so genau angesehen. Und auf den Fotos im Netz kam die Ähnlichkeit nicht so rüber. Doch die beiden glichen sich wie ein Ei dem anderen, und dann hatten sie auch noch das gleiche potthässliche Tattoo! Das hatte er schon damals nicht kapiert. Er stand auch auf Tattoos, aber ein Vögelchen in Orange und Blau? Wobei, Frauen tickten anders, und ein Eisvogel war immer noch besser als ein Einhorn oder eine Fee.

Doch wie kam eine Tochter auf die Idee, sich dasselbe Tattoo wie die Mutter stechen zu lassen? Und dann noch an derselben Stelle! Das war krass. Und krank irgendwie, als hätte die Alexandra sich ihren Verlustschmerz in die Haut gestochen, um ihn bloß nie zu vergessen. Auf die Idee wäre er jedenfalls nicht mal im Traum gekommen, sich ein Tattoo von seinem Alten nachzumachen, wobei der nie eins gehabt hatte. Das wäre dem nie in den Sinn gekommen. Und hätte das Arschloch eins gehabt, hätte er selbst heute keins, das war so sicher wie das Amen in der Kirche, da hätte er sich lieber den Arm abgehackt. Der Drecksack hatte ihm eine gescheuert und ihn enterben wollen, als er ihn zum ersten Mal mit seinen Tattoos gesehen hatte. Dabei waren die absolut harmlos und echte Kunstwerke, nur Ornamente, Rosen und ein Totenkopf. Mit Würmern, die sich aus den Augenhöhlen wanden. Ein *Memento dormi* hieß das auf Griechisch, oder so ähnlich. Immer den Tod vor Augen. So wie die Kaltenbacher gleich nachher, wenn alles gut ging. Am Zähringerplatz bog sie ab. Sie fuhr also nicht ins Hotel, umso besser. Er musste immer noch daran denken, wie verflixt ähnlich sich Mutter und Tochter sahen. Nur diese verfilzten Zudeln, die hatte die Elisabeth nicht gehabt. Und auch nicht so einen Haufen Schrott im Gesicht. Markus verstand nicht, warum sich heutzutage alle mit diesen Piercings absichtlich verunstalteten. Er kannte mal einen, der hatte sogar eins am Schwanz. Krank war das, echt krank. Aber trotz allem, die Kaltenbacher war eine ganz schön zähe Braut, Respekt. Er wäre sicher abgehauen, wenn ihm jemand ein Messer an die Kehle gesetzt hätte. Die Kaltenbacher schien das nicht groß zu beeindrucken. Also musste er jetzt eine Schippe drauflegen. Er hatte da auch schon eine Idee.

Sie parkte am Lorettowald, ausgerechnet! Wollte die mitten in der Nacht zum Joggen? Oder suchte sie nach ihrer Mutter? War ihm schnuppe, der Ort war perfekt, schön einsam und verlassen. Er bog vor dem Parkplatz links ab und stellte den Polo in einen Waldweg. Im Handschuhfach fand er alles, was er brauchte. Er zog noch die Jacke mit den Aufnähern aus, die würde sie vielleicht erkennen, und stopfte alles andere in die Hosentaschen. Doch gut, dass er den ganzen Scheiß im Auto vergessen hatte! Fuck, als dieser Dörflinger heute Morgen bei ihm aufkreuzte, war es ihm siedend heiß eingefallen und für einen Moment ordentlich die Pumpe gegangen.

Wenig später hatte Markus sie eingeholt. Langsam lief sie durch den Wald. Er hielt so viel Abstand, dass er sie gerade noch im Dunkeln erkennen konnte. Aber sie schien ganz in Gedanken versunken, als hätte sie auf der Fahrt einen Joint geraucht oder ein paar Pillen eingeworfen, sie bemerkte ihn gar nicht. Richtig erschreckt schien er sie jedenfalls nach dem Brand nicht zu haben, wenn sie jetzt mitten in der Nacht mutterseelenallein durch den Wald lief. Na ja, da würde er sie halt ein bisschen fester anpacken. Keine Sau war unterwegs, absolut perfekt, aber er würde noch warten, bis sie tiefer im Wald waren …

Und wenn er mit ihr fertig war, würde er sich seinen Bruder vorknöpfen. Die Zeiten, dass er sich von ihm rumkommandieren ließ wie eine von seinen Nutten, dass er gehorchte wie eine Marionette, die würden bald vorbei sein. Er hatte die Fäden durchschnitten. Also fast. Fuck, er zuckte noch immer zusammen, wenn er Johannes von Weitem sah. Uralte Reflexe, das steckte tief in ihm drin, wie eintätowiert. Und wenn der Bruder laut wurde, ging ihm der Arsch auf Grundeis, als hätte ihn der Allmächtige am Sack. Konditionierung hieß das, da hatte er drüber gelesen. Er hatte sich all das nämlich in einem langen Denkprozess bewusst gemacht. Und dabei war ihm klar geworden, dass er den Johannes genauso in der Hand hatte wie der ihn. Wie oft hatte er für ihn die Kohlen aus dem Feuer geholt? Okay, der Johannes hatte ihm auch oft den Arsch gerettet und außerdem den Hof vermacht, dafür war er auch dankbar, aber das reichte nicht mehr. Er würde einen Anteil an der Fischzucht fordern. Oder eine Rente, bis er den Hof auf Vordermann gebracht hatte.»Zum goldenen Kalb«, so würde sein Hotel heißen. Was Edles, für besondere Gäste, mit einem ganz speziellen Partykeller. Und wenn der Rubel rollte, würde er ihm auch was zurückzahlen. Eventuell. Außerdem würde es wilde, heiße Partys geben, da oben kriegte keine Sau was mit. Er bekam jetzt schon einen Ständer, wenn er dran dachte!

Auf einmal blieb die Kaltenbacher stehen. Wie es aussah, träumte sie immer noch vor sich hin. Trauerte um ihre Mutter, irgendwie tat sie ihm leid, er fand sie auch nett, sie konnte ja nix dafür.

Leise kam Markus näher. Schaute sich um wie ein Touri, als gäbe es in dem öden Wald irgendwas zu bestaunen, als wäre er ein ganz normaler Spaziergänger. Noch immer nahm sie von ihm keine Notiz. Vorsichtig glitt seine Hand in die Hosentasche und holte die Maske heraus, so wie beim letzten Mal. Sie war schwarz, mit Schlitzen für Augen und Mund. Markus setzte sie auf. Dann fingerte er den Kabelbinder aus der anderen Tasche. Es musste schnell gehen, wie beim letzten Mal, Blitzkrieg, und dann würde sie einen Abschiedsgruß kriegen, an den sie noch in der Hölle denken würde.

Er klemmte sich den Kabelbinder zwischen die Zähne.

Sie schien so richtig schön abgespaced zu sein.

Dann lief er los. So tödlich und lautlos, stellte er sich vor, wie ein Leopard. Das Adrenalin gab ihm einen kräftigen Kick, es war wie ein Tritt mit Stahlkappe in den Arsch. Er fühlte sich absolut großartig, wie ein Ninja-Krieger. Ihm fehlten nur die schwarzen Klamotten und so ein geiles Schwert.

Alexandra merkte erst etwas, als er schon direkt hinter ihr war. Er stieß sie so heftig gegen die Schulterblätter, dass sie vornüber zu Boden fiel. Markus sprang auf ihren Rücken, klemmte ihre Handgelenke zusammen, und ehe sie sich wehren konnte, war sie schon gefesselt. Richtig fest zog er den Kabelbinder zu, damit das Plastik schön in die Haut schnitt.

»Hey, du Wichser«, schrie sie, »lass mich in Ruhe!«

Aber das schüchterte ihn nicht ein. Im Gegenteil, er hörte ihr an, wie viel Schiss sie hatte. Er schob ihr einen alten Lappen zwischen die Kiefer, da war es schon nicht mehr so laut. Sie schlug mit dem Kopf nach hinten und zerrte an ihrer Fessel, aber da war nix zu machen.

Dann holte er in aller Seelenruhe die Zehn-Liter-Gefriertüte aus der Tasche und schob sie ihr über die Mähne. Drückte sie leicht gegen ihren Hals, damit keine Luft mehr hineingelangte.

Da wurde die Kleine panisch. Stöhnte und ruckte und zuckte, aber vergeblich. Sah schon krass aus, dachte Markus, ihr Kopf in dieser Klarsichttüte, und Markus fühlte sich beklommen, als wäre er so ein perverser Serienmörder.

Er sah zu, wie sie so heftig atmete, dass die Tüte von innen beschlug. Wirklich genau wie bei einem Krimi in der Glotze. Wenn sie einatmete, sog sie das Plastik in ihren Mund. Sie versuchte, ein Loch hineinzubeißen, aber das würde nicht klappen.

»Du verschwindest von hier, haben wir uns verstanden?«,

flüsterte er. Sie sollte seine Stimme ja nicht erkennen. »Das ist die letzte Warnung, das nächste Mal knipsen wir dir das Licht aus.«

Sie nickte.

»He«, rief da jemand, laut und durchdringend. »Was tun Sie da?«

Scheiße, dachte Markus und fuhr erschrocken herum. Alexandra zuckte und stöhnte unter ihm. Keine zehn Meter entfernt stand ein Mann mit einem Schäferhund. Fast so groß wie seine Lizzy.

»Lass die Frau in Ruhe, du Verbrecher!«, rief der Mann. »Tobi, fass!«

Tobi knurrte ein bisschen und trottete unschlüssig auf Markus zu. Der sprang auf und stürzte wie ein Wahnsinniger in den Wald, der Hund lief laut bellend hinter ihm her.

»Überfall, Hilfe, Polizei!«, schrie Tobis Herrchen, als Markus durchs Dickicht stürmte. So laut, als hätte er ein Megafon im Hals. Da blieb sein Fuß irgendwo hängen, Markus stolperte, und es legte ihn der Länge nach hin, voll auf die Fresse, sodass er in Moos und morsches Totholz biss. Er raffte sich auf, spuckte die bitteren Reste aus und rannte weiter.

Wie ein waidwundes Reh, gehetzt von einer Meute Wölfe, brach er durchs Dickicht. Der Allmächtige, dachte Markus wehleidig und schwitzend, hat mich mal wieder so richtig am Sack.

32

Alexandra saß mit pochendem Herzen und zitternden Händen im Boot ihres Vaters, noch bevor die Sonne aufging. Die Schrecken der letzten Nacht steckten ihr noch in den Knochen, kein Auge hatte sie zugemacht. Gott sei Dank war der Mann aufgetaucht. Er wollte die Polizei rufen, doch sie mochte nur zurück ins Hotel. Sie hatte sich bei ihm bedankt und ihm versprochen, am nächsten Morgen Anzeige zu erstatten. Und vielleicht würde sie das heute auch tun. Es war Markus Brandstätter, war ihr erster Gedanke gewesen. Doch konnte der so bescheuert sein? Schon, dachte sie. Aber warum wollte er sie unbedingt loswerden? Das ergab bloß Sinn, wenn er irgendwie in Elisabeths Verschwinden verwickelt war. Auch von dem Anschlag auf das private Forschungsinstitut hatte sie im Internet gelesen. Sie hoffte nur, dass ihr Vater damit nichts zu schaffen hatte.

Im Haus ihres Vaters brannte Licht. Der See lag schiefergrau in der Dämmerung und roch nach Frühling. Der Anblick tat ihr gut. Das Schweizer Ufer war schemenhaft zu erkennen, über dem Wasser schwebte Dunst, bald würde die Sonne mit ihm kämpfen. Ein paar Fische warfen Ringe auf die glatte Oberfläche, kleine Hasel und Rotaugen. Früher hatten Amrei und sie die hier mit Stippruten vom Strand aus gefangen, als Köderfische für Hechte.

Morgens mit ihrem Vater hinauszufahren war für sie das Größte gewesen. Er war ihr wie ein Zauberer vorgekommen, wenn er die am Vorabend gesetzten Netze einholte und lauter Fische darin zappelten. Und er wusste alles über sie: dass bei konstantem Ostwind im zeitigen Frühjahr die Aale anfingen zu wandern und auf welchen Routen sie zum Hochrhein zogen, über welchen Krautfeldern die Hechte laichten, wann die großen Kretzer im Flachwasser jagten und wo die großen Welse wohnten. Er musste nicht tauchen, um zu wissen, was unter

Wasser vor sich ging. Fuhr er mit dem Boot über den See, lief in seinem Kopf ein Film der Unterwasserwelt ab. Wahrscheinlich, hatte Alex schon früher gedacht, verbrachte er in Gedanken mehr Zeit unter Wasser als darüber.

Da ging im Haus das Licht aus. Sie sah seinen Schatten, wie er sich dem Ufer näherte, hörte das leise Schmatzen der Gummisohlen auf der taunassen Wiese. Und spürte das Klopfen ihres Herzens.

Als er sie bemerkte, blieb er wie angewurzelt stehen, als wäre sie ein Geist, so wie vor ein paar Tagen. Für ein paar Sekunden geschah nichts, sie sahen sich einfach nur an.

»Was willst du?«, fragte er.

»Mit dir rausfahren. Und mit dir reden.«

Er blieb still.

»Nicht über uns«, fuhr sie fort, »sondern über den Brandstätter.«

»Der Detektiv hat mir schon alles erzählt. Diese dreckige Lüge, dass die Elisabeth etwas mit ihm gehabt haben soll.«

»Nicht über den Markus will ich reden, sondern über Johannes.«

Kurz war er still. »Warum?«

»Ich schreibe eine Reportage über die Situation am See, über die Kormorane, die Fische, die Aquakultur und euch Fischer. Ich spreche mit vielen Leuten. Und da will ich auch mit dem Fischer reden, der vielleicht am meisten über den See weiß.«

Noch immer zögerte er. Doch dann kam er zum Boot und legte seine abgewetzte Ledertasche in den Bug. Es war dieselbe wie früher, mit ein paar Broten und einer Thermoskanne Kaffee darin, schon sein Großvater hatte sie gehabt. Er schob das Boot mit ihr in den See, stieg hinein und warf den Außenborder an. Dabei stand er für einen Moment dicht neben ihr. Sie sah die Falten in seinem Gesicht, spürte die Wärme seines Körpers und roch seinen Geruch, der sie damals so abgestoßen hatte. Er hatte nicht getrunken. Ob er Elisabeths Schatten inzwischen abgeschüttelt hatte?

Sanft wie ein Schlitten glitt das schmale Holzboot über den spiegelglatten See. Der Fahrtwind tat gut, und der Dunst legte sich wie ein kühler Film auf ihre Haut. Noch immer redeten sie nicht, das Dröhnen des Motors war zu laut. Auch damals hatten sie auf dem See eigentlich nie miteinander gesprochen. Sie waren beide keine Redner. Was Alex zu sagen hatte, schrieb sie lieber auf.

Allmählich färbte sich der Himmel über den Weiten des Rieds in ein zartes Pink. Der spitze Turm des Konstanzer Münsters ragte in der Ferne wie ein drohender Zeigefinger in den Morgen. Sie fuhren Richtung Mannenbach. Ab und zu schaute er verstohlen zu ihr, auf ihre wilde Frisur und die Piercings an der Unterlippe. Sie ahnte, was er dachte, dass sie noch genauso rebellisch wie früher war. Und das stimmte ja auch.

Er drosselte den Motor und machte ihn aus, die Morgenstille kehrte zurück. Sanft schaukelte das Boot in den Fahrtwellen. Er band sich seine Gummischürze um. Der Schweizer Seerücken war in ein zauberhaftes Licht getaucht, während der See noch im Nachtschatten lag. Sie entdeckte die kleinen Bojen, die Anfang und Ende des Stellnetzes markierten. Er hatte es an die Halde gesetzt, wo das Flachwasser in die Tiefe abfiel. Das erkannte sie an dem Feld dünner Stecken, die wie Stacheln aus dem Wasser ragten. Diese Fischreiser waren von den Fischern vor Jahrhunderten angelegt und seitdem immer wieder erneuert und gepflegt worden. Zwischen den Stecken wurden Obstbäume versenkt, die Jungfischen Schutz und manchen Fischarten Laichplätze boten. Schwere Hechte und Welse lauerten dazwischen auf Beute.

Noch immer hatten sie kein Wort gesprochen. Sie würde warten, bis er den Anfang machte. Zug um Zug holte er das Netz ein, mit derselben Leichtigkeit wie früher. Vor ihr im Boot wuchs ein kleiner Berg aus dünnem Nylon. Mit einer schnellen Handbewegung löste er die Fische aus den Maschen und warf sie in die Kiste vor sich. Auch ein paar hochrückige Plötzen mit kirschroten Flossen waren dabei. Manche Tiere lebten noch und zappelten. Alex kniete sich auf die Planken, nahm den kurzen Holzstock aus der Kiste und schlug die Fische ab. Als Kind hatte sie es nie mit ansehen können, wie die Tiere wild zappelnd an der Luft erstickten.

Die Felchen kamen ihr kleiner und schmaler vor als früher, auch waren einige verletzt, hatten rote Narben oder sogar Löcher in den Flanken. Kormoranattacken, das brauchte er ihr nicht zu erklären. Er hielt ihr diese Fische nur kurz hin und warf sie in einen Eimer. Sie waren unverkäuflich, verletzte Fische wollte kein Restaurantgast essen, die würde er selbst verzehren.

Er fuhr noch zu zwei weiteren Netzen. Inzwischen war der Tag geboren und die Welt in ein goldenes Licht getaucht. Der Mann vor ihr war gesund und stark, nicht gebrochen. Wie früher ging eine urwüchsige Kraft von ihm aus, das Erbe einer jahrhundertealten Fischer-Dynastie; eine Robustheit, die Stürmen, Hagel und Eiseskälte trotzte.

Knapp zwanzig Felchen und acht Rotaugen befanden sich in der Kiste. Das war früher viel mehr gewesen, gerade im Frühjahr, manchmal hatte er an einem Morgen zwei Kisten gefüllt. Diese war noch halb leer. Er setzte sich vorn in den Bug und holte seine Thermoskanne aus der Tasche. Er schenkte auch ihr eine Tasse ein, und sie fragte sich, warum er zwei Tassen dabeihatte. Weil ihn das an früher erinnerte oder er sie vom Haus aus im Boot sitzen gesehen hatte?

Es dampfte aus den Tassen. Sie tranken schweigend. So herrlich, diese Stille. Sein Blick schweifte prüfend umher wie der eines Jägers über sein Revier. Er war mit dem See untrennbar verbunden, und müsste er ihn verlassen, würde er sterben.

»Als ich vorgestern auf dem Damm fuhr, musste ich an die Laichschwärme der Brachsen denken, die du uns als Kinder gezeigt hast.«

»Die gibt es schon lang nicht mehr. Vor ein paar Tagen habe ich einen Schwarm mit vielleicht zwanzig Fischen vor Ermatingen gesehen. Das war eine kleine Sensation. Früher waren es Tausende, als noch Leben im Wasser war.«

»Es gab einen Anschlag auf ein privates Forschungsinstitut letzte Nacht.«

Überrascht, erschrocken sah Konrad sie an. Das war nicht gespielt, dachte sie. Er wusste nichts davon.

»Ist jemand verletzt worden?«, fragte er besorgt.

»Nein. Aber der finanzielle Schaden ist ziemlich groß. Und wenn Fischer dahinterstecken – mit solchen Aktionen tut ihr euch keinen Gefallen.«

»Viele sind sehr wütend, einige verzweifelt«, sagte Konrad. Er musterte sie ernst. »Lohnt es sich überhaupt zu reden? Oder hast du dir deine Meinung längst gemacht?«

»Ich brauche lange, bis ich eine habe, das solltest du wissen. Ich bin die geborene Zweiflerin. Aber wenn ich eine habe, ändere ich sie so schnell nicht mehr.«

Er nickte und nahm noch einen Schluck. »Was willst du wissen?«

»Erzähl mir vom Felchenkönig.«

Konrad Kaltenbacher entfuhr ein Laut, als hätte er ein Stück verdorbenen Fisch gegessen.

»Ich habe mit Susanne Brinkmann gesprochen. Sie hat angedeutet, dass er nicht nur mit Fleiß und harter Arbeit zu seinem Vermögen gekommen ist. Das interessiert mich. Früher hast du nie über ihn geredet.«

Konrad lachte abschätzig. »Der Johannes hat als Fischer gegen jedes Fischereirecht verstoßen, das es gibt. Er kennt nur ein Gesetz, und das heißt Geld. Johannes hat immer mehr Netze gesetzt, als er durfte, und die Fische dann unter der Hand verkauft. Oh ja, er ist fleißig, in einer Nacht hat er oft dreimal heimlich Netze gesetzt. Und wenn die Kretzer in manchen Jahren zu klein waren und durch die Maschen schwammen, hat er eben Netze mit engeren Maschen verwendet. Du weißt, dass wir zur Laichzeit der Hechte immer Laichtiere fangen, um Nachwuchs in der Fischbrutanstalt zu erbrüten. Aber das ist streng limitiert. Doch Brandstätter kannte da nichts: Der Hund hat nachts im Schilf Netze gesetzt, um die großen Laichhechte rauszuholen und sie mitsamt der Fischeier zu verkaufen. Manche Leute zahlen für Hechtkaviar gutes Geld.«

»Und niemand kontrolliert das?«

»Es gibt nur zwei Fischereiaufseher am Untersee. Und die wollen beim Brandstätter nie etwas entdeckt haben. Merkwürdig, oder?«

»Er hat sie bezahlt?«

»Bezahlt, bedroht, ihnen Fisch zugeschanzt, was weiß ich.« Konrad Kaltenbacher nahm noch einen Schluck. »Clever ist er schon immer gewesen. Clever und skrupellos. Wenn im Sommer den Äschen im Hochrhein das Wasser zu heiß wurde und sie sich ins kühle Unterseewasser flüchten wollten, hat er vor Stein am Rhein nachts Netze gesetzt und sie weggefangen. Von der Hitze geplagte Tiere! Und wenn die Fischerei mal schlecht lief und die Restaurants Nachschub brauchten, hat er ihn besorgt. Den Fisch aus seinen Tiefkühltruhen hat er dann als Frischfisch verkauft. Und in einem schlechten Kretzerjahr bestanden seine Kretzer-Knusperle eben aus kleinen Hechten. Er hat im Herbst, wenn die Junghechte sich zwischen den Fischreisern sammeln, Netze drumherum gesetzt und daraus Filets gemacht.«

»Und das hat keiner gemerkt?«

»Weißes Filet in einer knusprigen Panade? Das merkt höchstens ein Angler oder Fischer. Und die Kontrollen des Veterinäramts sind selten.«

»Warum ist niemand gegen Brandstätter vorgegangen?«

»Weil ihm nie etwas nachzuweisen war. Seinen Bruder, den Markus, hat er als Handlanger eingesetzt. Der hat aufgepasst, wenn er heimlich Netze gesetzt hat. Und Leute bedroht, die doch mal den Mund aufgemacht haben. Der Markus ist ihm hörig, der tut alles, was Johannes ihm sagt. Außerdem hat es der Johannes schon immer verstanden, sich zu verkaufen und die richtigen Kontakte zu knüpfen. Er kennt den Landrat, den OB und sogar den Landwirtschaftsminister persönlich. Wenn die SÜDZEITUNG mal etwas über Fischer schreiben wollte, stand Brandstätter parat.«

»Und du hast nie etwas gegen ihn unternommen?«

Konrad zögerte.

»Eine Krähe hackt der anderen kein Auge aus?«

»Ein Mal habe ich es gewagt. Ich habe mich direkt beim Regierungspräsidium über die Brandstätters beschwert. Aber die Sache verlief im Sand. Angeblich war ihnen kein Fehlverhalten nachzuweisen, die Fischereiaufseher bestätigten das. Brandstätter stellte es so dar, als würde ich ihn um seinen Erfolg beneiden. Schon unsere Großväter waren sich nicht sonderlich grün. Tja, und zwei Monate später waren mein Boot und der Motor zerstört. Für ein paar Wochen konnte ich nicht raus zum Fischen. Doch ich musste eine Familie versorgen. Ich wollte keinen Krieg mit den Brandstätters. Schamlose Leute wie er, die setzen ihre Interessen immer durch, die kommen immer nach oben, und wenn sie über Leichen klettern. Und dann hat er noch seine Martha geheiratet. Die hat das Hotel und ein beträchtliches Vermögen in die Ehe eingebracht. Das hat ihn unangreifbar gemacht. Heutzutage verehren die Leute Geld. Sie blicken auf zu dem, der es hat, und fragen nicht, woher es kommt oder ob Blut dran klebt. Auch du solltest aufpassen. Dem Johannes gefällt sicher nicht, dass du hier recherchierst. Noch ist nicht sicher, ob seine Anlage Bestand haben wird. Es gibt viel Widerstand, und wenn du ihn befeuerst ...«

Sie fuhren zurück. War sie deshalb letzte Nacht überfallen worden? Sie würde noch einmal mit Markus Brandstätter reden. Und mit Johannes. Als Journalistin musste sie auch seine Perspektive kennenlernen. All die Vorwürfe würden heute schwer nachzuweisen sein. Aber sie hatte ein gutes Gespür für Menschen. Nach den Erzählungen ihres Vaters war Johannes ein gieriger und skrupelloser Mann. Das würde sie merken.

Wenig später schob Konrad das Boot auf den Kies, die Steinchen knirschten. Es war schon ziemlich warm, und der See dampfte leicht. Konrad trug die halb leere Kiste mit dem Fisch zu dem Schuppen am Ufer. In dem gefliesten Arbeitsraum befanden sich Waschbecken, eine große Arbeitsplatte und Kühltruhen. Er nahm den ersten Fisch aus der Kiste, hielt ihn unter den Wasserhahn und fuhr mit einem stumpfen Messer vom Schwanz bis zum Kopf über die Fischhaut, woraufhin sich die Schuppen wie Glassplitter vom Leib lösten. Dann stach er mit einem scharfen Messer in den After und schlitzte den Bauch auf, zog mit einem Griff die Eingeweide heraus und warf sie in einen Eimer. Als Nächstes spülte er die Bauchhöhle aus, nahm das Filetiermesser, löste mit zwei schnellen Schnitten die beiden Filets vom Rückgrat, befreite sie von den Bauchgräten, und der erste Felchen des Tages war geputzt. Früher hatte er mit Elisabeth manchmal Stunden so zugebracht.

An der Wand hing eine große Schwarz-Weiß-Fotografie ihres Urgroßvaters. Ein kleiner, muskulöser Mann mit ernstem, faltigem Gesicht und krausem Bart, wie er gerade neben seinem schweren Holzkahn stand und die Bordwand mit großen, knöchernen Fischerhänden anpackte. Oft hatte ihr Vater von ihm erzählt, wie entbehrungsreich das Leben als Fischer damals gewesen war. Die Netze hatten noch aus Baumwolle bestanden, die nach jedem Fischzug zum Trocknen aufgehängt werden mussten. Damals hingen überall auf der Reichenau Netze so wie anderswo die Wäsche. Motoren hatte es noch nicht gegeben, auch bei Starkwind waren die Fischer jeden Morgen mit ihren Holzkähnen auf den See gerudert, manchmal zwei Stunden lang, wenn die Felchen vor Gaienhofen oder im Zeller See standen. Und wenn der See zugefroren war, hatten sie nicht Däumchen gedreht, da fuhren sie mit Schlitten aufs Eis, hackten mit Äxten Löcher hinein und angelten mit selbst gegossenen Zockern aus Blei Kretzer aus dem See. Mit geflochtenen Wänden aus Schilf schützten sie sich vor dem Winterwind und hüllten sich in Wolldecken. Gefroren hatten sie trotzdem wie die Schneider, und ein Eimer Kretzer war schon eine gute Beute.

Ihr Vater sah, wohin sie blickte, und legte den Felchen in seiner Hand weg. »Dein Urgroßvater hat 1897 für die deutschschweizerische Fischereiordnung auf dem Untersee gekämpft.

Ein paar Jahre zuvor war eine für den Obersee vereinbart worden. Damals war der See hoffnungslos überfischt gewesen, es gab keine einheitlichen Bestimmungen, jeder hat gemacht, was er wollte. Aber dann wurde ein Abkommen zwischen Baden und dem Thurgau vereinbart. Seitdem gibt es für alle verbindliche Mindestmaße und Schonzeiten für die Fische. Jedes Jahr wird neu festgelegt, mit wie vielen Netzen und mit welcher Maschenweite gefischt werden darf, welche Arten geschont werden und wie viele Fischereipatente neu vergeben werden. Und jeder deutsche Fischer hat akzeptiert, dass er auch von einem Schweizer Fischereiaufseher kontrolliert werden darf, und umgekehrt.« Konrad lachte. »Das war wohl das Allerschwierigste für die Reichenauer: sich von einem Schweizer kontrollieren zu lassen.«

»Das wird bei den Schweizern nicht anders gewesen sein.«

Sie lachten beide, als wäre nichts gewesen.

Da hielt er inne und sah sie an.

»Was ich dir sagen will, Alexandra: Wir Fischer haben immer geschaut, dass wir die Bestände nicht überfischen. Jedenfalls die meisten von uns. Die Maschenweite wird so festgelegt, dass die Fische mindestens einmal laichen und für Nachwuchs sorgen können. Wenn Arten knapp werden, schützen wir sie. Wir tun das seit über hundert Jahren, auch wenn es nicht immer leichtfällt. Aber Leute wie der Brandstätter machen das kaputt. Und der größte Fischfrevler des Sees betreibt jetzt die Aquakultur. Damit wird er der Berufsfischerei hier den Todesstoß versetzen. Und wahrscheinlich ist es genau das, was er will. Diesen Mann muss man stoppen, Alexandra.«

»Und wie?«

Er sah sie fest an. »Man muss ihn stoppen.« Er nahm die Felchenfilets und trug sie zum Vakuumiergerät. »Dabei kannst du uns helfen. Du bist stark. Mit Worten.«

33

»Elsa ist schon wieder weg?«, fragte Martins Mutter, als er das Haus verließ. Sie hatte diesen wissend-vorwurfs-sorgenvollen, röntgenartigen Mutterblick aufgesetzt.

Er nickte stumm, als hätte sie ihn bei einer Untat ertappt.

»Und wann kommt sie wieder?«

»Vielleicht gar nicht mehr.«

Für einen Moment war sie still. »Oh mein Gott. Wo ist Kim?«, sagte sie dann.

»Sie wartet draußen am Wagen.«

»Und wie geht es jetzt weiter?«

»Frag mich was Leichteres.«

Die Mutter seufzte schwer und schüttelte den Kopf. »Ich habe es kommen sehen, Martin. Ich habe es von Anfang an kommen sehen.«

Er zuckte mit den Achseln. Das half ihm jetzt auch nicht weiter.

Wenig später kutschierte er eine wortkarge Kim in den Kindergarten. Er spielte Lieder von Rolf Zuckowski. Normalerweise sangen sie beide aus vollem Halse mit, heute Morgen klangen die Gute-Laune-Songs jedoch wie Lügen, und an der nächsten Ampel stellte er sie ab.

Wieder Stille. Martin wusste nicht, was er sagen sollte. Er war so erschüttert und niedergeschlagen wie das kleine Mädchen hinter ihm im Kindersitz. Manchmal ist nichts schönzureden, dachte er, und dann hält man besser die Klappe und erträgt den Kummer einfach. Wobei, einfach war es nicht. Doch würde er Kim sagen, alles käme wieder in Ordnung, wäre das genauso verlogen, wie heute Lieder von Zuckowski zu trällern.

Hand in Hand, zusammengeschweißt in ihrer Traurigkeit, gingen sie vom Parkplatz zum Kindergarten.

Zum Abschied drückte Kim ihn ganz fest.

»Ich hab dich lieb, Paps! Ganz doll!«

»Ich dich auch, meine Zauberfee«, sagte er und kämpfte genauso mit den Tränen wie sie.

»Mach dir keine Sorgen, die Mami kommt schon wieder«, sagte sie.

Ihre großen Augen suchten eine Bestätigung in seinen. Er blinzelte und setzte ein Lächeln auf.

»Und du lässt dir nix von Fritzchen sagen, gell?«

»Der soll nur kommen«, meinte Kim zornig. »Dem werde ich's zeigen, wenn er was von mir will.«

Auf dem Rückweg zum Wagen schluckte Martin den Kloß im Hals herunter. Er stellte sich vor, wie eine wutentbrannte Kim einen heulenden Fritz durch den Kindergarten jagte.

Auf der Fahrt stellte er die Nachrichten an. Es gab Neuigkeiten vom Fischerkrieg, und was für welche. Auf ein Forschungsinstitut war ein Brandanschlag verübt worden, zudem hatten Unbekannte in den Kormorankolonien an der Lipbachmündung, im Eriskircher Ried und im österreichischen Alpenrheindelta Feuer gelegt. Die Gelege, so der Nachrichtensprecher, seien völlig zerstört worden. Die Polizei ermittelte. Auch am Zürich- und am Greifensee in der Schweiz waren Brutbäume in Brand gesetzt worden. Ein NABU-Vertreter äußerte tiefe Betroffenheit, und der baden-württembergische Landwirtschaftsminister tobte. Mit Brandanschlägen und kriminellen Aktionen in Naturschutzgebieten erreiche man rein gar nichts, meinte er, und sein Schweizer Amtskollege sah das ganz genauso.

Mit dem Brandanschlag auf das Institut hatten sich die Fischer keinen Gefallen getan, dachte Martin. Sein Herz schlug für die Fischer, er verstand ihre Verzweiflung, aber das war etwas anderes, als Kormoranbäume abzufackeln. Jemand hätte sterben können. Ob Konrad Kaltenbacher hinter alldem steckte? Doch er konnte ja nicht an mehreren Orten gleichzeitig sein. Was bedeutete, dass sich die Fischer solidarisierten, über Ländergrenzen hinweg. Eine Internationale der Berufsfischer, wer hätte das gedacht. Die Fischer, die er kannte, waren Einzelgänger und friedfertige Wesen, die nicht zur Rebellion neigten. Es brauchte viel Frust und Wut, um sie so weit zu bringen. Jemand musste die Lage besänftigen. Die Politik musste reagieren.

Tina Gerbener wohnte in einem frisch renovierten Apartmentblock aus den 1980ern in der Nähe des Zähringerplatzes. Martin hatte Glück, die Haustür war offen, und er ging in den dritten Stock. Er hatte ihren Namen gegoogelt: Die Frau, die damals Markus Brandstätter wegen versuchter Vergewaltigung angezeigt hatte, arbeitete als Trainerin in einem Fitnessstudio. Sie hatte auch einen Kanal auf YouTube, wo sie Bauch-Beine-Po-Übungen vormachte. Ziemlich fit und fesch, hatte Martin gedacht.

»Darüber will ich nicht reden«, sagte sie, noch im Türrahmen stehend, als er ihr erklärt hatte, worum es ging. Ihr zunächst freundlicher Blick hatte sich sofort verdüstert, als er den Namen Brandstätter erwähnte. Tina Gerbener hatte sehr lange, sehr glatte und sehr blonde Haare, ihre künstlichen Fingernägel waren pink lackiert, und winzige Glitzersteinchen waren darauf festgeklebt. Wie man mit solchen Klauen durchs Leben kam, sich also zum Beispiel den Hintern abwischte, war Martin ein Rätsel.

»Tut mir leid, damit habe ich abgeschlossen«, sagte sie entschieden und wollte die Tür schon wieder schließen.

»Wie schade«, sagte er, »dann muss ich wohl doch zur Polizei.«

Die Tür blieb einen Spalt geöffnet, und Martin legte schnell nach: »Es geht gar nicht wirklich um die Sache damals, sondern um einen anderen Fall. Ich würde nur gern Ihre Einschätzung zu Markus Brandstätter hören.«

Sie gingen ins Wohnzimmer. Tina Gerbener trug enge, rosafarbene Leggings, die sich wie eine zweite Haut um ihre straffen Hüften und langen Beine legten. Schon lecker, dachte er. Sie war barfuß und hatte schmale Fesseln, feingliedrige Füße und schlanke Zehen. Doch so perfekt ihr Körper war, attraktiv fand Martin sie nicht. Ihr Ausdruck wirkte maskenhaft. Vielleicht hatte sie sich das eine oder andere richten lassen, zum Beispiel die übertrieben vollen Lippen, die sehr kleine Nase und den satten Busen. Jedenfalls wirkte einiges an ihr nicht richtig. Tina Gerbener sah aus wie eine große Barbiepuppe.

Für eine Person – auf dem Klingelschild hatte nur ihr Name gestanden – war die Wohnung sehr geräumig, mit einer großen Sonnenterrasse. So gebräunt wie die Gerbener war, wurde sie fleißig genutzt. Wobei sie sicher auch regelmäßig ins Solarium ging. Die Sitzecke aus weißem Leder und der Glastisch wirkten teuer, wie die weiße Einbauküche mit einer Tischplatte aus Marmor.

»Sehr schön hier«, sagte Martin.

Tina Gerbener setzte sich aufs Sofa, legte ein Bein übers andere und ihre fest zusammengepressten Hände auf den Schoß. Steif und aufrecht saß sie da. Warum ist hier alles so kühl und weiß?, fragte sich Martin. Vielleicht, um das Wilde und Dunkle in ihr auszubalancieren? Wer weiß, was sich hinter ihrer Maske verbirgt.

»Bitte stellen Sie Ihre Fragen«, sagte sie kühl.

»Was für ein Mensch ist Markus Brandstätter?«

Sie lachte auf. »Primitiv, brutal und ein Angeber. Er hat damals versucht, mich auf dem Fischerfest anzubaggern, aber da habe ich ihm klar zu verstehen gegeben, dass ich von ihm nichts wissen will. Er war da schon ziemlich betrunken.«

»Im Prozess hat er ausgesagt, dass Sie ihn sexuell provoziert hätten. Angeblich gab es auch Zeugen dafür.«

Beschämt, getroffen blickte sie auf den weißen Teppich. Aber es wirkte nicht echt.

»Alles Lügen. Mehr will ich dazu nicht sagen. Sehe ich so aus, dass ich mich für einen Mann wie Markus Brandstätter interessiere?«

»Nein.« Martin lächelte. Ein solventer, durchtrainierter Geschäftsmann mit einem schicken SUV wäre sicher eher nach ihrem Geschmack. »Aber Sie sind nicht in Revision gegangen. Warum haben Sie das Urteil akzeptiert?«

Sie seufzte und bedeckte kurz mit einer Hand ihre Augen. Doch Martin sah keine Tränen.

Auch ihr Schreibtisch war weiß. Er sah aus wie der einer Schülerin. Darauf standen ein silbernes Laptop und eine Herde kleiner Einhörner aus Stoff. Ganz viel Rosa und – natürlich – Weiß. Kim fände das super. Aber Kim war fünf. Ansonsten befand sich nichts auf dem Tisch, keine Fotos von Freunden, den Eltern oder einem Liebsten. Sehr traurig, diese Frau wirkte einsam. War sie das schon damals gewesen? War sie deshalb aufs Fischerfest gegangen? Oder hatten die versuchte Vergewaltigung und der Prozess sie einsam gemacht?

»Können Sie sich vorstellen, wie das ist, vor Polizisten und dem Richter alles haarklein schildern zu müssen? Wie ein fremder Mann dich zu Boden wirft und dir die Hose runterzieht und den Slip zerreißt? Wie er sich dann die Hose aufknöpft und seinen Schwanz rausholt? Brandstätter behauptete, ich hätte gelacht und ihm zwischen die Beine gefasst!«

Martin war still. Dieser Ausbruch war nicht gespielt.

»Tut mir leid«, sagte er. »Ich verstehe Sie.«

Martin wartete noch kurz, aber Tina Gerbener wollte nichts mehr sagen.

Sein Blick fiel noch einmal auf die Einhörner. Für ihn waren sie kindliche, etwas kitschige Märchenfiguren, die Reinheit und Unschuld verkörperten, aber Frank Zwille sah das anders.

»Deine Tochter sammelt ja Phallussymbole«, hatte er entzückt gemeint, als er Kims quietschbuntes Einhorn-Arsenal zum ersten Mal bestaunte. »Die hab ich schon immer geliebt, vor allem die Hörner!«, frotzelte er.

»So ein Quatsch«, erwiderte Martin, aufrichtig erzürnt, während Zwille albern kicherte. »Es hat nicht immer alles eine sexuelle Bedeutung.«

Zwille wiegte den Kopf und erzählte ihm dann von irgendeinem indischen Epos. Wegen einer Dürre rief man einen schrägen

Einsiedler namens Einhorn und brachte ihn mit der Königstochter zusammen. Die beiden hatten Sex, und – schwuppdiwupp – es regnete. »Horn – Pimmel – Ejakulation – Fruchtbarkeit: *Got the message?*«

Aber Martin hatte nur die Augen verdreht. Er wollte bei Einhörnern an nichts Schmutziges denken. Doch seitdem hatten die Viecher so einen Beigeschmack, wenn er sie betrachtete. Und vielleicht hatte die kleine Herde auf ihrem Schreibtisch für Tina Gerbener eine andere, abgründigere Bedeutung als für Kim.

Apropos: Sie sah ihn etwas merkwürdig an. Er hatte wohl kurz Raum und Zeit vergessen.

»Ist noch was?«, fragte sie.

»Alles gut«, sagte er und stand auf.

»Und Sie werden sich nicht an die Polizei wenden?«, fragte Tina Gerbener ängstlich, als er schon im Hausflur stand. Sie hatte ihre Fassung wiedergewonnen, und ihr Ausdruck war wieder so unlesbar wie eine Hieroglyphe.

»Versprochen«, sagte er.

Unten vor der Haustür kam ein älter Herr mit einem Eimerchen von den Mülltonnen zurück.

»Schön hier«, sagte Martin. »Sind das eigentlich Mietwohnungen?«

Der Mann schüttelte den Kopf. »Alles Eigentumswohnungen. Sind Sie ein Bekannter von Frau Gerbener?«

»Ja. Wir kennen uns vom Fitnessstudio.«

Etwas Besseres war Martin nicht eingefallen.

Der Mann beäugte seinen nicht allzu sportlichen Bauch.

»Na ja«, sagte er dann. »Sonst kommt nämlich fast nie jemand zu Besuch. Schade um das hübsche junge Ding.«

»Wer kommt denn, wenn jemand kommt?«

»Das fragen Sie die Frau Gerbener am besten selbst«, sagte er kühl und ging zurück ins Haus.

Martin sah nach oben. Tina Gerbener stand am Fenster und blickte zu ihm herunter. Sie tat ihm leid in ihrer Einsamkeit. Auch wenn Elsa jetzt gehen würde, einsam bliebe er nicht, denn da waren ja Kim und seine Mutter. Er wusste, manche seiner Freunde fanden es peinlich oder zumindest befremdlich, dass er noch zu Hause lebte, aber es war gut, nicht allein sein zu müssen. Die Vorzüge des Single-Daseins und dessen angebliche Freiheiten hielt Martin für maßlos überschätzt. In Wirklichkeit war es für die meisten doch eine Zwangsveranstaltung. Der Mensch war nicht fürs Alleinsein gebaut. Tja, Elsa, du wirst es noch bereuen!

Hajo Mayer grub mit einem Spaten tief im Tejo, als Martin Schwarz seinen Garten betrat.

»Wollen Sie aus Ihrem Rasen einen Fluss machen?«, fragte Martin.

Mayer lächelte, Schweiß stand ihm im Gesicht. »Keine Sorge. Ich möchte nur einen kleinen Teich anlegen, damit ich mir besser vorstellen kann, dass der Rasen in Wirklichkeit ein mächtiger Strom ist.«

Alles klar, dachte Martin.

»Und?«, fragte Mayer. »Fall gelöst?«

»Ich glaube, wir kommen der Sache näher.«

»Ach ja?«

Martin erzählte von Markus Brandstätter, der versuchten Vergewaltigung, der Affäre zwischen ihm und Elisabeth Kaltenbacher und Waldemar Schenks Anruf auf der Polizeistation.

Mayer sah ihn entgeistert an. »Das darf nicht wahr sein!« Er schluckte. »Das darf wirklich nicht wahr sein! Wir haben unsere Energien darauf verwendet, einen Serienmörder zu finden. Und auch die Affäre: Das hätte ich Elisabeth Kaltenbacher nicht zugetraut. Jedenfalls hat der Täter, der sie getötet hat, wohl nichts mit dem Verschwinden der anderen Frauen zu tun.«

»Das glauben wir auch nicht. Markus Brandstätter passt nicht zu dem Profil, das Sie erstellt haben«, sagte Martin. »Und ich bin mir auch nicht sicher, ob er Elisabeth getötet hat.«

»Was glauben Sie?«

»Vielleicht war es Konrad Kaltenbacher. Der würde zu Ihrem

Profil doch gut passen. Und wenn es stimmt, dass Elisabeth eine Affäre mit Markus Brandstätter hatte und ihr Mann es herausgefunden hat ...«

»Könnte hinkommen. Aber Sie werden es ihm kaum nachweisen können.«

»Nein. Ich kann ihn nur dazu bringen, die Tat zu gestehen. Für sich und für seine Töchter. Wenn er es überhaupt gewesen ist.«

»Wie kann ich Ihnen dabei helfen?«

»Mir ist noch ein Gedanke gekommen. Ist Elisabeths Wagen damals untersucht worden?«

»Klar. Und wir haben natürlich auch DNA-Spuren von Konrad Kaltenbacher im Wagen gefunden. Was aber nicht verwunderlich ist, die beiden hatten ja nur ein Auto. Wir haben zudem noch einige weitere Spuren entdeckt. Aber in unserer Datenbank gab es keine Entsprechungen.«

»Wäre es möglich, einen Abgleich mit der DNA von Markus Brandstätter zu veranlassen?«

»Gute Idee.«

»Ich glaube, es wäre nicht schlecht, wenn Sie Kommissar Steck diesen Vorschlag unterbreiten würden. Auf einen ehemaligen Kollegen hört er sicher lieber als auf einen Privatdetektiv.«

»Mach ich. Würde mich freuen, wenn Sie mich weiter auf dem Laufenden halten könnten.«

34

»Sind Sie es also doch«, meinte Johannes Brandstätter, als er die
Tür zu seinem Haus öffnete. »Habe mir schon gedacht, als ich
am Telefon Ihren Namen hörte, dass Sie Konrad Kaltenbachers
Tochter sind. Kommen Sie rein.«
Er musterte sie und sagte: »Der Mutter wie aus dem Gesicht
geschnitten, mal abgesehen von der Frisur.«
Wie hat der Mann sich verändert, dachte Alex. Früher war
er rank und schlank gewesen, fast schlaksig, und mit vollem
schwarzen Haar wie ihr Vater. In der Grund- und Hauptschule
waren die beiden in dieselbe Klasse gegangen. Jetzt hatte Johannes eine Glatze und einen Bauch. Und Geld. Sein modernes,
villenartiges Einfamilienhaus lag auf einem parkähnlichen See-
grundstück, und der Auftrag an die Architekten musste ge-
lautet haben, keinesfalls zu kleckern. Riesige Fensterfronten,
weitläufige Terrassen, das Wohnzimmer war zwei Stockwerke
hoch und lichtdurchflutet, wirkte aber nicht so, als wäre man
wirklich bei jemandem zu Hause, sondern als habe man Innen-
architekten etwas arrangieren lassen, das nach Stil und Geld
aussehen sollte.
Nehmen Sie Platz«, sagte er mit dem selbstzufriedenen Lächeln eines Mannes, der von sich glaubt, viel erreicht zu haben.
Sie hatte seinen Werdegang vom Fischer zum Fischimbissbe-
treiber und Fischhändler, von da zum Hotelier und jetzt Fisch-
zuchtbetreiber recherchiert. Wobei bei seinem Aufstieg nicht
nur Fischfrevel, Fleiß und Geschäftssinn eine Rolle gespielt
hatten, sondern eben auch, zu einem nicht unbeträchtlichen Teil,
das Vermögen seiner Frau: Sie hatte das Reichenauer »Hotel
Pirmin« mit einem gewaltigen Grundstück in die Ehe eingebracht.
Er sah ihr lange in die Augen, seine waren durchdringend und
hellblau, es war eine kleine Machtprobe, aber sie hielt stand.

»Journalistin sind Sie also. Da müsste der Papa stolz sein. Ich hoffe, Sie sind nicht so verbohrt und starrsinnig wie er.«

»Ich hoffe, ich habe seine Charakterstärke«, sagte sie und wunderte sich über ihre Worte. Wenn ihr Vater das jetzt gehört hätte.

Brandstätters Frau kam ins Zimmer. Die aufwendige Frisur und das teuer aussehende Kostüm legten Zeugnis von ihrem Wohlstand ab. Die korpulente Dame musterte sie mit einem schwer zu deutenden Blick, und Alex war sich nicht sicher, ob es daran lag, dass sie eine junge Frau mit Dreadlocks, die Tochter von Konrad Kaltenbacher oder eine Journalistin war. Etwas Abschätziges lag darin, aber auch etwas Trauriges und Verlorenes.

Martha Brandstätter wirkte hart, viel härter als früher, bevor sie Johannes geheiratet hatte, da war sie eine schlanke, lebensfrohe Frau gewesen. So ein bisschen wie Elisabeth.

Sie stellte ein Tablett mit einem Kaffeeservice und Wasser auf den Tisch.

»Tag, Frau Brandstätter«, sagte Alex.

»Guten Tag«, sagte sie kühl, ohne zu lächeln. Sie wirkte fast ein wenig unsicher.

»Danke, Schätzle«, sagte Brandstätter mit einer Stimme wie kalter Zuckerguss.

Martha lächelte gekünstelt und ging hinaus.

»Was denken Sie über die Aquakultur?«, wandte sich Brandstätter an Alex.

»Das weiß ich noch nicht.«

»Offenheit ist schon mal gut. Was wollen Sie wissen?«

»Warum investieren Sie in das Projekt? Sie haben ein florierendes Hotel mit Restaurant in bester Lage.«

»Ich bin ein unruhiger Geist. Ich suche Herausforderungen. Hotelier, das kann ich inzwischen. Es macht noch Spaß, aber vieles ist Routine. Ich brauchte was Neues.«

»Sie haben mit der Fischzucht eine Menge Ärger auf sich gezogen. Gestern habe ich mit Susanne Brinkmann gesprochen.

Nicht nur die Fischer und Naturschützer, auch die meisten Lokalpolitiker am See sind gegen die Aquakultur. Warum tun Sie sich das an?«

»Widerstand spornt mich an. Vor allem dann, wenn ich weiß, dass ich im Recht bin.«

»Inwiefern?«

»Ich habe mich für diese Aquakulturanlage durch alle Instanzen bis zum Europäischen Gerichtshof geklagt und schließlich recht bekommen. Dort betrachtet man die Dinge aus einer globalen Perspektive. Und die habe ich auch.«

»Und die wäre?«

»Die Weltbevölkerung wächst rapide. Wir sind heute knapp acht Milliarden Menschen, und 2050 werden wir voraussichtlich bei zehn Milliarden sein. All diese Menschen haben Hunger. Und sie wollen nicht nur Gemüse und Salat essen. Fisch ist der ressourcenschonendste Produzent von tierischem Eiweiß, neben Insekten und Muscheln. Aber woher soll der Fisch kommen? Die Meere sind überfischt, die kleinen Forellenzuchtanlagen in den deutschen Mittelgebirgen können nicht mehr expandieren. Doch wir haben in Deutschland, Italien, der Schweiz und Österreich so viele Talsperren und Seen! Oder denken Sie an die riesigen Seen Polens, Skandinaviens und Russlands. Überall dort ließe sich für regionale Märkte nachhaltig, tiergerecht, kostengünstig und verlässlich beste Fischqualität produzieren.«

»Sie wollen eine Art europäisches Aquakultur-Imperium aufbauen?«

»Darum geht es mir nicht. Ich habe keine Expansionsabsichten. Geld spielt für mich keine Rolle mehr, davon habe ich genug. Ich möchte Pionier sein für etwas Großes. Etwas, das der Menschheit bei ihren Problemen hilft.«

Alexandra glaubte ihm kein Wort.

Brandstätter lächelte. »Und wir haben schon weitere Ideen. Wir wollen die Felchen ja nicht nur züchten, sondern auch verarbeiten. Meine Vision ist, dass wir aus den Fischabfällen

Fischfutter herstellen, hier in der Region. Außerdem könnten wir die artfremden Stichlinge, die ja jetzt den Wildfelchen das Plankton wegfressen, zu Fischmehl verarbeiten. Oder die grätigen Brachsen und Döbel, die bisher niemand nutzt.«

»Ich weiß nicht, ob die Angler davon begeistert wären, wenn Sie jetzt auch noch den Weißfischen auf die Pelle rücken.«

Brandstätter lächelte eisig. »Sie scheinen sich Ihre Meinung doch schon gemacht zu haben.«

»Und was ist mit den Berufsfischern? Wo sehen Sie deren Zukunft?«

»Ein paar von ihnen werden überleben und weiterhin fischen. Wenn sie sich nicht mit ihren hirnverbrannten Gewaltaktionen jegliche Sympathien verderben. Aber die Zukunft der Fischerei liegt nicht im Wildfang, sondern in der Aquakultur. So wie seit Jahrtausenden Rinder, Schweine und Hühner nicht mehr gejagt, sondern gezüchtet werden. Berufsfischer sind eine aussterbende Spezies, Frau Kaltenbacher. Man mag das bedauern, aber so ist es nun einmal. In alten Industriegebäuden werden Kreislaufanlagen entstehen, und in Seen werden Netzgehege bald ein genauso natürlicher Anblick sein wie Rinder auf einer Weide. Und über die regt sich ja auch niemand auf.«

»Dennoch trifft es die Fischer gerade hart.«

Brandstätter zuckte mit den Achseln. »Was war mit den Stahlarbeitern und Bergleuten während des Strukturwandels? Oder mit den vielen selbstständigen Schustern, Schreinern und Schmieden? Das ist Fortschritt, der Mensch muss sich anpassen.«

»Woher kommt eigentlich das ganze Geld für das Projekt? Ihre Vorabinvestitionen waren ja beträchtlich.«

»Es gibt zwei Investoren, die ich überzeugen konnte.«

»Aus der Fischereiindustrie? Sind es ausländische Investoren?«

Brandstätter lächelte. »Darüber werde ich keine Auskunft erteilen. Bitte haben Sie Verständnis. Unser Projekt ist ein Politikum und steht in der Öffentlichkeit. So etwas mögen Investoren nicht.«

Dieser Brandstätter war clever und hatte auf alles eine Antwort, dachte Alexandra. »Gut. Vielleicht können wir ein anderes Mal darüber reden. Heute bin ich nicht nur wegen der Aquakultur hier.«

Brandstätter hob seine Brauen. »Ach so?«

»Es geht um meine Mutter. Ich habe Hinweise, dass sie damals doch nicht getötet worden ist.«

»Die arme Elisabeth, mein Gott.«

Sie erzählte ihm die Geschichte von Lars Rick.

Brandstätter hörte konzentriert zu, und seine bestürzte Miene wirkte echt.

»Dieser Rick meinte, Ihr Bruder Markus hätte eine Affäre mit meiner Mutter gehabt.«

Johannes lachte abschätzig. »Der und Ihre Mutter?« Er räusperte sich. »Frau Kaltenbacher, Ihre Mutter war eine Klassefrau, was hätte die denn mit meinem Bruder anfangen sollen?«

»Warum reden Sie so schlecht von Ihrem Bruder? Ich habe ihn als klugen und feinfühligen Menschen kennengelernt.«

Überrascht sah Johannes sie an.

»Möglicherweise hatten sie eine Affäre, und meine Mutter hat dann mit ihm Schluss gemacht. Was Ihrem Bruder missfallen haben könnte …«

»Und deshalb bringt er sie um und versenkt sie im See? Das sind aber kühne Spekulationen. Ich hoffe, Ihre Reportagen basieren auf einer fundierteren Faktenlage.«

»Ich wollte Sie fragen, ob Sie damals vielleicht etwas beobachtet haben, das auf eine Affäre hindeuten könnte.«

»Wenn er mit einer Frau eine Affäre hatte, habe ich das bemerkt. Wobei es nicht sonderlich viele waren. Markus kann nichts für sich behalten, schon gar nicht so einen kapitalen Fang.« Er räusperte sich. »Entschuldigen Sie meine Ausdrucksweise.«

»Im Gefängnis hat er angeblich damit geprahlt.«

»Hätte ich mitbekommen, dass er mit Elisabeth was hat, hätte ich ihm ordentlich den Kopf gewaschen. Die Brandstätters und die Kaltenbachers, das passt nicht. Solche Art Ärger kann ich nicht gebrauchen.«

»Vielleicht hätte es Ihnen ja gefallen, wenn Ihr Bruder mit der Frau Ihres Feindes schläft.«

»Was wollen Sie von mir, Frau Kaltenbacher?«, fragte er scharf.

»Lars Rick wurde ermordet. Ich frage mich, ob das im Zusammenhang mit dem Verschwinden meiner Mutter steht.«

»Du hast noch einen Termin, Johannes.« Seine Frau stand plötzlich im Wohnzimmer und sah Alexandra feindselig an. Ein gefährliches Funkeln lag in ihren Augen.

»Mein Bruder ist ein Prahlhans und ein Versager«, sagte Brandstätter, »aber kein Mörder. Dafür fehlen ihm die Kaltschnäuzigkeit und der Mumm.«

Alex wandte sich an die Frau. »Haben Sie damals etwas mitbekommen, Frau Brandstätter?«

»Hat mich nicht interessiert, was Ihre Mutter trieb.«

»Sie wohnte nur ein paar Grundstücke weiter.«

»Auf der Reichenau bleibt man gern unter sich.«

»Kommen Sie denn nicht auch von außerhalb?«

»Ich komme von einem Hof auf der Höri, nicht aus Russland.«

Auf einmal knisterte die Atmosphäre in Brandstätters Villa, wie kurz vor einem Gewitter.

»Gestern Nacht bin ich überfallen worden.«

»Das tut mir sehr leid.« Johannes Brandstätter bemühte sich, betroffen dreinzuschauen. »Wissen Sie, wer es war?«

»Ihr Bruder, glaube ich.«

Johannes schüttelte den Kopf. »Warum sollte er das tun?«

»Vielleicht gefällt ihm ja nicht, dass ich über die Aquakultur schreibe.«

»Sie sehen Gespenster, Frau Kaltenbacher.«

»Johannes, du musst jetzt los«, sagte Martha Brandstätter, und es klang wie ein scharfer Befehl.

35

Dörflinger hatte die Haxe, Martin den Salatteller bestellt. Es war
Mittag und heiß. Sie saßen in einem Biergarten am Konstanzer
Hafen. Vor ihnen schaukelten Segelboote, gerade fuhr eines
der großen Ausflugsschiffe der Weißen Flotte hinaus. Auf der
Promenade spazierten zahlreiche Menschen, schon sommerlich
gekleidet, fröhliches Geplauder und Gelächter war zu hören.
Übers Hafenbecken glitten die ersten Mauersegler, frisch aus
Afrika zurückgekehrt, auf der Jagd nach Insekten. Am Ende der
Mole stand die gewaltige, halb nackte Imperia mit ihren Riesen-
brüsten. Sie trug Papst und Kaiser, zwei verhutzelte, splitter-
nackte und griesgrämige alte Männer, auf ihren Händen und
drehte sich mit ihnen im Kreis.

Martin dachte wehmütig an Elsas Brüste. Von den wenigen,
die er in seinem Leben zu Gesicht bekommen hatte, waren sie
die schönsten gewesen. Fast so prächtig wie die der Imperia.
Und sie hatten kaum unter dem Stillen von Kim gelitten, weder in Hinblick auf die Form noch auf die Größe. Ja, sie waren
schön gewesen. Wahrscheinlich hatte er sie gestern zum letzten
Mal in den Händen gehabt und mit Küssen bedeckt.

Er seufzte schwer. Es roch nach Gegrilltem.

»Seit wann isst du denn hier keine Haxe mehr?«, fragte Dörflinger überrascht.

»Na ja, seit wir diesen Fall haben, habe ich ein bisschen über
Aquakultur und Fleischproduktion gelesen. Weißt du, was für
eine ökologische Katastrophe deine Haxe ist?«

»Die Katastrophe schmeckt aber lecker.«

»Darum geht es jetzt nicht.«

Dörflinger grinste. »Hat dir vielleicht die kleine Kaltenbacher
das Hirn gewaschen?«

»Was? Wieso?«

»Ich habe im Internet gestern eine Reportage von ihr gelesen,

›Schweinemast-Safari‹ hieß der Bericht. Gut geschrieben, aber ziemlich eklig. Das ist es doch, was sie will: uns die Schnitzel madig machen.«

»Sie will, dass wir den Konsum einschränken. Meine Mutter sagt das auch andauernd. Wir müssten an Kims Zukunft denken, und ohne Verzicht ginge es nicht.«

»Da bin ich ja froh, dass ich keine Kinder habe.«

Martin sah ihn böse an.

»Ich liebe halt Fleisch«, beharrte Dörflinger. »Morgens zwei Wurstbrötchen und abends was Feines von Schwein oder Rind, das macht mich happy. Nur Kartoffeln und Gemüse, davon werde ich nicht satt. Und dieses Tofuzeug schmeckt einfach nach nichts. Ich bin ganz ehrlich: Ich stelle mich da nicht mehr um, und wegen der Kaltenbacher schon gar nicht.«

»Heinz, das ist ignorant.«

»Na ja, ich gebe zu, Petra holt das Fleisch jetzt ab und zu vom Demeterhof. Die hat auch ein schlechtes Gewissen. Sie kauft viel Innereien und die nicht ganz so teuren Teile. Ich habe ja nur eine bescheidene Pension. Aber das ist in Ordnung für mich.«

Ihre Teller kamen. Dörflinger schaute zufrieden auf seine Haxe. Sie sah knusprig aus, die Knödel schön semmlig und dazu reichlich dunkelbraune Bratensoße.

»Kaum bist du Vegetarier, hast du deinen Humor verloren«, bemerkte Heinz. »Und leichenblass bist du außerdem. Wenn du lieb bist, lass ich dir was übrig. Aber nicht von der Schwarte.«

»Das liegt nicht am Salat.«

»Woran dann? Am Gemüse?«

Kurz überlegte Martin, ob er von Elsa erzählen sollte. Aber das wollte er lieber heute Abend seinem Freund Frank Zwille anvertrauen. Der kannte ihn noch besser als Heinz. Martin war sowieso nicht der große Problembesprecher, ihm war das peinlich, er trug die Dinge lieber mit sich selbst aus.

Deshalb sagte Martin: »Der Fall lässt mich nicht los.«

»Kommissar Steck hat mich vorhin angerufen«, sagte Dörflinger, während er mit geübten Schnitten die Schwarte vom Fleisch löste.

»Ach ja?«

»Die haben jetzt den Markus Brandstätter im Visier. Es gibt einen Zeugen, der Lars Rick in der Nacht, als er ermordet wurde, mit ihm gesehen hat.«

»Das gibt es nicht!«

»Die beiden saßen wohl zusammen in einer Strip-Bar im Industriegebiet und hatten ziemlichen Zoff, meint der Zeuge.«

»Hat er mitgekriegt, worum es ging?«

»Leider nicht.«

»Und was meint Markus dazu?«

»Erst hat er alles abgestritten. Er habe den Rick nie getroffen. Dann hat Steck ihn mit den Aufzeichnungen der Sicherheitskamera aus der Bar konfrontiert und ziemlich in die Mangel genommen. Brandstätter hat dann behauptet, Rick habe ihn zu irgendwelchen kriminellen Machenschaften überreden wollen, er sei aber hart geblieben.«

»Haben die beiden den Laden zusammen verlassen?«

»Nein. Markus ging gegen dreiundzwanzig Uhr. Und er hat ein Alibi, wenn auch kein hundertprozentiges. Angeblich hatte er Nachtschicht auf der Aquakulturanlage seines Bruders. Nicht erst seit dem Brand im Ried wird sie manchmal auch nachts bewacht. Johannes bestätigt das. Aber Steck bleibt dran.«

»Und warum erzählt der Steck dir das?«

»Er wollte wissen, was wir über den Fall herausgefunden haben. Ich soll dich übrigens schön grüßen. Sie machen den Abgleich mit der unbekannten DNA aus Kaltenbachers Wagen, auch wenn er nicht glaubt, dass da was rauskommt.«

»Sehr gut. Und jetzt pass mal auf, was der Alexandra gestern Nacht passiert ist.« Martin erzählte von ihrem Gespräch mit Markus im »Rostfleck« und wie sie dann überfallen wurde.

»Das gibt es nicht«, meinte Heinz. »Ist sie zur Polizei gegangen?«

»Nein, noch nicht. Aber wenn sie jetzt von deinen Neuigkeiten erfährt, überlegt sie sich das vielleicht. Sie glaubt nämlich, dass Markus Brandstätter sie überfallen hat.«

»Ach!«

»Nehmen wir mal an«, sagte Martin, »Markus Brandstätter hat Rick umgebracht. Was wäre das Motiv?«

»Vielleicht wollte Rick ihn erpressen. Vielleicht hat er vermutet, dass Markus Elisabeth umgebracht hat. Aber dann frage ich mich, warum Rick damit erst nach so vielen Jahren zu ihm kommt.«

»Weil Rick vielleicht gar nicht wusste, wie die Frau hieß und dass sie verschwunden ist. Es wäre ja möglich, dass Markus dem Rick Elisabeths Namen verschwiegen hat, immerhin war sie ja mit dem Erzfeind der Familie verheiratet. Womöglich kannte Rick nur das Foto von einer Frau mit Eisvogel-Tattoo. Nach seiner Zeit im Knast ist er nach Berlin und noch nicht lange wieder am See. Dann trifft er zufällig Alexandra und erkennt das Tattoo wieder. Alex erzählt ihm von ihrer Mutter und dass sie verschwunden ist.«

»Und da hat Rick einen Zusammenhang und ein Geschäft gewittert.«

»Zumal er ja wusste, dass Markus Brandstätter damals wegen versuchter Vergewaltigung saß.« Martin überlegte einen Moment lang. »Wissen wir eigentlich, wann genau Markus Brandstätter ins Ausland ging? War das vor oder nach dem Verschwinden von Elisabeth?«

»Das habe ich meinen Freund Steck auch gefragt. Mir gegenüber hat Markus behauptet, es sei schon vor dem Verschwinden gewesen. Aber das stimmt nicht, wie Steck herausgefunden hat. Er flog erst zwei Monate später nach Thailand.«

»Ach was! Wie lange war er dort?«

»Fast ein Jahr lang.«

»Und wie hat er sich da finanziert?«

»Auch da hat mir Steck etwas Interessantes mitgeteilt. Markus war schon einmal im Knast, er hat mit Hasch und Speed gedealt, kam aber mit einer kurzen Jugendstrafe davon.«

Martin sah Heinz überrascht an. »Du meinst, Markus hat für Rick Drogengeschäfte in Thailand gemacht?«

»Das wäre zumindest möglich. Wir kennen nur die Version, die dieser Rick Alexandra erzählt hat. Aber das muss ja gar nicht stimmen. Das würde den Fall noch einmal in eine ganz andere Richtung lenken und erklären, wie Markus sich dort finanziert hat. Und dann hätten das Treffen der beiden und der Tod von Rick womöglich gar nichts mit Elisabeth zu tun.«

»Hm«, meinte Martin. »Wobei Alexandra sich ziemlich sicher ist, dass Markus und ihre Mutter etwas miteinander hatten. Und dass er sie zweimal überfallen hat. Das macht eigentlich nur Sinn, wenn er etwas mit Elisabeths Verschwinden zu tun hat. Oder wenn die Brandstätter-Brüder sie davon abhalten wollen, über die Aquakulturanlage zu recherchieren. Offenbar ist der Johannes diesbezüglich sehr nervös.«

»Aber ganz sicher wissen wir nicht, ob Markus sie überfallen hat.«

»Nein.«

»Wir wissen einfach noch zu wenig«, sagte Heinz und legte sein Besteck zur Seite. »Und Steck zweifelt, dass sich heute noch etwas über Ricks Geschäfte herausfinden lässt.«

Martin blickte auf die Reste von Dörflingers Haxe.

»Puh!«, sagte Heinz. »Ich bin pappsatt. Wenn du magst, kannst du den Rest essen. Es ist sogar noch ein Stück Schwarte da. Ist superknusprig wie immer.«

Martin rang mit sich. Seinen Salat hatte er lustlos in sich hineingestopft. Und wieder einmal siegte die Lust über den Stolz und seine guten Vorsätze.

»Na ja, gib mal her, bevor es weggeschmissen wird.«

»Eben. Damit ist schließlich keinem gedient.«

Dörflinger reichte ihm grinsend den Teller. Die Haxe roch herrlich. Martin schloss die Augen, als seine Zähne die knackige Kruste zerschnitten und sein Geist den köstlich feinen Geschmack des Schweinefetts willkommen hieß.

»Und jetzt?«, fragte Heinz.

»Ich war heute Morgen bei Tina Gerbener. Die Markus Brandstätter damals vergewaltigen wollte.«

»Und?«

»Aus der Frau werde ich nicht schlau. Sie wirkt distanziert und verschlossen, als trüge sie eine Maske. Als würde sie etwas verbergen. Und dann wohnt sie in einer teuren Eigentumswohnung, als Fitnesstrainerin.«

»Vielleicht hat sie geerbt?«

»Ihr Vater war Friedhofsgärtner und die Mutter Kassiererin.«

»Du meinst, sie wurde bestochen?«, fragte Heinz verwundert.

»Das würde erklären, warum sie damals nicht in Revision gegangen ist. Markus wurde freigesprochen.«

»Und das Geld …«

»Hat sie von Johannes Brandstätter. So hat er seinen Bruder freigekauft. Johannes hat Markus immer beschützt und unterstützt. Außerdem weiß Markus, mit welchen Methoden Johannes zu Geld gekommen ist. Er hätte Druckmittel.«

»Klingt plausibel. Und jetzt?«

»Fahre ich zum Brandstätterhof.«

»Der war übrigens jahrelang unbewohnt. Er gehörte den Eltern der Brandstätter-Brüder, und die sind seit über zwanzig Jahren tot.«

»Und der geldgierige Johannes hat den Hof weder vermietet noch verkauft?«

Dörflinger schüttelte den Kopf. »Nur die Felder haben sie an einen Bauern verpachtet. Der Hof gehört Markus, Johannes hat auf sein Erbteil verzichtet.«

»Dann werde ich da jetzt mal Elisabeth Kaltenbachers Grab suchen gehen.«

»Und ich werde mich mit dem alten Lehrer von den Brandstätters und Konrad Kaltenbacher unterhalten. Den habe ich nämlich aufgespürt. Gäbe es sonst noch was?«

»Hast du denn überhaupt Zeit?«, fragte Martin süffisant.

»Ich könnte es eventuell einrichten«, sagte Dörflinger knor-rig.

»Du könntest die Wohnung von Tina Gerbener beschatten. Es würde mich interessieren, ob und von wem sie Besuch be-kommt.«

»Wie sieht sie denn aus?«

»Schlank, fit und hübsch. Eine blondierte Blondine.«

Da zog Heinz Dörflinger kurz die Brauen hoch, und ein verstohlenes Lächeln huschte über sein Gesicht.

36

Markus Brandstätter schwante nichts Gutes, als draußen jemand seinen Namen brüllte. Lizzy kläffte und knurrte, als stünde der Leibhaftige vorm Zaun. Als er aus der Haustür trat, flog das Gartentor auf. Lizzy stürmte auf den Eindringling zu, aber Konrad Kaltenbacher hatte eine schwere Eisenstange in der Hand. Als er ausholte, blieb Lizzy knurrend stehen und blickte mit eingezogenem Schwanz zu ihrem Herrchen.

»Ich bring den Köter um, wenn du ihn nicht zurückpfeifst.« So eine Scheiße, dachte Markus. Hat die blöde Kaltenbacher mir ihren Alten auf den Hals gehetzt. Und wie er aussieht, will er mich umbringen.

»Lizzy, pass auf!«, rief Markus. Sofort ging sie brav in Sprungstellung und fletschte die Zähne. Lizzy sollte den Kaltenbacher nur kurz in Schach halten. So gern er sie hatte, aber lieber die Töle als er. Kaltenbacher und Lizzy beäugten sich wie zwei wütende Bisons, kurz bevor ihre Schädel zusammenkrachten. Da schlüpfte Markus schnell zurück ins Haus. Die Schrotflinte stand direkt neben der Tür.

Als er wieder aus der Haustür trat, hörte er Lizzys Winseln. »Du Säckel!«, schrie Markus. Die arme Lizzy wand sich am Boden, er musste ihr die Rippen gebrochen haben. Ihm war zum Heulen zumute und Konrad Kaltenbacher verschwunden.

Markus senkte die Flinte und wollte zu Lizzy, da prallte die Eisenstange gegen seine Seite, sodass ihm die Luft wegblieb und seine Brille wie auch die Knarre auf den Boden fielen. Es fühlte sich an, als hätte die Eisenstange seine Eingeweide zerrissen. Ehe Markus verstand, was vor sich ging, hatte Kaltenbacher ihn von hinten gepackt und rückwärts auf den Boden geworfen. Der Sauhund hatte sich hinter der Hauswand versteckt! Kaltenbachers Faust flog gegen Brandstätters Nase, und im nächsten Moment floss Blut in seinen Mund.

Markus lag im Dreck und zitterte am ganzen Leib. Fürs Kämpfen war er nicht geboren. Auch Kaltenbacher zitterte, aber vor Wut. Er war noch nicht fertig mit ihm.

»Lass mich in Ruhe«, flehte Markus, doch Kaltenbacher setzte sich rittlings auf ihn und legte beide Hände an seine Kehle.

»Was willst du von mir?«, rief Markus voller Angst. »Ich habe dir nichts getan! Und der Elisabeth auch nicht, das weißt du doch genau!«

»Du hast Lügen über sie verbreitet. Dreckige Lügen.« Kaltenbacher schlug ihm noch einmal mit der Faust auf die Nase, und Markus hörte, wie es knackte. Jetzt war sie wirklich gebrochen. Er schrie vor Schmerz. Wochenlang würde er mit einer fetten Knolle in der Fresse rumlaufen. Wenn er das hier überhaupt überlebte.

»Das«, keuchte Konrad, »war dafür, was du über mich gesagt hast. Erstunken und erlogen ist alles, was du von dir gibst. Ich lass die Liz nicht von dir schlechtmachen. Von niemandem! Hast du das verstanden?«

»Kein Wort mehr sag ich, ich schwör's!«, wimmerte Markus.

Kaltenbacher setzte ihm vorsichtig die Brille auf die zerbeulte Nase, und Markus sah wieder scharf. Der Kaltenbacher hatte ein Funkeln in den Augen wie ein tollwütiger Fuchs.

»Und wenn du zur Polizei gehst, erzähl ich dem Johannes unser kleines Geheimnis.«

Markus schluckte. »Das darfst du nicht!«

»Hast du das verstanden?«

Er nickte.

Da ließ Kaltenbacher von ihm ab und stand auf. Keuchend und schweißgebadet stand er vor ihm. Markus setzte sich jammernd auf und betastete den Trümmerhaufen, der bis eben noch seine Nase gewesen war.

»Autsch!«, rief er und blickte zu Lizzy. Reglos lag sie im Staub.

»Du hast sie getötet«, jammerte er.

»Du hättest sie zurückrufen können.«

Ich bring ihn um, dachte Markus. Morgen fahr ich zu seinem Haus und knall ihn ab.

»Ich will mit dir reden«, sagte Kaltenbacher. »Und dazu gehen wir rein. Also steh auf!«

Als Martin Schwarz die steile Straße zum Brandstätterhof hinauffuhr, kam ihm ein alter Polo in einem Höllentempo entgegen. Markus Brandstätter saß darin. So ein Glück, dachte er. Hoffentlich hatte er die Töle mitgenommen. Oben am Hof war von dem Hund nichts zu sehen. Er atmete auf. Für alle Fälle hatte er ein Stück Schweinefleisch mit Schlaftabletten gefüllt. Er hatte extra noch seinen Freund, den Arzt Jens Bodamer, angerufen und nach der richtigen Dosierung gefragt. Der meinte, er habe sie nicht mehr alle und er könne so etwas nicht Pi mal Daumen sagen, gab ihm dann aber doch die nötigen Informationen. Jetzt brauchte er den Schweinebraten also nicht, umso besser. Wäre vielleicht mal was für den Köter der Nachbarn, der ihm beim letzten Grillfest sein in kalt gepresstem Olivenöl mariniertes Dry-aged-Rinderfilet für achtzig Euro vom Gartentisch geschnappt und vor seinen Augen schamlos heruntergewürgt hatte. Das wäre mal was, dachte er und grinste. Er müsste es nur so anstellen, dass der Hund nicht bei ihnen auf dem Grundstück einschlief.

»Herr Brandstätter?«, rief Martin zur Sicherheit, als er vor dem Tor stand. Aber es schien wirklich niemand da zu sein. Das Auto hatte er einen halben Kilometer vor dem Hof in einem Forstweg geparkt. Und so schnell würde Markus nicht wiederkommen. Man brauchte schon fast eine Viertelstunde, bis man überhaupt das nächste Dorf erreichte.

Das Haus war abgeschlossen, aber er wollte ja eh draußen suchen. Doch das Grundstück war riesig. Und einsam. Ideal, um eine Leiche verschwinden zu lassen. Wo könnte hier Elisabeth Kaltenbacher verscharrt worden sein? Möglichst weit weg vom Haus, damit man nicht ständig an sie erinnert wurde.

Also lief Martin den rostigen Zaun ab. Was für ein verkommener Ort, dachte er. An einer Stelle standen ein paar dürre Sträucher, aber auch als er auf Knien zwischen ihnen herumkroch, fand er nichts, was auf ein Grab hinwies. Die Erde war furztrocken und wie mit einer Walze festgedrückt. Was jedoch nichts bedeuten musste. Denn was erwartete er eigentlich, einen Grabstein mit Blumen?

Danach ging er zur Scheune, es war ein gewaltiges Gebäude, dessen riesiges Dach von mächtigen Balken getragen wurde. Es roch nach Heu, obwohl sich wahrscheinlich schon seit Jahrzehnten keines mehr darin befunden hatte. Ein alter Mähdrescher rostete vor sich hin, Gartengerät lehnte an der Wand, und in einer Ecke war eine gut ausgestattete Werkstatt eingerichtet worden, die allem Anschein nach regelmäßig benutzt wurde. Aber sonst fand er dort nichts.

Martin trat heraus, und auf einmal war er wie festgezaubert. Er starrte auf einen kleinen Hügel frisch aufgeschütteter Erde neben einem von Unkraut überwucherten Gemüsebeet. Heilandsack, dachte Martin, würde der Heinz jetzt sagen. Das Grab war frisch, und ihm fiel ein, dass damals ja noch zwei andere Frauen ermordet worden waren. War Markus Brandstätter doch ein Serienmörder und hatte hier sein neuestes Opfer verscharrt? Das würde er jetzt rauskriegen.

Er ging zurück in die Scheune. Dort hatte er eine Hacke und einen Spaten gesehen. Als er mit dem Spaten in den Erdhaufen stieß, erkannte er getrocknetes Blut am Stiel. Oh mein Gott, dachte Martin, und er fühlte sich beklommen. Erschrocken sah er sich um. Doch Brandstätter war noch nicht zurückgekommen.

Bald stieß sein Spaten auf etwas Weiches. Martin hielt sofort inne und kämpfte mit einem Würgereiz. Hier lag also eine Leiche. Sollte er die Polizei rufen? Doch er überwand sich, kniete sich hin und grub mit den Händen. Schwarzes Fell kam zum Vorschein, dann eine Hundepfote. Das war keine Frau, sondern Brandstätters Lizzy. Erleichtert atmete er auf.

In dem Moment hörte er ein Auto vorfahren. Verfluchter

Mist, dachte Martin, packte Hacke und Spaten und lief in die Scheune zurück. Dort versteckte er sich im Halbdunkel hinter dem rostigen Mähdrescher.

Eine Autotür schlug zu. Kurz darauf wurde die Haustür aufgeschlossen und wieder zugemacht.

Martin atmete auf. Er würde sich aus der Scheune schleichen, über den Zaun klettern und in einem weiten Bogen um den Hof zu seinem Wagen zurückkehren.

Da hörte er ein zweites Auto. Noch einmal flog eine Autotür zu. Jemand rief: »Markus?« Die Stimme kam Martin bekannt vor.

Kurz darauf ging die Haustür wieder auf.

»Um Himmels willen, wie siehst du denn aus?«, fragte die Stimme. Und dann erzürnt: »Wer hat dich so zugerichtet?«

Martin lugte um die Ecke. Dort stand Johannes Brandstätter. Etwas kam ihm beim Anblick der beiden merkwürdig vor.

»Der Kaltenbacher war's, die Drecksau«, jammerte Markus. »Die Nase ist zweimal gebrochen, und an den Rippen hab ich schwere Prellungen. Ich war eben beim Arzt. Ich kann von Glück sagen, dass die Rippen nicht auch noch gebrochen sind. Der Kaltenbacher ist über mich hergefallen, als hätte er die Tollwut. Aber ich habe dem auch ordentlich eingeschenkt.«

»Konrad, der elende Versager«, sagte Johannes abschätzig und kalt. »Dafür wird er büßen. Was hat er gewollt?«

Markus druckste herum, dann wiederholte Johannes die Frage in schneidendem Ton.

Zögernd erzählte Markus es ihm, von Dörflingers Besuch, dem Treffen mit Alexandra und eine abgeschwächte Version davon, was er über Elisabeth erzählt hatte.

»Dass du Vollpfosten auch nie dein Maul halten kannst! Dass du immer so eine Scheiße verzapfen musst!«

Kurz war es still.

»Gräbt der Kaltenbacher also alte Geschichten aus«, sagte Johannes, mehr zu sich als zu Markus. »Da soll er sich mal nicht die Finger verbrennen.«

»Und dann hat er noch was gemacht«, jammerte Markus.
»Komm mit.«

Oh nein, dachte Martin, als sich ihre Schritte näherten.

Markus entfuhr ein Schrei, als sie neben der Scheune standen.
»Er hat ihr Grab aufgemacht!«, schrie er, erfüllt von blankem
Entsetzen.

»Was für ein verfluchtes Grab?«, fragte Johannes verwirrt.

»Das von der Lizzy. Der Kaltenbacher hat die Lizzy tot-
gehauen und ihr Grab geschändet!«

Kurz war es still. Martin sah vor seinem geistigen Auge, wie
Johannes sich umdrehte und die Umgebung prüfte. Wie er seine
Ohren spitzte. Vielleicht ist der Grabschänder noch da, hörte
er ihn denken. Aber er gab keinen Mucks von sich.

»Was haben die hier gesucht, Markus?« Sein Ton klang an-
klagend.

»Was weiß ich? Ich habe hier nichts mehr deponiert. Mit
Drogen habe ich seit Jahren nichts mehr am Hut.«

»Was hat der Kaltenbacher sonst noch gewollt?«

»Nix sonst, reicht das nicht?«

Martin hörte einen dumpfen Schlag.

»Au!«, schrie Markus, schmerzerfüllt und erbost. »Was
machst du? Das waren meine Rippen!«

»Was der Kaltenbacher sonst noch gewollt hat, Markus.«

»Nichts sonst, aber so geht's nicht weiter, Johannes.«

»Ach ja?«, fragte Johannes spöttisch.

»Ich brauch Geld. Schmerzensgeld, sozusagen. Ich muss die
Stallungen abreißen, und außerdem brauch ich ein neues Dach.«

Kurz war es still. Offenbar war Johannes genauso überrascht
wie Martin. Markus klang auf einmal entschlossen und überhaupt nicht ängstlich.

»Ich warne dich«, sagte Johannes, in einem Ton, der Martin
in seinem Versteck Angst machte.

Da klingelte ein Handy.

»Brandstätter?«, brummte Johannes unleidig. »Landrat Nägele!«, rief er dann ehrfürchtig und freudig überrascht. Und

hörte zu. »Ja. Natürlich. Gern. Sehr gern, Herr Landrat!« Johannes schien völlig von den Socken und klang sehr devot.
»Es geht wieder aufwärts«, meinte er aufatmend, nachdem er aufgelegt hatte.
»Was will denn der alte Nägele von dir?«, fragte Markus skeptisch.
»Buße tun, Bruderherz, Buße tun! Was du auch tun solltest. Und wir gehen jetzt ins Haus.«
»Nein. Zuerst muss ich das Grab wieder zuschütten.«
»Das machst du später. Wir gehen ins Haus, hab ich gesagt.«
»Ich werde jetzt das Grab zuschütten, und du verziehst dich. Und denk ans Geld.«
Da war ein ängstliches Zittern in Markus Brandstätters Stimme, aber kurz darauf sah Martin, wie Johannes den Hof verließ und Markus, mit einer Eisenstange in der Hand, zu seinem Haus schritt.

37

Als sich die Tür zum Reihenhaus des pensionierten Grundschullehrers Erwin Braun öffnete, sahen Heinz Dörflinger zwei pfiffige Augen an, die sich jedoch auf Höhe seines Magens befanden. Lehrer Braun hatte Markus und Johannes Brandstätter wie auch Konrad Kaltenbacher unterrichtet. Wenn du tiefe Einblicke in das Wesen eines Menschen erhalten willst, hatte Dörflinger schon früh in seiner Polizeikarriere gelernt, dann befrage seinen Grundschullehrer. Wenn es ein guter Lehrer ist. Braun schien, nach den Augen zu urteilen, ein solcher zu sein. Der Rest des Körpers, der hinter der Tür zum Vorschein kam, passte leider nicht zu diesen vor Esprit sprühenden Augen: Es war der eines gebrechlichen, an den Rollstuhl gefesselten Mannes.

»Zwei Schlaganfälle haben mir meinen halben Körper genommen«, erklärte Braun trocken und mit einer sehr hellen Stimme, als er Dörflingers Blick sah.

»Dabei haben Sie doch den lieben Gott als Nachbarn«, sagte Dörflinger und wies auf das mächtige Reichenauer Münster, das auf der gegenüberliegenden Straßenseite lag.

»Wäre ja noch schöner, wenn der seine Nachbarn bevorzugen würde«, erwiderte Braun und lächelte feinsinnig. »Vermutlich ist es aus genau diesem Grund sogar ein Nachteil, neben ihm zu wohnen. Er würde bei mir nie eine Ausnahme machen. Insofern kann ich froh sein, dass mein Geist noch halbwegs rege ist.«

»Das leuchtet mir ein«, sagte Heinz.

»Gehen Sie nur schon vor«, sagte Braun und rollte zurück. »Meine Frau hat im Garten für uns gedeckt.«

»Kann ich Ihnen helfen?«, fragte Heinz, aber Braun schüttelte den Kopf.

»Wer sich helfen lässt, stirbt früher. Das Wenige, was ich noch kann, will ich selbst machen.«

Heinz nickte anerkennend und dachte dabei: So behält man außerdem seine Unabhängigkeit.

Das kleine Haus, durch das er jetzt schritt, sah so aus, wie er sich eine Gelehrtenstube aus dem 19. Jahrhundert vorstellte: Biedermeiermöbel, Stiche und Gemälde an den Wänden, überall Bücher, alles hell und wie geleckt. Tatsächlich hatte sich der neunundachtzigjährige Mann auf der Reichenau nicht nur als Lehrer, sondern auch als Lokalhistoriker einen Namen gemacht.

Draußen sah sich Heinz bewundernd um: In jeder Ecke des kleinen Gartens blühte etwas. Mitten auf dem Rasen wuchsen Primeln, Stiefmütterchen, Klee und Löwenzahn, und beschämt dachte er an seine von Unkrautvernichter durchtränkte Monokultur.

Braun lachte, als er Dörflingers Blick sah. »Dieses kleine Himmelreich auf Erden ist das Werk meiner Frau.« Ächzend rollte er sich an den kleinen Gartentisch heran. »Stellen Sie sich vor, gestern hat mich ein Kommissar Steck angerufen und wollte meine Einschätzung zu Markus Brandstätter. Dadurch erhält Ihr Besuch bei mir eine ganz neue Brisanz.«

»Heißt das, unser Gespräch kostet jetzt was?«

Braun kicherte vor sich hin. »Das wäre eigentlich eine gute Idee.«

Da kam seine Frau und brachte ein Tablett mit Tee, einem Hefezopf und einer Schale mit Butter. Sie war deutlich rüstiger als ihr Mann.

»Sollen wir uns meine Auskünfte vom Herrn Kriminalkommissar a. D. versilbern lassen, mein Schatz?«

»Verdient ein Polizist nicht genauso wenig wie ein Grundschullehrer?«

»Ich fürchte ja«, meinte Heinz und lächelte bedauernd.

»Dann zwack dem Armen nichts ab«, sagte sie.

»Na gut, da wollen wir Sie noch einmal so davonkommen lassen«, sagte Braun augenzwinkernd und nippte am Tee. »Wobei ich mich, im Gegensatz zu meiner Frau, nie über mein Gehalt beklagen würde. Ich hatte vierzig Jahre lang einen erfüllenden und sicheren Beruf. Aber lassen wir das. Mit wem soll ich beginnen?«

»Johannes Brandstätter.«

»Der Johannes«, sagte Braun versonnen, »der wollte immer glänzen. Wollte schon als Kind immer der Beste sein, in allem. Und wenn er es nicht war oder wurde, konnte er sehr zornig werden. Aber er war fleißig, zäh und durchsetzungsstark. Auch klug, in einem praktischen Sinne.«

»Trauen Sie ihm ein Verbrechen zu?«

»Welcher Art?«

»Betrug. Gewalt. Mord?«

Braun wiegte den Kopf. »Johannes ist kein Mensch, der Spaß an Gewalt hat. Aber er wollte stets dahin, was er unter oben verstand, und wie es aussieht, will er das immer noch. Dieser Drang ist sehr ausgeprägt bei ihm. Kann schon sein, dass er da auch zu unlauteren Mitteln greift. Aber Johannes wird sehr genau abwägen, ob Risiko und Ertrag in einem vernünftigen Verhältnis stehen. Er tut nichts unüberlegt oder aus dem Bauch heraus. Auch wenn er sehr jovial und emotional wirkt, so handelt er doch stets kalkuliert und hat sich unter Kontrolle.«

Heinz nickte. Das passte zu dem Mann aus der Talkshow. Der wusste, wie man sich inszeniert und was die Leute hören wollen.

»Und der Markus?«

»Ein armes, verkümmertes Seelchen. Der wurde von seiner eigenen Familie zerstört. Der Vater hat die Jungs von Kind auf so erzogen, als ob das Leben ein knallharter Wettbewerb wäre, bei dem nur der Stärkere überlebt. Und das ist von Anfang an Johannes gewesen. Er hat seinen Bruder unterdrückt, verhöhnt, gepiesackt und verprügelt. Und die Eltern haben das geduldet und insgeheim gutgeheißen, wie es die Eltern von Raubvögeln dulden, dass das eine Küken das andere malträtiert und schließlich aus dem Nest wirft. Dabei hat Markus durchaus Fähigkeiten: Er ist ein geschickter Handwerker, aber eben ein stiller, sensibler Bursche. Gegen den draufgängerischen Johannes hatte er keine Chance.«

»Er soll ein ziemlicher Hallodri gewesen sein.«

»Er wurde schwierig, weil seine Eltern ihm das Wichtigste versagt haben: Geborgenheit und Anerkennung. Markus ist eine Erziehungsleiche, wenn Sie so wollen.« Braun seufzte tief. »Die Leute meinen immer, Erziehung sei etwas Einfaches, das könne jeder, so wie Kinder kriegen. Wenn sie es nur besser wüssten! Ich kenne fast nichts, was so viel Fingerspitzengefühl und Nachdenken erfordert.«

»Aber soweit ich weiß, hat Johannes seinem Bruder oft aus dem Schlamassel geholfen.«

»Das Verhältnis der beiden ist durchaus ambivalent. Johannes hat Markus als Kind Schlimmes angetan, gleichzeitig hat er ihn immer in Schutz genommen, wenn andere Kinder ihn angriffen. Trotz allem gehörte Markus zur Familie, und ein Angriff auf ihn war einer auf alle Brandstätters.«

»Spielt auch Schuld eine Rolle?«

»Möglicherweise. Wenngleich ich Johannes nicht allzu viel Schuld- oder Mitgefühl zutraue.«

»Die beiden scheinen wirklich grundverschieden zu sein.«

»Und auch wieder nicht! Letztlich ist auch bei Markus der Drang, zu glänzen und anerkannt zu werden, stark ausgeprägt. Aber er hat seine Fähigkeiten nicht hierzu genutzt.«

»Weil er zu bequem ist?«

»Weil er Angst vor dem Scheitern hat. Deshalb hat er sich nie wirklich angestrengt und wenn, dann schnell wieder aufgegeben. Weil ihm seine Eltern wie sein Bruder vermittelt haben, dass er zu nichts taugt und ein Versager ist.«

»Hat er nie versucht, sich von seiner Familie zu befreien und anderswo sein Glück zu versuchen?«

»Hat er. Als er damals aus dem Gefängnis kam. Da war er ein paar Jahre von der Bildfläche verschwunden.«

»Ach ja? Und wo war er?«

»Irgendwo in Asien. Aber Genaues weiß ich nicht.«

»Und wie hat er sich da finanziert?«

»Da fragen Sie mich was!«

»Hasst er Johannes?«

Braun überlegte. »Da ist sicher Neid, auch Groll. Aber er bewundert ihn auch. Und Johannes hat ihm schon aus so manchem Schlamassel herausgeholfen und auf sein Erbteil am Hof der Mutter verzichtet.«

»Warum eigentlich?«

»Die Familienbande sind stark bei den Brandstätters.«

»Erstaunlich, dass Sie sich so gut erinnern. Wie lange ist es her, dass Sie die beiden unterrichtet haben?«

»Etwa fünfzig Jahre. Aber hier auf der Insel trifft man sich immer wieder. Da vergisst man nicht und beobachtet seine Schützlinge, wie sie durchs Leben kommen. Hofft für sie und bangt um sie.«

»Bangen Sie auch um Konrad Kaltenbacher?«

Braun lachte. »Sie stellen gute Fragen! Jedenfalls ist er ein besonders interessanter Charakter, und ganz anders als Johannes.«

»Inwiefern?«

»Der Konrad ist ein sehr moralischer Mensch. Strahlen und glänzen muss er nicht. Er wäre ein hervorragender Missionar geworden, und die Zähigkeit und Hartnäckigkeit dazu hätte er gehabt. Er verfügt über ein stark ausgeprägtes Gerechtigkeitsgefühl, und wenn das angegriffen wurde, konnte Konrad sehr wütend werden.« Braun kicherte. »In früheren Zeiten hätte aus ihm sogar ein Märtyrer werden können. Er wäre bereit, für seine Überzeugungen zu sterben. Wer weiß, vielleicht entstammt ein Vorfahre ja einer unerlaubten Liaison zwischen einem von Gottesglauben durchdrungenen Reichenauer Mönch und einer feurigen Fischerstochter.«

»Hatten Konrad und die Brandstätters viel miteinander zu tun?«

Braun nickte. »Johannes und Konrad gingen in eine Klasse. Und wenn der Johannes seinen Bruder piesackte und der Konrad das mitbekam, ging er dazwischen. Er war stärker als der Johannes und hat ihn einige Male verprügelt.«

»So wurde eine lebenslange Feindschaft geboren?«

»In der Tat. Die beiden verkörpern zwei fundamental entgegengesetzte Lebensprinzipien: das Streben nach Reichtum und das nach Gerechtigkeit.«

»Warum sind die beiden Fischer geworden? Sie hätten doch auch das Zeug zu Höherem gehabt.«

»Was heißt höher? Warum sind Sie Polizist geworden? Ist das hoch?«

Heinz räusperte sich und ärgerte sich über sich selbst.

»Heute«, fuhr Braun fort, »streben die Leute nach Geld und Prestige statt nach dem, was sie erfüllt und ihrem Leben Sinn gibt. Zu viele Menschen laufen Götzen hinterher und machen dabei viel kaputt, vor allem in sich selbst. Konrad liebte die Tiere und den See, von daher hat er den richtigen Beruf gewählt. Und in den 1990er Jahren, als die beiden die Betriebe ihrer Väter übernahmen, begann das goldene Zeitalter der Bodenseefischerei. Das Wasser war noch nährstoffreich und das Fangen dank moderner Fischortungstechnologien so ergiebig wie nie zuvor. Auch für jemanden wie Johannes, der Geld verdienen wollte, war die Fischerei ein interessantes Feld.«

»Eigentlich schade, dass Sie die Elisabeth nicht auch unterrichtet haben.«

»Eine schöne, stolze, kluge Frau! Da hat der Konrad Glück gehabt. Und eigentlich haben sie auch gut zusammengepasst.«

»Eigentlich?«

»So leicht hatte es die Elisabeth nicht hier auf der Reichenau. Als Deutschrussin. Sie wurde kritisch beäugt. In den letzten Jahren wirkte sie nicht mehr so lebensfroh und ein wenig traurig.«

»Gerüchte sagen, sie hätte Affären mit anderen Männern gehabt.«

»Da würde ich nicht allzu viel drauf geben. Die Frau war fremd und schön. Das weckt Neid und dunkle Phantasien.«

»Sie soll mit Markus Brandstätter eine Affäre gehabt haben.«

»Würde ich ausschließen.«

»Warum?«

»Elisabeth wusste von der Rivalität zwischen ihrem Mann und den Brandstätters, schon die Großväter waren sich nicht grün gewesen. Sie war ein loyaler Mensch, das hätte sie ihm nicht angetan. Für Seitensprünge war sie nicht der Typ.«

»Und wenn es doch so gewesen wäre und Konrad das mitbekommen hätte?«

»Wäre er sehr verletzt gewesen. Und sehr zornig. Rasend vielleicht sogar.«

»Trauen Sie ihm Gewalt eher zu als Johannes?«

»Als spontane Reaktion auf erlittenes Unrecht? Ja.«

»Und als Folge lange angestauten, kalten Zorns?«

Braun schaute nachdenklich auf den Hefezopf.

Also ja, dachte Heinz.

»Jetzt müssen wir endlich einmal den Zopf probieren«, sagte Braun. »Meine Frau hat ihn frisch für uns gebacken.«

»Haben Sie Alexandra Kaltenbacher eigentlich auch unterrichtet?«

»Zwei Jahre lang. Sie war in meiner letzten Klasse. Ein wunderbares Mädchen! Die perfekte Mischung ihrer Eltern. Klug, willensstark, schön, aber nicht ganz so starrsinnig wie ihr Vater. Und ohne die sanfte Traurigkeit der Mutter.«

»Sie ist Journalistin.«

»Weiß ich. Sie schreibt kluge, engagierte Reportagen.«

»Und recherchiert gerade vor Ort. Über den Fischerkrieg.«

Braun hob die Brauen, während er sich mit der gesunden Hand eine dicke Schicht weicher Butter auf seine Hefezopfscheibe strich. »Das ist interessant. Dabei wird sie ihrem Vater vielleicht wieder etwas näherkommen. Der wünscht sich nämlich nichts sehnlicher, auch wenn er das nie zeigen würde.«

Braun schmatzte ein wenig, als er in seine Jacketttasche griff. »Ich habe da noch etwas für Sie.«

Er überreichte ihm einen Briefumschlag. Darin waren Fotos

von Konrad Kaltenbacher und den Brandstätters, als Kinder, Jugendliche und junge Erwachsene.

»Die stammen von den Klassentreffen, die ich jedes Jahr veranstalte. Ich dachte, das interessiert sie vielleicht.«

Dörflinger starrte gebannt auf die Bilder.

»Das ist ja unglaublich!«, sagte er, während Braun ihn neugierig ansah. »Das ist wirklich unglaublich!«

38

Es war schon nach zehn, Martin hatte Kim noch ins Bett gebracht. Sein Freund Frank Zwille saß in einem ruhigen Eck im »Seehas«. Mit seiner Rockerkluft, dem Fünf-Tage-Bart und dem finsteren Blick sah Zwille aus wie ein Räuberhauptmann. Doch in Wirklichkeit versteckte er hinter dieser militanten Aura sein großes, weiches Herz.

Hier im »Seehas« hatte keiner Angst vor Zwille, zumindest keiner von den Stammgästen, denn der schwarzhaarige Hüne war Teil des Mobiliars. Die Kneipe war sein Wohnzimmer. Zwille musste nie zahlen, dafür betrieb er die Website des Pubs und half in der Küche oder im Biergarten, wenn Not am Mann war. Außerdem, wurde gemunkelt, hatten der Wirt und Zwille eine heiße Affäre am Laufen.

Zwille war Martins ältester Freund. Als Schüler hatten sie an der Weltrevolution gearbeitet und im »KULT« mit Punkrock, Bier und Gras den bevorstehenden Sieg gefeiert. Martins radikalen Kurswechsel vom Systemfeind zum »Verteidiger imperialistischer Interessen am Hindukusch« (O-Ton Zwille) hatte er nie akzeptiert, ebenso wenig seine traurige Vollverbürgerlichung, aber ihre Freundschaft hatte all diese Wirrungen und Wendungen überlebt, was wohl für diese und auch für sie beide sprach.

Im Gegensatz zu ihm war Zwille der Weltrevolution treu geblieben. Als Sänger und Songwriter der hochpolitischen Punkrock-Band Fickschweiß hatte er sich in der Szene einen Namen gemacht. Daneben war er bei Attac und Extinction Rebellion aktiv. Seine Rechnungen konnte er weder mit der Musik noch mit der Politik bezahlen, weshalb er sich mit allen möglichen und häufig wechselnden Jobs über Wasser hielt.

Elsa meinte, dass Zwille eine zutiefst romantische Seele und unsterblich in Martin verliebt sei. Unsinn, hatte Martin gemeint, aber vielleicht war da doch was dran. Wobei Zwille ein wildes Liebesleben mit häufig wechselnden Partnern führte.

»Du siehst beschissen aus«, meinte der zur Begrüßung.

»Danke. Schön, dass du gleich auf den Punkt kommst.« Zwille leerte sein Bier und bestellte zwei neue.

»Schieß los«, meinte er.

»Es geht um Elsa. Sie weiß offenbar nicht, ob sie mich noch liebt.«

Zwille kannte Elsa so gut wie ihn. Sie war früher auch Teil der Weltrevolution gewesen.

»Ach du Scheiße. Und jetzt?«

Schwarz zuckte mit den Achseln. Er erzählte von gestern Abend und dass heute Morgen Elsa schon wieder weg gewesen war.

Martin wusste, was der Vollblut-Marxist Zwille grundsätzlich dachte: dass die monogame Ehe ursprünglich eine vom gesellschaftlichen Überbau oktroyierte Zwangseinrichtung zur Einhegung potenziell emanzipatorischer sexueller Energien sowie zur Domestizierung der Frau darstellte, sie jedoch nicht den menschlichen Bedürfnissen entsprach. Aber Martin wusste auch, dass Zwille heute nicht ins Grundsätzliche gehen würde. Und das mochte er an seinem Freund: dass er sich trotz aller weltanschaulicher Standhaftigkeit in beschränkte bürgerliche Verhältnisse einfühlen konnte.

»Wie geht es Kim?«, fragte er besorgt. Zwille war ihr Patenonkel. Er nannte sie seine »Wahltochter« und vergötterte das Mädchen, nicht nur weil es Einhörner sammelte.

»Sie hat das Gespräch mit angehört.«

Zwille schüttelte den Kopf. »Ach du Kacke. Und jetzt?«

»Keine Ahnung. Ich habe Elsa angeboten, mit Kim nach Waldshut zu ziehen. Aber das möchte sie auch nicht. Ich glaube, meine Ehe ist zu Ende. Obwohl –«

Die Kellnerin stellte die zwei Bier hin.

»Obwohl?«, fragte Zwille neugierig.

»Obwohl sie gestern dann noch mit mir schlafen wollte.«

»Und jetzt fragst du dich: War es ein Abschieds- oder ein Vielleicht-bleib-ich-doch-bei-dir-Fick?«

Martin wurde rot. »Kann man das nicht netter ausdrücken?«

»Aber darum geht's doch, oder?«

»Wahrscheinlich war es beides. Außerdem hat sie ein schlechtes Gewissen, vermute ich.«

»Du bist, wie immer, zu nett. Sie wollte noch einmal von dir begehrt und ordentlich durchgevögelt werden. Kleine Egodusche, bevor die harten, einsamen Zeiten beginnen.«

»Ich dachte, du wärst Romantiker?«

Zwille seufzte. »Nur, wenn es um mein eigenes Leben geht.« Er trank einen Schluck. »Liebst du sie denn noch?«

»Ich liebe und begehre sie. Wobei ...« Er zögerte. »Es Elsa immer fortgedrängt hat.«

Überrascht sah Martin ihn an. »Hat sie mit dir darüber gesprochen?«

»Das musste sie nicht. Ich kenne Elsa. Wir sind zusammen in die Schule gegangen, schon vergessen?«

»Ich hatte von Anfang an das Gefühl, dass Elsa an unserer Beziehung gezweifelt hat. Kim war nicht geplant. Ich weiß nicht, ob wir noch zusammen wären, wenn Elsa nicht schwanger geworden wäre. Jedenfalls wäre sie nie ins Haus meiner Mutter gezogen. Leben in der Großfamilie ist definitiv nicht ihr Ding.«

»Was ich gut verstehen kann. So gern ich deine Mutter habe. Aber sie hat etwas Napoleonisches.«

Martin trank. »Was soll ich tun, Frank?«

»Sag du es mir.«

»Ich fürchte, Reisende muss man ziehen lassen.«

»Und Kim?«

»Ich würde sie gern bei mir behalten. Wenn Elsa einverstanden ist, soll sie bei mir wohnen. Sie liebt das Haus, den See und ihre Oma. Wobei ich da auch noch mit meiner Mutter reden muss.«

»Ich bin übrigens auch noch da.«

Es klang fast ein wenig beleidigt. Martin lächelte. »Danke!«

»Mach mit Elsa Schluss, Martin. Sag ihr, dass du die Beziehung beenden willst.«

»Ich soll nicht abwarten?«

»Das kannst du trotzdem. Aber so forcierst du ihre Entscheidung. Elsa verliert viel, das wird ihr bald klar werden, wenn es das nicht schon ist: einen interessanten, liebevollen Mann mit – wie es aussieht – gewissen erotischen Qualitäten, eine Familie und eine Oma, die tagsüber auf Kim aufpasst und es ihr ermöglicht zu arbeiten. Wenn sie nach Waldshut geht, wird Kim vor allem dein Kind sein. Mit deiner Entscheidung setzt du ihr das Messer auf die Brust: Geh oder bleib. Wobei du dir gründlich überlegen solltest, ob du mit so einer Frau zusammenbleiben möchtest. Ihre grundlegenden Zweifel dürfte Elsa nie wieder loswerden. Du weißt, ich bin kein Freund monogamer Verbindungen, aber wenn eine gelingen könnte, dann mit dir als Partner. Doch dazu brauchst du eine andere Frau. Oder einen Mann.«

»Das hast du jetzt schön gesagt.«

»Ihr müsst vor allem auf Kim achten. Tragt den Streit nicht über das Kind aus. Bringt sie nicht in Loyalitätskonflikte. Das haben meine Eltern gemacht. Meine zwei Jahre Psychotherapie hätte ich mir sparen können, wenn die beiden bei ihrer Scheidung etwas weniger egozentrisch gewesen wären. Jedenfalls kriegt ihr es mit mir zu tun, wenn ihr das nicht in den Griff bekommt. Klärt zu zweit und ohne Anwälte, wie ihr euch Kims zukünftiges Leben vorstellt.«

Martin nickte. »Was die Trennung mit Kim macht, ist meine größte Sorge.«

»Eine Trennung ist schlimm für ein Kind, aber wenn ihr das in Frieden hinkriegt, ist das besser als eine kaputte Ehe. Und irgendwie klingt eure danach.«

»Mir war das bisher nicht bewusst.«

»Du bist ein Meister im Verdrängen, Martin. Dein Dienst beim KSK war eine einzige Verdrängungsleistung.«

Martin seufzte. »Da hast du wohl recht. Irgendwann musst du mir das noch einmal erklären.«

Frank sah ihn besorgt an. »Was meinst du, fällst du jetzt wieder hinab in die Finsternis?«

Martin zuckte mit den Achseln. »Zumindest habe ich Angst davor.«

»Bring dich auf andere Gedanken.«

»Wie?«

»Geh mit jemandem ins Bett. Lass dich so richtig schön durchvögeln. So mach ich das immer. Das ist gut fürs Ego und verleiht dir eine Aura, die Elsa wehtun wird.«

Martin wurde rot und sah zur Seite.

Zwille grinste. »An wen hast du gerade gedacht?«

Er wurde noch röter. »An niemanden.«

»Lügner!«

»Hör auf!«

Zwille kicherte vor sich hin. »Hauptsache, du hast an jemanden gedacht. Wobei, würde mich schon interessieren. Also raus damit!«

Martin lachte. »Also gut. Ich habe einen neuen Fall und eine hübsche Auftraggeberin.«

Martin erzählte, worum es ging.

Zwille bekam große Augen. »Alexandra Kaltenbacher? Mit der würde ich auch gern vögeln, wenn ich verkehrt herum gestrickt wäre.«

»Du kennst sie?«

»Na klar! Die ist in der linken Szene keine Unbekannte. Nicht so radikal, wie ich es mir wünschen würde, aber ihre Texte sind klasse. Einfühlsam, ehrlich, klug und fundiert.«

»Sie war wohl mal bei der Frankfurter Rundschau. Dort hielt man sie für eine Querulantin.«

»Ich kenne Alex nicht persönlich, aber eine Freundin von ihr, die auch bei Greenpeace arbeitet. Alex hat feste Prinzipien und ist hartnäckig. Sie akzeptiert auch keine Hierarchien und ist nicht karrierefixiert. Das macht einen Menschen frei, aber nicht unbedingt systemkompatibel. Dass so jemand aneckt, ist klar. Deshalb ist sie ja jetzt auch als freie Journalistin unterwegs. Da muss sie keine Vorgesetzten ertragen.« Zwille kicherte wieder in sich hinein. »Martin Schwarz und Alexandra Kaltenbacher, ich fasse es nicht! Hat sie denn auch Interesse an dir?«

»Frank, ich habe gerade ganz andere Sorgen.«

»Eben!«

»Außerdem könnte ich ihr Vater sein, und meine Wampe schwabbelt, wohingegen sie eine Traumfigur hat.«

»Deine Attraktivität speist sich aus anderen Quellen. Also: Ist da was im Busch?«

»Mann, Zwille, die Frau ist doppelt so schlau wie ich!«

»Wer sagt denn, dass kluge Frauen nicht gern mit dümmeren Männern schlafen?« Zwille grinste. »Dumm fickt gut.«

»Was?«

Da klingelte Martins Smartphone.

Es war Alexandras Nummer.

39

Als Johannes Brandstätter in Nägeles Wohnung stand und sich die Haustür hinter ihm schloss, umarmte ihn der Landrat wie einen verlorenen Sohn.

»Freut mich, dass du gekommen bist, Johannes«, meinte Nägele und schien wirklich ergriffen. Er roch leicht nach Rotwein. Nägele pflegte schon früh am Nachmittag sein erstes Viertele zu zwitschern. Seit über zwanzig Jahren war er Landrat und hatte auch schwerste politische Stürme überstanden. Er hing am Amt wie mit Pattex festgeklebt, und es hieß, er wisse, was die Südbadener wollten, noch ehe sie sich selbst darüber Gedanken gemacht hatten. Weshalb er sich in Sachen Aquakultur auch lange entschieden ablehnend geäußert hatte, gegen die Linie der Landes-CDU. »Wir machen keinen Fischmastteich aus unserem Bodensee« oder »Hände weg vom Trinkwasserspeicher« waren zwei dieser Nägele-Zitate aus der SÜDZEITUNG, die sich Brandstätter wie Dolche in die Brust gebohrt und nächtelang darin gewühlt hatten.

Da ließ Nägele ihn los. Hinter ihm stand der Konstanzer Oberbürgermeister Dr. Sven Bilg mit den Händen auf dem Rücken und grinste nervös. Auch er war, als bekennender Schwarz-Grüner, bisher entschieden gegen die Felchenzucht gewesen. Wie es aussah, hatten die beiden es sich jetzt anders überlegt. Nur Bilg schien noch nicht ganz überzeugt. Kein Wunder, nächstes Jahr war OB-Wahl, und die Konstanzer Freie Grüne Liste hatte sich erfrecht, einen linksgrünen Gegenkandidaten aufzustellen. Gegen ihn von der CDU. Da musste er natürlich auf der Hut sein.

Dennoch, was für eine Wendung, sinnierte Johannes, als sie schweigend zum Esszimmer schritten. Vorgestern war er sich wie ein begossener Pudel vorgekommen, als ihm Fischer Banholzers Ei übers Gesicht und aufs Hemd geschlabbert war und dann auch noch irgendein hilfloser Kameraassistent mit einem Tuch dahergelaufen kam. Er war ein Bild des Jammers gewesen, und die halb mitleidigen, halb belustigten Mienen des Publikums hatten sich ihm ins Hirn gebrannt. Aber schon der Pressespiegel gestern Morgen hatte seine Laune gebessert. Die Talkshow hatte bundesweit für Aufsehen gesorgt. Keiner zeigte Verständnis für den durchgedrehten Fischer, wohingegen seine Argumentation in der Sendung gut angekommen war. Der Kommentator der SÜDZEITUNG sah in der Aquakultur eine ökologisch nachhaltige Lösung für die Fischkrise, mit handhabbarem Risiko. Der von der Stuttgarter Presse sah es ähnlich. Und das Telefon wollte gar nicht mehr aufhören zu klingeln. Und dann hatte heute noch die kleine Kaltenbacher vor seiner Tür gestanden. Sie war ein genauso verbohrtes Miststück wie ihr Vater, aber mit einem genauso saftigen Arsch wie ihre Mutter.

Endlich war er am Ziel, dachte er. Was hatte er sich die letzten Jahre den Mund fusselig geredet, gegen die Mehrheit der Berufsfischer, gegen die Angler, den Wasser- und Naturschutz, die SPD und die Grünen im Landtag. Sogar der Verband der Motorbootfahrer war gegen die Aquakultur, nicht weil die Freizeitkapitäne irgendetwas von der Materie verstanden, sondern weil sie sich auf diese Weise in der Öffentlichkeit als umweltbewegte Sensibelchen darstellen konnten, wo sie doch in Wirklichkeit mit ihren völlig überdimensionierten Hochsee-Motoren tonnenweise Sprit verbrannten und die Seeluft verpesteten.

Sie nahmen Platz. Alles edel gedeckt. Nägele schenkte die Weingläser voll, und seine Frau servierte als Vorspeise Rehschinken.

»Selber gschosse!«, sagte Nägele stolz und hob sein Glas. »Auf unsre Bodesee!«

Während des Hauptgangs war die Atmosphäre noch ein bisschen steif. Doch die Scheiben aus der Wildschweinkeule – »au selber gschosse« – waren butterweich. Nägele schimpfte auf die

Grünen, die im Ländle immer noch den Ministerpräsidenten stellten, für ihn eine Schande. »Der macht Politik wie ein Schwarzer, aber die Wähler jubeln, weil er wie ein Grüner schwätzt«, empörte er sich. »So ist das mit den Leuten. Wählen grün, damit sie kein schlechtes Gewissen haben müssen, wenn sie mit dem Billigflieger in den Urlaub fliegen oder mit ihrem SUV zum Brötchenholen fahren. Es geht heutzutage sowieso nur noch ums Wohlfühlen! Dabei muss endlich wieder Vernunft in die Politik einziehen. Weshalb wir von der CDU den Ökos nicht mehr bei allem hinterherlaufen dürfen, wenn die Wildbienen Husten oder irgendwelche Eidechsen Depressionen haben. Wir müssen neue Akzente setzen, für eine vernünftige Umweltpolitik. Ohne Gefühlsduselei.« Dabei sah Nägele ihn vielsagend an. Der stille Dr. Bilg nickte entschieden. Brandstätter ahnte, wohin die Reise ging, und frohlockte schon.

Nach dem ersten Schnaps redete Nägele dann Klartext. »Also, lieber Johannes«, sagte er, und es klang wie in der Beichte. »Ich will mich bei dir entschuldigen, dass ich bei der Aquakultur-Geschichte so lange keine Farbe bekannt habe. Aber du weißt ja, wie unsere Badener sind. Die Welt kann in Flammen stehen, doch wenn einer in ihren Vorgarten pinkelt, ist das schlimmer. Und in deinem Fall sind es ja ein paar hunderttausend Felchen, die in unseren Bodensee kacken, oder?« Nägele lachte laut.

»Eher eine Million«, berichtigte Brandstätter grinsend.

»Jedenfalls«, fuhr Nägele fort, »der OB und ich, wir möchten uns bezüglich der Aquakultur jetzt klarer positionieren. Öffentlich. Und dich unterstützen.«

»Das freut mich!«, sagte Brandstätter und bemühte sich, dankbar und ergriffen zu klingen. Und da er so etwas schon geahnt hatte, zog er sein Tablet aus der Tasche und fuhr fort: »Ich habe euch was mitgebracht.«

Er lehnte das Gerät an die Weinflasche, sodass die beiden es gut sehen konnten.

»Ein Image-Filmchen. Habe ich drehen lassen, hat mich ganz

schön was gekostet. Dauert nur ein paar Minuten. Damit ihr mal einen Eindruck von der Sache kriegt.«

Es ging los. Man sah den Bodensee von oben, dazu dramatische Musik wie bei einer Weltkriegs-Doku, und während die Kamera von den Schweizer Alpen kommend über die saphirblauen Weiten des Obersees schwebte, sprach die unter die Haut gehende Synchronstimme von Robert de Niro: »Der Bodensee – eine Perle der Natur. Die Landschaft atemberaubend, das Wasser kristallklar und so rein, dass man es trinken kann. (Pause) Seit der letzten Eiszeit haust ein silberner Schatz in seinen Tiefen. Bodenseefelchen: wild, ursprünglich, wohlschmeckend und gesund. Ein Naturprodukt allererster Güte.«

Nägele nickte anerkennend. Dann gab es einen Schnitt. Die Kamera zoomte von oben auf Brandstätters Aquakultur in der Litzelstetter Bucht. Sein ganzer Stolz: Drei Pontonanlagen mit jeweils vier Netzkäfigen schwammen im stillen See. Im Vergleich zur riesigen Mainau sahen sie geradezu winzig aus.

Wieder ein Schnitt. Brandstätter stand am Rand eines Käfigs und warf eine Handvoll Pellets ins Wasser. Kurz darauf balgten sich Dutzende Zuchtfelchen laut platschend ums Futter.

Dann Brandstätters gebräuntes Gesicht in der Nahaufnahme: »Unsere Felchen wachsen im sauberen Bodenseewasser auf. Die Fische stammen alle von Elterntieren aus dem See. Die Aufzucht wird von Biologen streng überwacht. Unser Futter wurde nachhaltig biologisch erzeugt. Und der Einsatz von Antibiotika oder Chemikalien kommt für uns unter keinen Umständen in Frage. Dafür bürge ich mit meinem Namen.«

Wieder ein Schnitt. Die Kamera tauchte ins klare Wasser. Sofort waren silberne, propere Felchen zu sehen, die aufgeregt umherschwammen.

»Unsere Fische fühlen sich sauwohl«, hörte man Brandstätter sagen. »Sie haben weit mehr Platz in den fünfzig Meter tiefen Netzen als Lachse in einer herkömmlichen Fischfarm. Und das gute Futter und das saubere Wasser sorgen für eine erstklassige Fleischqualität.«

Dann setzte wieder dramatische Musik ein. Brandstätters lächelndes Gesicht war zu sehen, im Hintergrund die bewaldete Mainau und ein sonnenbeschienener Säntis. »Aus der Region für die Region«, sagte Robert de Niro. »Bodensee-Biofelchen aus tiergerechter, nachhaltiger Fischzucht. Das ist unsere Leidenschaft. Das ist unser Auftrag. Dafür stehen wir mit unserem Familienbetrieb Seesilber.«

Das Logo wurde eingeblendet, unter dem Wort »Seesilber« schwamm als Unterschrift ein Felchen mit geschwungener Schwanzflosse, dann war es aus.

»Sa-gen-haft«, meinte Nägele und klatschte in die Hände. »Ha, des isch genau des, was mer brauchet. Oder, Bilg?«

Auch dem OB war die Miene für Sekundenbruchteile entglitten, und Johannes glaubte, so etwas wie den Hauch eines anerkennenden Lächelns erahnt zu haben.

»Un genauso«, fuhr Nägele fort, »tret i übermorge vor die Press: Aus der Region für die Region. Bodeseefelche aus – wie hasch du des so schön g'nannt? – tiergerechter un ökologisch nachhaltiger Produktion. Des verstehet die Leut. So muss mer des mache. Un jetz Proscht!«

Es war schon nach eins, als Brandstätter nach draußen trat und tief durchatmete. Morgen würde er das Video auf seine Website hochladen, Bilg und er würden den Link an einflussreiche Leute der Südwest-CDU schicken. Übermorgen wollte sich Nägele in einem Interview mit dem SWR für die Aquakultur am See aussprechen. Dr. Bilg würde die öffentlichen Reaktionen abwarten und dann Farbe bekennen.

Wie lange hatte er dafür gekämpft! Seine fünfhundert Tonnen Sandfelchen konnten stolz auf ihn sein. Und es war erst der Anfang. Wenn sein Betrieb in den nächsten zwei Jahren reibungslos funktionierte, würde er den Antrag auf eine Erweiterung der Anlagen stellen. Eintausend Tonnen waren sein Ziel, mittelfristig, Verdopplung der bisherigen Produktion. Im Bodenseeraum lebten vier Millionen Menschen, dazu die ganzen Touristen, es würde überhaupt keine Absatzprobleme geben! Zumal er schon neue Vermarktungsideen hatte, wie Schwäbisches-Meer-Sushi, Bodenseefelchen-Burger und Aalrauch-Felchen-Matjes. Er könnte problemlos bis Stuttgart und München verkaufen, auch zweitausend Tonnen würden weggehen wie warme Semmeln. Und dann würde es bald weitere Anlagen geben – im Chiemsee, im Vierwaldstätter See, im Genfer See ...

Grimmig dachte er wieder an den alten Banholzer und den sturen Kaltenbacher. Die Zeit der Fischer ging zu Ende. Aber das verstanden die noch nicht. Wohingegen bei der Fischzucht die große Zeit erst anbrach! Während in Europa gerade einmal drei Millionen Tonnen Fisch im Jahr gezüchtet wurden, waren es in Asien bereits fünfundsechzig Millionen Tonnen. Und der Fischhunger der Europäer stieg und stieg!

Brandstätter lachte in die Nacht. Er holte sein Handy heraus und schaltete den Flugmodus aus. Markus hatte ihm mehrfach auf Band gesprochen. Er spielte die Nachrichten ab und wurde kreidebleich.

»Diese Schweine«, sagte er vor sich hin. »Diese gottverdammten Schweine!«

40

Es war gegen dreiundzwanzig Uhr, als Konrad Kaltenbacher in der Konstanzer Schmugglerbucht ins Boot vom dicken Paul stieg. Konrad wurde überwacht, jedenfalls parkte seit gestern ein Auto mit zwei Männern vor seinem Haus. Als Konrad gegen zehn losfuhr, folgten sie ihm, aber in dem Gewirr der Reichenauer Feldwege hatte er sie schnell abgehängt. So leicht würden sie sich nicht stoppen lassen!

Reto, Konrads Schweizer Fischerfreund, lächelte nervös, und Paul stand die Angst ins Gesicht geschrieben, er sagte aber nichts. Stattdessen warf er den Motor an. Würde einer vorschlagen, die Aktion abzubrechen, wäre Paul sofort dafür. Aber Reto war so fest entschlossen wie er. Das lag nicht zuletzt daran, dass letzte Nacht im Vorarlberg, an der Lipbachmündung und an Schweizer Seen die Kormoranbäume gebrannt hatten. Sie mussten ihren Weg weitergehen, als Vorkämpfer für die Fischerei. Und was sie heute vorhatten, würde ihren Kampf noch einmal auf eine neue Stufe heben. Alles, was sie brauchten, lag versteckt unter einer grauen Plane im Bug.

Als sie ums Hörnle in Richtung der Insel Mainau bogen, schaltete Paul das Licht aus und steuerte dicht unter Land, damit sie niemand auf dem See bemerkte. Um diese Zeit dümpelte das Schiff der Wasserschutzpolizei zwar meistens in der Nähe von Brandstätters Aquakulturanlage, aber man konnte nie wissen. Abwechselnd hatten sie in den letzten Tagen vom Uferweg aus die Litzelstetter Bucht mit einem Fernglas beobachtet. Wenn Konrad daran dachte, dass die WAPO seit dem Riedbrand Brandstätters Felchenzucht bewachte, der Staat also für den Schutz von dessen Eigentum eines der wenigen Polizeiboote auf dem See abstellte, drehte sich ihm vor Wut fast der Magen um. Aber auch das würde Johannes nichts mehr nutzen.

Leise glitten sie über den See. Wolken verdeckten Mond und

Sterne, ein leichter Regen fiel, genau so hatte es der Wetterbericht vorhergesagt. Am Fährhafen war nur wenig los, am gegenüberliegenden Ufer vor Meersburg legte gerade eine hell beleuchtete Fähre an. Dem Wasser entstieg eine empfindliche Kühle, etwa zwölf Grad hatte es jetzt, es würde kalt beim Tauchen werden.

Alles war ruhig und friedlich. Ruhig war es auch in ihm drin. Eine Entschlossenheit erfüllte ihn wie bei einem Soldaten kurz vor der Schlacht. Alle Sinne waren scharf, das Motorengeräusch hörte er glasklar, und er glaubte, die Farben in der Nacht sehen zu können.

Vor dem Egger Hafen drosselte Paul den Motor. Alle Lichter in den Häusern waren gelöscht, die Egger schliefen, und der Nieselregen benetzte Kaltenbachers Haut. Langsam tuckerten sie am Südufer der Mainau entlang. Fledermäuse jagten um sie herum kleine weiße Fliegen, die zu Millionen aus dem See stiegen. Die Bordwände waren von ihren winzigen Leibern bedeckt, ebenso ihre Kleider und die Haut. Konrad fuhr mit der Hand übers Gesicht und schob die Fliegen wie eine Schicht Schmutz von Stirn, Nase und Wangen.

Die Netzgehege befanden sich vor der Nordostseite der Insel. Noch konnte die Polizei ihr Boot nicht sehen. Alles war still, die Mainau lag im Dunkel, die mächtigen alten Bäume ragten wie Schattenriesen in die Nacht. Als sie den verlassenen Bootsanlegesteg an der Ostseite der Insel erreichten, sahen sie draußen bei den Netzkäfigen das Schiff der Polizei.

»Schau an, Brandstätters Security«, sagte Reto mit gepresster Stimme.

Paul steuerte zum Ufer. Jagdfieber packte Konrad, so intensiv und elektrisierend wie früher, wenn er es kaum erwarten konnte, morgens rauszufahren und die über Nacht gesetzten Netze einzuholen.

Er sprang ins Wasser und schob das Boot vorsichtig auf den Kies, dann trugen sie die Utensilien unter die Bäume. Paul würde hierbleiben, während Reto und er hinüber zur Aquakultur tauchten. Damit sie die auch fanden, hatte Reto in Zürich Unterwasser-GPS-Geräte gekauft. Konrad hatte gar nicht gewusst, dass es so etwas gab. Paul, dessen Fischrevier die Mainaubucht war, hatte die Position der Netzgehege einprogrammiert. So sollte es kein Problem sein, im dunklen Wasser die etwa sechshundert Meter entfernte Anlage zu erreichen. Zuerst speicherten sie für den Rückweg ihre aktuelle Position auf den Geräten. Stumm, konzentriert schlüpften sie dann in ihre Trockenanzüge. Legten Tarierwesten und Sauerstoffflaschen an. Sie hatten Luft für eine Stunde, das war knapp, musste aber reichen. Paul beobachtete derweil mit einem Nachtfernglas Polizeiboot und Netzkäfige.

»Jemand bewacht die Anlage«, sagte er erschrocken.

»Scheiße«, meinte Reto und hielt inne. In den letzten Tagen war nach vierundzwanzig Uhr niemand mehr bei den Netzkäfigen zu sehen gewesen. »Wie es aussieht, ist es der Markus Brandstätter«, sagte Paul. »Er starrt aufs Wasser und raucht. Ein kleines Boot hat er auch.«

»Der wird von uns gar nichts mitbekommen«, sagte Konrad.

»Dein Wort in Gottes Ohr«, meinte Reto skeptisch.

»Wir sollten die Lampen so wenig wie möglich anstellen. Aber wenn wir auf fünfzehn Meter Tiefe bleiben, dürfte er auch dann nichts bemerken.«

»Was machen die Polizisten?«, fragte Reto.

»Sitzen drinnen«, berichtete Paul. »Spielen Karten. Sieht gemütlich aus. Die trinken sogar Bier im Dienst!«

Die anderen beiden lachten kurz. Konrad sah auf die Uhr.

»Nur noch ein paar Sekunden«, verkündete er.

Paul, der immer noch durchs Fernglas sah, lächelte. »Du hast recht. Es geht los. Auf einmal sind sie ganz panisch!«

Das lag an Franz. Sie hatten vereinbart, dass er um kurz nach ein Uhr einen Notruf absetzen würde: eine angebliche Havarie von Kanuten auf Nachtfahrt vor Bodman. Das würde die WAPO eine Weile beschäftigen. Und tatsächlich rauschte das Boot mit Vollgas nach Nordwesten.

Sie schoben die Tauchstiefel in die Flossen, spannten die Taucherbrillen vors Gesicht, und als sie schon im Wasser standen, reichte Paul jedem einen Tauchsack und eine Unterwasserlampe. Konrad befestigte sie an der Sicherungsleine am Ärmel, ging rückwärts, glitt ins Wasser, und plötzlich wurde alles leicht und kühl.

Steil, wie ein Abgrund im Gebirge, fiel die Halde in die Tiefe. Die Aquakulturanlage befand sich in über fünfundsiebzig Meter tiefem Wasser. Konrad tauchte auf zehn Meter ab. Die Lampe ließ er aus, er brauchte sie nicht. Bald konnte er Reto nicht mehr sehen, obwohl er wahrscheinlich nur wenige Meter neben ihm schwamm. Hier unten war es absolut still und schwarz, nur seine Atemgeräusche waren zu hören. Er durchquerte ein gewaltiges Nichts und fühlte sich wohl in dieser lichtlosen Ruhe, entschlossen und stark. Lebendig. Die großen Flossen trieben ihn schnell voran, etwa fünfzehn Minuten würden sie für eine Strecke brauchen, und das GPS-Signal zeigte zuverlässig seine Position und das Ziel.

Wenn Alexandra davon erfuhr, was würde sie denken? Sie war auch ein Querkopf, so wie er. Eigentlich müsste ihr gefallen, was sie vorhatten. Vielleicht wäre sie stolz auf ihn. Je nachdem, was sie in der Reportage schreiben würde: Vielleicht fuhr er doch mal zu ihr nach München. Nur um zu sehen, wie sie lebte.

Zu lange hatte er alles immer nur hingenommen: wie die Fänge schlechter wurden und die Kormorane immer mehr, wie Brandstätter seine Netzgehege gegen alle Widerstände durchgesetzt hatte und die Politik sich kaum für sie, die Berufsfischer, interessierte.

Er erinnerte sich, wie er damals mit Reto, Franz und Paul in Nägeles Büro saß und ihm die Petition überreichte, voller Hoffnung, denn der Landrat war den Fischern immer nahegestanden. Der alte Fuchs sah sie an, als verstünde er sie nur zu gut, sagte, dass er natürlich auf ihrer Seite stehe, ja dass er einer von ihnen sei, *aber!* Ihm seien die Hände gebunden! Mehr Phosphat in den See leiten? Das würden die Leute nicht verstehen, auch wenn es nur ein kleines bisschen sei. Die Badener wollten ihren Bodensee sauber, und den Unterschied zwischen sauber und nährstoffarm, den verstünden die Leute nicht. »So ist das halt in einer Medien-Demokratie«, hatte Nägele gemeint, »es zählt nicht das, was vernünftig *ist*, sondern was vernünftig *klingt*. Außerdem haben die Leute ein verdammt schlechtes Gewissen. Weil alle wissen, dass wir den Planeten hemmungslos ausbeuten und mit der Umwelt schäbig umgehen. Nicht, weil wir das müssen, sondern weil wir ums Verrecken auf kein Milligramm unseres Wohlstands verzichten wollen. Und das«, meinte Nägele, »wollen wir uns nicht eingestehen. Deshalb braucht es Symbole, die uns das Gefühl geben, wir wären gar nicht so schlimm und würden der Natur helfen. Deshalb ist Phosphat tabu. Und deshalb darf man auch keine Kormorane von den Nestern vertreiben.«

»Und was ist mit uns?«, hatte Konrad ihn gefragt.

Da hatte Nägele mitfühlend gelächelt. Er werde alles tun, was in seiner Macht stehe. Die Aquakultur, die könne er vielleicht verhindern. Da kriege er die Badener hinter sich: frische Felchen ja, aber nicht ihre Kacke im blauen Bodensee! Mehr könne er für sie momentan nicht tun. Doch das könne sich ändern. Die Welt drehe sich weiter. Und zwar immer schneller.

Danach waren sie rausgegangen wie geprügelte Hunde. Gedemütigt hatte Konrad sich gefühlt, verraten, im Stich gelassen. Er war ja nicht dumm. Ihr interessiert uns nicht, hatte Nägele ihnen durch die Blume gesagt. Wir brauchen euch nicht mehr. Und das hatte ihn gelähmt, für Monate. Das war es also, was die Welt von ihm wollte. Sie verlangte, dass er sich still in sein Schicksal fügte und ohne Murren zugrunde ging. Dass er seine Bestimmung aufgab.

Alexandra hatte ihm gezeigt, dass diese Haltung nicht richtig war. Ja, sie war es gewesen, jetzt konnte er sich das eingestehen. Ihre Artikel, die er sich immer wieder durchlas, zeugten von Wut. Und die Wut war richtig, wenn einem Unrecht widerfuhr. Alex wollte den Menschen nicht nur zeigen, was falsch lief. Sie forderte sie auf, sich zu wehren. Sich nicht mächtigen Interessen zu beugen. Sich nicht zu schämen für erlittene Demütigungen, sich nicht selbst die Schuld zu geben, sich nicht abzufinden. Zu lange hatte er das getan. Deine Welt geht unter, hatte er gedacht, und du findest keine neue mehr.

Aber so musste es nicht sein. Denn wer bestimmte, wer und was untergeht? Man konnte kämpfen. Kämpfe für das, was dir wichtig ist, das war Alexandras Botschaft. Suche dir Mitstreiter, sei mutig und klug. Und das war er gerade. Und er war nicht allein! Reto glitt direkt neben ihm durch die Dunkelheit.

Schnell, gleichmäßig trieben ihn die Flossen an. Die Anstrengung nahm er gar nicht wahr. Konrad Kaltenbacher wusste, was er tun musste, und es kam ihm so vor, als würde er fliegen.

41

Auf einmal schwamm Konrad gegen eines der Netze, er hatte es gar nicht gesehen. Es war weich, weiches Nylon mit einer Spezialbeschichtung, damit sich keine Algen daran festsetzten. Er schaltete die Lampe an und drehte sich langsam im Kreis. Da sah er schon Retos kurzes Lichtsignal, er war nicht weit entfernt. Konrad gab das verabredete Zeichen. Die zwölf rechteckigen Netzgehege waren an drei Pontonanlagen befestigt, die miteinander verbunden waren. Von vier dicken, fast hundertfünfzig Meter langen Stahlseilen, die am Grund verankert waren, wurde die gesamte Anlage in der leichten Strömung gehalten. Nur äußerst widerwillig hatte Markus ihm heute Mittag auf seinem Hof die Pläne gezeigt, aber als er nochmals gedroht hatte, seinem Bruder Johannes von ihrem Geheimnis zu erzählen, war sein Widerstand dahingeschmolzen.

Jetzt würden sie mit ihrem Werk beginnen. Konrad würde dieses Netz übernehmen und sich dann gegen den Uhrzeigersinn vorarbeiten, Reto im Uhrzeigersinn, und in etwa zwanzig Minuten würden sie sich wieder treffen. Wenn alles gut ging. Während Konrad das Messer aus seinem Tauchsack holte, verschwand Reto in der Finsternis.

Er tauchte auf fünfzehn Meter Tiefe. Zügig begann er, die Maschen aufzuschneiden. Damit die Felchen den Weg in die Freiheit auch fanden, wollten sie das fünfzig Meter tiefe Netz auf etwa zehn Metern vertikal aufschneiden. Bis zum Morgen sollten die Felchen den Weg ins Freie entdeckt haben. Wie Butter schnitt das scharfe Messer durch die Maschen. Aber Fische sah er keine. Nach ein paar Minuten war die Sache vollbracht.

Beim zweiten Netz konnte er seine Neugier nicht zähmen und strahlte mit der Lampe kurz ins Gehege. Die Fische zogen einige Meter über ihm im Kreis, nah an der Oberfläche und am Netz, und warteten auf den nächsten Futterregen. Neugierig schwammen sie ins Licht. Ich muss weiter hoch, dachte er und schnitt das Netz bis etwa zwei Meter unter der Oberfläche durch.

Beim fünften Netz kam er leicht außer Atem. Er sah auf die Uhr: Es wurde knapp. Kurz darauf befand sich Reto neben ihm und nickte ihm zu: Mission vollbracht. Der erste Teil.

Der schwierige Part kam jetzt. Jetzt ging es darum, die Stahlseile, die die Pontonanlage mit einer Betonverankerung am Grund verbanden, zu durchschneiden. Wäre das geschafft, würden die Netzkäfige mit Wind und Strömung ans Ufer driften. Sie wollten ja nicht nur die Fische befreien, sondern auch die Anlage zerstören.

Um die vier Seile zu finden, die in einem leichten Winkel von der Anlage weg zum Grund abfielen, mussten sie nah an die Oberfläche. Das hatten sie Paul besser nicht erzählt. Dessen Nerven waren schon strapaziert genug und stärker gespannt als die Stahlseile hier. Sie tauchten auf eine Tiefe von drei Metern und schwammen wieder auf entgegengesetzten Wegen um die Käfige.

Das erste Stahlseil fand Konrad schnell. Er umfasste es und folgte ihm auf acht Meter Tiefe ins Dunkle hinab. Dann holte er die Unterwasser-Flex aus der Tasche und legte los. Unerträglich dröhnte es in seinen Ohren, als die Schneide ins Stahlseil schnitt. Brandstätter musste es hören. Aber es konnte gut sein, dass der sich eine Schnapsflasche gegen die Nasenschmerzen und die Langeweile mitgebracht hatte und inzwischen ein Nickerchen machte.

Es ging schneller als gedacht. Der untere Teil des durchtrennten Seils sackte in die Tiefe, der obere schwebte senkrecht wie ein toter Aal im See.

Kurz darauf fand er das zweite Stahlseil, tauchte wieder hinab, ertrug das Dröhnen und durchschnitt das Seil. Da fiel plötzlich von oben Licht ins Wasser. Ein starker Lichtkegel glitt suchend durch die Fluten und blieb auf ihm stehen. Dann ein Knall, wie ein Schuss!

Konrad erstarrte. War er getroffen? Hatte der Verrückte wirklich geschossen? Er schwamm aus dem Lichtkegel und ließ sich tiefer sacken. Ein Klopfen war zu hören, als würde oben jemand gegen Metall schlagen. Und waren da nicht Rufe? Konrad rührte sich nicht, ließ sich einfach tiefer sinken und sah sich um, während sein Herz wild pochte. Der Scheinwerfer hatte ihn nicht wiedergefunden, suchend glitt der Kegel durch die Fluten. Ob Reto bereits mit den anderen beiden Seilen fertig war?

Er setzte mit der Lampe in mehrere Richtungen die vereinbarten Alarmsignale ab, aber Reto antwortete nicht. Vielleicht war er schon auf dem Weg zurück. Schnell gab er auf dem GPS-Gerät den POI ein, der ihn zurück auf die Mainau zu Paul führen würde, und schwamm los.

Bald war von den Tritten, Rufen und Lichtstrahlen nichts mehr zu hören und zu sehen. Allmählich entspannte er sich wieder. Das schwarze Wasser umschloss ihn wie eine weiche Haut. Auch im Kopf wurde er wieder ruhiger. Selbst wenn Reto es nicht geschafft haben sollte, beide Seile zu durchschneiden, die Fische waren frei, die Netze kaputt, die Anlage ruiniert. Sie hatten getan, was getan werden musste, und morgen, wenn es bekannt würde, würde die Welt am Bodensee nicht mehr so sein, wie sie es heute noch gewesen war.

Wieder schaute er auf den Bildschirm seines GPS-Geräts, doch etwas stimmte nicht: Er war schwarz, so wie das Wasser um ihn herum. Er klopfte mit einem Finger auf den Bildschirm, doch nichts passierte. Er hatte den Akku doch heute Morgen überprüft! Und er hatte nur noch für zehn Minuten Luft.

Sein Herz schlug schneller. Er schaltete die Lampe ein und drehte sich einmal im Kreis, doch Reto antwortete nicht. Er versuchte es noch einmal und blieb wieder ohne Antwort. Auftauchen konnte er nicht, Brandstätter würde schießen. Er spürte, wie Panik in ihm aufstieg. Weitertauchen wäre zwecklos und gefährlich, er würde im Kreis schwimmen oder sogar zurück zu den Käfigen!

Plötzlich stieß ihn etwas an, das Herz blieb kurz stehen, da schon wieder! Er wurde gestoßen, von überall! Es waren kleine Körper, die gegen seinen rammten, immer dichter drängten sie sich um ihn, als wollten sie ihn erdrücken! Was war das hier, mitten im See? War er verrückt geworden? Er fuhr herum, schaltete die Lampe an und traute seinen Augen nicht. Es waren Felchen, ein gewaltiger Schwarm, Hunderte, Tausende dicht gedrängte Leiber. Brandstätters Zuchtfelchen hatten ihren Weg in die Freiheit gefunden! Silbern glänzten ihre schlanken Leiber im Licht, wie Glassplitter wirbelten und schossen sie um ihn herum und schwammen gegen ihn und das Licht, und seine Schläge schienen ihnen überhaupt nichts auszumachen! Im Gegenteil, es war fast so, als zöge das Licht sie an.

Schon wusste Konrad nicht mehr, wo oben und wo unten war, immer dichter drängten sich die Tiere an ihn, stießen gegen Brille und Atemschlauch, gegen Flossen und Sauerstoffflasche. Vor seinen Augen war ein einziges Blinken und Flirren, sodass er schützend die Arme vors Gesicht hielt … Die Millionen Brandstätterfelchen schienen sich zu einem einzigen, gewaltigen Schwarm zusammengeschlossen zu haben, und er steckte mittendrin.

Nur keine Panik, rief er sich zu, aber sie hatte ihn längst erfasst. Er zwang sich, still zu sein, sich einfach sinken zu lassen, denn irgendwo musste der Schwarm ja aufhören, bis auf den Grund würde er schon nicht reichen.

Konrad sank, sackte in die Tiefe, aber der Fischschwarm hörte und hörte nicht auf! Und sank er überhaupt? Oder hielten die Fische ihn in ihrer Mitte? Oder merkte er nicht, wie er sank?

Er griff nach der Tiefenanzeige. Er war schon auf fünfundzwanzig Metern, viel zu tief, er musste schnell hoch, er hatte ja kaum noch Luft! Aber wie sollte er durch diese Mauer aus Fischen?

Würde er hier sterben? War der See sein Grab? Vielleicht würde er ihn für immer behalten, würden die Strömungen ihn wer weiß wohin ziehen, und Konrad Kaltenbacher bliebe für immer verschwunden.

Er schloss die Augen. Spürte, wie die Fischleiber gegen ihn stießen. Hallo, Elisabeth, dachte er, jetzt sehe ich dich gleich wieder.

42

Alexandra wartete an der Alten Rheinbrücke auf ihn. Sie lächelte und wirkte verlegen.

»Tut mir leid, dass ich dich gestört habe«, sagte sie. »Ich weiß nur gerade nicht, wo mir der Kopf steht.«

Martin lächelte. »Willkommen im Club.«

»Geht dir der Fall so nahe?«

»Nein. Doch.« Er seufzte. »Meine Ehe ist am Ende. Meine Frau möchte mich verlassen, wie es aussieht. Aber darüber will ich jetzt gar nicht reden. Ich habe mich gerade bei meinem Freund Frank Zwille ausgeweint.«

»Zwille? Moment mal, so ein dunkler Riese mit Lederklamotten?«

»Und woher kennst *du* den?«

»Er war gestern Abend im ›Rostfleck‹.«

Martin grinste. »Das ist eines seiner bevorzugten Wasserlöcher. Er ist übrigens ein großer Fan von dir und verfolgt deine Berichte. Auch wenn du ihm nicht links genug bist.«

Alex lächelte. »Das will aber was heißen! Wollen wir laufen? Richtung Hörnle?«

»Gern!«

Sie gingen los. Die Seestraße war bevölkert, obwohl es schon nach Mitternacht und kühl geworden war. Kids saßen mit Weinflaschen am Wasser. Ein Liebespaar auf einer der Bänke unter den Platanen küsste sich. Wo das hier wohl hinführen würde, dachte Martin.

Alex erzählte vom Überfall der letzten Nacht und von ihrem Verdacht.

Martin wiegte den Kopf. »Erst trifft er sich mit dir, und dann überfällt er dich? Hm, na ja, dumm genug für so eine Aktion ist er. Das traue ich ihm schon zu. Jedenfalls solltest du die Polizei informieren. Und ich werde ihm auch noch einmal auf den Zahn fühlen. Aber worum geht es ihm? Will er dich davon abhalten, weiter nach deiner Mutter zu suchen?«

»Oder die Brandstätter-Brüder wollen verhindern, dass ich über ihre Aquakultur schreibe. Jedenfalls meint das mein Vater.«

»Du hast mit ihm gesprochen?«

»Heute Morgen.«

»Oh!«

»Es ging vor allem um Johannes Brandstätter. Über uns haben wir nicht geredet. Wir haben eigentlich überhaupt nicht viel geredet. Und am Ende hat er mich sogar gebeten, als Journalistin für die Fischer zu kämpfen.«

»Wie hat es sich angefühlt?«

Sie seufzte. »Gut. Zu gut, um ehrlich zu sein. Jahrelang habe ich mir eingebildet, ihn zu hassen. Ich habe ihn für alles verantwortlich gemacht: dass er meine Mutter vertrieben und dass er sie umgebracht hat. Und jetzt? Habe ich Mitleid mit ihm. Mache ich mir Vorwürfe. Glaube ich nicht mehr, dass er etwas mit Elisabeths Tod zu tun hat. Wenn sie überhaupt tot ist. Ich bin mit ihm zum Fischen raus, so wie früher als Kind. Die meiste Zeit haben wir schweigend miteinander im Boot gesessen, und da habe ich mich am wohlsten gefühlt.«

Martin lächelte.

»Wie siehst du das?«, fragte sie. »Hältst du es für möglich, dass er Elisabeth umgebracht hat?«

»Ich weiß es nicht. Jedenfalls hat dein Vater heute Nachmittag Markus Brandstätter vermöbelt und seinen Hund umgebracht.«

»Was?«

»Der Hund hat ihn wohl angegriffen. Er hieß übrigens Lizzy.« Er holte tief Luft. »Ich habe deinem Vater gestern erzählt, dass Elisabeth möglicherweise eine Affäre mit Markus hatte. Das war dumm.«

»Vielleicht auch nicht. Wenn mein Vater ihn jetzt verprügelt, heißt das ja auch, dass er von dem Verhältnis vorher nichts wusste. Das entlastet ihn, oder nicht?«

»Sofern es dieses Verhältnis überhaupt gegeben hat.«

»Hat es. Ich habe mit Markus gestern im ›Rostfleck‹ darüber geredet. Er wollte es nicht zugeben, aber sein Blick sprach Bände. Da war was, glaub mir. Zumindest hatten sie eine Affäre.«

»Ist Markus Brandstätter wirklich der passende Typ für deine Mutter gewesen?«

Alex zuckte mit den Achseln. »Ich habe ihn gestern als sympathischen Mann kennengelernt. Ich kann mir gut vorstellen, dass er ein einfühlsamer Liebhaber ist.«

Mit großen Augen sah er sie an, Alex grinste und hängte sich bei ihm ein. Martin gefiel das und dann auch wieder nicht: In Konstanz gab es schnell Gerede. Aber seit der Schmugglerbucht waren sie kaum jemandem mehr begegnet, und der Weg zum Hörnle war nur spärlich beleuchtet.

»Den See vergisst man nicht«, sagte Alex wehmütig. Vor ihnen lag die Konstanzer Bucht wie ein schwerer schwarzer Spiegel, drüben am anderen Ufer flimmerten die Lichter von Bottighofen und Münsterlingen. »All die Jahre hat mir mein Gefühl gesagt, dass meine Mutter damals weggelaufen ist. Dass sie noch lebt.«

»Wie haben sich deine Eltern eigentlich kennengelernt?«

»Meine Mutter hat als Küchenhilfe in einem Hotel auf der Reichenau gearbeitet, das mein Vater mit Fisch beliefert hat. Sie hat die Fische entgegengenommen. Und irgendwann hat sie ihn zu einem Spaziergang zum Sandseele eingeladen. Mein Vater hätte sich das nie getraut. Dort haben sie dann zusammen Eis gegessen und auf den See gesehen. Wahrscheinlich hat nur meine Mutter geredet, und mein Vater saß da wie ein Stockfisch. Aber wie du weißt, ist etwas Romantischeres als ein Sonnenuntergang am Sandseele kaum vorstellbar.«

»Höchstens ein nächtlicher Spaziergang zum Hörnle«, sagte Martin.

Alex lächelte. »Jedenfalls hat es der Liebe auf die Sprünge geholfen. Also, bei meinen Eltern.«

»Klar.«

Links von ihnen dampfte das Thermalbad, rechts weitete sich die Bucht zum Obersee. Wäre das Wasser weg, läge vor ihnen ein tiefes Tal, und sie stünden am Hang eines Berges. Martin kannte die Tiefenverhältnisse vom Angeln: Gleich hinter dem Leuchtturm am Hörnle fiel der See steil auf fast hundert Meter Tiefe ab, bis Fischbach ging es noch einmal hundertfünfzig Meter tiefer.

Am Hörnle waren sie allein. Es war fast Vollmond, und er warf sein blasses Licht auf die Wiesen. Alex hatte sich noch immer bei ihm eingehakt.

»Dort auf dem Schwimmsteg hat meine Mutter nach dem Joggen immer gelegen«, sagte Alex und zeigte auf den See. »Und vielleicht auch ihren Liebhaber getroffen.«

Sie gingen runter an den Kiesstrand.

»Wie warm ist das Wasser jetzt eigentlich?«, fragte sie.

»Vierzehn Grad. Höchstens.«

»Wie wär's, schwimmen wir rüber?«

»Was? Jetzt? Bei der Kälte?«

»Du Weichei! Ich dachte, du warst mal Soldat.«

»Ich habe keine Badehose an.«

»Oh mein Gott!«, sagte Alex, als wäre sie furchtbar erschrocken. Sie steckte ihre Mähne hoch und begann sich auszuziehen. »Du brauchst dir keine Sorgen zu machen. Ich weiß, wie hässlich nackte Männer aussehen.«

Was blieb ihm da schon anderes übrig? Geheuer war es ihm nicht, in keinerlei Hinsicht. Er sah zu, wie Alex sich vor ihm entblätterte. Sie hatte schöne Brüste, nicht so groß und rund wie die von der Imperia oder Elsa, eher wie knackige Äpfelchen.

Sie sah seinen Blick, lächelte und lief zum Wasser. Was für ein traumhafter Hintern, dachte Schwarz. Wenn er sich nicht blamieren wollte, musste er jetzt mit.

Das Wasser war so kalt, dass die Haut sich im ersten Moment anfühlte, als wäre sie verbrannt. Seine Lungen zogen sich vor Schreck zusammen, und die Luft blieb ihm weg. Alex kraulte schnell zum Floß, er bemühte sich hinterherzukommen. Die Unterhose hatte er angelassen, immerhin war er ein verheirateter Mann, und außerdem wirkte sich das kalte Wasser nicht optimal auf gewisse Größenverhältnisse aus.

Dann hatte er es geschafft. Alex lag mit aufgestützten Ellenbogen, in ihrer ganzen wunderbaren Nacktheit, auf dem vom Mond beschienenen Steg. Sie hatte Gänsehaut, zitterte und stand schon wieder auf, als er sich die Leiter emporzog. Gott sei Dank, sonst hätte er sich womöglich neben sie gelegt und sie geküsst.

»Bist du auch schon da«, sagte sie spöttisch und schaute missbilligend auf seine Unterhose.

Ihre Schönheit machte ihn beklommen.

Sie war zum Greifen nah.

Da hörten sie Motorengeräusch. Beide blickten sie auf den See. Ein Fischerboot ohne Licht fuhr in hoher Geschwindigkeit an ihnen vorbei ums Hörnle. Alex verfolgte es mit ihrem Blick.

»Auf geht's!«, rief sie und sprang kopfüber ins schwarze Wasser.

Später lagen sie erschöpft im Bett ihres Hotelzimmers. Sie schwitzten und hielten sich eng umschlungen, als steckte ihnen der kalte See noch in den Knochen. Alex wusste, was sie wollte, und hatte die Führung übernommen. Er hatte auf dem Rücken gelegen, die Dinge geschehen lassen und ihre Brüste geküsst, auch den Eisvogel, während sie ihre Hüfte langsam auf und ab bewegte. Er schaffte es gerade so, auf sie zu warten, und dann drückte sie ihr Becken fest gegen seinen Schoß. Sie stöhnten beide laut auf und sahen sich dabei in die Augen, wobei ihre zwischen all den Strähnen und Locken nur schwierig auszumachen waren.

Alex löste sich aus seiner Umarmung und steckte sich eine Zigarette an. Martin hätte auch Lust auf eine. Aber er hatte seinem Körper in Afghanistan und den Jahren danach zu viel zugemutet, und so etwas wie gerade eben wollte er noch öfter erleben. Diese Nacht würde er nie vergessen, auch wenn es vielleicht nicht ganz in Ordnung war, dass er hier lag. Aber diese Erinnerung würde etwas für die dunklen Tage sein, sollten sie kommen, um wieder Licht ins Leben zu lassen. Und Zwille hatte recht: Es tat verdammt gut! Morgen würde er Elsa in die Wüste schicken.

Irgendwie ist mein Job doch cool, dachte Martin. Von den drei Frauen, mit denen er nach Afghanistan geschlafen hatte, hatte er zwei über seine Arbeit kennengelernt. Zwei schöne, charakterstarke, wenn auch nicht einfache Frauen.

Aber einfach war er ja auch nicht.

»Einfach«, das klang fad.

»Nicht schlecht, Schwarz«, meinte Alex und grinste süffisant. »So für einen alten Mann.«

Schwarz, so hatte Elsa ihn auch immer genannt.

Sie war die erste der drei Frauen gewesen. Ihre Liebesnacht in seiner Trinkerhöhle hatte wie ein Wunder gewirkt und ihn zurück ins Leben gespült. Ohne Elsa würde er vielleicht nicht hier mit Alexandra liegen.

Hatte er sie jetzt betrogen?

Er betrachtete Alexandras Äpfelchen und beschloss, sie noch einmal zu küssen, diese kleinen Wunderwerke. Alex sah seinen Blick und lächelte, als er sich zu ihr beugte.

Eins hatte Martin Schwarz im Leben gelernt: falsche Fragen nicht zur falschen Zeit zu stellen.

43

Martin traute seinen Ohren nicht, als er frühmorgens auf SWR3 von den zerstörten Netzgehegen und einem damit in Verbindung stehenden Todesfall hörte. Sofort klickte er auf die Website der SÜDZEITUNG.

Oh mein Gott, dachte er, als er ein Foto von Markus Brandstätter sah. Er hatte Wachdienst auf der Anlage gehabt, war nach ersten Erkenntnissen in der Nacht bewusstlos geschlagen und dann in den See geworfen worden. Erst am frühen Morgen hatte ein Hundebesitzer die Leiche am Litzelstetter Ufer entdeckt.

Auch die Netzkäfige waren vom Ostwind in die Bucht getrieben worden, wo sie einige im Bojenfeld liegende Segelboote gerammt und schwer beschädigt hatten. Die Fische, las Martin, seien alle entwichen, die Netze durchgeschnitten worden. Zusammen mit der verlorenen Fischernte ging man von einem Schaden in zweistelliger Millionenhöhe aus. Gerade wurden die demolierten Käfige zum Allmannsdorfer Fährhafen geschleppt, wo sie eingehender untersucht werden sollten.

Er fand auch ein Video mit Landrat Nägele. Zutiefst besorgt, aber auch weltmännisch-souverän blickte er in die Kamera. »Ich habe immer wieder davor gewarnt«, sagte er mit Grabesstimme, »aus unserem Bodensee einen Fischmastteich zu machen. Jetzt haben wir die Katastrophe. Beten wir zu Gott, dass unseren Wildfelchen nichts passiert. Ich kann nur hoffen, dass unsere Berufsfischer mit diesen Mastfelchen kurzen Prozess machen und sie schnell aus dem See rausfangen.«

Das war es dann wohl mit der Aquakultur am See, dachte Martin. Er fand auch ein Video aus der Nacht mit Johannes Brandstätter.

»Mein Bruder!«, rief ein von den schrecklichen Ereignissen sichtlich gezeichneter Johannes, »die haben meinen Bruder auf dem Gewissen! Die wollen mich nicht nur ruinieren, die wollen mich vernichten!«

»Wer?«, fragte ein junger Journalist. »Wen haben Sie in Verdacht?«

»Fanatiker. Verrückte! Dieselben, die die Kormoranbäume in Brand gesteckt haben. Fragen Sie den Berufsfischer Konrad Kaltenbacher. Fragen Sie den! Er hat gestern meinen Bruder krankenhausreif geprügelt, um an die Pläne der Anlagen zu kommen. Jetzt ist mein Bruder tot. Und meine Anlage zerstört.«

Brandstätter wirkte zutiefst erschüttert. Da fiel Martin ein, dass gestern Nacht am Hörnle ein Fischerboot vorbeigefahren war. Es hatte ausgesehen wie das vom Paul Lemprecht. Und der war mit Kaltenbacher befreundet.

»Ich kann jetzt einpacken«, sagte Brandstätter. »Dabei wollte ich nur das Beste für die Menschen am See.«

Es folgte ein Schnitt zu Kommissar Steck vom Polizeipräsidium Konstanz.

»Selbstverständlich gehen wir diesem Hinweis von Johannes Brandstätter, dem ich für seinen Verlust mein tiefes Mitgefühl ausgesprochen habe, intensiv nach. Wie allen anderen auch.«

»Sie vermuten die Täter im Berufsfischermilieu?«

»Ich vermute nicht, ich ermittle.«

»Stimmt es, dass Konrad Kaltenbacher verschwunden ist?«

»Er ist im Moment nicht erreichbar. Wir wissen nicht, wo er sich aufhält. Wir hoffen allerdings, dass er sich schnellstmöglich mit uns in Verbindung setzt.«

»Wer käme denn noch in Betracht? Radikale Naturschützer? Alte Feinde Brandstätters?«

Steck zuckte die Achseln. »Ich befeuere hier keine Spekulationen.«

Martin Schwarz schüttelte den Kopf. Das war ein Ding. Und ja, die Zerstörung der Netzgehege traute er Konrad Kaltenbacher auf jeden Fall zu. Aber einen Mord oder Totschlag? Hatte Markus ihn entdeckt, als er dabei war, die Netzgehege zu zerstören? Wollte Konrad sich an Markus Brandstätter rächen, weil der vor fünfzehn Jahren eine Affäre mit seiner Frau gehabt hatte? Oder weil Markus sie auf dem Gewissen hatte? Vielleicht würde sein Gespräch im Kommissariat weiterhelfen.

Kriminalhauptkommissarin Malena Henke hatte eigentlich gar keine Lust, mit ihm zu reden. Zum einen, weil sie wegen des Todes von Markus Brandstätter alle Hände voll zu tun hatte, zum anderen, weil Martin gerade über ihn sprechen wollte. Henke hatte damals im Fall der versuchten Vergewaltigung vor sechzehn Jahren ermittelt. Dörflinger hatte das Gespräch über seinen Spezi Steck ermöglicht.

»Geben Sie mir die Kurzform«, sagte Martin. »Ich will Sie wirklich nicht lange aufhalten. Aber vielleicht können meine Ermittlungen ein wenig zur Lösung des Falls beitragen.«

Malena Henke seufzte und schaute in die Fallakte. »Es war im August während des Reichenauer Fischerfests. Die betroffene Frau war eine Konstanzerin, die zu lange gefeiert und zu viel getrunken hat. Nach dem Fest wollte sie mit dem Fahrrad nach Hause. In der Nähe der Kirche Sankt Georg hat ein Mann sie überfallen und sie und das Fahrrad ins Gebüsch gezerrt. Er hat ihr Bluse, Rock und Slip vom Leib gerissen, und weil die Frau völlig konsterniert und ziemlich betrunken war, hat sie sich erst nicht gewehrt. Doch als Brandstätter sie penetrieren wollte, fing sie an zu schreien, der Täter hielt ihr den Mund zu, woraufhin sie ihm in die Hand biss. Andere Festheimkehrer wurden auf die beiden aufmerksam und kamen der Frau zur Hilfe. Markus Brandstätter wollte fliehen, aber zwei Männer konnten ihn an der Jacke packen. Der Täter floh, aber ohne seine Jacke. Es war eine ziemlich teure Lederjacke, ein Designerstück. Das war nicht viel, aber immerhin hatten wir etwas. Wir begannen zu ermitteln. Doch schon am folgenden Nachmittag erschien Markus Brandstätter bei uns und hat alles gestanden.«

»Warum ist er gekommen?«

»Wegen der Jacke. Er hatte sie sich erst vor Kurzem gekauft, und so ein teures Stück fällt auf. Er hat sich wohl ausgerechnet, dass wir ihn irgendwann finden würden und dass ihm ein Geständnis hilft.«

»Gab es eine Gegenüberstellung?«

Henke nickte. »Die Frau hat ihn erkannt, eindeutig: dieselbe Statur, dieselbe Frisur, dasselbe Gesicht.«

»Seine Motive?«

»Markus Brandstätter war nach unseren Ermittlungen ein Mann voller Minderwertigkeitsgefühle. Er hatte nach seinen Aussagen noch nie eine sexuelle Beziehung gehabt. Frauen konnte er nicht auf Augenhöhe begegnen. In der Nacht eine Frau zu überfallen, ihr Gewalt anzutun und zu verschwinden, das ging offenbar. Der Fall war eindeutig. Warum zweifeln Sie daran, dass Brandstätter die Frau vergewaltigt hat?«

Martin kramte eines der Fotos aus der Tasche, das Heinz vom Lehrer Braun erhalten hatte und die Brüder Brandstätter als junge Männer zeigte. Er schob das Foto über den Schreibtisch.

»Und?«, fragte sie.

»Die Brüder sahen sich früher einmal sehr ähnlich.«

Henke schüttelte den Kopf. »Und Sie glauben, Johannes hat die Frau überfallen, und Markus ist dann für ihn in die Bresche gesprungen? Warum hätte Markus das tun sollen?«

»Johannes war schon immer sehr dominant. Und hatte Geld. Womöglich hat er Markus Versprechungen gemacht, zum Beispiel in Hinblick auf den Hof ihrer Mutter. Möglicherweise hat er ihm auch das Jahr in Thailand finanziert.«

»Das ist sehr spekulativ.« Kommissarin Henke sah ihn skeptisch an. »Aber in einem Punkt hatten Sie recht.«

»Womit?«

»Markus Brandstätter saß im Wagen von Elisabeth Kaltenbacher. Wir haben seine DNA-Spuren darin gefunden.«

»Das gibt es nicht!« Martin überlegte. »Aber dann passt das ja noch weniger. Markus hatte also höchstwahrscheinlich zur Zeit der Vergewaltigung eine Beziehung zu einer verheirateten Frau. Und die war schön und selbstbewusst.«

»Bisher wissen wir nur, dass Markus Brandstätter in Elisabeth Kaltenbachers Auto saß.«

»Aber das Ganze macht Ricks Behauptung, dass die beiden eine Affäre hatten, viel wahrscheinlicher. Möglicherweise hatten Elisabeth Kaltenbacher und er Streit. Vielleicht hat sie sich von ihm getrennt oder ihn sonst irgendwie gedemütigt.«

»Trotzdem muss es nicht stimmen.«

Da klingelte Henkes Telefon. »Was?«, entfuhr es ihr. Sie atmete heftig aus, und ihr Gesicht nahm einen ernsten Ausdruck an. »Das kann ja wohl nicht wahr sein«, sagte sie und blickte irritiert zu Martin Schwarz.

Sie legte auf. »Sorry, ich muss los. Aber wir reden noch. Ich rufe Sie an.«

44

Martin parkte in einiger Entfernung von Malena Henkes Wagen. Gerade stieg sie aus. Er war ihr hierher auf die Reichenau gefolgt. Martin ahnte, wohin sie gehen würde: Sie waren ganz in der Nähe von Konrad Kaltenbachers Grundstück. Er schritt durch die Büsche bis zum Absperrband der Polizei. Auf dem Grundstück liefen Beamte der Spurensicherung in weißen Anzügen umher. Einige hatten Hacken und Schaufeln in der Hand. Steck stand mit verschränkten Armen vor dem Haus und ließ sich gerade Bericht erstatten. Was ging hier vor? Da klingelte sein Smartphone. Dörflinger war dran.

»Weißt du, wer letzten Abend Tina Gerbener besucht hat?«

»Lass mich raten: Johannes Brandstätter.«

»So sieht es aus. Aber er ist keine zehn Minuten geblieben.«

Martin schüttelte den Kopf. »Erklär mir das: Erst versucht er, Tina Gerbener zu vergewaltigen, dann besticht er sie, dass sie aussagt, sein Bruder Markus sei es gewesen, und später entwickelt sich eine wunderbare Freundschaft?«

»Ich glaube, mit Freundschaft hat das nichts zu tun. Hier geht es um handfeste Dinge. Der Brandstätter sah ziemlich zerknirscht aus, als er ihre Wohnung verließ. Wahrscheinlich hat die Gerbener ihn einbestellt, und er soll noch einmal Schweigegeld zahlen. Die Wohnung hat Tina Gerbener übrigens zwei Jahre nach der versuchten Vergewaltigung gekauft.«

»Ach!«

»Soll ich einmal mit ihr sprechen?«

»Versuch es, aber da beißt du auf Granit. Wenn sie dich überhaupt reinlässt. Ich –«

»Aha, der Herr Schwarz!«

Erschrocken fuhr Martin herum. Hinter ihm stand Malena Henke mit hochgezogenen Augenbrauen und einem süffisanten Grinsen.

»Heinz, ich muss Schluss machen. Ich werde gerade fest-genommen.«

»Wie bitte?«

»Ich melde mich später.«

»Also, im Verfolgen sind Sie kein Meister«, meinte die Henke.

»Ich dachte, ich wäre ganz gut.«

»Tja. Wie das mit dem Denken so ist.«

»Sie haben die Überreste von Elisabeth Kaltenbacher ge-funden, stimmt's?«

Überrascht sah Henke ihn an. »Im Kombinieren scheinen Sie besser zu sein.«

Martin grinste.

»Wir wissen noch nicht, wer es ist. Aber es sind die Knochen einer Frau.«

»Sie haben einen Hinweis erhalten, dass Elisabeth Kalten-bacher hier liegt. Lassen Sie mich raten: anonym.«

Henke nickte anerkennend und verschränkte die Arme vor der Brust. »Ich glaube, Sie sollten mich jetzt mal auf den vollum-fänglichen Stand Ihrer Ermittlungen bringen. Ich bin ja schon in Vorleistung getreten.«

Fassungslos saß Alexandra in dem Sessel vor dem Fenster ihres Hotelzimmers. Das Bett war noch zerwühlt, heute früh in der Dämmerung hatten sie sich darin ein letztes Mal geliebt. Alex starrte nach draußen, wo der Verkehr geräuschlos über die Reichenaustraße glitt. Auch sonst war nichts zu hören, und Martin wagte kaum zu atmen. Sollte er zu ihr gehen und sie in den Arm nehmen? Nein, dachte er, nach einer solchen Nachricht braucht man erst mal keine Nähe. Es war gut, dass jemand da war, aber Berührungen wären ihm in einem solchen Moment unerträglich.

Eigentlich hätte er schon längst Kim abholen müssen. Er hatte im Kindergarten angerufen, dass er sich verspäten würde. Frau Scholl hatte nicht begeistert geklungen. Er hätte seine Mutter bitten können, hatte sich das aber nicht getraut. Denn als er am Morgen frisch geduscht und mit dieser Aura, die man nach einer wilden Liebesnacht nun einmal hat, zu Hause eingetroffen war, hatte sie ihn mit diesem Was-bist-du-nur-für-ein-schrecklicher-Sohn-Blick angeschaut.

Alex starrte immer noch hinaus. »Und es ist sicher, dass es Elisabeth ist?«

»Die Polizei hat einen anonymen Hinweis erhalten, dass ihre Überreste im Garten deines Vaters liegen. Im Treibhaus hat man tatsächlich die Knochen einer Frau gefunden, mehr weiß man noch nicht. Sie sind schon auf dem Weg in die Freiburger Rechtsmedizin. Wenn du magst, fahre ich dich später dorthin.«

Sie nickte, wie abwesend. »Ich habe so fest daran geglaubt, dass meine Mutter noch lebt. Dass sie eines Tages zurückkehren und mich in die Arme schließen würde. Und jetzt ist sie tot, und mein Vater hat sie umgebracht.«

»Das wissen wir nicht«, meinte Martin und schloss die Augen. Er wusste nur zu gut, was in ihr vorging, kannte den qualvollen Schmerz. Sein Vater war gestorben, als er noch ein Kind gewesen war. Vor Martins Augen war er in einem Eisloch im Untersee verschwunden. Die Erinnerungen waren noch so frisch, als wäre es gestern passiert, er sah es genau vor sich, wie der Vater versuchte, sich auf dem brüchigen Eisrand hochzustemmen. Sie waren zusammen zum Schlittschuhfahren gegangen und zu weit hinausgefahren.

Er, Martin, war in seinem Übermut zu weit hinausgefahren. »Komm zurück«, hatte der Vater gerufen und war ihm gefolgt, weil er nicht hören wollte. Und vielleicht hätte er ihn retten können, aber der Vater befahl ihm, stillzuhalten und sich nicht dem Eisloch zu nähern, während er bis zur Brust im kalten Wasser steckte und versuchte, sich mit klammen Fingern im Eis festzukrallen. Martin stand da wie gelähmt. Seinem Vater stand der Tod in den Augen, und er wollte seinen Sohn retten. Und hatte damit, ohne es zu wollen, den Keim einer überlebensgroßen Schuld in ihn gepflanzt.

Auch die Leiche seines Vaters war nie gefunden worden. Der See hatte sie behalten. Noch lange hatte Martin sich vorgestellt, dass sein Vater auf wundersame Weise doch überlebt hatte. Es gab diesen Traum, wie er mit triefenden Kleidern lachend im Garten stand und Martin ihm um den Hals fiel. Erst letzten Monat hatte er ihn wieder geträumt.

»Warum war ich so naiv?«, fragte Alex die schalldichte Fensterscheibe. »Warum habe ich mich so verrannt?«

Weil du vor dem Schmerz geflohen bist, dachte Martin. Und nicht wahrhaben wolltest, dass dein Vater der Mörder deiner Mutter ist. Und wahrscheinlich hat er auch Markus Brandstätter auf dem Gewissen.

Doch wer hat gewusst, dass Elisabeth in Kaltenbachers Garten vergraben liegt?, überlegte Martin weiter. Oder hat Konrad Kaltenbacher selbst der Polizei den Hinweis gegeben? Will er sich umbringen und davor der Welt noch mitteilen, was er getan hat?

Über eine Stunde zu spät parkte Martin vor dem Kindergarten an der Maria-Hilf-Kirche. Er blickte zu dem großen, dreieckigen Kirchenbau aus den betonverliebten 1960ern, der im Volksmund Seelenabschussrampe hieß, und überlegte, was seine Seele eher in den Himmel katapultieren würde: seiner Geliebten den Tod ihrer lang vermissten Mutter persönlich mitzuteilen oder seine Tochter pünktlich vom Kindergarten abzuholen. Beides zusammen wäre ja nicht gegangen.

Martin wusste es nicht. Hinter dem Kindergarten lag der Lorettowald, und er musste wieder an Alexandra denken.

Kim saß mit verweinten Augen auf der Kinderbank vor den Kleiderhaken, und zum zweiten Mal an diesem Tag brach es Martin fast das Herz. Als sie ihn sah, wischte sie sich schnell die Tränen fort.

»Sonst sind schon alle weg, Paps!«, meinte sie in einem vorwurfsvollen Ton, den sie von ihrer Oma gelernt hatte. »Ich warte schon ziemlich lang, weißt du?«

»Tut mir leid, Zauberfee. Aber du glaubst nicht, was mir gerade passiert ist!«

»Was?«, fragte sie, halb motzig und halb neugierig.

Er machte eine Kunstpause, als wäre er noch immer fassungslos.

»Ich habe eines von den Mainau-Gespenstern gesehen.« Kims Augen wurden sofort riesengroß. »Was? Jetzt? Mitten am Tag? Wo?«

»Direkt am Parkplatz beim Lorettowald.«

Misstrauisch sah sie ihn an. »Und wie sah es aus?«

»Wie ein fliegender weißer Ball mit einem lachenden Gesicht. So ein bisschen wie das kleine Gespenst. Es war ein Mädchen.«

Er spürte die Vibrationen von Kims klopfendem Herzchen, als hätte er ein Seitenlinienorgan wie ein Fisch und könnte auch die leisesten Erschütterungen wahrnehmen.

»Und das ist wirklich wahr?«

Martin nickte schwer, als ginge es um ein Staatsgeheimnis.

»Aber psst!« Er senkte die Stimme. »Ist streng geheim!«

»Ich sag keinem was!«, flüsterte Kim.

»Ich glaube, es hat euren Kindergarten bewacht. Ich habe dir ja gesagt, dass es Schutzgeister sind.«

Kim nickte vor sich hin.

Er konnte hören, wie es in ihrem Hirn ratterte.

Martin fragte sich, ob ihn die Seelenabschussrampe nach dieser Geschichte vielleicht doch in den Himmel schießen würde.

In dem Moment kam Kims Erzieherin aus der Küche und sah ihn verärgert an, fast so wie die Amazone vor ein paar Tagen auf der Mainau wegen seines Hefeweizens. Offenbar hatte sie zugehört.

»Tag, Frau Scholl!«

»Ein Mainau-Gespenst, soso«, meinte Frau Scholl trocken.

»Haben Sie es auch schon entdeckt?«

»Nö. Kim hat bereits eine ziemlich überbordende Phantasie, wissen Sie das?«

»Wirklich? Das ist doch toll, oder?«

Frau Scholl wiegte den Kopf. »Vor Kurzem meinte sie, ihre Mutter wäre früher einmal eine Hexe gewesen, so mit allem Pipapo wie Zaubertränke brauen und Gewitter herbeiwünschen. Außerdem wäre sie jede Nacht mit ihrem Besenstiel durch den Schornstein ihres Hexenhauses geflogen. Und sie hätte eine fette Warze auf der Nase gehabt. Aber dann hätte sie sich in Sie verliebt, und nach dem ersten Kuss wäre die Warze verschwunden und die Mama keine Hexe mehr gewesen.«

Martin wurde rot und sah streng zu Kim.

»Aber das stimmt!«, rief Kim. »Sie hat immer noch eine kleine Narbe auf der Nase!«

»Also Kim, du denkst dir da Sachen aus«, sagte Martin und schaffte es gerade so, nicht zu kichern.

Kim stemmte die Arme in die Hüften und sah ihn wütend an. Und traurig, weil das Gespräch auf Elsa gelenkt worden war. Natürlich, er hatte ihr die Geschichte einmal erzählt, so nach zwei Bierchen vor dem Einschlafen. Elsa hatte sie skandalös gefunden, doch ihm hatte die Vorstellung gefallen.

Er zwinkerte Kim zu. »Aber fliegen kann meine Frau immer noch«, sagte er dann laut zu Frau Scholl.

Die verdrehte die Augen und schlappte davon. »Männer!«, raunte sie.

»Echt jetzt?«, frage Kim erstaunt. »Die Mami kann fliegen?«

Martin nickte. »Aber nur in Vollmondnächten um Mitternacht.«

»Dann kann sie mich jetzt ja immer besuchen kommen, wenn sie in Waldshut ist!«

»Sie darf niemandem erscheinen, aber sie kann dich in deinen Träumen besuchen.«

Kim nickte traurig.

»Komm, jetzt schauen wir mal, ob das Mainau-Gespenst noch draußen ist.«

Da wurden ihre Augen wieder fröhlicher. »Das machen wir, Paps! Und weißt du was? Der Fritz hat mich zu seinem Geburtstag eingeladen, als einziges Mädchen!«

»Nein!«

Kim nickte ernst.

»Und gehst du hin?«

»Klar. Warum nicht? Außerdem hat er gefragt, ob ich in seiner Bande zweiter Boss sein will.«

»Und?«

»Ich glaube, ich mach es«, sagte Kim und lächelte stolz.

»Das finde ich super«, sinnierte Martin, »meine Tochter als Vize-Boss einer Gang. Das war als Junge immer mein Traum gewesen.«

45

Als Alexandra die Reste ihrer Mutter aufgebahrt in dem weiß gefliesten Raum der Freiburger Rechtsmedizin sah, verschwamm ihr Blick. Alle Knochen waren wie bei einem Puzzle aneinandergelegt und das Skelett so drapiert worden, als läge Elisabeth auf dem Rücken, mit Armen und Händen entspannt ausgestreckt. Der Schädel war zur Seite gedreht, als würde sie schlafen. Alexandra schloss die Augen und sah ihre Mutter vor sich mit ihren langen hellbraunen Haaren, wie sie zwischen Bäumen im Lorettowald stand. Ob sie jetzt, wenn sie wieder von ihrer Mutter träumte, dieses Skelett sehen würde?

Was hatte sie sich nur alles ausgemalt, um ihre Mutter in Gedanken am Leben zu halten. Dass sie es auf der Reichenau nicht mehr ausgehalten hatte und zurück nach Russland gegangen war. Dass ihre Mutter vielleicht noch einmal geheiratet und sie womöglich Halbgeschwister hatte. Dass sie zwar einerseits ein gutes Leben führte, sie andererseits aber Scham und Schuldgefühle quälten, weil sie ihre Töchter im Stich gelassen hatte ...

Nach solchen Gedanken hatte sie ihre Mutter vermisst und zugleich inbrünstig gehasst. Und sich kurz danach für den Hass geschämt. Wie jetzt, wo die Reste ihrer Mutter vor ihr auf einem Edelstahltisch lagen. Wie hatte sie glauben können, dass ihre Mutter sie verlassen hatte? Zeigte das nicht, wie selbstsüchtig sie war? War sie nicht genauso egozentrisch und starrsinnig wie ihr Vater?

Das war die Wahrheit: Ihre Mutter war tot. All die Jahre hatte sie vergraben im Garten hinter dem Haus ihres Vaters gelegen, während sie ihr insgeheim Vorwürfe gemacht hatte. Jetzt war die Ungewissheit fort, aber ebenso die Hoffnung gestorben, und die Scham wuchs ins Unermessliche und machte alles grau und kalt. Und was es noch grauer und kälter machte: Ihr Vater war, wie es aussah, der Mörder. Er hatte die Mutter verfolgt, hatte vielleicht gesehen, wie sie Markus Brandstätter küsste, und dann hatte er sie umgebracht. Oder sie hatte ihm gestanden, dass sie ihn verlassen wollte. Ihr Vater konnte so jähzornig wie besitzergreifend sein. Das war das Furchtbare: Sie konnte es sich gut, allzu gut vorstellen, wie und warum er sie getötet hatte. So konnte sie ihm nicht mehr fortlaufen. So konnte er ihre Nähe suchen, wann immer er wollte, ohne Angst zu haben, dass sie ihn verließ.

Ob er regelmäßig mit ihr sprach? War er deshalb aus dem Haus getreten, als er vor ein paar Tagen im Garten stand? Beriet er sich mit ihr? Machte er ihr Vorwürfe? Beleidigte, demütigte er sie? War es ihm eine Genugtuung, sie bestraft zu haben und jetzt vollständig zu besitzen? Und vielleicht antwortete sie ihm aus dem Grab.

Plötzlich berührte eine Hand sie an der Schulter.

Erschrocken fuhr sie zusammen.

»Der Professor wäre jetzt so weit«, sagte Martin leise zu ihr. Er hatte sie hierhergefahren. Auf den Wiesen oben im Schwarzwald lag gräulicher Schnee, die Bäume waren noch kahl, und sie hatten fast die ganze Zeit geschwiegen. Sie hielt sich an seinem Arm fest, als sie zum Büro des Rechtsmediziners schritten.

Professor Repnik war ein kleiner, freundlicher Mann mit einem kugeligen Bauch. Betroffen sah er Alex an, bleich und fassungslos, wie sie war, als sie zu dritt in seinem Büro saßen.

»Stell du die Fragen«, sagte sie zu Martin.

»Was können Sie uns erzählen?«, fragte er.

»Wir wissen anhand der Untersuchung des Gebisses, dass es sich eindeutig um Elisabeth Kaltenbacher handelt. Zur Bestätigung führen wir noch eine DNA-Analyse durch. Und sie ist nicht eines natürlichen Todes gestorben. Wir haben am Schädel einen größeren Terrassenbruch festgestellt, am Hinterkopf. Das heißt, ihre Mutter wurde mit einem stumpfen Gegenstand geschlagen, möglicherweise mit einem Hammer.«

Wie Lars Rick, dachte Martin.

»Sie wurde hinterrücks getötet?«, fragte er.

»Das ist anzunehmen. Der Schlag wurde von oben nach

unten durchgeführt. Vermutlich hat Frau Kaltenbacher gesessen, als sie erschlagen wurde. Ob die Verletzung allein zum Tod führte, wissen wir nicht. Der Schlag dürfte sie zumindest bewusstlos gemacht haben. Vielleicht hat der Täter sie danach noch erstickt, das können wir aber nicht mehr feststellen. Ansonsten haben wir keine weiteren Verletzungen an den Knochen entdeckt. Und das Skelett ist vollständig erhalten.«

»Wie lag sie in ihrem Grab?«, fragte Alexandra.

Repnik sah Martin kurz an. Der nickte. Da holte der Rechtsmediziner eine Fotografie aus einem Schnellhefter. Sie zeigte das freigelegte Skelett auf der Reichenau. Elisabeth lag zusammengekauert auf der linken Seite, die Beine angezogen.

»Ein Grab auszuheben und eine Leiche hineinzulegen ist ein großes Risiko für den Täter, noch dazu an der Stelle. Vermutlich deshalb hat er das Loch zwar recht tief gemacht, aber möglichst klein gehalten. Das erklärt ihre Körperhaltung.«

»Kann es sein, dass sie noch gelebt hat? Dass sie lebendig begraben wurde?«, flüsterte Alexandra.

Repnik schluckte. »Davon würde ich nicht ausgehen. Das wäre für den Täter ein großes Risiko gewesen.«

»Aber vielleicht hat er es nicht fertiggebracht, sie zu töten, und hat sie bewusstlos vergraben.«

Repnik und Martin sahen sich an.

Alexandras Stimme klang wie in Trance.

Repnik ergriff das Wort. »Ihre Mutter hat ihre Haltung nicht verändert. Sie hat von ihrem Tod und ihrem Begräbnis nichts mitbekommen, davon können Sie mit an Sicherheit grenzender Wahrscheinlichkeit ausgehen.«

Alexandra nickte, aber die Zweifel standen ihr ins Gesicht geschrieben.

»Gibt es keine Hinweise auf den Täter?«

»Wenn, dürfte ich es Ihnen nicht sagen. Aber es gibt keine. Der Fundort ist wahrscheinlich nicht der Tatort.«

Alexandra blickte versonnen auf das Foto von Elisabeths Skelett in ihrem Grab.

»Darf ich das mitnehmen?«, fragte sie.

Professor Repnik sah sie fragend an.

»Ich will sie so in Erinnerung behalten. Nicht so, wie sie da draußen in Ihrem Untersuchungszimmer liegt.«

»Okay«, sagte er dann. Mitfühlend sah Repnik sie an. »Ich habe noch was für Sie.« Er holte etwas aus einer Schublade und reichte es Alex. »Das ist der Ehering Ihrer Mutter. Er gehört jetzt Ihnen.«

Alex nahm den goldenen Ring und sah ihn verloren an. Für eine Weile herrschte Schweigen. Der Ring lag auf ihrer Handfläche, und auch Repnik und Martin starrten darauf, als hätte er magische Kräfte.

»Sie untersuchen auch die Leiche von Markus Brandstätter, nicht wahr?«, fragte Martin schließlich, um den Bann des Rings zu brechen.

»Stimmt.«

»Möglicherweise hatten Elisabeth Kaltenbacher und er ein Verhältnis miteinander.«

»Aha.«

»Können Sie uns etwas über seinen Tod sagen?«

Repnik überlegte kurz. »Warum nicht. Die Polizei gibt nachher sowieso eine Presseerklärung heraus. Markus Brandstätter erhielt ebenfalls einen Schlag auf den Hinterkopf, auch mit einem hammerähnlichen Gegenstand. Zudem gibt es Hämatome am Oberkörper, und mehrere Rippen sind geprellt. Es fand also ein Kampf statt, bevor er den Schlag erhielt. Aber das war nicht die Todesursache. Er ist ertrunken oder wurde ertränkt.«

»Jemand hat ihn erst bewusstlos geschlagen und dann in den See geworfen?«

»Das ist zumindest ein denkbares Szenario.«

Später im Auto sagten sie lange nichts. Die dunklen Wälder und von schmutzigem Schnee bedeckten Schwarzwaldwiesen zogen unter einem wolkenverhangenen Himmel an ihnen vorbei.

»Die Polizei hat DNA-Spuren von Markus in Elisabeths Wagen sichergestellt. Das muss nichts heißen, aber –«

»Es bedeutet, dass die beiden Kontakt hatten«, sagte Alex mit tonloser Stimme. »Und macht es wahrscheinlich, dass er sie getötet hat. Vielleicht wollte meine Mutter die Affäre beenden, und dann hat er sie im Affekt erschlagen.«

»Dann hätte dein Vater nichts mit dem Tod deiner Mutter zu tun.«

Alex seufzte. »Aber warum vergräbt Markus die Leiche auf dem Grundstück meines Vaters?«

»Weil er so den Verdacht auf deinen Vater lenken konnte. Aber ich frage mich, wie er es angestellt hat, ohne von ihm oder euch bemerkt worden zu sein.«

»In der Woche nach Elisabeths Verschwinden fuhr mein Vater mit Amrei und mir auf die Berghütte eines Freundes. Drei Tage waren wir da. Er wollte so dem Gerede und der Presse aus dem Weg gehen und uns schützen. Da hätte Markus die Gelegenheit gehabt. Das Grundstück ist von außen nicht einsehbar, und im Treibhaus konnte er ungestört graben. Das einzige Risiko war, dass mein Vater bemerken würde, dass dort gegraben worden ist. Aber er war nie im Treibhaus und hat es auch nach ihrem Tod nicht betreten.«

»Was bedeutet, dass Markus die Leiche zuerst irgendwo versteckt haben müsste.«

»Ist dieser Hof auf der Höri nicht ziemlich verlassen?«

»Schon. Aber er hätte die Leiche dorthin und dann wieder zurückfahren müssen. Das ist ein ziemliches Risiko.«

»Vielleicht hat er sie ja auf dem Hof umgebracht. Vielleicht haben sie sich dort getroffen.«

»Dazu passt aber nicht die Aussage des Zeugen, der deine Mutter beim Joggen im Lorettowald gesehen hat.«

»Vielleicht haben sie sich dort getroffen. Und dann sind sie mit seinem Auto weggefahren.«

»Möglich.«

Alexandra sah ihn an. »Du glaubst nicht, dass es Markus war, stimmt's? Sondern mein Vater. Vielleicht kam sie vom Joggen nach Hause zurück, und er hat sie dort getötet. Möglich, dass wir an dem Tag in der Schule oder draußen waren. In der Nacht konnte er unbehelligt das Grab schaufeln und dann die Leiche hineinlegen. Vielleicht hat er Amrei und mir sogar ein Schlafmittel verabreicht, damit wir nichts bemerken. Dann hat er das Auto in den Lorettowald gefahren und kam mit dem Bus zurück. Oder ist gelaufen. Und seitdem hatte er sie immer bei sich und unter Kontrolle.« Sie lachte bitter. »Wer weiß, vielleicht hat er zu ihrem Todestag sogar das Grab geschmückt.«

»Wir wissen noch zu wenig.«

»Traust du es ihm zu?«

Schon, dachte er. Und dann auch wieder nicht. »Weißt du, wo dein Vater steckt?«

»Nein.«

Doch das stimmte nicht.

Alexandra wusste es ganz genau.

46

Hoch ging es und immer weiter hoch, erst durch Wald und über Wiesen, jetzt war es vor allem Gestein. Sie wusste, dass er dort sein würde, da hatte er sich immer vor der Welt versteckt, auch damals für ein paar Tage mit ihnen, nachdem die Mutter verschwunden war.

Über Schneefelder musste sie gehen, die steil abfielen, und man konnte nicht sehen, wo sie endeten, ob sie in einen Abgrund stürzten, dann würde ein Fehltritt den sicheren Tod bedeuten. Der Schnee war wie Gummi, knirschte bei jedem Tritt, er roch alt, wie Metall, und es sah aus, als ob er schwitzte.

Da sah sie die Hütte. Sie gehörte Reto, dem Schweizer Fischerfreund ihres Vaters. Rauch qualmte aus dem Schornstein, jemand war also da. Hinter ihr, tief unten, lag der Bodensee wie ein kleines Meer. Auch hier oben war er ihm nah, seiner Liebe, seiner Heimat, seinem Verhängnis. Sah er, wenn er hier stand und hinabblickte, auch sein eigenes Leben so von oben? Es wäre ihm zu wünschen. Sie würde es gleich merken.

Da öffnete sich die Tür. Ihr Vater stand im Rahmen und sah ihr beim Näherkommen zu. In seinen Augen kauerten Wut und eine Trostlosigkeit, die ihr den Schweiß noch stärker aus den Poren trieb. Grau war sein Gesicht, aschgrau wie das tote Geröll hier überall.

»Hast du die Polizei und deinen Detektiv mitgebracht?«, fragte er voller Hohn, als sie schon fast vor ihm stand. »Lässt deinen Vater beschatten wie einen Verbrecher! Warten die Polizisten im Wald, bis du die Lage ausbaldowert hast? Du verrätst mich wie damals. Was bist du nur für eine Tochter?«

»Hast du Mama umgebracht? Und sie dann vor deinem Haus vergraben wie eine tote Katze?«

Wie erstarrt stand er da. Und die Falten sahen aus wie Furchen im Gestein.

»Was redest du da? Was unterstehst du dich?«

Seine Überraschung wirkte echt. Vielleicht, dachte Alex, war er es wirklich nicht? »Man hat ihr Skelett unterm Treibhaus gefunden. Jemand hat sie dort begraben. Sie wurde erschlagen, ihr Schädel ist zertrümmert.« Er starrte sie an, als hätte sie den Verstand verloren, als wollte sie ihn quälen. Doch dann dämmerte es ihm, dass sie die Wahrheit sagte.

»Hast du deshalb nichts mehr im Treibhaus angebaut? Und mir verboten, mich nach Mamas Tod um die Beete zu kümmern? Es hätte mir geholfen, verstehst du? Wenn ich das weiter hätte tun dürfen, was ich mit ihr getan habe. Warum? Warum hast du sie getötet?«

»Nichts, gar nichts habe ich ihr getan!«

»Ich habe sie gesehen. Ihre Knochen. Das Loch in ihrem Schädel.«

Er presste beide Hände gegen den Türrahmen, als könne er sich nur so auf den Beinen halten. Sie konnte sehen, wie die Kraft aus ihm wich wie Luft aus einem Ballon.

»Woher wollen die wissen, dass sie es ist?«

Seine Stimme war schwach.

Da hielt ihm Alex den Ehering hin. »Sie haben ihn in ihrem Grab gefunden. Außerdem haben sie das Gebiss untersucht.«

Fassungslos sah er den Ring an. Es schien Alex so, als wiche er zurück.

»Willst du ihn nicht nehmen? Hast du Angst vor ihm?«

Er blickte zu Boden, auf das Geröll, und sprach mehr zu sich als zu ihr. »Ich wollte, dass du sie vergisst. Dass du loskommst von deinem Schmerz. Dass du deine Gedanken auf die Zukunft lenkst. Deshalb habe ich dich nicht mehr ins Treibhaus gelassen.«

»Weil du wusstest, dass sie niemals zurückkehren wird. Dass sie dort unten liegt und langsam verrottet. Hat es dir gefallen, sie endlich ganz für dich zu haben?«

Ihre Stimme bebte vor Zorn. Sie wollte ihn schlagen und

vielleicht sogar töten. Er hob den Blick, wich ihrem aber aus. Und schwieg. Doch Alex war noch nicht fertig mit ihm.

»Du wusstest, dass sie dich betrügt. Du wusstest, dass sie bei dir nicht glücklich ist und von dir fortwill. Deshalb hast du sie verfolgt. Und gesehen, dass sie sich heimlich mit dem Markus trifft.«

»Markus Brandstätter? Der?« Da fing er kurz an zu lachen. Es war ein freudloses, kraftloses Lachen.

»Warum nicht? Denkst du, du wärst besser als er?«

»Bin ich denn schlechter? Was hat ihr denn gefehlt bei mir? Was habe ich nicht für sie getan? Was kann ich dafür, dass sie im Herzen ein Luder war?«

Da trat sie vor und schlug ihm ins Gesicht. Er sah sie mit funkelnden Augen an.

»Ich habe gemerkt, dass sie einen anderen hatte. Ich habe sie nicht verfolgt, das musste ich nicht, um zu wissen, dass ich sie verloren hatte. Ich sah es an ihren Augen und roch es, wenn sie zu mir ins Bett stieg. Aber es war nicht der Markus.«

Seine Stimme war schroff und laut. Mit ihrem Schlag war seine Kraft zurückgekehrt. Er könnte sie packen und gegen die Hauswand schleudern, er war ja viel stärker als sie. Doch er wandte sich ab und trat ins Dunkel der Hütte. Nur ein Fenster gab es, und das war winzig klein. Die Scheiben waren schmutzig wie die im Treibhaus.

Sie folgte ihm. Allmählich erkannte sie einen Tisch, einen Stuhl und ein hölzernes Bett in der Dunkelheit. Flammen züngelten im Kamin. Das hier war karger als karg, und es passte zu ihm. Er könnte auch hier glücklich sein, dachte sie, wenn Elisabeth bei ihm wäre und es einen See zum Fischen gäbe.

Er saß am Tisch, das Kinn auf die Hände und die Ellenbogen auf die Tischplatte gestützt. Er hatte sie geliebt, wie alle Kaltenbacher-Männer ihre Frauen geliebt hatten, bedingungslos. Dass eine Frau ihren Mann verließ, war in der Familientradition nicht vorgesehen. Auf eine solche Art Naturgewalt war ein Kaltenbacher-Mann nicht gefasst.

»Und warum hast du den Markus umgebracht, wenn er nichts mit Mutter hatte?«, fragte sie. Sie schrie nicht mehr.

»Ich habe den Markus nicht umgebracht.«

Sie lachte auf und zeigte mit dem Finger auf ihn wie auf einen Verurteilten. »Ihr wart da gestern Nacht. Ihr habt die Netzgehege zerstört. Ich habe euch am Hörnle gesehen, in dem Boot vom Paul. Und jetzt verkriechst du dich hier in der Hütte.«

»Wir sind nicht aus dem Wasser gestiegen. Wir haben die Netze aufgeschnitten und die Ankerseile durchgeflext, aber wir sind am Gehege nicht aufgetaucht. Wir wussten, dass er oben steht und Wache schiebt, aber wir haben ihn nicht angerührt. Dann sind wir zurückgetaucht, auf einmal steckte ich in einem riesigen Schwarm aus Brandstätters Felchen, und wenn Reto mich nicht gefunden hätte, wäre ich jetzt tot.«

Sie glaubte ihm nicht. Er redete sich heraus wie für den Mord an der Mutter. Er hatte sie erschlagen, im Schädel klaffte ein riesiges Loch, genau wie bei Markus Brandstätter. Und wie bei Lars Rick.

»Der Markus hatte nichts mit Frauen«, sagte er. »Einmal habe ich ihn gesehen, da war die Elisabeth noch da. Ich habe Fisch in ein Hotel in Radolfzell geliefert und danach noch eine Zigarette an der Promenade geraucht. Es war Winter und schon dunkel und kalt. Da stand der Markus im Gestrüpp am See und hat einen Mann geküsst. Und der hat seinen Schwanz in der Hand gehabt. Da war er vielleicht fünfundzwanzig, nicht älter.«

Alexandra war still.

»Der konnte mit Frauen nichts anfangen. Er hat sich vor ihren Körpern geekelt, hat er mir erzählt. Aber er hat das immer versteckt. Am nächsten Morgen stand er flehend vor unserer Tür. Dass ich bloß nichts erzähle, vor allem dem Johannes nicht, hat er gejammert. Er würde mir Geld geben, wenn ich schwieg. ›Ich will dein Geld nicht‹, habe ich gesagt. ›Und ich sag auch dem Johannes nichts.‹ Er wollte es gar nicht glauben, dass ihm einer mal nichts Böses will.«

»Und du hast dich an dein Versprechen gehalten?«

»Warum sollte ich es erzählen? Der Vater hätte ihm den Schwanz abgeschnitten oder ihn totgeprügelt, wenn er es erfahren hätte. Außerdem hatte ich so was gut bei ihm. Der Markus hat mir die Pläne von der Anlage gezeigt. Er hat wohl geahnt, dass wir sie zerstören wollten.« Er machte eine Pause und sah sie an. »Wer hat dir gesagt, dass der Markus was mit der Elisabeth hatte? Der Johannes?«

Sie schüttelte den Kopf und erzählte die Geschichte von Lars Rick und seiner Leiche im Ried.

»Bist wie deine Mutter, hm? Kannst die Finger nicht von den Männern lassen.«

Es war beleidigend und bitter, wie er das sagte.

»Du hast keinen Grund, so mit mir zu reden«, sagte sie.

Er schwieg.

»Und wer hat dann ihre Leiche bei uns vergraben? Wer macht so was?«, fragte Alex.

»Jemand, der will, dass ich der Schuldige bin. Wie lange liegt sie denn schon da?«

»Das untersuchen sie noch.«

Er blickte auf seine Hände. Den Ehering trug er noch immer. Sacht schob er ihn hin und her.

»Es ist sie«, sagte er leise. »Deshalb konnte ich keinen Fuß mehr ins Treibhaus setzen. Mir lief ein Schauer über den Rücken, wenn ich es versucht habe. Jetzt weiß ich, warum.«

Weil du sie doch dort vergraben hast, dachte Alex.

Für eine Weile waren sie still. Das Schweigen machte sie beklommen.

Da kam ihr ein Gedanke. »Wenn der Brandstätter schwul war, dann kann er doch auch nicht die Frau auf dem Fischerfest vergewaltigt haben.«

Er schwieg.

»Warum hat er sich dafür in den Knast stecken lassen?«

»Ist das so schwer zu verstehen?«

»Er hat einen anderen gedeckt.«

Ihr Vater nickte.

»Seinen Bruder. Den Johannes.«

»Der Johannes kriegt, was er will.«

»Und warum hat er im Knast behauptet, dass er was mit Elisabeth hatte?«

»Weil du als Schwuler im Knast verloren hast.«

»Aber wie kam er auf Mutter?«

»Fällt dir dazu nichts ein?« Sein Ton war auf einmal wieder kalt.

Instinktiv trat sie einen Schritt zurück, aber da hatte er sie schon gepackt. Ganz nah zog er sie an sich heran, dass sie seinen Atem auf ihren Wangen spürte, während er ihre Arme an den Körper presste.

»Weil der Johannes was mit ihr hatte, jetzt ist mir das klar. Bei uns war ihr ja alles zu schäbig und zu klein. Und der Johannes ist jedem Rock nachgestiegen. Mir die Frau auszuspannen, das dürfte ihm eine besondere Freude gewesen sein. Und weißt du was? Jetzt gehe ich zu ihm und frage ihn genau das: Hast du mit meiner Frau geschlafen? Hast du sie getötet? Und wenn er die falschen Antworten gibt, dann schlag ich ihn tot und verscharre ihn in einem Grab, das niemand findet. Damit es ihm so ergeht wie der Elisabeth.«

Alex versuchte sich zu wehren, aber sein Griff war eisern.

»Die Polizei sucht dich. Die glaubt, dass du den Markus auf dem Gewissen hast.«

»Dann macht noch ein Toter keinen Unterschied mehr.«

»Der Detektiv glaubt es nicht. Er glaubt nicht, dass du den Markus oder Mama umgebracht hast.«

»Und was glaubst du?«

Sie sahen sich an. Diesmal hielt er ihrem Blick stand. »Ich traue es dir zu.«

Er starrte sie an. Wie entrückt, als wäre er ganz woanders. Ihr tat es schon leid, was sie gesagt hatte. Plötzlich, wie aus dem Nichts, versetzte er ihr einen derben Stoß. Sie stolperte rückwärts und fiel aufs Bett. Hart schlug ihr Hinterkopf gegen die Wand. Im nächsten Moment war er draußen und drehte den

Schlüssel im Schloss. Sie raffte sich auf und rannte zur Tür, trommelte mit den Fäusten wie eine Besessene gegen das Holz.

»Lass mich hier raus! Lass mich hier raus!«

Ihre Stimme überschlug sich, und ihre Fäuste waren schon wund, aber sie hörte nicht auf, schrie und trommelte gegen die Tür: »Lass mich hier raus! Sperr mich nicht ein! Sperr mich nicht schon wieder ein!«

Doch er war schon weg, und hier oben würde sie keiner hören. Und das Fenster war zu schmal, da würde sich nicht einmal ein Kind hindurchzwängen können. Dennoch hörte sie nicht auf zu rufen. Weil sie hoffte, dass sie ihren Vater vielleicht doch noch zur Vernunft bringen würde. Aber vor allem, weil sie es nicht ertrug, dass er sie schon wieder einsperrte und darüber bestimmte, was mit ihr geschah.

47

Konrad Kaltenbacher nahm den kurzen Weg quer durch den Garten. Die Alarmanlage schlug sofort los, als er vor der Terrassentür zu Johannes Brandstätters Schlafzimmer stand und die Axt in der Scheibe versenkte.

Das Glas splitterte, die Sirene heulte, Kaltenbacher schlug noch einmal zu und noch einmal, und große Scherben fielen klirrend zu Boden. Er warf die Axt weit hinaus in den Garten und trat ein, doch das Bett war zerwühlt und leer. Martha Brandstätter stand wie ein Gespenst im Schlafzimmer, Johannes starr vor Schreck in der Tür.

»Was fällt dir ein!«, rief die bleiche Frau hasserfüllt und schlug mit den Fäusten nach Konrad, als er auf Johannes zuschritt. Konrad packte Martha, sie wehrte sich, hieb um sich und versuchte, ihn zu beißen, aber er bekam ihre Haare zu fassen. Er zog daran, bis sie schrie, riss sie zu sich und klemmte ihren Hals unter seinen Arm, presste ihren Rücken gegen seine Brust.

»Dreckschwein!«, rief Martha und kratzte sein Gesicht. Ihre Fingernägel schnitten tief in seine Haut, sodass Blut heraustrat. Johannes wollte fliehen, aber da würgte Konrad sie und schrie mit donnernder Stimme: »Bleib hier, sonst ist deine Martha tot!«

So laut war das und so bestimmt, dass er vor sich selbst erschrak. Martha röchelte. Ihre Finger waren in seinen Arm gekrallt, aber der Griff wurde schwächer.

Johannes stand wieder im Türrahmen, im Schlafanzug, leichenblass und zitternd wie Espenlaub. Inzwischen hatte Konrad kurz den Griff um Marthas Hals gelockert und das große, rasierklingenscharfe Fischmesser gezückt. Er stand hinter ihr und hielt die Klinge an ihre Kehle, drückte sie leicht an die Haut. Noch etwas mehr, und sie würde bluten, und wie Johannes aussah, mit offenem Mund und aufgerissenen Augen, hatte der verstanden, wie ernst er es meinte.

»Du bist verrückt«, presste Johannes heraus. »Du bist völlig verrückt.«

»Stell die Alarmanlage ab«, befahl Konrad. »Wir folgen dir.« Sie verließen das Schlafzimmer, Johannes vorneweg, durchs saalartige Wohnzimmer, zur Haustür.

»Das überlebst du nicht.« Martha spuckte die Worte heraus. »Damit kommst du nicht davon.«

»Vielleicht. Er aber auch nicht«, sagte Konrad leise in ihr Ohr.

Johannes öffnete einen Kasten an der Wand, tippte einen Code ein, und plötzlich war es still, bis auf Marthas gepressten Atem. Nach all dem Lärm, dem Heulen und Klirren und dem Geschrei, hatte die Stille etwas Bedrückendes. Noch immer berührte die Klinge Marthas Hals.

»Wir gehen ins Wohnzimmer«, sagte Konrad herrisch.

Johannes gehorchte und schlich an ihnen vorbei.

»Hinsetzen«, sagte er, und Johannes nahm widerwillig auf dem Sofa Platz. Konrad blieb vor ihm stehen, er drückte die Klinge fester gegen Marthas Hals, sodass sie leicht in die Haut schnitt.

Johannes' Augen weiteten sich. Blut benetzte ihren Hals.

»Erzähl mir, was du mit Elisabeth hattest.«

»Was?«, fragte Johannes und sah ihn überrascht an. »Die Elisabeth? Und ich?« Er lachte ungläubig und schüttelte den Kopf. »Bist du von allen guten Geistern verlassen? Wer hat dir das denn erzählt?«

Würde Konrad ihn nicht besser kennen, er käme ins Zweifeln. Aber Johannes konnte lügen, bis sich die Balken bogen, selbst der Herrgott würde es ihm nicht anmerken, wenn der Johannes ihn verleugnen und belügen würde. Er würde Gott in die Augen schauen und sagen: »Ich war es nicht!« Und Gott würde es glauben. So war das schon früher gewesen, Johannes konnte Markus nach der Schule vermöbeln und, wenn der blutend nach Haus kam, mit Engelszunge behaupten, es sei der Konrad Kaltenbacher gewesen.

Er konnte so gut lügen, weil ihm die Menschen egal waren, genau wie seine Frau. Alles, was er je von Martha gewollt hatte, waren das Geld und das Hotel, sonst nichts. Und nur weil es seinen Ruf ruinieren könnte, wenn er sie fortstieß, ertrug er sie. *Seinen* Hals sollte die Klinge schneiden, nicht ihren.

»Ich will die Wahrheit wissen.«

Johannes lachte. »Das ist sie! Bist du immer noch krank vor Eifersucht? Noch genau wie früher?«

Da nahm Konrad das Messer von Marthas Kehle und stach es in ihren Oberschenkel. Sie schrie auf und sank in die Knie, fuhr mit der Hand dorthin, wo das Messer steckte.

Ungläubig, überrascht starrte Johannes ihn an. Aber da war noch etwas anderes in Brandstätters Blick, nämlich Anerkennung für seine Entschlossenheit. Diese Brutalität hatte er seinem Widersacher nicht zugetraut. Und noch mehr lag darin, eine Genugtuung, als gefiele es ihm, dass Konrad seine Frau verletzt hatte.

Konrad zog die Klinge heraus und hielt sie Martha wieder an den Hals. Sie war voller Blut. Martha stöhnte vor Schmerz und sagte voller Angst, zu Johannes gewandt: »Er bringt mich um! Merkst du das nicht? Er bringt mich um!«

»Du bist wahnsinnig«, sagte Johannes zu ihm. »Vollkommen wahnsinnig!« Es klang abwesend, wie er das sagte, und sein Blick wirkte in sich gekehrt.

Johannes schwieg, auch zitterte er nicht mehr. Er überlegte. Selbst in so einer Situation konnte der Johannes klar denken, dachte Konrad, seine Gefühle ausschalten, alles um ihn herum vergessen. Das hatte *er* nie gekonnt. Ihn hatten seine Gefühle immer übermannt, vor allem der Zorn und die Eifersucht. Aber Johannes kalkulierte auch im Angesicht des Todes in aller Seelenruhe seine Chancen, wie er am besten aus der Sache rauskommen würde: wenn er Martha sterben ließ oder redete. Das war kein Mensch, den er da vor sich hatte, sondern ein Teufel.

Martha zitterte am ganzen Leib. Sie schwitzte und roch nach Angst.

»Hör auf«, sagte sie matt. »Ich erzähl es dir.«

Da drückte er das Messer weniger fest gegen ihre Kehle.

»Halt den Mund«, herrschte Johannes sie an.

»Das Schwein hat was mit deiner Elisabeth gehabt, als wir verlobt waren«, sagte Martha. Verachtung, Demütigung lagen in ihrer Stimme. Er spürte an der Klinge, wie ihr Kehlkopf hüpfte und vibrierte, und einen Stich in seinem Herz. »Er hat sie hinter meinem Rücken gefickt und gedacht, ich merk es nicht.«

»Martha!«, rief Johannes, und Konrad glaubte, dass seine Überraschung echt war. »Sei verdammt noch mal still!«

»Sie sind nach Litzelstetten in eine von unseren Ferienwohnungen gefahren. Da hat sie keiner gestört, wenn sie es miteinander getrieben haben.«

»Halt's Maul!«, rief Johannes. »Red dich nicht um Kopf und Kragen!«

Sie sah ihn an. »Du hast gedacht, die Martha ist so dumm und naiv, die denkt sich nichts! Aber du hast nach Parfum gestunken, wenn du dich zu mir ins Bett gelegt hast. Deine Schande hast du mit Wasser und Seife nicht weggekriegt. Und dann –«

»Hab ich die kleine Schlampe umgebracht«, sagte Johannes und sah ihn herausfordernd an.

In dem Moment stieß Konrad Martha von sich und lief zum Sofa. Johannes sprang auf, doch zu spät: Konrad ließ das Messer fallen, packte ihn und warf ihn gegen den Wohnzimmerschrank, so fest, dass Johannes zu Boden sackte. Als er sich aufraffen wollte, war Konrad schon bei ihm und schlug ihm mit der Faust ins Gesicht. Johannes ging zu Boden, Konrad griff sich das Messer.

»Hör auf!«, rief Martha.

Johannes stöhnte, Konrad setzte sich auf seinen Bauch und drückte das Messer an seine Kehle.

»Was hast du mit ihr gemacht?«

Johannes lächelte kalt. Zwischen seinen Zähnen war alles voll

Blut. Er sah Konrad an, dessen von Martha zerkratzte Wangen auch blutig waren, und schien überhaupt keine Angst mehr zu haben.

»Wenn du mich tötest, erfährst du es nie.« Er leckte sich mit der Zunge das Blut von den Zähnen.

Immer noch lächelte er.

»Was soll das?«, fragte Konrad. »Lachst du, weil du Elisabeth für nichts ermordet hast? Du hast sie getötet, weil du Angst hattest, dass Martha davon erfahren würde. Dass sie dich dann nicht heiraten würde. Dabei hat sie es gewusst!«

»Elisabeth war eine Klassefrau, Konrad. Zu gut für dich, nicht deine Kragenweite. So eine Frau kannst du nicht ein Leben lang Felchen putzen und in den Räucherofen hängen lassen.«

Konrad wollte die Klinge in seinen Hals rammen. Er wollte Johannes dabei in die Augen schauen, wie das Leben aus ihnen wich. Aber er konnte sich nicht bewegen. Johannes' Worte wirkten wie lähmendes Gift.

»Du weißt, dass das stimmt«, fuhr Johannes fort. »Sie hat dich nur genommen, weil sie eine bettelarme Russensau war. Sonst hätte sie sich nicht in so einen wie dich verliebt, der damit zufrieden ist, jeden Tag aufs Neue eine erbärmliche Kiste voll Fisch aus dem See zu holen.«

Johannes lachte in sich hinein. »So eine war die Elisabeth nicht. Du hast ihr die Luft zum Atmen genommen, weil du sie in dein elendes Fischerhaus gesperrt hast.«

Johannes sah ihn abschätzig an. Er verhöhnte ihn. Der Puls hämmerte in Konrads Schläfen, aber er konnte den Blick nicht von Johannes wenden, diesem Dreckschwein, diesem Teufel, dessen Freude die Demütigung und Zerstörung anderer war.

»Warum musst du immer alles nehmen?«, fragte Konrad.

»Weil ich es kriegen kann.« Er lachte, blickte kurz zum Fenster und zeigte seine Zähne, die wieder voller Blut waren.

»Darum geht es im Leben: dass du dir nimmst, was du willst und was du kriegen kannst. Aber Verlierer wie du verstehen das nicht. Die reden sich ein, dass sie gut sind. Aber das seid ihr nicht. Ihr seid nur schwach und wollt das nicht wahrhaben und lügt euch was vor.«

»Und als du sie nicht mehr wolltest, hast du sie umgebracht.«

»Sie wollte mich heiraten. Aber darum war es mir nie gegangen. Das hat sie nicht verstanden. Sie wollte Martha alles erzählen.«

»Und dann hast du sie auf meinem Grund begraben?«

»Damit du sie endlich ganz für dich hast. Damit du dir keine Sorgen mehr machen musst.« Er lachte abschätzig. »Und damit die Polizei weiß, wer verantwortlich ist. Elisabeths Grab war meine Lebensversicherung. Ich hätte ihnen den Hinweis schon viel früher geben können. Aber ich wollte gnädig sein. Wollte dich noch ein Weilchen deine Felchen putzen lassen. Das hätte ich aber nicht tun sollen, wie ich jetzt weiß.«

»Dafür büßt du jetzt«, sagte Konrad und drückte das Messer wieder fester an seine Kehle.

»Lass ihn los«, sagte Martha. Auf einmal stand sie vor ihm, Konrad hatte sie vergessen. In den zitternden Händen hielt sie eine Pistole und zielte auf seine Brust. Ihr Nachthemd war voller Blut. »Steh auf und geh weg von ihm!«

Sie klang schwach, sie musste schon viel Blut verloren haben. Johannes lachte.

»Er ist ein Schwein«, sagte Konrad. »Er hat dich betrogen und meine Frau umgebracht. Warum schützt du ihn?«

»Schieß«, herrschte Johannes sie an. »Sonst kommen wir hier nicht raus. Schieß!«, rief er, kalt und drängend.

Konrad sah zu Martha. Die starrte ihn an, in ihrem Blick lagen Verzweiflung und Scham. Sie würde es tun. Sie gehorchte Johannes wie Markus. Johannes hielt die Menschen an Fäden wie ein Puppenspieler seine Marionetten.

Konrad schloss die Augen. Jetzt komm ich zu dir, dachte er und sah Elisabeth vor sich. Der Alexandra hätte er gern noch gesagt, dass er sie liebte, trotz allem.

Da fiel der Schuss. Ein Krachen, dass ihm die Ohren sausten.

Doch er spürte nichts. War er schon tot? Er fuhr an seine Brust, aber da war keine Wunde, kein Blut.

Er öffnete die Augen. Martha starrte auf Johannes. Verwirrt, ungläubig sah Konrad in dessen Gesicht. Sein Körper zuckte unter ihm, und er hatte den Mund weit aufgerissen, als wollte er schreien. Sie hatte ihrem Mann in die Stirn geschossen, aber er lebte noch, röchelte, und seine fliehenden Augen suchten nach einem Ausweg.

Doch bald zuckte Johannes nicht mehr, und die Muskeln wurden schlaff. Blut rann aus seiner Stirn. Martha ließ die Waffe sinken und setzte sich aufs Sofa. Sah ihn an. Er kniete noch immer auf Johannes' Brust. Für lange Zeit sagten sie beide nichts. Konrad stand auf.

»Ich habe deine Frau umgebracht, nicht er«, sagte sie mit tonloser Stimme. »Ich habe sie erschlagen, als sie es miteinander trieben. Ich habe mich in die Wohnung und ins Schlafzimmer geschlichen. Nicht mal abgeschlossen hatten sie. Splitternackt saß sie auf ihm, er hatte die Augen zu, und sie haben gestöhnt wie die Tiere. Die haben gar nicht gemerkt, dass ich im Zimmer war! Da hab ich die Nerven verloren. Damals habe ich den Johannes noch geliebt. Sie hat ihn mir weggenommen, dachte ich. Ich wollte gehen, da habe ich die schwere Vase im Flur stehen sehen. Die habe ich genommen. Selbst als ich hinter ihr stand und ausholte, haben die beiden nichts bemerkt.«

Konrad starrte sie ungläubig an.

»Elisabeth lag mit zertrümmertem Schädel im Bett, aber sie atmete noch und hat mich angestarrt. Und ich stand fassungslos da. ›Oh mein Gott‹, sagte ich. ›Wir müssen einen Arzt holen.‹ Aber Johannes schüttelte den Kopf. ›Dann bist du ruiniert‹, sagte er. ›Dann wirst du für immer der Schandfleck deiner Familie sein.‹ Er hat ein Kissen genommen und mir in die Hand gedrückt. ›Sie stirbt sowieso‹, hat er gemeint, ›hilf ihr beim Sterben, dann passiert dir nichts.‹ Ich stand da, völlig unter Schock. Da hat er meine Hände mit dem Kissen genommen und es auf Elisabeths Kopf gedrückt. ›Drück‹, sagte er, ›drück fester!‹ Und ich hab ihm gehorcht. Hab weiter gedrückt, als er seine Hände schon weggenommen hatte. Ich hab sie umgebracht.«

Martha war kreidebleich, ihr Blick verloren, aber – so kam es Konrad vor – ihre Härte, das Boshafte und die Arroganz waren wie weggezaubert. Als hätte sie sich von einem Fluch befreit und alles Böse abgeschüttelt.

»Hat er sie vergraben?«, fragte Konrad.

Martha nickte.

»Er hat es nicht für dich getan.«

»Nein. Er hat immer alles nur für sich getan.« Sie holte tief Luft. »Zuerst hat er Markus angerufen. Dann haben sie Elisabeths Auto, das in der Tiefgarage stand, zum Parkplatz am Lorettowald gefahren. Denn offiziell war sie ja beim Joggen. Sie kehrten zurück und haben Elisabeths Leiche auf den Hof ihrer Eltern gebracht und fürs Erste dort versteckt. Erst später kamen sie auf die Idee, sie auf deinem Grundstück zu vergraben. Aber davon habe ich nichts mitgekriegt. Ich war fix und fertig mit den Nerven und hab einfach versucht, alles zu vergessen.«

»Und seitdem hat er dich in der Hand gehabt«, sagte Konrad. »Deshalb blieb dir keine Wahl, als ihn zu heiraten. Sonst hättest du ins Gefängnis gehen müssen.«

»So ist das. Ich habe mein Leben an der Seite eines Mannes verbracht, der mich zur Mörderin gemacht hat.«

Konrad blickte noch einmal auf Johannes Brandstätter. In dessen Ausdruck lag Verwunderung, als hätte er das seiner Frau im Leben nicht zugetraut. Ein Mal, dachte Konrad, war Johannes Brandstätters Rechnung nicht aufgegangen.

Martha ließ die Waffe fallen. »Jetzt bin ich frei. Frei von ihm«, sagte sie.

Da stand Konrad auf. Noch immer hatte er das Messer in der Hand.

»Du hast Elisabeth umgebracht, zusammen mit Johannes«, sagte er.

Martha sah kurz zur Waffe vor ihr und dann zu ihm. »Ich

werde der Polizei sagen, was ich getan habe. Darauf kannst du dich verlassen.«

Unschlüssig, mit zitternden Händen stand Konrad vor der Frau. Sie hatte es verdient zu sterben, und ihr war so wenig zu trauen wie Johannes. Sie würde sich herausreden und ihm die Schuld an allem geben: Er habe ihren Mann bedroht und sie ihn aus Versehen, weil sie den Johannes schützen wollte, erschossen.

Kaltenbacher machte einen Schritt auf Martha Brandstätter zu.

Das Messer hielt er fest umklammert.

Sie sah ihn mit traurigen, müden Augen an.

»Tun Sie das nicht, Herr Kaltenbacher«, hörte Konrad eine eindringliche Stimme hinter sich. Er kannte sie.

Es war dieser Martin Schwarz, der gerade das Wohnzimmer betreten hatte.

48

Zwei Tage waren vergangen. Martha Brandstätter saß in Untersuchungshaft, und ihr Mann lag gut gekühlt in der Freiburger Rechtsmedizin. Kommissar Steck hatte Dörflinger erzählt, dass Martha ein Geständnis abgelegt hatte. Zu ihrer Wunde am Oberschenkel wollte sie keine Aussage machen. Sie hatte Glück gehabt: Das Messer hatte keine Arterie getroffen. »Immerhin hat sie ein schlechtes Gewissen, dass sie Elisabeth Kaltenbacher umgebracht hat«, meinte Heinz. »Steck meint, dass sie nicht nur wegen Totschlags an ihrem Mann, sondern auch wegen Mordes an Elisabeth angeklagt werden wird.«

Sie saßen im »Seerhein«. Das ehemalige Offizierscasino lag direkt an der Alten Rheinbrücke und war ein Restaurant mit Biergarten und deftiger Küche. Auf beiden Seiten des Rheins schaukelten Fischergundeln an den Kaimauern, auf der anderen Flussseite stand der wuchtige mittelalterliche Rheintorturm mit seinen hellgrauen Quadern und dem Spitzdach aus roten Ziegeln. Heinz und Martin hatten jeweils Haxe mit Knödeln bestellt, Hajo Mayer die mediterran gewürzten Ochsenfetzen und Alexandra das Sellerieschnitzel. Der Fall war gelöst, und auch wenn sie nur teilweise zur Aufklärung beigetragen hatten, hatte Alexandra sie eingeladen.

Nicht zuletzt auch deshalb, weil Martin ihren Vater davon abgehalten hatte, Martha Brandstätter zu töten. Auch wenn er das Alex so deutlich nicht gesagt hatte: Als Martin das Wohnzimmer betrat, sah Kaltenbacher ihn an wie ein Wolf im Blutrausch. Martin trat zwischen ihn und Martha, und es dauerte eine ganze Weile, bis Kaltenbacher seinen Wahn abschüttelte und das Fischmesser senkte. Hätte Alex ihn nur fünf Minuten später angerufen, würde Martha heute vielleicht neben ihrem Mann im Kühlregal der Rechtsmedizin liegen.

Alex hatte es nach Stunden doch noch geschafft, sich aus der

Hütte zu befreien. Sie fand eine Axt, und mit der schlug sie so lange auf den Holzrahmen der Tür, bis sich das Schloss herauslöste. Ihr Handy hatte im Auto gelegen, und als sie es erreichte, rief sie Martin an, woraufhin er sofort zu Brandstätters Villa gerast war.

Die letzten beiden Tage hatte Martin mit Kim verbracht. Einen auf der Mainau in Blumis Uferwelt, wobei er sein Weißbier sorgsam hinterm Rucksack versteckt und zuerst nach schwäbischen Amazonen Ausschau gehalten hatte, und einen im Wildpark auf dem Bodanrück. Dort hatten sie Hirsche, Wildschweine und Bären gefüttert und waren danach stundenlang die Teppichrutsche heruntergebrettert, sodass Martin heute der Hintern wehtat. Auch deshalb hatte er sich eine Haxe verdient, fand er. Einige waren schon an ihrem Tisch vorbeigetragen worden, und sie sahen zum Reinbeißen aus, rötlich-golden glänzend und mit einer herrlich röschen Schwarte.

»Und der Fall mit Lars Rick wird unaufgeklärt bleiben?«, fragte Alex.

»Leider ja«, sagte Martin. »Martha Brandstätter hat zwar ausgesagt, dass Rick einmal bei ihnen angerufen hat, aber mehr weiß man nicht.«

»Warum hätten die Brandstätters Rick töten sollen?«, fragte Hajo Mayer.

»Johannes hatte das stärkste Motiv«, sagte Martin. »Hätte Rick ausgesagt, wäre Elisabeths Fall vielleicht neu aufgerollt worden. Markus wäre wegen seiner angeblichen Beziehung zu ihr in Erklärungsnöte gekommen und unter dem Druck womöglich zusammengebrochen. Dann wäre Johannes in den Fokus der Ermittlungen geraten. Und Martha war für ihn ein Risiko. Offenbar litt sie unter Schuldgefühlen, und Johannes musste fürchten, dass sie auch aussagen würde. Schließlich war Johannes am Mord an Elisabeth beteiligt. Und er konnte nicht ausschließen, dass Martha ihm die Alleinschuld geben würde.«

Er blickte zu Alex, und die sah traurig vor sich hin.

»Tut mir leid«, sagte er beschämt.

»Schon gut«, sagte sie. »Sprich weiter.«

»Wahrscheinlich wollte Rick die Brandstätter-Brüder erpressen. Deshalb hat sich Markus mit ihm in dem Strip-Club verabredet. Dann hat er ihn an einen ruhigen Ort gelockt, wo Johannes gewartet hat, und sie haben ihn getötet. So könnte es gewesen sein. Jedenfalls hat Markus dich zweimal überfallen. Rick muss ihnen erzählt haben, dass er mit dir gesprochen hat. Sie wollten dich davon abhalten, dass du weiter nach deiner Mutter suchst und Staub aufwirbelst. Auch das hat Martha mitbekommen.«

Alex schüttelte den Kopf. »Und wer hat Markus Brandstätter auf dem Gewissen?«

»Sein Bruder«, sagte Heinz, »aber das wird man ebenso wenig beweisen können. Wobei die Auswertung der Handydaten ergeben hat, dass Johannes in jener Nacht von Markus angerufen worden ist. Johannes war bei Landrat Nägele zu Gast gewesen und hat dessen Haus gegen ein Uhr verlassen. Er hat also kein Alibi, und Martha Brandstätter hat ausgesagt, dass ihr Mann erst gegen vier Uhr morgens nach Hause gekommen ist.«

»Und sein Motiv?«, fragte Mayer.

»Martha zufolge hat Markus in den letzten Monaten immer mehr Druck auf seinen Bruder ausgeübt. Markus wusste über alles Bescheid: die versuchte Vergewaltigung, den Mord an Elisabeth und den an Lars Rick. Martha meint, Markus sei in den letzten Jahren selbstbewusster geworden und aus dem Schatten seines Bruders getreten. Angeblich wollte er sogar eine Beteiligung an der Aquakultur. Markus hat seinen Bruder wahrscheinlich angerufen, weil er mitbekommen hat, dass die Aquakulturanlage zerstört worden ist. Ich kann mir gut vorstellen, dass Johannes wütend war, und da kam es zum Streit. Für Johannes war es eine Gelegenheit, seinen Bruder loszuwerden und den Verdacht auf Konrad Kaltenbacher zu lenken.«

Martin blickte zu Alexandra. »Wie geht es deinem Vater?«

Alex zuckte mit den Achseln. »Gegen ihn wird noch ermittelt wegen der Zerstörung der Aquakulturanlage. Sein Haus und auch die seiner Fischerfreunde wurden durchsucht, aber es wurde nichts gefunden, was sie belasten würde, keine Tauchanzüge, kein Unterwasserwerkzeug, nichts.« Alex schmunzelte. »Sogar der dicke Paul hält dicht. Und wenn es dabei bleibt, werden sie ihnen wohl nichts nachweisen können.«

»Er will sich nicht bekennen wegen der Zerstörung der Netzgehege?«

»Keine Ahnung, wir haben noch nicht miteinander gesprochen. Aber wie ich ihn einschätze, sieht er nicht ein, warum er das tun sollte. Aus seiner Sicht war es völlig legitim. Mein Vater ist noch nicht wirklich im modernen Rechtsstaat angekommen.«

»Wirst du ihn treffen?«

Alex nickte. »Morgen. Wir müssen über Mamas Beerdigung sprechen. Mal sehen, was passiert.«

49

Als es dämmerte, saß sie in seinem Fischerboot, so wie vor ein paar Tagen. So wie als Kind, wenn sie mit den Vögeln wach geworden war und sich aus dem Zimmer geschlichen hatte, um mit ihm auf den See zu fahren. Die Wolken hingen tief zwischen den Waldhängen des Schweizer Seerückens und des Bodanrücks. Sie hörte seine schmatzenden Schritte auf dem Gras und wie er kurz innehielt, als er sie bemerkte. Ohne ein Wort zu sagen, legte er seine Tasche in den Bug, schob das Boot ins Wasser und stieg hinein. Er hatte eine ernste Miene aufgesetzt, als wäre alles wie immer, aber sie spürte den Aufruhr in ihm.

Er wollte zum Motor, aber sie zog an der Zündschnur, und die Maschine sprang beim ersten Mal an. Für einen Moment stand er unschlüssig da, dann setzte er sich in den Bug. Er hatte verstanden. Sie drehte das Boot und fuhr in Richtung Mannenbach, wo er schon vor ein paar Tagen die Netze gesetzt hatte. Sie wusste natürlich noch, wo im April die Felchen zogen.

Mitten auf dem See schaltete sie den Motor aus. Der Schub trieb sie voran inmitten der rauschenden Fahrtwellen. Wenig später war es still. Er starrte sie an, und sie glaubte, sein Herz schlagen zu hören.

»Und jetzt?«, fragte sie.

Er zuckte mit den Achseln. »Wir müssen deine Mutter beerdigen.«

»Stimmt.«

»Vielleicht hilfst du mir dabei«, sagte er.

»Das mache ich gern.«

Er nickte kurz und blickte ungeduldig zu den Netzbojen.

Das war mehr als erhofft, dachte Alexandra und warf den Motor wieder an.

50

Was also tun?, fragte Alexandra Kaltenbacher am Ende ihrer Reportage über den »Fischerkrieg am Bodensee«.

Die Fischer am Bodensee wollen statt sechs Mikrogramm Phosphat pro Liter Wasser zehn Mikrogramm. Nicht mehr, keiner will zurück zu den fast neunzig Mikrogramm, die es in den 1980er Jahren im See gab. Damals waren es die Berufsfischer, die gegen die enormen Phosphatmengen, die den See zu ersticken drohten, protestierten. Als die Politik endlich auf sie hörte, galt ein Wert von fünfzehn Mikrogramm als Ziel.

Machen zehn Mikrogramm statt sechs tatsächlich einen Unterschied? Auf jeden Fall. Statt zweihundert Tonnen Felchen im Jahr würden den Fischern bis zu achthundert in die Netze gehen. Hinzu kommen ein paar hundert Tonnen mehr Barsche, Zander, Hechte, Welse, Weißfische und Saiblinge. Das ist viel Fisch, der nicht von weither herangeschafft werden muss, um die Fischgeschäfte und Restaurants der Bodenseeregion zu versorgen. Die vier Millionen Menschen könnten weitgehend mit Fisch aus dem See versorgt werden.

Das ist in Zeiten des Klimawandels ein starkes Argument. Wenn heute der Frankfurter Flughafen der größte Fischereihafen Europas ist, stimmt etwas nicht. Dass wir immer noch Fisch von Kontinent zu Kontinent fliegen, ist ein klimafeindlicher Luxus, den wir uns nicht mehr leisten können. Wenn das Globalisierung heißt, müssen wir sie neu denken.

Und noch etwas kommt hinzu. Diese wenigen Mikrogramm Phosphat würden wohl hundertfünfzig Berufsfischern die Ausübung eines selbstbestimmten Berufs ermöglichen, von dem sie gut leben können. Das ist unschätzbar viel wert. Denn der Mensch braucht nicht nur eine Arbeit, die ihn satt macht, sondern auch eine, die ihn erfüllt.

Wäre es daher nicht gut, kontrolliert etwas mehr Phosphat

in den See zu leiten? Nein, sagen manche Wissenschaftler. Denn das könnte dazu führen, dass es in einigen Jahrzehnten nicht mehr genügend Sauerstoff in der Tiefe gibt, weil sich wegen ansteigender Temperaturen die Wasserschichten im See nicht mehr mischen. Dann verfaulen die Eier der Felchen am Grund. Andere Wissenschaftler sehen die Lage nicht so kritisch. Die Sache ist verzwickt. Kann man diese Gefahr mit der Ressourcenverschwendung, die mit dem Fischimport einhergeht, verrechnen? Ich kann es nicht.

Was also tun? Am umweltschonendsten, artgerechtesten und nachhaltigsten – da sind sich alle einig – ist die Binnenfischerei. Die Felchen, die mit Netzen gefangen werden, haben zuvor in ihrem natürlichen Lebensraum gelebt. Man muss sie nicht wie in Netzgehegen oder Kreislaufanlagen mit Kunstfutter füttern oder impfen, muss das Wasser nicht aufwendig und unter Einsatz von viel Energie filtern und reinigen, muss keine zusätzlichen Flächen verbauen. Man bräuchte, zumindest hier am See, keine degenerierten, auf unnatürlich schnelles Wachstum getrimmten Zuchtstämme, die Intensivmast bei Kunstlicht in engen, voll besetzten Plastikbecken ertragen.

Wie wäre es also, Folgendes auszuprobieren: Man erhöht für zehn Jahre den Phosphatgehalt im Bodensee und begleitet diesen Feldversuch wissenschaftlich. Man beobachtet die Auswirkungen auf Plankton, Fische und das Wasser. Ändert sich der Sauerstoffgehalt in der Tiefe gravierend, muss neu nachgedacht werden.

Es wäre ein zukunftsweisendes Projekt. Auch weil Fisch, angesichts einer rapide wachsenden Weltbevölkerung, als Lieferant von tierischem Eiweiß immer wichtiger werden wird. Fisch ist das bessere Fleisch, im ökologischen Sinn. Als nachhaltiger Wildfang sowieso, aber auch aus Aquakulturen braucht Fisch im Vergleich sehr viel weniger Futter als Rind, Schwein oder Huhn. Zudem sind die Umweltbelastungen durch CO_2, Phosphat und Nitrat deutlich geringer, vom Flächenverbrauch mal ganz zu schweigen.

Eine andere Stimme in mir sagt, dass wir Menschen nicht in natürliche Gewässer eingreifen sollten, weder mit Phosphat noch mit Netzgehegen. Das ist auch richtig, aber ... So vieles ist nicht mehr natürlich am Bodensee: das menschengemachte Klima, der kanalisierte Alpenrhein, der Bootsverkehr, die aufgeschütteten Ufer, all die neuen Muschel-, Algen- und Fischarten, die im Kielwasser von Yachten eingeschleppt wurden und werden, die Medikamenten- und Plastikrückstände und die Pestizide im Wasser und die große Anzahl an Kormoranen, die auch deshalb herkommen, weil die Meere überfischt sind.

Das soll nicht heißen, dass alles egal ist und wir Menschen mit der Natur machen dürfen, was wir wollen. Es ist nur komplizierter. Wir haben die Natur am See seit Jahrtausenden genutzt, verändert und missbraucht, heute mehr denn je. Wir sind unauflöslich mit ihr verstrickt. Um sie nicht zu verändern, müssten wir verschwinden.

Was wir können, ist verzichten, nicht auf alles, aber auf manches. Es wirklich machen und nicht nur darüber reden. Verzicht fällt schwer, kann aber bereichernd sein, vor allem in dem Bewusstsein, dass es um nichts weniger als die Bewahrung unserer Lebensgrundlagen geht. Aber Verzicht wird nicht reichen.

Was wir außerdem tun können, tun müssen, ist, unseren Einfluss zu überdenken und zu steuern. Den See da schonend nutzen, wo wir ihn wirklich brauchen. Dafür müssen wir abwägen, nicht nur uns selbst und die Umwelt vor Ort im Blick haben, sondern auch das große Ganze. Bisher tun wir das nicht: Phosphaterhöhung wie Aquakultur im Bodensee abzulehnen, aber Fisch aus weit entfernten Ländern und Kontinenten zu importieren, ist verlogen. Kurzsichtig. Selbstsüchtig. So nach dem Motto: Hände weg vom Bodensee, was anderswo passiert, interessiert uns nicht. In einer zusammenwachsenden Welt kann das nicht die Lösung sein. Wir müssen für unseren Konsum, unser Handeln mehr Verantwortung übernehmen. Bereit sein, dafür die Folgen zu tragen. Und schon heute müssen wir damit anfangen.

Martin Schwarz legte das Handy weg. Die Reportage war vor zwei Tagen im SPIEGEL erschienen und hatte schon einiges ausgelöst. Einer der Ersten, der sich öffentlich geäußert hatte, war Landrat Nägele gewesen. Mit gewichtiger Miene war er vor die Kameras getreten. All die Befürchtungen, die er wegen der Aquakultur gehabt habe, hätten sich nun bewahrheitet. Er sorge sich um den See. Nägeles Haut war fahl, und er hatte dunkle Ringe unter den Augen, als hätte er die Nacht mit dreiundzwanzig Viertele verbracht und dabei die Welt ganz neu gedacht. »Über das Phosphat«, schloss er sein Statement, »müssen wir noch einmal offen diskutieren. Ohne ideologische Scheuklappen. Es geht um unseren See, um unsere Fischer und um eine regionale und nachhaltige Versorgung mit Fisch.«

Die Reaktionen auf Nägeles Statement waren bisher ungewöhnlich verhalten. Sogar die Naturschutzverbände hielten sich zurück. Ob auch sie ins Grübeln gekommen waren?

Martin saß schmunzelnd auf der Terrasse des »Seehotels«. Wieder war es ein herrlich sonniger Tag. Es war Mitte Mai, das Wasser stark gestiegen, die Alpen waren im Hitzedunst bloß zu ahnen. Man sah sie nur, wenn man wusste, dass es sie gab.

Dank Konrad Kaltenbachers Befreiungsaktion hatten die Berufsfischer seit Wochen zum Bersten volle Netze. Mit dem Fernglas hatte Martin von seinem Garten aus beobachtet, wie der Fischer Paul Lemprecht Morgen für Morgen in der Egger Bucht die Zuchtfelchen mit Pellets anfütterte und dann Netze um die fressenden Schwärme setzte. So praktizierten das gerade alle Berufsfischer. Ein Großteil der Brandstätterfelchen war also vermutlich schon wieder aus dem See herausgefangen worden. Und sie mussten ja auch raus, weil es Zuchtfelchen waren und der See für so viel Fisch nicht genügend Nahrung hatte.

Alexandra war wieder zurück in München. Auf der Beerdigung ihrer Mutter hatte er sie das letzte Mal gesehen. Dort stand sie neben ihrem Vater am Grab, und die beiden schienen sich wohlzufühlen, so eng beieinander. Amrei hielt ein paar Meter Abstand zu ihnen.

Seitdem telefonierten Martin und Alex ab und zu und schickten sich Textnachrichten. Eine weitere Liebesnacht hatte es nicht gegeben, und sie sprachen auch nicht darüber. Er fühlte sich ihr sehr nah, als wären sie schon seit Ewigkeiten vertraute Freunde, als wüssten sie alles über den anderen, und zugleich gab es so ein Prickeln und Knistern zwischen den Zeilen, die sie sich schrieben, und im Klang ihrer Stimmen, wenn sie miteinander sprachen.

Oder nahm nur er das wahr? Was war er für sie? Eine Art Vater oder großer Bruder, ein Freund, ein Liebhaber? Wohl von allem etwas. Und demnächst würde er sie einmal in München besuchen, zusammen mit Kim. Dann würden sie durch den Tierpark Hellabrunn spazieren und an der Isar entlang, und darauf freute er sich wie verrückt. Er sah es schon vor sich, wie sie entspannt in der Abendsonne in einem Biergarten sitzen und ein kühles Helles zischen würden.

Da kam Elsa, und ihr Anblick versetzte seinem Herz einen Stich. Er hatte diesen Ort vorgeschlagen, nicht aus Gemeinheit, sondern weil sie sich hier wiedergefunden und schöne Abende miteinander verlebt hatten. Und auch wenn sie jetzt getrennte Wege gingen, wollten sie für Kim gute Eltern sein, und da, fand Martin, war es wichtig, dass man sich ohne Groll an die gemeinsame schöne Zeit erinnern konnte.

Aber leicht würde es nicht werden. Zorn und Eifersucht flammten in ihm auf, wie sie jetzt vor ihm stand. Ob sie hinter seinem Rücken schon mit jemandem rumgevögelt hatte? Am liebsten würde er sie packen, ohrfeigen und dann mit ihr schlafen.

»Hallo«, sagte sie unsicher.

Elsa war blass. Auch ihr schien die Trennung nicht leichtzufallen. Schuldgefühle plagten sie, und zugleich konnte er spüren, wie es sie von ihm wegzog. Aber sie schien an ihrer Entscheidung zu zweifeln, immerhin. Seinetwegen oder wegen Kim? Falsche Frage.

In ihrer Verzweiflung und Schutzbedürftigkeit sah sie bezaubernd aus. Und wenn er doch noch einmal den Vorschlag machte, es miteinander zu versuchen? Er wüsste nicht, was er täte, wenn sie plötzlich in Tränen ausbräche und ihm um den Hals fiele. Im Moment wünschte er sich genau das, einen leidenschaftlichen Versöhnungskuss. Weil er wirklich mit ihr zusammenbleiben wollte? Oder weil er von ihr begehrt werden und er sie die Trennung bereuen sehen wollte?

Es ist vorbei, dachte er. Und spürte es auch.

Sie tauschten ein paar Höflichkeiten aus. Martin und Heinz fischten zurzeit viel auf Hecht. Kim kam halbwegs klar, sie half seiner Mutter oft im Garten, und gestern hatte sie zum ersten Mal allein einen Erdbeerkuchen gebacken. Nächste Woche würde er mit Kim und Frank Zwille nach Portugal fahren. In dem Haus eines Freundes, das Zwille nutzen durfte, war noch Platz. Martin war dankbar, denn allein mit Kim am Strand oder in einem Restaurant zu sitzen, davor hatte er Angst. Da würde sie nur die Trauer überfallen und nicht mehr loslassen. Sie würden auch ein paar Tage in Lissabon sein, und da wollte Martin nach diesem Café am Bahnhof Rossio Ausschau halten, wo Hajo Mayer seine heißblütige Portugiesin kennengelernt hatte, deren Asche in seinem Vorgarten unter der Cristo-Rei-Statue vergraben war.

Elsa erzählte, dass sie einige neue Patienten angenommen habe und eine neue Wohnung mit einem großen Zimmer für Kim suche. Bei dem »Zimmer für Kim« spitzte Martin die Ohren. Das Wort »Scheidung« nahm zunächst noch keiner von ihnen in den Mund. Und die Wahrheit war: Kim litt. Sie weinte viel und schlief jede Nacht bei Martin im Bett. War sie in Waldshut, wollte sie nach Konstanz, und wenn sie wieder bei ihm war, telefonierte sie stundenlang mit ihrer Mutter.

»Ich habe mir wegen Kim ein paar Gedanken gemacht«, sagte Martin.

»Ich mir auch«, sagte sie.

Martin durfte beginnen. Er schlug vor, dass Kim unter der Woche bei ihm und seiner Mutter lebte. Dafür dürfe sie jedes

Wochenende zu Elsa. Eine Fahrt übernehme er, die andere sie. Die Ferien würde Kim abwechselnd bei Elsa und ihm verbringen, und er würde sich wünschen, dass sie Ostern und Weihnachten gemeinsam feiern könnten. Wenn Kim später lieber bei ihrer Mutter wohnen wolle, würde er sich dem nicht entgegenstellen.

»Über die Scheidung habe ich mir noch keine Gedanken gemacht. Vielleicht hat das ja noch ein bisschen Zeit«, schloss Martin.

Elsa lächelte matt. »So ähnlich habe ich mir das auch überlegt. Danke, dass Kim unter der Woche bei euch bleiben kann.«

Er lächelte erleichtert.

Danach saßen sie noch ein Weilchen stumm da und blickten auf den See. Im Konstanzer Trichter schleppte jemand auf Seeforellen. Jetzt, wo das Wasser stieg und sich erwärmte und die Kretzer laichten, zogen sie vom weiten See dicht unter Land, um zu jagen.

Es gab nichts mehr zu reden. Elsa und ihn trennte bereits eine unsichtbare Wand, und es zog sie beide fort voneinander, hin zu ihren neuen Leben.

Martins hieß jetzt vor allem Kim. Und darauf freute er sich.

Nachwort und Danksagungen

»Fischerkrieg am Bodensee« ist ein Krimi. Die geschilderten Handlungen und Figuren sind frei erfunden, aber von der Wirklichkeit inspiriert. So gibt es im See zwar (noch) keine Aquakulturanlage für Felchen, aber sie ist in der Diskussion, genauso wie die von zahlreichen Berufsfischer*innen geforderte Phosphaterhöhung und ein Management des Kormoranbestandes.

Die geschilderten ökologischen, sozialen und wirtschaftlichen Zusammenhänge am Bodensee – die Situation der Fischbestände, der Kormorane und Berufsfischer*innen, die technischen Details zur Aquakultur und die möglichen Auswirkungen einer Phosphaterhöhung – habe ich nach bestem Wissen und Gewissen recherchiert.

Dass wir heute so viel über die Ökologie des Bodensees wissen, ist vor allem den Wissenschaftler*innen der Fischereiforschungsstelle und des Instituts für Seenforschung in Langenargen – beides Einrichtungen des Landes Baden-Württemberg – wie auch des Limnologischen Instituts der Universität Konstanz zu verdanken. Seit nunmehr hundert Jahren erforschen sie die komplexen Zusammenhänge dieses faszinierenden Lebensraums. Daneben gibt es auch private Forschungsinstitute wie das Hydra-Institut Konstanz, die ebenfalls einen wertvollen Beitrag zum besseren Verständnis des Bodensees leisten. Dank dieser Wissenschaftler*innen ist der Bodensee eines der am besten untersuchten Gewässer der Welt.

Sehr gefreut hat es mich, mit welcher Offenheit mir PD Dr. Alexander Brinker, der Leiter der Fischereiforschungsstelle, Dr. Harald Hetzenauer, Leiter des Instituts für Seenforschung, Peter

Rey, Leiter des Konstanzer Hydra-Instituts, und Dr. Antje Boll vom BUND Konstanz begegnet sind. Durch sie und ihre Publikationen habe ich gelernt, wie komplex die ökologischen, ökonomischen und politischen Zusammenhänge am Bodensee sind, wie viele konkurrierende Nutzungsinteressen es gibt und wie schwierig es ist, sie miteinander in Einklang zu bringen. Vielen Dank für die aufschlussreichen Gespräche!

Weiterhin möchte ich mich bei Alexander Kessler bedanken, dem stellvertretenden Vorsitzenden der RegioBodenseeFisch. Die Genossenschaft hat zum Ziel, eine Aquakulturanlage für Felchen im Bodensee zu betreiben. Nach einem langen Gespräch mit Herrn Kessler habe ich viele Vorurteile gegenüber offenen Netzgehegen in natürlichen Gewässern überwunden. Auch wenn ich noch manche Vorbehalte habe: Die RegioBodenseeFisch ist nach meiner Überzeugung eine visionäre Genossenschaft, die sich ihrer Verantwortung für das Ökosystem Bodensee bewusst ist. Die Aggressivität und Feindseligkeit, die ihr von manchen entgegengebracht wird, wird den Beteiligten nicht gerecht.

Auch Elke Dilger, der Vorsitzenden des Verbands Badischer Berufsfischer am Bodensee e. V., und dem Berufsfischer Hans Leib aus Konstanz möchte ich herzlich danken. Sie haben mir wertvolle Einblicke in den Alltag, die Sorgen und Nöte der Berufsfischer*innen gegeben. Hans Leib hat mich an einem Wintertag auch einmal mit hinaus auf den See genommen, und ich habe hautnah miterlebt, was für einen wunderschönen und erfüllenden, aber auch körperlich anstrengenden Beruf er hat.

Dank an meinen Freund Louis Kukk für viele schöne gemeinsame Stunden auf dem Wasser und für seine Geschichten vom Bodensee, den er genauer kennt als all die Winkel, Nischen und Höhlen seines herrlich unaufgeräumten Angelzimmers.

Dank an meine Agentin Beate Riess, für ihren guten Riecher, was Geschichten anbelangt, und ihre wichtigen Ratschläge.

Dank auch an meinen Lektor Carlos Westerkamp, der bisher alle meine Romane begleitet hat, für seine vielen wertvollen Anregungen und sein sorgfältiges Lektorat.

Dank an das hoch motivierte Team des Emons-Verlags für seinen großen Einsatz und das Vertrauen.

Dank an Katja Arbeiter, Frank Stetter und Jochen Stitz für die Übersetzungen ins Badische und Schwäbische.

Last, but not least gilt mein Dank meinen Zweitleser*innen Katja Arbeiter, Ingrid Arbeiter, Louis Kukk und Hartmut Jünger.

Matthias Moor
FINSTERSEE
Broschur, 416 Seiten
ISBN 978-3-95451-173-0

Jakob von Werdenberg steht am Beginn einer vielversprechenden
politischen Karriere und besitzt alles, was sich ein Mann wünschen
kann: Er ist glücklich verheiratet, charismatisch, gut aussehend und
smart. Doch plötzlich wendet sich das Blatt. Er wird überfallen und
bedroht, die Polizei findet Kokain in seinem Wagen, Bilder von ihm
und einem mysteriösen Edel-Callgirl tauchen auf. Dann wird seine
Ehefrau entführt, es geschieht ein Mord ... und die Jagd auf einen
Schatten beginnt, der ein Leben zerstören will.

»Ein rundum gelungenes Debüt.«   Thurgauer Zeitung

»Ein fesselndes Buch.«   Südkurier

www.emons-verlag.de

Matthias Moor
FLAMMENSEE
Broschur, 384 Seiten
ISBN 978-3-95451-444-1

Vor drei Jahren verschwand am Bodensee der sechsjährige Tim.
Damals fiel der Verdacht auf Katharina Mink, die Mutter des Jungen. Als jetzt die gleichaltrige Martha verschwindet, ist Katharina
die Letzte, die das Mädchen lebend gesehen hat. Während die
Polizei auf die Spur eines rätselhaften Mannes gerät, ermittelt
Privatdetektiv Martin Schwarz im Kreis der Familien. Dort stößt
er auf ungeahnte Verstrickungen und Abgründe – und ein ver-
störendes Geheimnis.

*»Ein faszinierender und intensiver Psychokrimi voller Spannung
und interessanter Wendungen, den man schwer wieder aus der
Hand legen mag.«* Südkurier

www.emons-verlag.de

Matthias Moor
GEISTERSEE
Broschur, 256 Seiten
ISBN 978-3-95451-979-8

Der renommierte Archäologe Alexander Stetten erhält ein Paket
mit verstörendem Inhalt, die Absenderin ist seine längst verstor-
bene Mutter. Nachts lockt ihn eine geisterhafte Erscheinung auf
den nebligen Bodensee, er überlebt nur knapp. Als ein grausam
zugerichteter toter Schwan in seinem Garten liegt, engagiert er
Privatdetektiv Martin Schwarz. Der stößt auf Ungereimtheiten –
auch im Leben seines Auftraggebers. Was geschah wirklich mit
Stettens Jugendliebe, die angeblich vor vielen Jahren Selbstmord
beging, und wo ist Stettens Lebensgefährtin, die sich vor einigen
Monaten von ihm trennte?

*»Der Konstanzer Autor Moor bleibt seinem See treu, mischt ge-
hörig Wahnsinn in das Wohlfühlwasser. Keine leichte Kost, dieser
Psychokrimi. Brillant.«* Thurgauer Zeitung

www.emons-verlag.de

Matthias Moor
IRISCHE FINSTERNIS
Broschur, 304 Seiten
ISBN 978-3-7408-1135-8

Marc Wegener ist am Boden zerstört, als seine Verlobte kurz vor
der Hochzeit unter ungeklärten Umständen ums Leben kommt. Als
er auf einem Foto von ihr im Hintergrund seine alte Jugendliebe
Jane entdeckt, reist er in deren Heimat Irland in der Hoffnung,
dass sie Antworten für ihn hat. Doch Jane scheint spurlos verschwunden. Marc forscht weiter. Was er herausfindet, lässt die
Grenzen zwischen Gut und Böse verschwimmen.

*»Irische Finsternis‹, mindestens so sehr Drama wie Krimi und
spätestens gegen Ende auch ein packender Thriller, ist Moors
Meisterstück.«* Südkurier

www.emons-verlag.de